JANA SCHIKORRA

Die kleine Bücherei der Herzen

AF177660

Weitere Titel der Autorin:

Die kleine Bücherei der Herzen
Sommerglück in der kleinen Bücherei der Herzen

Hibiskusträume in der Bretagne

Über die Autorin:

Jana Schikorra, 1993 in Lübeck geboren, studierte Germanistik und Soziologie an der Universität Hamburg. Zurzeit lebt sie mit ihrer Familie in der Nähe ihrer alten Heimat, doch am lautesten schlägt ihr Herz für die Berge. Die Liebe zum Schreiben entdeckte sie bereits in Kindertagen und arbeitet seither an ihrem großen Traum, Schriftstellerin zu werden. Auf Instagram bloggt sie unter dem Nutzernamen »janas_wortwelten« über den Autorinnenalltag.

Jana Schikorra

Die kleine Bücherei der Herzen

Lübbe

Vollständige Taschenbuchausgabe
der bei Bastei Lübbe erschienenen E-Book-Ausgabe

Copyright © 2024 by
Bastei Lübbe AG, Schanzenstraße 6 – 20, 51063 Köln

Vervielfältigungen dieses Werkes für das Text- und Data-Mining bleiben vorbehalten.

Umschlaggestaltung: Birgit Gitschier, Augsburg
Umschlagmotiv: © Ala Tsyganova / iStock; Hans Debruyne / shutterstock; RAYphotographer / shutterstock; RossHelen / shutterstock
Satz: 3w+p GmbH, Rimpar
Gesetzt aus der Adobe Caslon Pro
Druck und Verarbeitung: GGP Media GmbH, Pößneck

Printed in Germany
ISBN 978-3-404-19274-8

5   7   9   8   6   4

Sie finden uns im Internet unter luebbe.de
Bitte beachten Sie auch: lesejury.de

So welk das Leben.
So ewig das Wort.

Für alle, die lieben,
geliebt haben und lieben werden.

Kapitel 1

Es gab Tage, deren Erwachen sich wie ein Versprechen anfühlte. Tage, an denen die Wolken sich rosa färbten und die feinen Zahnrädchen der Zeit ein paar Herzschläge lang nicht ineinandergriffen.

Dem Morgen des 13. Juli schien ein ebensolcher Zauber innezuwohnen. Das jedenfalls dachte Katherine Madigan, als sie ihren Kopf an jenem Samstag aus dem Schlafzimmerfenster streckte und die klare Sommerluft einatmete.

Noch war nichts von der Schwüle zu spüren, die sich im Laufe der kommenden Stunden schwer und heiß über die Stadt legen würde.

»Guten Morgen, München«, murmelte Katherine und gähnte herzhaft. Aus ihrem Fenster im Bezirk Obersendling sah sie, dass trotz der frühen Uhrzeit schon viele Menschen unterwegs waren. Die einen führten ihre Hunde aus, die anderen transportierten Tüten mit den Logos der örtlichen Bäckereien von A nach B. Ein Ende der für knapp eine Woche angekündigten Hitzewelle war nicht in Sicht, weswegen Katherine mutmaßte, dass die Münchener die Gunst der kühlen Morgenstunden für Erledigungen nutzten.

Seufzend löste sie ihren Blick von dem Geschehen auf der Straße, schlurfte ins Bad und dann zu ihrem Kleiderschrank, um in ein knielanges Kleid zu schlüpfen.

Sie würde es den Frühaufstehern gleichtun und sich ein Stück Apfelkuchen aus ihrem Lieblingscafé holen, solange die Sonnenstrahlen ihr noch nicht den Schweiß auf die Stirn trieben. Anschließend konnte sie es sich dann in aller Ruhe mit einem guten Buch auf dem Sofa bequem machen, später noch den Haushalt erledigen und den Abend schließlich wie verabredet mit ihrer besten Freundin Luca verbringen.

Es kam nicht häufig vor, dass Katherine ein gemütliches Beisammensein dem Nachtleben der Stadt vorzog. Vor allem nicht, wenn sie eigentlich auf einer Party eines angesagten Designers eingeladen war, zu der ihre gesamte Clique feierwütiger Singlefrauen gemeinsam gehen wollten.

Bei dem Gedanken daran streifte Katherine der Hauch eines schlechten Gewissens. Sie hatte Mathilda, Tatjana und Isabella unter dem Vorwand abgesagt, Zeit für sich zu brauchen, um die stressige Arbeitswoche zu verarbeiten. Letzteres mochte stimmen, ging ihr der Job in der Redaktion doch jüngst wirklich an die Substanz. Trotzdem war ihre Absage bei Weitem nicht nur dem Job geschuldet.

So sehr Katherine ihr facettenreiches Leben in der Metropole auch liebte, hatte sie doch manchmal das Gefühl, als würde es ihr an etwas Wesentlichem fehlen … An etwas, das weder laute Musik noch kalt gestellter Champagner oder beruflicher Erfolg ihr geben konnten.

In letzter Zeit hatte dieses Gefühl sie immer öfter heimgesucht. Wenn der Abend hereinbrach, beschwor der samtig-blaue Himmel über München eine Sehnsucht in ihrem Herzen herauf, die Katherine gern so weit wie möglich von sich schob.

Heute aber wollte sie diese Sehnsucht ausnahmsweise einmal nicht zum Schweigen bringen, sondern sie mit Luca teilen.

Die innere Ruhe, die ihre beste Freundin ausstrahlte, war Balsam für Katherines Seele und genau das, was ihr rastloser Geist im Augenblick gebrauchen konnte – am liebsten zusammen mit Lucas Datteldip und dem selbst gebackenen Jalapeño-Brot.

Sie erweckte ihr Smartphone mit dem Antippen des Displays zum Leben, wählte Lucas Nummer und schaltete den Lautsprecher ein. In einer geübten Bewegung warf Katherine das Handy aufs Bett, setzte sich im Schneidersitz vor ihren Ganzkörperspiegel und widmete sich dem Entwirren ihrer vom Trockenrubbeln mit dem Handtuch teilweise verknoteten Haare.

Nach dem sechsten Freizeichen ertönte endlich ein verschlafenes »Hi« vom anderen Ende der Leitung.

Katherine schmunzelte. Obwohl sie in ihrer Freundschaft diejenige war, die sich die Nächte um die Ohren schlug, war es Luca, die manchmal bis zum Mittag im Bett lag.

»Hi, Lu. Sorry, dass ich dich geweckt habe. Was hältst du von einer kleinen Planänderung? Brot und Datteldip statt Pizza? Ich kümmere mich dafür um den Wein und einen Film mit überdurchschnittlich guten Bewertungen. Du weißt schon, um das Netflix-Debakel von neulich wiedergutzumachen.«

Luca grummelte etwas Unverständliches. Ein Rascheln, vermutlich vom Zurückschlagen ihrer Bettdecke, verschluckte jedes weitere Geräusch.

»Wie bitte?«, fragte Katherine amüsiert.

»O Gott, Kate, es ist wirklich viel zu früh«, stöhnte Luca. »Musste mich kurz aus dem Schlafzimmer schleichen. Adrian schläft noch. Wir sind erst nach Mitternacht aus Innsbruck losgefahren. Seine Eltern wollten uns gar nicht mehr gehen lassen.«

Luca führte mit ihren sechsundzwanzig Jahren ein Leben, das Katherines Freundinnen gern mit den Attributen ›stinklangweilig‹ und ›ätzend‹ versahen. Katherine hingegen hatte sich schon oft bei dem Gedanken ertappt, dass sie Lucas vermeintlich langweiliges Dasein ziemlich beneidenswert fand. Ihre Freundin aus Kindertagen war seit fünf Jahren glücklich mit ihrem Freund liiert und würde im kommenden Sommer heiraten.

»Ach ja, richtig, der Geburtstag von Adrians Vater. Habt ihr denn wenigstens schön gefeiert?«

»Alle anderen haben gefeiert, ja«, gähnte Luca. Im Hintergrund war nun das Gurgeln ihrer Kaffeemaschine zu hören. »Ich bin gefahren und habe dabei zugesehen, wie die Gäste mit jedem Gläschen lustiger wurden. Ein riesiger Spaß, sage ich dir.«

Katherine schmunzelte. »Na, das passt doch. Dann bist du eben heute mit Spaß haben dran.«

»Sicher. Aber erst mal muss ich mein Koffein-Defizit ausgleichen.«

»Viel Erfolg dabei. Also? Dip und Brot?«

»Ja, ja. Ich hab mir sowieso schon gedacht, dass du deine Pizza-Pläne wieder über Bord wirfst.«

Katherine grinste. »Du kennst mich einfach zu gut.«

»Ich weiß. Ich bin die Beste. Bis nachher, Kate.«

»Bis nachher, Lu.«

Eine halbe Stunde später balancierte Katherine ihren erstandenen Apfelkuchen, einen Kaffeebecher und den überraschend üppigen Inhalt ihres Briefkastens durch das Treppenhaus.

Sie war kaum durch die Wohnungstür getreten, als ein Brief zwischen einem Stapel Magazine herausrutschte und zu Boden segelte. Entnervt bückte Katherine sich nach dem grauen Kuvert, verschüttete dabei etwas von ihrem Kaffee auf ihrem cremefarbenen Teppich und wollte gerade lautstark darüber schimpfen, als ihr der Absender des Briefes ins Auge sprang: Nachlassgericht Dublin.

Schlagartig war ihre Kehle wie ausgedörrt, die Nerven in ihrem Kopf vibrierten unheilvoll.

Nachlassgericht. Das konnte nichts Gutes bedeuten. Mechanisch ging Katherine zur Anrichte am Ende des Flurs hinüber, um Kaffee, Kuchen und Post abzulegen, und kehrte dann mit angehaltenem Atem zu dem Umschlag zurück.

Es gab nur eine Person in ihrem Familien- und Bekanntenkreis, von der sie wusste, dass sie in Irland lebte. Eine Person, die ihr einmal die Welt bedeutet und mit der sie seit vielen, vielen Jahren kein Wort mehr gewechselt hatte.

Katherine hob den Brief auf. Am liebsten hätte sie ihn einfach ungeöffnet in der Schublade ihres Sekretärs versenkt und vergessen.

Stattdessen brach sie das Siegel des Kuverts mit ihren Fingernägeln auf, befreite das Schreiben von seinem Umschlag und faltete es auseinander.

Widerwillig senkte sie ihren Blick auf die Zeilen und begann zu lesen:

Dublin, den 19. 07. 2019
Nachlassgericht
15/24 Phoenix Street North
Smithfield, Dublin 7
D07 X028
Tel.: +3531747054

Sehr geehrte Miss Madigan,
ich bedaure sehr, Ihnen mitteilen zu müssen, dass Ihre Tante, Miss Fiona Madigan, am 07. Juni 2019 verstorben ist. Des Weiteren möchte ich Sie darüber informieren, dass Miss Fiona Madigan Sie in ihrem Testament bedacht und Ihnen ihr Haus, (Smithrd. 32, Howth, Dublin, Irland) vermacht hat. Ich bitte Sie, unter der angegebenen Telefonnummer zum nächstmöglichen Zeitpunkt Kontakt mit mir aufzunehmen, um die Übertragung des Vermögensgegenstandes abwickeln zu können.
Mit freundlichen Grüßen
Ainsley Walsh

Schwindel wirbelte durch Katherines Schläfen und zwang sie, Halt an der Wand zu suchen. Fassungslos starrte sie das Papier an, dessen Worte zuerst nicht zu ihr durchdringen wollten.

Sie wirkten leer, vollkommen inhaltslos. Nichts als Hülsen, von denen keine Gefahr ausging.

Dann, ganz unvermittelt, gewannen sie an Bedeutung und trafen Katherine wie ein Faustschlag: Fiona war tot.

Bilder einer Vergangenheit, vor denen sie ihre Augen und ihr Herz so lange verschlossen hatte, wagten sich scheu an die Oberfläche ihres Bewusstseins.

Sie faltete den Brief zusammen und steckte ihn zurück in den Umschlag. Unschlüssig, was sie als Nächstes tun sollte, stand Katherine eine Weile einfach nur regungslos da.

Die Situation kam ihr vollkommen absurd vor. Fionas Tod, das

Haus in Irland … Warum sollte ihre Tante gerade sie zur Erbin ernannt haben? Nach allem, was damals passiert war?

Katherine stieß einen leisen Laut der Verzweiflung aus.

Das Schicksal hatte ihr eine so schallende Ohrfeige verpasst, dass sein Handabdruck sich noch eine ganze Weile auf ihrer Wange abzeichnen würde.

Kapitel 2

»Darf ich dir nachschenken?« Lucas beruhigend tiefe Stimme drang wie von Watte gedämpft an Katherines Ohr. Anstelle einer Antwort schob sie ihr Saftglas über den Tisch und beobachtete, wie ihre Freundin es zur Hälfte mit gelbroter Flüssigkeit füllte.

»Danke«, murmelte Katherine und bemühte sich um ein Lächeln. Ihr Herz flatterte unstet, als ihr Blick auf den neben Luca ausgebreiteten Brief fiel. Bisher hatte ihre Freundin keine Reaktion auf die überraschenden Neuigkeiten gezeigt. Katherine nahm einen großen Schluck von ihrem Getränk, räusperte sich und sah Luca auffordernd an.

Nachdem der erste Schock verflogen war, hatte sie die Freundin sofort angerufen und gebeten, Baguette und Dip zu vergessen und stattdessen so schnell wie möglich vorbeizukommen. Kaum war Luca eine Stunde später durch die Tür getreten, hatte Katherine ihr auch schon das Schreiben des Nachlassgerichts in die Hand gedrückt.

Luca, besonnen wie immer, war mit dem Brief ins Wohnzimmer gegangen und hatte ihn sich in aller Ruhe durchgelesen. Danach hatte sie zwei Gläser aus der Küche geholt und einen Tetrapak KiBa aus den Untiefen ihrer Handtasche hervorgezaubert, dessen fruchtiger Geschmack sich nun auf Katherines Zunge ausbreitete. Als junge

Mädchen hatten sie das Getränk geliebt und oft so getan, als würden sie einander mit karibischen Cocktails zuprosten. Vor allem dann, wenn eine von ihnen Kummer gehabt hatte. Dass Luca sich daran erinnert hatte, rührte Katherine.

»Und? Was sagst du?«, fragte sie nervös. Für gewöhnlich störte sie sich nicht daran, dass Luca hin und wieder in Gedanken versank und jedes ihrer Worte im Geiste sorgfältig analysierte, bevor es ihr über die Lippen kam. Heute jedoch war es mit ihrer Geduld nicht weit her.

»Es tut mir leid um deine Tante«, sagte Luca endlich. »Sehr sogar.«

Katherine nickte langsam. Tränen trübten ihr Sichtfeld und ließen das Wohnzimmer vor ihren Augen verschwimmen. Sie wollte nicht weinen, hatte es die ganze Zeit nicht getan. Trotzig wischte sie sich mit dem Handrücken über die Wangen.

»Mir auch. Trotz allem, was passiert ist. Oder – nein – gerade deswegen. Ich habe mich nie um eine Aussprache bemüht, aber immer im Hinterkopf gehabt, dass die Möglichkeit da wäre. Nun ist sie es nicht mehr ... und das fühlt sich komisch an.«

Dreizehn Jahre. Dreizehn Jahre war es her, dass Katherine ihre Tante zuletzt gesehen und mit ihr gesprochen hatte. So oft hatte sie seither mit dem Gedanken gespielt, das vor ihrer Mutter geleistete Versprechen zu brechen und den Kontakt wieder aufzunehmen. Und doch hatte sie es nie getan.

»Oh, Süße, das glaube ich dir. Ich würde mich genauso fühlen.« Luca schenkte ihr einen verständnisvollen Blick.

Katherine schluckte den bitteren Geschmack der Tränen herunter, blinzelte ein paarmal und versuchte sich an einem Lächeln.

Eines der vielen Dinge, die sie an ihrer besten Freundin schätzte, war die Tatsache, dass diese auf Floskeln wie »Mach dir keinen Vorwurf«, »Es ist nicht deine Schuld« oder »Kopf hoch, das wird schon wieder« verzichtete. Sie hörte einfach zu und versetzte sich in die Lage desjenigen, dem es schlecht ging – etwas, das längst nicht jeder beherrschte.

Katherine atmete tief durch und trank erneut von ihrem KiBa.

»Was hältst du von dieser Sache mit dem Erbe? Ich meine, das ist doch total verrückt, oder nicht?«

»Ist es das denn?«, fragte Luca zurück. »Du hast ihr mal sehr viel bedeutet, Kate. Und nach allem, was du erzählt hast, hatte sie keine Kinder. Wen sollte sie sonst beerben?«

»Meine Mum vielleicht«, murmelte Katherine, obwohl sie es besser wusste. Mary – so der Vorname ihrer Mutter, bei dem Katherine sie als Teenager oft genannt hatte, wenn sie wütend gewesen war – war diejenige gewesen, die mit ihrer Schwester gebrochen und ihrer damals dreizehnjährigen Tochter ein Kontaktverbot auferlegt hatte, das Tante und Nichte von da an wirksam voneinander ferngehalten hatte. Sicher war Fiona bewusst gewesen, dass Mary lieber mittel- und obdachlos gewesen wäre, als unter dem Dach ihrer Schwester zu wohnen.

Luca hob die Brauen. »Ich sehe schon, du weißt selbst, dass das Blödsinn ist.«

»Mh. Kann schon sein.«

»Weißt du«, sagte Luca und sah Katherine aus ihren blauen Augen beschwörend an, »es gibt da doch diesen Spruch, mit dem du mich immer so gern genervt hast: Wenn sich eine Tür schließt, öffnet sich eine andere. Die Tür zu Fiona hat sich vielleicht geschlossen. Aber dafür hat sie dir mit ihrem Haus eine geöffnet, die aus München wegführt. Was, wenn sie sich genau das für dich gewünscht hat?«

Katherine schnaubte. »Und wenn ich überhaupt nicht aus München wegwill?«, sagte sie angriffslustig und ärgerte sich sofort über ihren bissigen Tonfall. Luca hatte einen wunden Punkt getroffen. Die Sehnsucht nach diesem einen Gefühl, das ihr die Großstadt nicht geben konnte, meldete sich mit einem leisen Ziehen in Katherines Brust.

Luca wandte den Blick von ihr ab und starrte verlegen in ihr Glas. Ein Hauch rosa zierte ihre Wangen. »Na ja … Wenn ich ehrlich bin, habe ich dich nie so wirklich in all dem hier gesehen.«

»In einer Wohnung, die größer ist als zwanzig Quadratmeter, meinst du?« Verdammt. Sie war schon wieder patzig geworden. »Entschuldige, Lu. Ich bin ein bisschen angespannt.«

»Schon gut. Das verstehe ich. Und ich möchte dich mit dem, was ich sage, auch auf keinen Fall verletzen. Es ist nur so, dass ich schon immer den Eindruck hatte, dass dir hier etwas fehlt. Nichts Materielles – du hast so viel erreicht, Katie. Einen wahnsinnig guten Abschluss, einen tollen Job, dieses wunderbare Apartment. Aber manchmal glaube ich, du läufst vor etwas davon. Du flüchtest dich in dieses irre Partyleben und verschließt dein Herz vor dem, was du wirklich willst. Was ich damit sagen möchte: Vielleicht hat Fiona dir ihr Haus vererbt, weil sie die Katherine, zu der du in den letzten Jahren geworden bist, nie kennengelernt hat. Vielleicht hat sie das Kind in Erinnerung behalten, das du einmal gewesen bist. Das Kind mit den Träumen von Freiheit und einem Leben am Meer, von dem du mir einmal erzählt hast.«

Die Katherine, zu der du in den letzten Jahren geworden bist. Sie wusste, dass Luca diese Worte ohne jede Wertung aussprach, und doch fühlte Katherine sich von ihnen getroffen.

Es fiel ihr schwer, sich einzugestehen, dass sie früher einmal tatsächlich eine andere Vorstellung von ihrer Zukunft gehabt hatte. Den ärmlichen Verhältnissen zum Trotz, in denen sie aufgewachsen war, hatte Katherine nie von luxuriösen Apartments und teuren Kleidungsstücken zu träumen gewagt. Viel lieber war sie mit Fiona in Spinnereien über Abenteuer jenseits des pulsierenden Herzens der Stadt versunken.

Erst nachdem Fiona fortgegangen und der Kontakt wenig später durch Marys Verbot zum Erliegen gekommen war, hatte sie sich in etwas anderes geflüchtet.

»Ich würde gern wissen, woran sie gestorben ist«, sagte Katherine unvermittelt – teils, weil die Frage danach sie schon seit Erhalt des Briefes beschäftigte, teils, weil sie um jeden Preis das Thema wechseln wollte. Sie sprach nur ungern über jenen Teil der Vergangenheit, an dessen Oberfläche Luca gerührt hatte. »Ob es eine Krankheit war oder ein Unfall. Immerhin war sie mit fünfzig Jahren noch ziemlich jung, findest du nicht?«

»Vielleicht kann das Nachlassgericht dir Auskunft darüber geben. Wirst du am Montag dort anrufen?«

»Das werde ich wohl müssen. Gott.« Katherine vergrub das Gesicht in den Händen. »Vor allem muss ich mit Mum sprechen. Ich hätte mich gleich bei ihr melden sollen, nachdem ich den Brief gelesen habe, aber irgendwie …« Sie ließ den Satz unvollendet, zweifelte jedoch nicht daran, dass Luca sie auch so verstand. Ihre Freundin kannte Mary Madigan, Katherines Mutter, gut. Dass die gebürtige Irin in ihrer Art alles andere als unkompliziert war, war kein Geheimnis. Ebenso wenig wie die Tatsache, dass sie mit ihrer Schwester gebrochen hatte, um ihre eigene kleine Familie zu retten.

Erneut wurde Katherine von einer Woge der Erinnerung überrollt. Sie sah Fiona und Mary, diese vollkommen ungleichen Frauen, Arm in Arm durch den Luitpoldpark schlendern. Wie Tag und Nacht hatten sie ausgesehen – Mary mit ihren dunklen Haaren und dem ernsten Gesicht, Fiona mit den blonden Locken und ihrem strahlenden Lächeln.

So verschieden wie ihr Äußeres waren auch ihre Charaktere gewesen. Während Mary Katherine mit strenger Hand erzogen hatte, war Fiona immer wild, frech und unbeschwert gewesen. Wann immer sie im Hause Madigan eingehütet hatte, wurde laut gelacht und ein solches Chaos gestiftet, dass Mary schimpfte, ihre Schwester würde wohl niemals erwachsen werden.

Je älter Katherine geworden war, desto klarer hatte sie die Ursache für die so unterschiedlichen Sichtweisen der Schwestern in der Art gesehen, wie sie aufgewachsen waren: Katherines Großeltern waren mit der damals zehnjährigen Mary aus der irischen Provinz Cloyne nach München gekommen, um ihrer Tochter ein besseres Leben zu ermöglichen.

Kurze Zeit später war Fiona geboren worden. Während es Mary schwergefallen war, sich an die neue Sprache und die ebenso neue Umgebung zu gewöhnen, hatte ihre Schwester es deutlich leichter gehabt. Fiona, auf dem Papier und im Herzen eine Münchnerin, machte einen guten Schulabschluss und trat ein Lehramtsstudium an. Katherines Mutter hingegen heiratete und arbeitete nach Katherines Geburt als Reinigungskraft, um neben ihrem Mann, der als Handwerker tätig und dessen Gehalt nicht sonderlich üppig war, auch etwas zur Miete beisteuern zu können.

»Was meinst du, wie Mary mit Fionas Tod umgeht?«, fragte Luca behutsam.

»Ich weiß es nicht. Auch wenn es hart klingt, ich weiß nicht, ob es für Mum etwas ändern wird.«

»Mh-hm. Und was ist mit dir? Ändert er für dich etwas? Abgesehen davon, dass es für dich ein Schock ist natürlich?«

Katherine horchte in sich hinein, doch ihre Gefühle blieben ihr eine Antwort schuldig.

»Auch das weiß ich nicht«, sagte sie aufrichtig.

Tatsächlich war Fiona, die nie eigene Kinder gehabt hatte, für Katherine eine lange Zeit über wie eine beste Freundin gewesen. Gemeinsam waren sie Eis essen gegangen, hatten Spaziergänge unternommen und sich mit selbst gebackener Pizza Filme und Serien angesehen. Kurz nach Katherines dreizehntem Geburtstag hatte Fiona, die als Lehrerin keine Geldsorgen leiden musste, ihren Traum wahrgemacht und ein kleines Haus im irischen Küstendorf Howth erworben – einer Ortschaft, die sie im Rahmen eines Dublin-Aufenthaltes zufällig kennen- und lieben gelernt hatte.

Auch nach ihrem Umzug war der Kontakt zwischen ihr und Katherine nicht eingeschlafen. Anstelle der wöchentlichen Treffen traten ausschweifende Telefonate.

Fiona hatte ihre Nichte einige Monate später eingeladen, die Winterferien bei sich zu verbringen, und Katherine hatte dem Dezember voller Freude entgegengefiebert. Doch aus dem geplanten Urlaub war nie etwas geworden.

Als Katherine von ihrem letzten Schultag vor den Ferien nach Hause gekommen war, hatte sie ihre Mutter weinend in der Küche vorgefunden.

Die sonst immer so beherrschte Mary Madigan hatte mit ihren tränenverschmierten Wangen und den bebenden Lippen für Katherine vollkommen fremd ausgesehen. Wortlos hatte sie sich von ihrer Tochter in den Arm nehmen lassen und erst Stunden später erzählt, dass Katherines Vater Gunnar die Familie verlassen hatte.

Im selben Atemzug hatte sie Katherine von den wiederholten Besuchen Gunnars in Howth berichtet. Davon, dass er schon lange ein Auge auf Fiona geworfen und sie Mary insgeheim immer vorgezogen habe. Aus dem parallel dazu stetig schlechter werdenden Verhältnis zu ihrer Schwester, das sich vor allem in langen Streitgesprächen am Telefon und irgendwann gänzlich ausbleibenden Anrufen äußerte, erwuchs Marys Überzeugung, dass Gunnar und Fiona eine Affäre begonnen hatten.

Und obwohl weder Fiona noch Katherines Vater diese Version der Ereignisse je bestätigten, sprachen die Fakten dafür, dass Mary mit ihren Vermutungen recht hatte.

Fiona verhielt sich seltsam. Mit den Anschuldigungen konfrontiert, schwieg sie und äußerte sich erst Tage später. Zunächst wies sie alle Anschuldigungen vehement zurück, dann brach sie alle Brücken nach München ab und hielt sich an Marys Forderung, sie und ihre Familie in Ruhe zu lassen. Im selben Zug verlangte sie von Katherine, ihre Tante nicht mehr anzurufen.

Gunnar, der nach dem dramatischen Bruch zuerst noch in unregelmäßigen Abständen vorbeikam, um Zeit mit seiner Tochter zu verbringen, stellte seine stets im Streit mit Mary endenden Besuche irgendwann vollständig ein.

Der Kontakt verlor sich, beschränkte sich auf wenige Telefonate und Geburtstagskarten. Als Katherine kurz vor dem Erlangen ihres Abiturs stand, erlitt Gunnar dann einen tödlichen Autounfall.

Mary war seit dem Bruch mit Fiona und der damit einhergehenden Trennung ohnehin schon verändert gewesen – in sich gekehrt und still –, doch der Unfall schaffte es schließlich, ihr auch das letzte bisschen Kraft, das sie sich bewahrt hatte, zu nehmen. Sie war seither auf eine Weise erschöpft, gegen die weder Schlaf noch sonstige Entspannungsquellen etwas ausrichten konnten.

Auch für Katherine war mit dem doppelten Verlust eine Welt zusammengebrochen, hatte sie doch nicht nur ihren Vater, sondern mit Fiona auch eine weitere wichtige Bezugsperson verloren. Doch der Schmerz ihrer Mutter war so präsent gewesen, dass er kaum Raum für ihre eigenen Gefühle gelassen hatte.

»Hey, schon gut, Süße.« Luca beugte sich vor und tätschelte Katherines Hand. »Das ist alles ein bisschen viel auf einmal, ich weiß. Aber es wird sich alles fügen, glaub mir.«

Katherine hatte nicht bemerkt, dass sie weinte.

Schon wieder. Irritiert wischte sie sich mit der freien Hand eine Träne aus dem Augenwinkel, doch sofort quoll eine andere nach.

»Hoppla. Das kommt dabei heraus, wenn man zu tief in der Vergangenheit stochert, was?«

Luca lächelte traurig. »Ja. Manchmal.«

Sie schwiegen eine Weile.

»Geh zu ihr, Kate«, sagte Luca schließlich.

»Zu wem?«

»Zu deiner Mutter. Je länger du es hinauszögerst, desto schwieriger wird es sein, mit ihr über alles zu sprechen.«

»Dann wollen wir uns jetzt also keinen Film ansehen?«, fragte Katherine matt. Am liebsten würde sie sich allem, was durch Fionas Tod nun auf sie zukam, entziehen.

»Ich würde sagen, das belassen wir bei heute Abend. Es kann wirklich nicht schaden, vorher zu klären, was du klären kannst. Du wirst sowieso nicht drum herumkommen, mit deiner Mutter über das Erbe zu sprechen.«

Geräuschvoll ließ Katherine die Luft aus ihren Wangen entweichen. »Weißt du, was ich an dir so gar nicht mag, Lu?«, fragte sie und lachte schluchzend.

»Na? Was denn?«

»Dass du verdammt noch mal immer recht hast.«

Kapitel 3

Mit wehenden Haaren eilte Katherine die Limburgstraße entlang. Die Nervosität ließ sie schon bald in einen Laufschritt verfallen, der ihr angesichts der inzwischen heißen Temperaturen unbarmherzig den Schweiß auf die Stirn trieb.

Sie nahm einen tiefen Atemzug, doch die stickige Luft, die in ihre Lungen strömte, verschaffte ihr keine Erleichterung.

Im Gehen nahm sie einen Schluck aus der Wasserflasche, die Luca ihr geistesgegenwärtig in die Hand gedrückt hatte, bevor Katherine aus dem Haus gegangen war.

Das Angebot ihrer Freundin hingegen, sie zu ihrer Mutter zu begleiten und vor der Haustür zu warten, hatte Katherine dankend abgelehnt. Oftmals war es ihr Stolz, der ihr dabei im Weg stand, eine helfende Hand zu ergreifen. Heute jedoch wollte sie Luca ganz einfach davor bewahren, Zeugin einer Unterhaltung zu werden, die ganz sicher alles andere als fröhlich verlief und mit Pech sogar in einem Streit enden würde.

Also hatte die Freundin schließlich vorgeschlagen, in der Stadt noch ein paar Besorgungen zu machen und wiederzukommen, sobald Katherine das unvermeidliche Gespräch hinter sich gebracht hatte – ein Gespräch, vor dem sie sich fürchtete wie ein kleines Mädchen vor der Dunkelheit.

Angestrengt versuchte sie sich mit dem Gedanken an einen gemeinsamen Abend mit Luca von ihren negativen Gefühlen frei zu machen, doch es wollte ihr nicht recht gelingen. Sie war sich des Gewichts des Briefes in ihrer Tasche deutlich bewusst, dessen Inhalt ihre Mutter ganz bestimmt verletzen würde.

Komm schon, sprach sie sich selbst Mut zu, was kann dich denn nach diesem Morgen noch großartig aus der Bahn werfen?

Mit zitternden Beinen kam Katherine vor einem Wohnblock zum Stehen, hinter dessen schmutziger Fassade sie achtzehn Jahre ihres Lebens verbracht hatte. Eine halbe Ewigkeit schwebte ihr Finger über dem Namen »Madigan«, ehe er sich widerwillig darauf hinabsenkte.

Ihre jüngsten Besuche bei ihrer Mutter konnte Katherine an einer Hand abzählen. Seitdem sie damals ausgezogen war, um zu studieren, hatte sie die Limburgstraße mit großer Sorgfalt gemieden und ihre Mutter stattdessen an den Wochenenden hin und wieder zu sich eingeladen.

Es war nicht etwa so, dass Katherine grundsätzlich eine schlechte Kindheit gehabt hätte. Dass sie an der Grenze zur Armut gelebt hatten, hatten ihre Eltern sie nie spüren lassen. Niemand hatte hungern oder im Winter frieren müssen, für eine gute Schulbildung war ebenfalls gesorgt worden.

Doch irgendwie war die Wohnung nach der Trennung und dem Fernbleiben Fionas zu einem Ort geworden, dem es an Wärme fehlte. Ein Ort, an dem ihre Mutter oft geweint hatte und Katherine irgendwann den Eindruck gewonnen hatte, als seien ihre Rollen plötzlich vertauscht.

Sie war es gewesen, die Mary in den Arm genommen und getröstet oder für sie gekocht hatte. Und obwohl Katherine sicher war, dass ihre Mutter gern dasselbe für sie getan hätte, war es doch selten passiert. Stattdessen war sie immer müder geworden, immer … kleiner. Irgendwann hatte Katherine die Wohnung nur noch mit Marys ausgezehrtem Gesicht und ihren tiefen Ringen unter den Augen verbinden können.

Langsam näher kommende Schritte im Hausflur unterbrachen ihren Gedankenfluss. Katherine sorgte sich zunehmend um die Gesundheit ihrer Mutter. Sie war nicht mehr gut zu Fuß, verließ die Wohnung nur noch für Arztbesuche. Schuld war ein kaputtes Kniegelenk, das erst zu spät erkannt und dann nicht richtig behandelt worden war. Katherine hatte mehrfach angeboten, für ihre Mutter einkaufen zu gehen, doch Mary nahm lieber die Unterstützung ihrer Nachbarn in Anspruch, um ihrer hart arbeitenden Tochter nicht zur Last zu fallen.

»Hallo?« Die Tür öffnete sich einen Spaltbreit.

»Ich bin es, Mum. Katherine.«

Mary öffnete die Tür nun ganz und musterte ihre Tochter aus müden Augen.

Sie sieht schlecht aus, stellte Katherine fest, unheimlich erschöpft und viel zu dünn. Das letzte Mal hatte sie ihre Mutter ein paar Tage nach der Knie-Operation gesehen, wo sie ihres langen Krankenhausaufenthaltes zum Trotz verhältnismäßig vital gewirkt hatte. Seither hatten sie in regelmäßigen Abständen telefoniert, einander jedoch nicht mehr getroffen. Wann immer sie hatte vorbeikommen und ihrer Mutter zur Hand gehen wollen, hatte diese gesagt, sie wolle erst wieder richtig auf die Beine kommen, damit Katherine sich nicht unnötig sorge. Nun, da sie Marys eingefallenes Gesicht sah, überkam sie jedoch ein schlechtes Gewissen.

Ich hätte darauf bestehen sollen, ihr unter die Arme zu greifen, dachte Katherine bedauernd.

»Komm rein«, sagte ihre Mutter mit ihrem markanten irischen Akzent, den sie trotz ihrer fast fünf Jahrzehnte in Deutschland nie abgelegt hatte – nicht etwa, weil sie nicht in der Lage dazu wäre, sondern weil sie, wie sie Katherine einmal anvertraut hatte, darin eine Hommage an ihre alte Heimat sah.

Über die Jahre und Jahrzehnte war es ihr schlicht zur Gewohnheit geworden.

Katherine trat ein. Als die Tür hinter ihr ins Schloss fiel, beschleunigte sich ihr Pulsschlag augenblicklich. Sie folgte ihrer Mutter ins klaustrophobisch kleine Wohnzimmer.

»Setz dich«, sagte Mary leise.

Katherine ging zu dem zerschlissenen roten Sofa hinüber, das damals ihr liebster Platz in der ganzen Wohnung gewesen war. Ihr gegenüber hatte ihre Mutter sich hinter einen alten Bibliothekssessel gestellt, den sie vor Jahren auf einem Flohmarkt erstanden hatte. Die Arme auf die Lehne gestützt, kam sie langsam wieder zu Atem.

Nostalgisch ließ Katherine ihren Blick durch den Raum wandern. Nichts hatte sich verändert. Es schien, als wäre der Zahn der Zeit nie bis in die kleine Zweieinhalbzimmerwohnung vorgedrungen. Jedes Möbelstück stand an seinem gewohnten Platz, das Stillleben eines Obstkorbes über der kleinen Kommode hing immer noch schief. Die Luft roch nach Zigarettenrauch und Mulligatawny-Suppe.

»Willst du dich nicht lieber auch setzen, Mum?«, fragte Katherine behutsam.

»Stehen tut mir gut. Ich sitze viel zu oft. Möchtest du etwas trinken? Einen Tee vielleicht?«

»Nein, danke. Mir ist viel zu warm für Tee.«

Mary nickte. »Ja ... ja, heute ist es besonders schlimm.«

Katherine nestelte nervös am Verschluss ihrer Tasche. Sie war nicht hier, um Small Talk über das Wetter zu halten, und doch hätte sie am liebsten genau das weiterhin getan. Stattdessen räusperte sie sich, straffte die Schultern und gab sich einen Ruck. »Wie ... geht es dir, Mum?«

»Wie soll es mir gehen? Gut.«

Katherine seufzte resigniert. »Und was ist mit ... Ich meine, du hast doch sicher schon gehört, dass ...« Sie suchte händeringend nach den richtigen Worten, doch ihr Kopf war wie leer gefegt.

»Du bist hier, um über den Tod deiner Tante zu sprechen«, half Mary ihr auf die Sprünge. Sie sagte es ganz ruhig, fast neutral. Als wäre Katherines Tante nicht auch gleichzeitig ihre einzige Schwester gewesen. Mary humpelte zum Fenstersims hinüber, angelte sich eine Zigarette aus der darauf liegenden Schachtel und zündete sie an.

Der bläuliche, unangenehm riechende Rauch kräuselte sich sogleich zur Decke empor.

Katherine konnte sich ein Hüsteln nicht verkneifen.

»Weißt du es auch erst seit heute Morgen?«, fragte sie unbehaglich.

»Ja.« Mary nahm einen tiefen Zug von ihrer Zigarette. »Es kam ein Brief vom Nachlassgericht.«

»Sie hat dir etwas vererbt?«

»Geld. Natürlich.« Katherines Mutter lachte freudlos. »Dabei hätte sie wissen müssen, dass ich keinen Cent davon annehmen werde.«

Da Mary sogar die finanzielle Unterstützung ihres eigenen Kindes ausschlug, wunderte es Katherine nicht, dass sie mit dem Erbe dasselbe zu tun vorhatte. Vor allem, wenn man die Hintergrundgeschichte bedachte. Trotzdem erleichterte es Katherine irgendwie, dass Fiona ihre Schwester in ihrem Testament nicht unerwähnt gelassen hatte.

»Dass sie so jung gestorben ist, ist furchtbar«, sagte sie, ohne auf die Bemerkung ihrer Mutter einzugehen.

Diese zuckte die Achseln, doch Katherine sah unter ihrer Maske der Gleichgültigkeit einen hellen Schmerz aufblitzen. »Ja«, stimmte sie schließlich doch zu. »Ja, das ist es. Aber trotzdem ... Ich habe meine Schwester schon vor vielen Jahren verloren, Katherine. Vielleicht kann ich deswegen nicht so empfinden, wie du es gern von mir hättest.« Sie drückte ihre Zigarette aus und stellte sich zurück hinter ihren Sessel. »Es gibt Dinge, die kann man nicht verzeihen«, setzte sie hinzu. »Daran ändert auch der Tod nichts.«

Die Härte dieser Worte versetzte Katherine einen Stich. Ja, überlegte sie, möglicherweise gab es Taten und Vorfälle, die so tiefe Wunden rissen, dass ein vollständiges Heilen unmöglich war. Und ganz bestimmt hatte Fionas Verhältnis zu Gunnar, von dem ihre Mutter so felsenfest überzeugt war, das Potenzial, eine solche Wunde zu verursachen.

Andererseits ...

»Wir können uns ihre Sicht der Dinge nie wieder anhören, Mum. Vielleicht hätten wir ihr noch eine Chance geben sollen, sich zu erklären.«

»Ich habe meine Entscheidung damals getroffen, Katherine. Und du deine offenbar auch. Dass du mein Kontaktverbot damals respektiert hast, rechne ich dir hoch an. Aber es gab auch eine Zeit, nachdem du hier ausgezogen bist. Du bist erwachsen, ich habe dir schon lange nichts mehr zu sagen. Wie oft hast du seitdem versucht, Fiona zur Rede zu stellen?«

Das Ziehen in Katherines Brust verstärkte sich. Ihre Mutter hatte recht. So oft hatte sie mit dem Gedanken gespielt, nach Fiona zu suchen – auf Facebook, Instagram oder sonstigen Plattformen, um aktuelle Fotos von ihr zu sehen und einen Eindruck von ihrem Leben zu gewinnen –, und doch war sie nie über das Eintippen eines F in der Suchleiste hinausgekommen. Auch einen Brief hatte sie ihrer Tante nie geschrieben.

Da waren so viele Gefühle gewesen, die einer Kontaktaufnahme im Wege gestanden hatten: Angst, Scham, Wut …

Alle zu intensiv, um sie einfach überwinden zu können.

Katherine nickte langsam. Ihre Hände zitterten plötzlich so sehr, dass sie sie zwischen den Knien einklemmte. Es war, als hörte sie sich selbst von weit, weit her sprechen. Mit einer ganz und gar fremden Stimme.

»Ich habe auch etwas geerbt.«

Mary gab einen grunzenden Laut von sich. »Das war zu erwarten. Und?«

»Ihr Haus. Fiona hat mir ihr Haus vermacht.«

Katherines Mutter wurde bleich wie der Tod. Ihre Hände, die Lehne des Sessels verkrampft umklammernd, gruben sich tief in den Stoff.

»Ihr Haus«, wiederholte sie heiser. »Das Haus, in dem sie sich mit deinem Vater getroffen hat.«

Katherine blieb ihr eine Antwort schuldig.

»Und jetzt möchte sie dich entwurzeln«, fuhr Mary fort. »Dich an sie binden. Sie kennt dich nicht. Sie weiß nicht, dass du München niemals verlassen würdest.«

Die Bestimmtheit, mit der ihre Mutter diese Worte aussprach, weckte Katherines Widerwillen. Sie hatte Mary gegenüber nie etwas von der Sehnsucht erwähnt, die sie immer wieder heimsuchte und ihr Herz weit forttrieb. Wie also sollte sie beurteilen können, ob Katherine bleiben wollte oder nicht?

»Mum, niemand *entwurzelt* mich. Mal ganz davon abgesehen, dass Irland doch auch ein Stück Zuhause für mich ist.«

Ihre Mutter schüttelte nur den Kopf.

»Ich werde nach Howth fliegen und mir das Haus ansehen«, sagte Katherine zu ihrer eigenen Überraschung. Bis eben hatte sie selbst noch nicht gewusst, wie sie sich entscheiden würde. Nun aber schien ihr Bauchgefühl eine klare Richtung vorzugeben.

»Du könntest mit mir kommen«, ergänzte sie schnell, obwohl sie ahnte, dass es hoffnungslos war. Mary würde niemals auch nur einen Fuß an den Ort setzen wollen, an dem sie ihren Mann an ihre Schwester verloren hatte. Und sie hatte mit hoher Wahrscheinlichkeit geglaubt, dass Katherine angesichts des Verlustes ihres Vaters dieselbe Entschlossenheit an den Tag legte.

»Mum?«, fragte sie leise, als ihre Mutter nicht antwortete.

»Bitte geh jetzt«, flüstere Mary.

»Hör zu, es ist nicht –«

»Bitte, Katherine. Ich möchte allein sein.«

Ihre Mutter sah aus, als würde sie jeden Moment auseinanderfallen. Es kam Katherine beinahe barbarisch vor, jemanden in einem solchen Zustand allein zu lassen, aber sie wusste, dass Mary sich aus jeder noch so wohlmeinenden Umarmung winden würde.

Stumm griff sie nach ihrer Handtasche und ging hinaus. Ohne sich noch einmal umzudrehen, ließ sie die Limburgstraße 44 hinter sich.

Kapitel 4

Der Rest des Wochenendes zog sich zäh dahin. Es war, als hätte Katherines Besuch bei ihrer Mutter eine unsichtbare Kraft heraufbeschworen, die Sekunden auf die Größe von Stunden ausdehnte.

Luca half ihr nach Kräften, die wie durch Zauberhand verlangsamte Zeit durchzustehen. Sie blieb bis zum späten Sonntagabend und bestärkte Katherine unaufhörlich in ihrem Entschluss, nach Howth zu fliegen.

»Du hast nichts zu verlieren«, wurde sie nicht müde zu sagen, »im Gegenteil. Und jetzt buchst du dir gefälligst so schnell wie möglich einen Flug, bevor du es dir anders überlegen kannst.«

Lucas offensichtliche Überzeugung, dass die Reise in das Küstendorf Katherine guttun würde, beruhigte die leisen Zweifel in ihrem Inneren und gab ihr die Kraft, alles dafür Nötige in die Wege zu leiten.

Am Montagmorgen wählte sie die in dem Brief aufgeführte Nummer des Nachlasstreuhänders.

Katherine war erstaunt über die Nüchternheit, mit der sie das Telefongespräch führte. Mr. Walsh, dessen Büro in Dublin lag, schlug vor, sich direkt vor Fionas Haus zu treffen.

»Ich habe Ende der Woche ohnehin zwei Termine in Howth«, sagte er, »und so können Sie sich direkt vor Ort einmal umschauen, bevor wir später alles Weitere besprechen. Was meinen Sie? Passt Ihnen Donnerstag?«

Katherine versprach, sich dazu noch in der Mittagspause zurückzumelden. Kaum im Redaktionsbüro angekommen, reichte sie ihren Urlaubsantrag bei ihrem Chef ein. Sie hatte vor, sich neben dem Donnerstag auch den Freitag freizunehmen, um ein verlängertes Wochenende in Howth zu verbringen.

Herr Aumüller zeigte sich wenig begeistert, bewilligte den kurzfristigen Antrag aber dennoch. Katherine ahnte, dass diese Entscheidung kein Akt der Nächstenliebe war, sondern vielmehr dem Hinweis aus der Personalabteilung geschuldet, dass seiner Mitarbeiterin noch fünfundzwanzig Urlaubstage für dieses Jahr zustanden.

Noch im Büro buchte Katherine die Flugtickets und ein Hotelzimmer über ihr Smartphone.

Drei Tage später saß sie mit einem Kopf voller sich überschlagender Gedanken in einem Flugzeug, das Kurs auf Dublin nahm.

Howth lag gerade einmal dreißig Fahrminuten vom Stadtzentrum entfernt. Auf Katherine wirkte das Fischerdorf wie ein Gemälde, das seine Betrachter mit einer leisen, unaufdringlichen Schönheit verzauberte – selbst durch die Windschutzscheibe eines Taxis hindurch.

»Das macht dann 33,10 Euro«, sagte der Fahrer, der neben einem kleinen Bahnhofsgebäude unweit des Hafens gehalten hatte.

Katherine zahlte und ließ sich ihren viel zu voll bepackten Trolley aus dem Kofferraum hieven, ehe sie ein paar zögerliche Schritte in Richtung des Piers tat.

Sie war schon immer empfänglich für die Magie von Orten gewesen; für die Stimmen längst vergessener Sommer, die flüsternd aus Hausfassaden sickerten, und die Geschichten, die die Natur besonders aufmerksamen Zuhörern erzählte. Hier, an diesem paradiesischen Fleckchen Erde, nahm Katherine all das noch um ein Vielfaches intensiver wahr. Howth, obwohl nur einen Katzensprung von Dublin entfernt, kam ihr vor wie eine eigene kleine Welt jenseits des hektischen Alltags.

Eine Weile verharrte sie in ihrer Position, von der aus sie eine

Gruppe Fischer beim Mittagessen vor einem mit bunten Blumenkübeln flankierten Pub beobachtete. Dann erinnerte sie sich an ihren anstehenden Termin. Begleitet vom Kreischen der Möwen und den an den Hafenmauern leckenden Wellen schlug Katherine den Weg zu ihrem Hotel ein.

Dankbar sog sie die salzige Luft, die der Wind vom Wasser herantrug, in ihre Lungen. Sie fühlte sich seltsam frei. Der Anblick der Klippen, die sich einige Meter vor ihr über das Meer erhoben und die eindrucksvolle Häuser auf ihren felsigen Schultern trugen, weckte jenes Sehnsuchtsgefühl in ihrer Brust, das sie in München stets melancholisch gestimmt hatte.

Hier jedoch wirkte es geradezu beflügelnd.

Ist das zu fassen, dachte Katherine übermütig, wer hätte gedacht, dass das Leben nur zweieinhalb Flugstunden weit entfernt so märchenhaft schön und bunt ist?

Die bemalten Türen und die Blumenampeln, die begrünten Hügel und das funkelnde Meer – all das bot so viel mehr Farbe, als Katherine es in ihrer Heimatstadt je zu Gesicht bekommen hatte.

Erst, als sie etwa eine Viertelstunde später ihr gebuchtes Hotel erreichte, das über der Promenade auf einer kleinen Anhöhe stand, wich ihre Euphorie einem Zustand von Erschöpfung. Ein Gähnen unterdrückend, betrat sie den atmosphärischen Empfangsbereich des Seashell. Die Rezeption war von einer älteren Dame mit schlohweißen Haaren und bemerkenswert blauen Augen besetzt, die Katherine freundlich zulächelte.

»Herzlich willkommen in unserem Haus«, sagte sie mit einer überraschend rauchigen Stimme, »was kann ich für Sie tun?«

Katherine stellte sich vor und reichte ihre Buchungsunterlagen über den Tresen.

Während die Rezeptionistin mit Namen Mae ihre Daten in den Computer eintippte, sah Katherine immer wieder zu der von einem dicken Tau umrahmten Wanduhr hinter dem Empfangstresen hinüber. Ihr blieb noch eine Stunde bis zu dem Treffen mit Mr. Walsh. Nicht genug Zeit, um der Müdigkeit nachzugeben und sich noch einmal hinzulegen.

Wie um ihre Lebensgeister wieder wachzurütteln, galoppierten plötzlich ganz und gar beunruhigende Gedanken durch ihren Kopf.

Gleich werde ich dort sein, wo mein Vater sich vermutlich sehr häufig aufgehalten hat? Ohne Mum. Ohne mich. Nur er und Fiona?

Sie streifte ihre Bedenken ab wie einen zu warmen Mantel.

Es hatte keinen Sinn, sich schon im Vorfeld mit diesem Kapitel der Vergangenheit auseinanderzusetzen.

Mae räusperte sich. »Also, Miss Madigan, das Restaurant hat den ganzen Tag über geöffnet. Auch außerhalb der regulären Essenszeiten können Sie jederzeit Getränke ordern. Frühstück gibt es von 7 bis 11 Uhr, Mittagessen von 12 bis 16 und Abendessen von 18 bis 21 Uhr.« Die Rezeptionistin wandte Katherine den Rücken zu, zog eine Schublade auf und nahm einen Schlüssel heraus, den sie zusammen mit einem Flyer auf den Tresen legte. »Wir haben Zimmer 14 für Sie reserviert. In dieser Broschüre finden Sie eine Übersicht über empfohlene Aktivitäten, die Sie im Umkreis wahrnehmen können. Wenn Sie Fragen haben, wenden Sie sich gern an mich. Ich wünsche Ihnen einen angenehmen Aufenthalt.«

Katherine bedankte sich höflich, brachte ihr Gepäck auf das gemütliche, im maritimen Stil eingerichtete Zimmer und unterzog sich im Badezimmer einer Katzenwäsche.

Mit gezücktem Smartphone, das ihr den Weg zu Fionas Haus wies, trat sie wenig später zurück in die goldene Mittagssonne.

»In fünfzig Metern rechts abbiegen«, forderte die blecherne Stimme der Navigations-App. Katherine gehorchte und betrat eine schmale, leicht ansteigende Straße, die zu beiden Seiten von gedrungenen, eng aneinandergereihten Häusern mit geradezu winzigen Fenstern und Türen gesäumt war. Hie und da konnte sie zwischen den Wohnhäusern kleine Geschäfte mit Schaufenstern ausmachen; eine Backstube, eine Boutique, eine Papeterie und zu guter Letzt einen Buchladen mit dem interessanten Namen Rainbow-Hearts-Library. Zu Katherines Bedauern lag das Geschäft jedoch im Dunkeln, und an seiner Tür hing ein angelaufenes Aluminiumschild, auf dem rote Lettern das Wort *Geschlossen* bildeten.

Das zugehörige Haus mit seinem windschiefen Dach, den braunen Schindeln und der gelbstichigen Fassade besaß trotz seines unspektakulären Aussehens einen verwegenen Charme.

»Sie haben Ihr Ziel erreicht«, verkündete Katherines Smartphone. Stirnrunzelnd blieb sie vor dem Schaufenster der Bücherei stehen und drehte sich im Kreis.

Hier?!

Sie musste eine falsche Adresse eingegeben haben.

Irritiert fischte sie den Brief des Nachlasstreuhänders aus ihrer Handtasche und verglich die genannte Anschrift des Hauses mit jener, die sie am Hafen in ihr Handy eingetippt hatte. Es war ein und dieselbe.

»Ah, Miss Madigan!« Ein untersetzter Mann mit stattlichem Bauch und freundlichem Gesicht überquerte die Straße und steuerte auf Katherine zu. Er trug einen Anzug, der ihm ganz offensichtlich mindestens zwei Nummern zu klein war, und eine wuchtige Aktentasche, die in seinen Händen wiederum aberwitzig groß wirkte.

»Mr. Walsh?«, fragte Katherine überflüssigerweise.

Wer sonst sollte in Howth ihren Namen kennen?

»Ganz recht, ganz recht. Wissen Sie was? Nennen Sie mich doch Ainsley.« Der Nachlasstreuhänder hatte es inzwischen auf die andere Straßenseite geschafft und schüttelte ihr nun überschwänglich die Hand. Obwohl die Höflichkeitsform im Englischen nicht existierte, übersetzte Katherine die Anreden gedanklich.

»Katherine. Ich freue mich auch sehr, Ihre Bekanntschaft zu machen. Allerdings glaube ich, hier muss ein Fehler vorliegen. Ich denke nicht, dass es sich hierbei«, sie machte eine Handbewegung in Richtung der Rainbow-Hearts-Library, »um das Haus meiner Tante handelt. In dem Brief, den ich vom Gericht erhalten habe, war nirgendwo die Rede von einer Bücherei. Und am Telefon haben Sie auch keine erwähnt.«

Ainsley runzelte die Stirn. »Oh, Verzeihung. Ich nahm an, Sie wüssten vom Laden Ihrer Tante. Die Bücherei war das Herzstück dieses Ortes. Fiona hat mit der Rainbow-Hearts-Library nicht nur ihren Lebensunterhalt verdient, sondern auch viele Einwohner Howths sehr glücklich gemacht.«

»Sie haben Fiona gekannt?«

»Ja. Sehr gut sogar, ich war selbst Teil ihrer Kundschaft. Ihr Tod ist ein großer Verlust. Wie sagt man so schön? Krebs ist die Geißel der Menschheit. Eine furchtbare Sache, dass Fiona nicht mehr unter uns weilt.«

Katherine fühlte sich angesichts dieser Fülle an Informationen ein wenig überrumpelt.

Da hast du deine Todesursache. Krebs.

Sie spürte, wie sich trotz der Wärme eine Gänsehaut auf ihren Armen bildete. Hoffentlich hatte Fiona nicht lange leiden müssen.

»Wann war die Beerdigung?«, fragte Katherine unbehaglich. Sie schämte sich dafür, diese Frage einem Fremden zu stellen.

»Seebestattung«, korrigierte der Nachlasstreuhänder, dessen Stimme verriet, wie unangenehm auch ihm die Situation war. »Am 13. Juni.«

Seebestattung. Katherine nickte langsam.

Das passte zu ihrer Tante, die das Meer in seiner unbändigen Wildheit doch so sehr geliebt hatte.

»Okay«, sagte sie matt. Fionas Tod war mal abstrakt, mal klar konturiert und in diesem Moment irgendetwas dazwischen. »Meine Tante hat also hauptberuflich diese … ähm … Bücherei betrieben?«, griff Katherine das Thema wieder auf.

Als Fiona noch in München gelebt hatte, war sie Lehrerin für Mathematik gewesen. Katherine konnte sich nicht entsinnen, dass sie über ihren Beruf hinaus jemals eine besondere Vorliebe für Bücher gehegt hätte. Jedenfalls nicht für solche, in denen keine Gleichungen und Koordinatenkreuze vorkamen. Andererseits, so musste sie sich eingestehen, hatte sie ihre Tante auch nie danach gefragt. Schon gar nicht während der vergangenen dreizehn Jahre.

»Nicht bloß irgendeine«, sagte Ainsley kryptisch, »sondern eben diese hier. Eine ganz besondere Bücherei.«

»Ich verstehe nicht ganz«, sagte Katherine irritiert.

»Keine Sorge, das wird sich gleich ändern. Gehen wir hinein. Ich zeige es Ihnen.«

Katherine rührte sich nicht vom Fleck. Mit einer Mischung aus Neugier und Hilflosigkeit sah sie den Nachlasstreuhänder samt klimpernden Schlüsselbunds um die Ecke des Hauses verschwinden.

»Kommen Sie schon«, rief er aufmunternd.

Mechanisch folgte Katherine Ainsley zum Eingang des Hauses. Die dunkelgrüne Tür mit dem goldenen Knauf markierte eine Grenze, von der sie plötzlich nicht mehr wusste, ob sie bereit war, sie zu überschreiten.

Katherines Herz machte einen Sprung, als das Schloss klickte und der Nachlasstreuhänder der Tür einen sanften Schwung gab.

»Nach Ihnen, Miss Madigan.«

Kapitel 5

Die Dielen unter ihren Sohlen knarrten, als Katherine über die Schwelle in den schmalen Flur trat. Sofort stieg ihr ein schwerer, aber dennoch angenehmer Geruch nach Holz und Räucherstäbchen in die Nase.

Hinter ihr betätigte Ainsley einen Lichtschalter.

Hier also hätte ich vor dreizehn Jahren mit einem Rucksack voller Gepäck und unbändiger Vorfreude auf die Weihnachtsferien gestanden, wenn alles nach Plan gelaufen wäre, dachte Katherine und war überwältigt von der Wucht, mit der diese Erkenntnis sie mitten ins Herz traf.

Sequenzen glücklicher gemeinsamer Tage in Howth, die es nie gegeben hatte, rauschten an ihrem inneren Auge vorbei.

Auf einmal kam die Situation ihr vollkommen unwirklich vor. Die Realität fühlte sich fragil an, so als wäre sie in Wahrheit nur ein Traum, der sich zu tarnen versuchte.

»Was möchten Sie sich zuerst ansehen?«, fragte der Nachlasstreuhänder sanft.

Katherine zuckte die Achseln. Sie fühlte sich nicht fähig, eine Entscheidung zu treffen. Wie oft war ihr Vater wohl hier gewesen? Hatte er während der Treffen mit Fiona je an seine Frau und seine Tochter gedacht? Wie lange mochte die Beziehung angedauert haben? Hatten sie einander aufrichtig geliebt oder nur eine kurze Affäre miteinander gehabt?

In Katherines Hinterkopf meldete sich ein vertrauter Schmerz, der schon bald ihre Stirn erreichen würde.

Sie musste schleunigst zurück ins Hotel und eine Tablette einnehmen, wenn sie einen Migräneanfall verhindern wollte.

»Sollen wir direkt in die Bücherei gehen?«, schlug der Nachlasstreuhänder vor. Mit erwartungsfroher Miene und einem eingezogenen Bauch manövrierte er sich an Katherine vorbei.

»Ja«, antwortete sie knapp und folgte Ainsley in einigem Abstand, »warum nicht.«

Erst jetzt nahm Katherine Aufbau und Interieur des Hauses genauer in Augenschein. Fiona hatte zweifellos eine Vorliebe für rustikale Deko-Elemente gehabt. Der ohnehin schon schmale Flur, von dem neben der Haustür insgesamt drei weitere Türen abgingen, war von aus Treibholz gefertigten Regalen, Kommoden und undefinierbaren Formationen aus Muscheln, Holz und Tau gesäumt. Ainsley drehte sich im Gehen zu Katherine um und stieß sich geräuschvoll den Zeh am Fuße einer Truhe.

»Verflucht noch eins«, zischte er, »ich hatte schon wieder vergessen, wie eng es hier drinnen ist.«

Katherine murmelte etwas Unverständliches.

Ja, es war ein wenig eng, dachte sie, aber gerade dadurch wahnsinnig gemütlich. Ein maritimes kleines Häuschen, das einen ganz eigenen Charme versprühte. Einen von der Art, wie ihn Katherines Wohnung mit den hohen Decken und den großen Fenstern gar nicht besitzen konnte.

Neben einer Treppe, deren breite Stufen aus massivem grauem Stein gefertigt waren und die in das Obergeschoss des Hauses führten, blieb der Nachlasstreuhänder schließlich stehen.

»Da wären wir«, sagte er feierlich. »Hier hindurch geht es zur Bücherei.«

In der Mitte der Tür, durch die sie im Begriff waren zu gehen, prangte ein regenbogenfarbenes Herz. Das ursprünglich dunkle Holz der Tür war mit einem weißen Lack unordentlich lackiert worden, was ihr ein antiquarisches Aussehen verlieh.

Der Nachlasstreuhänder griff nach einem vergoldeten, filigran wirkenden Schlüssel, den er beinahe ehrfürchtig betrachtete, und öffnete das Schloss mit einem sanften Klickgeräusch.

»Bereit für ein bisschen Zauberei?«, fragte Ainsley zwinkernd und bedeutete Katherine, durch die Tür zu treten.

Mit flatterndem Herzen folgte sie seiner Aufforderung.

Das Erste, was Katherine auf der anderen Seite der Tür wahrnahm, war ein herrlicher Duft nach Nostalgie und bedrucktem Papier. Einen Augenblick lang fühlte sie sich in der Zeit zurückversetzt; plötzlich war sie wieder das kleine neunjährige Mädchen, das seine Nase in Büchern voller abenteuerlicher Geschichten vergrub und verzückt an den Seiten roch, als könnte es die Worte auf diese Weise einatmen.

Dann war der Moment vorbei, und sie befand sich wieder im Hier und Jetzt. Vorsichtig, als bewegte sie sich durch eine Porzellanlandschaft, schritt Katherine weiter in den Raum hinein. Das Licht, das durch das Fenster fiel, hinterließ kunstvolle Muster auf dem Eichenparkett.

Langsam umrundete sie die zur Sonne ausgerichteten Tische, auf denen zeitgenössische Belletristik zum Verkauf dargeboten wurde, und bewunderte die vielen kleinen Details, mit denen ihre Tante die Bücher kunstvoll in Szene gesetzt hatte: Einige der Romane waren in Herzform angeordnet, andere rund um dekorative Elemente wie kleine Treibholzskulpturen, Muscheln und mit Sand gefüllte Flaschen drapiert worden.

»Das ist der Verkaufsbereich«, erklärte Ainsley, der noch immer in der Tür stand. »Daneben stand bis vor Kurzem immer ein Flohmarkttisch. Fiona hat hin und wieder mal Bücherspenden gesammelt und sie für kleines Geld zum Verkauf angeboten. Einmal im Monat gab es alles, was sonst in diesen Flohmarktbereich gefallen ist, umsonst. Zuletzt hatte sie ihn abgebaut – wahrscheinlich, als die Krankheit schon weiter vorangeschritten war und sie die Arbeit reduzieren musste, wo sie konnte. Zusätzliches Geld haben wohl die Veranstaltungen und Kurse abgeworfen, die Fiona hier gegeben hat. Kreatives Schreiben, Handwerkskunst, Feiertagsbasteln … Für die Teilnahme hat jeder gern bezahlt. Die Leute wussten ja, dass jeder

Cent auf direktem Wege wieder in den Laden zurückfloss. Aber auch das konnte Fiona am Ende nicht mehr stemmen. Nicht mal mit Unterstützung.«

Katherine ließ Ainsleys Worte auf sich wirken und sah sich weiter um. In einer Nische zwischen zwei ausladenden Topfpflanzen stand, ein wenig versetzt, eine Theke im Landhausstil, auf die jemand Hunderte winziger Buchstaben gezeichnet hatte. Auf dem Tresen selbst befanden sich eine mit Postkarten und Zeitungsartikeln beklebte Ladenkasse sowie ein PC, an den ein Scanner angeschlossen war.

Während dieser vordere Teil des Raumes wie eine moderne Buchhandlung aufgebaut war, glich der hintere, weitaus größere Teil einer alten Bibliothek. Hohe, mit Leitern bestückte Regale, die bis unter die Decke reichten, beherbergten nach dem Alphabet sortierte Werke von Autoren verschiedenster Epochen. In ihrer Mitte befand sich eine Sitzecke, bestehend aus vier tannengrünen, bequem aussehenden Stoffsesseln und einem Kaffeetisch, auf dem ein Stapel Briefpapier, das mit winzigen Regenbögen verziert war, sowie etliche Kugelschreiber und Füllfederhalter lagen.

»Diese Bücher standen nicht zum Verkauf, oder?«, fragte Katherine neugierig.

»Nein, ganz genau. Alles, was sich in diesen Regalen befindet, ist mit Etiketten und Signaturen versehen und konnte nur von Lesern mit einem Mitgliedsausweis ausgeliehen werden. Für je vier Wochen, allerdings mit Aussicht auf Verlängerung. Wer nicht von hier kam und trotzdem etwas leihen wollte, hatte die Möglichkeit, sich eine sogenannte Ferienleserkarte ausstellen zu lassen. Die war dann für sechs Wochen gültig und konnte bei jedem Besuch in Howth für weitere sechs Wochen reaktiviert werden. Wirklich sehr praktisch.«

»Was für ein interessantes Konzept«, gab Katherine zu. »Und nicht nur das … Es ist wirklich wunderschön hier. Wie eine eigene kleine Welt.«

»Ja, oder?«, fragte Ainsley begeistert, der den Raum mit einem sehnsuchtsvollen Funkeln in den Augen betrachtete. »Ich bin immer gern hergekommen. Mein erster Besuch hier war einem Zufall geschuldet. Ich kam gerade von einem Termin in der Nähe und wollte eigentlich auf direktem Weg zum Bahnhof, aber es hat plötzlich wie aus Eimern gegossen. Also bin ich blindlings in das nächste Geschäft geflüchtet – in diesem Fall die Bücherei Ihrer Tante. Am Ende habe ich mich hier so wohlgefühlt, dass ich noch lange geblieben bin, nachdem der Regen aufgehört hatte.«

Katherine nickte. »Ich glaube, jetzt weiß ich, was Sie vorhin meinten. Die Rainbow-Hearts-Library ist wirklich nicht wie andere Büchereien. Hier liegt etwas in der Luft. Irgendetwas Besonderes.«

Der Nachlassstreuhänder lächelte vielsagend. »Dabei haben Sie doch die Geheimnisse der Rainbow-Hearts-Library noch gar nicht ergründet.« Er trat in den Raum hinein und nickte in Richtung der Regale, deren Holz unter dem Gewicht der Bücher leise knackte.

»Geheimnisse? Wie meinen Sie das?«

»Nehmen Sie sich ein Buch und werfen Sie einen Blick zwischen die Seiten.«

Stirnrunzelnd trat Katherine an eines der Regale heran.

Der Nachlassstreuhänder hatte nicht geklungen, als würde er scherzen. Trotzdem kam sie sich ein wenig albern vor. Wahllos zog sie ein Buch heraus und beobachtete aus dem Augenwinkel Ainsleys Reaktion. Der Nachlassstreuhänder wirkte aufgeregt. Er knetete seine Hände und reckte den Hals, um Katherine seinerseits zu beobachten.

Sie strich über den verstaubten Buchdeckel und las den Titel: *Die Fahrt zum Leuchtturm* von Virginia Woolf.

Behutsam blätterte sie durch die Seiten des Romans.

Nichts.

»Suchen Sie so lange, bis Sie etwas finden«, sagte Ainsley, der spüren musste, dass Katherine sich fragte, worauf das Ganze hinauslaufen sollte. »Wenn nicht in diesem Exemplar, dann vielleicht im nächsten.«

Gerade wollte sie das Buch wieder zuklappen und zurück an seinen Platz stellen, als sie zwischen Seite 204 und 205 ein beschriebenes Stück Regenbogen-Briefpapier entdeckte.

Verdutzt sah Katherine von Ainsley zur Sitzecke und wieder zurück auf die in dunkler Tinte geschriebenen Sätze.

Liebe M.,

heute ist der Tag der Tage.

Heute werde ich es dir sagen. Gleich jetzt, gleich hier.

Ich werde dich ansehen und dir sagen, dass du das Lied bist, das ich singe, wenn die Stille mir Angst macht.

Der Atlas, nach dem ich greife, um die Sterne zu berühren.

Das Licht, das ich suche, wenn der Mut mich verlässt.

Ja, all das werde ich dir sagen, sobald ich diese Zeilen hier zu Ende geschrieben und das Papier gefaltet habe – du weißt schon, mit einem kleinen Eselsohr als meinem Erkennungszeichen.

Möglich, dass es jemand findet und daraus die Kraft schöpft, jemandem seine Gefühle zu gestehen. Möglich, dass jemand antwortet und seinen Brief gegen meinen austauscht oder ihn dazulegt. Auch möglich, dass er jahrelang unentdeckt bleibt.

Vielleicht komme ich irgendwann mal wieder, um zu sehen, ob er noch da ist … Und vielleicht begleitest du mich ja sogar dabei.

Aber heute, M., lebe ich in der Gegenwart.

Denn heute ist der Tag der Tage.

Versprochen.

In Liebe

T.

Behutsam schloss Katherine das Buch, stellte es zurück an seinen Platz und atmete ein paarmal tief durch.

»Ein Liebesbrief«, sagte Katherine leise. Die Wirkung der Worte hallte in ihrem Herzen nach.

»Nicht nur der eine«, bemerkte Ainsley mit einem Lächeln in der Stimme. »Und auch nicht nur Liebesbriefe, soweit ich weiß. Die Leute schreiben über Freundschaft, über Erlebnisse – glückliche wie prägende – über Abschiede und Neuanfänge. Zwischen den Seiten dieser Bücher stecken so viele Geschichten. Von allem, was die Seele berührt, etwas. So viele Schicksale, an denen man teilhaben kann.«

Katherine strich mit dem Finger über die zahllosen bunten Buchrücken. Wie viele Botschaften mochten wohl, gerahmt von erdachten Welten, in den Regalen schlummern?

Katherine konnte den von der Bibliothek ausgehenden Zauber

auf ihrer Haut spüren. Er drang durch jede Pore ihres Körpers, bis in ihr Herz hinein. Ganz gleich, was zwischen ihnen vorgefallen war: Fiona hatte mit der Rainbow-Hearts-Library etwas durch und durch Magisches erschaffen. Einen Ort der Liebe, dessen Atem niemals verklingen würde und der zwischen den Seiten der Bücher seine Untersterblichkeit empfangen hatte.

»Dieses Konzept ist wundervoll«, sagte sie aufrichtig. »Hat Fiona Ihnen je erzählt, wie ihr die Idee dazu gekommen ist?«

Der Nachlasstreuhänder lächelte, als rührte Katherines Frage an eine angenehme Erinnerung. »Ich weiß nur, dass ihr guter Freund Mr. Donnelly eine tragende Rolle dabei gespielt hat. Es würde mich wenig überraschen, wenn Sie ihm während Ihres restlichen Aufenthaltes noch über den Weg liefen. Mr. Donnelly besitzt das außergewöhnliche Talent, stets zur rechten Zeit am rechten Ort zu sein.«

Kapitel 6

Gierig sog Katherine die salzige Luft in ihre Lungen.

Hier, jenseits des Hafens und von Klippen zerklüftet, war die Schönheit des Meeres noch um ein Vielfaches beeindruckender. Sie war gelaufen, bis sie eine steil ansteigende Straße erreicht hatte, zu deren Linken das Meer lag. An eine Mauer gelehnt, ließ sie ihren Blick nun über das weite, von schmutzig-weißer Gischt gesprenkelte Blau schweifen.

Der Wind, den das Wasser die Klippen hinauftrug, war Katherine nur allzu willkommen. Sie stellte sich vor, wie er ihre Gedanken forttrug und ihren Kopf wunderbar leicht und leer zurückließ. Das Treffen mit Ainsley, so schön es letztlich auch gewesen war, hatte sie aufgewühlt. Fionas Haus, die Rainbow-Hearts-Library, all die zwischen den Buchdeckeln ruhenden Briefe …

Sie war nach Howth gekommen, ohne auch nur im Entferntesten zu ahnen, wie vielen verschiedenen Gefühlen sie ausgesetzt sein würde. Allen voran einem: dem Bedürfnis zu bleiben. Dem Drang danach, jedes noch so kleine Geheimnis der Bücherei und ihrer Schätze zu ergründen – und somit auch dem Wunsch, auf den Spuren ihrer Tante zu wandeln.

Der Nachlasstreuhänder hatte Katherine im Anschluss an die Bücherei-Besichtigung noch die Wohnräume des Hauses gezeigt –

eine kleine, gemütliche Bauernküche, ein überschaubares Bad und ein ähnlich kompaktes Wohnzimmer im Erdgeschoss, das nicht viel mehr als ein Sofa und einen Fernseher beherbergte. Oben gab es ein Schlafzimmer, einen Abstellraum und ein größeres Bad. Katherine hatte die Räume wie durch einen Schleier wahrgenommen und geglaubt, überall das blumig-seichte Parfum ihrer Tante zu riechen. Als Mr. Walsh schließlich angeboten hatte, gemeinsam in einem Pub am Pier zu Mittag zu essen, hatte sie abgelehnt. Nach diesem aufwühlenden Termin wollte – nein, *musste* – sie einfach eine Weile für sich allein sein. In das eigene Herz hineinhorchen und darauf lauschen, was es ihr erzählte.

Über Howth. Über Fiona. Über die Rainbow-Hearts-Library.

»Melden Sie sich einfach bei mir, sobald Sie eine Entscheidung getroffen haben, Miss Madigan. Die Frist zur Erbausschlagung beträgt sechs Wochen. Sie haben also noch etwas Bedenkzeit«, hatte Ainsley Katherine schließlich verabschiedet, nachdem er die Haustür von außen verschlossen und die Schlüssel wieder in seinem Jackett verstaut hatte.

Bedenkzeit.

Katherine seufzte. Der Gedanke daran, ihre Mutter mit jeder positiven Empfindung gegenüber Fionas Lebenswerk zu verraten, trübte die Macht des Zaubers, in den die Bücherei sie gehüllt hatte.

Vermutlich, dachte Katherine, hätte ich Ainsley einfach nach Dublin begleiten und im Gericht eine Verzichtserklärung unterschreiben sollen. Oder, was durchaus rentabler gewesen wäre, das Erbe direkt annehmen, um das Haus dann zu verkaufen. Nun aber, da sie wusste, welche Geheimnisse es hütete, würde ihr ein solcher Schritt denkbar schwerfallen …

Die Bücherei veränderte alles, ohne dass Katherine wirklich sagen konnte, warum.

Sie seufzte resigniert. Entscheidungen zu treffen war ihr noch nie besonders leichtgefallen, aber nie hatte sie sich einer so gewichtigen gegenüber gesehen.

Gedankenverloren spann sie ein endloses ›Was wäre, wenn?‹ in ihrem Kopf, dessen Antworten darauf sie gleichermaßen ängstigten und elektrisierten.

Was wäre, wenn sie München tatsächlich den Rücken kehrte?

Wenn sie das Erbe antrat und somit die Verantwortung für all die Briefe und darin enthaltenen Gefühle übernahm, die zwischen den Seiten der Bücher wohnten?

Die Kopfschmerzen, die sich bereits in Fionas Haus angekündigt hatten, waren stärker geworden. Zu ihrer Erleichterung hatte sie noch eine Tablette in den Untiefen ihrer Handtasche finden können. Bis das Hämmern in ihrem Kopf aufhörte und das Medikament seine Wirkung entfaltete, würde es jedoch erfahrungsgemäß noch eine Weile dauern.

»Das Meer ist wunderschön, nicht?«, sagte eine heisere Stimme dicht hinter ihr. Katherine schrak zusammen. Sie war so versunken gewesen, dass sie niemanden hatte kommen hören.

Der alte Mann, in dessen Gesicht sie blickte, hatte ein wettergegerbtes Gesicht, das an zerknülltes Papier erinnerte, eine breite Nase und sturmgraue Augen. Auf dem Kopf trug er einen grauen Filzhut, unter dessen Krempe buschiges weißes Haar hervorlugte.

Der Mann stützte sich auf einen Gehstock mit goldenem Knauf. Seine gesamte Erscheinung wirkte, als entstammte er einer längst vergangenen Zeit.

Er muss in diesem Aufzug fürchterlich schwitzen, schoss es Katherine durch den Kopf, als sie sein Tweed-Hemd und die dicke Cordhose bemerkte.

Intuitiv wusste sie, mit wem sie es zu tun hatte, noch bevor der alte Mann sich ihr vorstellte.

»Doran Donnelly«, bestätigte er ihre Vermutung mit seiner heiseren Stimme und bot ihr eine knorrige Hand dar, die Katherine lächelnd ergriff.

Was hatte Ainsley noch gleich über Fionas guten Freund gesagt?

Dass er das außergewöhnliche Talent besaß, stets zur rechten Zeit am rechten Ort zu sein?

Besser, dachte Katherine, hätte der Nachlasstreuhänder es wohl kaum formulieren können.

»Katherine Madigan. Freut mich sehr, Mr. Donnelly.«

Der alte Mann sah nicht überrascht aus. Auch er schien sie bereits zuvor als die identifiziert zu haben, die sie war.

»Ich hoffe, Sie fühlen sich von mir nicht verfolgt«, sagte er entschuldigend, »ich habe Sie von Weitem mit Mr. Walsh aus Fionas Haus kommen sehen und konnte die Möglichkeit, mit Ihnen zu sprechen, nicht verstreichen lassen. Allerdings hat es etwas gedauert, bis ich Sie eingeholt habe.« Demonstrativ hob er seinen Gehstock an.

»Kein Problem. Ainsley hat mir schon gesagt, dass wir einander höchstwahrscheinlich noch begegnen würden.« Den engen Vertrauten ihrer Tante und Mitbegründer der Rainbow-Hearts-Library nun tatsächlich vor sich stehen zu sehen, bewegte Katherine unerwartet tief.

Mr. Donnelly sah sie lange an, ohne etwas zu sagen. Das Schweigen zwischen ihnen wurde nur vom leisen Rauschen der Wellen und dem fernen Schrei einer Möwe unterbrochen.

»Sie haben Fionas Augen. Grün wie die Hoffnung«, sagte der alte Mann schließlich und legte dabei so viel Gefühl in seine Stimme, dass sich ein Kloß in Katherines Kehle bildete. Nicht wissend, was sie auf diese Aussage erwidern sollte, zuckte sie hilflos die Achseln.

»Wirklich«, bekräftigte Mr. Donnelly, »ich muss es wissen. Es gibt kaum ein Augenpaar, in das ich lieber gesehen habe. Fiona war wie eine Tochter für mich.«

Und für mich wie eine beste Freundin, dachte Katherine mit einem schmerzhaften Ziehen im Herzen. Wie stets warf der Gedanke an ihren Vater einen Schatten auf die Erinnerung an ihre besondere Verbindung zu Fiona.

Ob Mr. Donnelly über alles Bescheid wusste? Das Verhältnis von Fiona und Gunnar, den Bruch der Schwestern, die jahrelange Funkstille …

Wenn er meiner Tante so nahegestanden hat, vermutlich schon, beantwortete Katherine sich ihre Frage selbst.

»Ich habe da etwas für Sie, Miss Madigan.« Mr. Donnelly griff in die Innentasche seines Tweed-Hemdes und förderte einen mit winzigen Regenbogen verzierten Briefumschlag zutage, auf den Katherines Name geschrieben stand. Die geschwungenen Lettern kamen ihr erschreckend bekannt vor.

Mechanisch nahm sie den Umschlag entgegen und strich mit zitternden Fingern über die dunkelblaue Tinte.

»Was … was ist das?«, fragte sie nervös.

»Eine Nachricht, von der ich versprochen habe, sie Ihnen zu überbringen. Ihre Tante hat Sie sehr geliebt. Ich bitte Sie daher inständig, diesen Brief zu lesen.«

Der alte Mann entfernte sich ein paar Schritte und blieb dann, das Gesicht dem hinter der Mauer liegenden Meer zugewandt, stehen.

Katherines Herzschlag verwandelte sich in ein Trommeln.

Ob Mr. Donnelly wohl in der Nähe blieb, weil er den Inhalt des Briefes kannte? Weil er wusste, dass seine Zeilen eine Macht besaßen, der man niemanden allein aussetzen wollte?

Katherines Finger zitterten, als sie das Kuvert öffnete. Langsam faltete sie die darin enthaltenen Papierbögen auseinander und begann zu lesen:

17. 05. 2019

Meine liebste Katherine,

bald ist es zehn Jahre her, dass wir einander das letzte Mal gesehen haben, und obwohl die Zeit ihre Spuren hinterlassen hat, kommt es mir vor, als wäre es gestern gewesen. Seit ich weiß, dass ich sterben werde, verschwimmen die Grenzen zwischen Vergangenheit und Gegenwart immer mehr zu einem einzigen flimmernden Streifen in ansonsten vollkommener Dunkelheit. Der Gedanke an die Zukunft ist nunmehr nichts als ein lästiger Phantomschmerz, der mich begleitet, wo ich gehe und stehe.

Nach allem, was passiert ist, wird es dich zweifellos aufwühlen, von mir zu lesen. Vor allem, da ich annehme, dass es das erste Mal ist, seit unsere Wege sich damals getrennt haben. Ich kenne meine Schwester.

Sicher hat sie meine Briefe und Karten abgefangen. Das ist okay, damit habe ich gerechnet. Vielleicht habe ich deswegen auch irgendwann aufgehört, dir zu schreiben. Kurz vor deinem achtzehnten Geburtstag. Ich wusste, du würdest so früh wie möglich ausziehen – und dass ich deine Adresse vermutlich nie herausfinden würde. Jedenfalls nicht, ohne dich direkt danach zu fragen – auf Instagram, Facebook und Co.

Aber ich bin ehrlich, Katherine: Über die Jahre habe ich eine fürchterliche Angst davor entwickelt, dass du mich zurückweisen könntest. Dir Briefe zu schreiben, war etwas anderes.

Vielleicht weniger mutig, dafür aber gnädiger zu meiner Seele.

Aber darum, liebe Katherine, soll es jetzt nicht gehen.

Lieber möchte ich dir Folgendes mit auf den Weg geben:

Es wird der Tag kommen, an dem du Gewissheit über den wahren Hergang der Geschehnisse erhalten wirst – auf dem einen oder anderen Weg. Ich werde die kostbare Zeit, die mir noch bleibt, nicht mit Rechtfertigungen vergeuden, denn ich bin mir sicher, dass Mary ihr Urteil über mich gefällt hat und diesem Urteil eine gewisse Unwiderruflichkeit innewohnt.

Natürlich könnte ich jetzt beteuern, dass ich euch deinen Vater niemals weggenommen und dass ich nie etwas für ihn empfunden habe – denn genauso ist es auch –, aber seien wir ehrlich, Katherine ... Würdest du mir glauben? Nach all den Jahren?

Du hast Marys Wahrheit gelebt, und es käme mir nie in den Sinn, dich dafür zu verurteilen, denn du warst noch ein Kind, als du diese Wahrheit auch als die deine angenommen hast.

Doch all das ist nicht der Grund dafür, dass ich dir schreibe.

Mit jeder Zeile komme ich dem Tod ein klein wenig näher. Er erwartet mich bereits, sieht nachts nach mir und manchmal auch bei Tag – ich kann seine Anwesenheit spüren. Die Ärzte sagen, es wird vermutlich Ende des Monats vorbei sein, und ich denke, damit werden sie recht behalten.

Es ist schon komisch. Als ich meine Diagnose erhalten habe, war ich außer mir. Vor Wut, vor Trauer, vor Angst.

Aber nicht nur meinetwegen, Katherine. Seit ich hier bin, in Howth, habe ich ein wirklich herrliches, fast vollkommenes Leben geführt. Und genau deswegen riss es mir den Boden unter den Füßen fort – ich war verzweifelt, weil ich wusste, dass ich mein geliebtes Zuhause verlieren würde. Die Rainbow-Hearts-Library, diesen Ort voller Liebe, der mich endlich hat ankommen lassen.

Ich war noch nicht bereit dafür, den nächsten Hafen anzusteuern.

Doch dann, nach ein paar finsteren Tagen und Nächten, besann ich mich wieder. Dachte an das Glück, das mir zuteilwurde.

Nachdem ich München damals verlassen hatte, lag mein Herz in Scherben. Ich war kurz davor aufzugeben. All die gescheiterten Beziehungen, das Gefühl, nirgendwo wirklich zu Hause zu sein ... und schließlich dann der Verlust von Mary und dir.

Ich bin ehrlich, Katherine: Nachdem meine Schwester mit mir brach, breitete sich ein so massiver Schmerz in mir aus, dass ich glaubte, man müsse ihn mir ansehen. Es war unerträglich.

Eine Zeit lang dachte ich sogar, kein Mensch der Welt würde mir je zu nahe kommen wollen, um ja nicht von der Dunkelheit angesteckt zu werden, die in meiner Seele wohnte.

Doch ich irrte mich. In Howth durfte ich heilen. Meine wahre Berufung finden. Menschen und Bücher, Bücher und Menschen. Worte führen zusammen, Katherine. Sie bauen Brücken über unüberwindbar scheinende Schluchten. Regenbogenbrücken, über die ihre Herzen auch jene erreichen, die nicht mehr unter uns weilen.

In meiner Bücherei geschah genau das.

Und es fand seinen Anfang mit Mr. Donnelly, einem älteren Herrn, der bei seinen Besuchen in der Rainbow-Hearts-Library Botschaften an seine verstorbene Frau zwischen den Seiten der Bücher hinterließ, die sie einst so gern gelesen hatte.

Das Entdecken dieser Briefe weckte Erinnerungen in mir ... Erinnerungen an eine ferne Zeit, in der die Zukunft noch nicht verglüht war und gleichzeitig quälend ungewiss und strahlend hell vor mir lag. Zeiten, in denen ich jung und unbeschwert war und kleine Notizzettelchen in Büchern versteckte, die ich mir aus der Schulbücherei ausgeliehen hatte.

Ich suchte das Gespräch mit Mr. Donnelly – offenbarte ihm, dass die Nachrichten an seine Frau mich zu Tränen gerührt hatten –, und noch während wir uns unterhielten, wuchs eine wunderbare Idee in mir heran.

Gemeinsam gestalteten wir ein Plakat, das wir ins Schaufenster hängten und auf dem wir die Menschen aufforderten, ebenfalls Botschaften an geliebte Personen zu verfassen und sie in ihren Lieblingsbü-

chern zu verstecken, auf dass andere Kraft aus ihren Worten schöpfen und an ihren Gefühlen teilhaben konnten.

Seither ist meine Bücherei ein Ort der Liebe. Eine Oase der Erinnerungen. Und, Katherine, als ich mich dessen besann, verlor der Tod plötzlich einen Teil seines Schreckens.

Denn ich wusste, wenn ich nur jemanden finden würde, der meinen Laden weiterführt, dann wird die Rainbow-Hearts-Library auch weiterhin ein Ort der Liebe sein. Ja, vielleicht würde dann auch mir jemand Botschaften zukommen lassen. Versteckt in den Romanen, in denen ich mich wieder und wieder verloren habe.

Diese Vorstellung hat etwas Tröstliches. Und obwohl ich mir darüber im Klaren bin, dass für diese Aufgabe nur eine einzige Person infrage kommt, versetzt mich diese Gewissheit nicht in Panik.

Ich hätte es mir einfacher machen können und einen Erben auswählen, von dem ich sicher sein kann, dass er für das Fortbestehen der Bücherei sorgen wird. Mrs. Owens Enkel, Mr. Jamesons Söhne, die Nichte von Miss Tate ... Thomas vom Backwarengeschäft an der Ecke, Roxanne aus dem Schmuckladen, Sophie aus der Boutique am Hafen. Anwärter gäbe es genug, aber niemanden, dem ich diese Aufgabe mehr zutrauen würde als dir.

Auch wenn seit unserer gemeinsamen Zeit mehr als ein ganzes Jahrzehnt ins Land gegangen ist, zweifle ich nicht daran, dass du mir meinen letzten Wunsch erfüllen kannst.

Du wirst immer die Tochter sein, die ich nie hatte. Und gleichzeitig die Schwester, die ich verloren habe.

Meine beste Freundin. Alles zusammen.

Es tut mir leid, wenn ich dir mit dieser Bitte zu viel abverlange. Da ich fest davon ausgehe, dass Mary mein Geld nicht haben wollen wird, habe ich veranlasst, dass du es im Falle einer Ausschlagung bekommst. Die Rücklagen werden dir helfen, dich einige Zeit lang über Wasser zu halten.

Zum Schluss möchte ich dir noch etwas mit auf den Weg geben:

Ich weiß, wie schwer es ist, seine Heimat hinter sich zu lassen. Glaube mir. Doch Mut wird belohnt, Katherine. Immer.

In diesem Falle vielleicht nicht mit einem Topf voll Gold. Aber dafür mit unsterblichen Worten. Und nun verabschiede ich mich von dir.

Wenn du diesen Brief liest, schaue ich dir von oben dabei zu. Ich ver-
traue dir.
In Liebe
Fiona

Kapitel 7

Katherine weinte.

Es war kein Weinen, wie sie es kannte – hemmungslos, mit verkrampften Gesichtsmuskeln und von Schluchzern geschüttelt –, sondern vollkommen stumm und unbewegt. Die Tränen liefen ihr über die Wangen und an ihrem Hals herunter, hinterließen einen salzigen Geschmack auf ihren Lippen und tropften auf das Papier in ihren Händen.

Trauer, Reue und sogar eine verhaltene Wut waren zu einem kämpfenden Knäul geworden, das sich wieder und wieder gegen ihre Brust warf. Katherine wusste nicht, was sie empfinden sollte. Was sie anhand ihrer Familiengeschichte überhaupt empfinden *durfte*.

»Danke, Miss Madigan.«

Durch einen Schleier von Tränen sah Katherine, dass Mr. Donnelly wieder an sie herangetreten war. Sie gab einen ersticken Laut von sich, der sich wie eine Mischung aus Lachen und Schluchzen anhörte.

»Wofür?«

»Dafür, dass Sie den Brief gelesen und ihn mir nicht zurückgegeben oder auf direktem Wege entsorgt haben.«

Katherine war nicht sicher, ob der alte Mann scherzte oder ob er tatsächlich mit einer solchen Reaktion gerechnet hatte.

So oder so, es war unschwer zu erkennen, dass es ihn erleichterte, seiner zu Lebzeiten offenbar sehr engen Freundin einen letzten Dienst erwiesen zu haben.

Katherine verstaute das von ihrer Tante beschriebene Papier wieder in seinem Umschlag und steckte ihn in ihre Handtasche.

Unsicher, was sie sagen sollte, lächelte sie Mr. Donnelly bloß müde an und rieb sich über die nackten Arme. Der Wind, den sie eben noch als angenehm empfunden hatte, bescherte ihr nun eine Gänsehaut.

»Ich ... ich weiß nicht, wie ich darüber denken soll«, gestand sie dem alten Mann schließlich doch, der sie unentwegt freundlich ansah. Sie erwartete nicht, dass er auf diese diffuse Aussage antwortete, doch Mr. Donnellys Miene hellte sich noch weiter auf.

»Vielleicht kann ich diesbezüglich etwas für Sie tun. Wenn Sie nichts weiter vorhaben, würde ich Sie gern ein paar Leuten vorstellen. Vorausgesetzt natürlich, Sie sind gewillt, Ihre Tante noch ein bisschen näher kennenzulernen.«

Ob sie dazu bereit war, wusste Katherine nicht mit absoluter Sicherheit zu sagen. Dass sie nach Fionas aufwühlenden Zeilen nicht allein sein wollte, hingegen schon.

Schweigend lief sie neben Mr. Donnelly her, den Blick unaufhörlich von links nach rechts schwenkend.

Seit Katherine die Rainbow-Hearts-Library vor wenigen Stunden betreten hatte, kam es ihr vor, als wären ihre Sinne geschärft worden.

Allzu deutlich nahm sie die verschiedenen Gerüche wahr, die durch die geöffneten Fenster der Häuser und Lokale krochen oder an den Spaziergängern hafteten, denen sie auf ihrem Weg zurück ins Herz des Dorfes begegneten: den berauschenden Duft süßen Gebäcks, fruchtige Aromen unterschiedlicher Parfums und den Dunst gebratenen Fetts, der aus den geöffneten Fenstern der Pubs und Restaurants kroch. Kleine Vögel mit grün schimmerndem Gefieder, bunt gestrichene Fassaden und vor Charme sprühende kleine Läden nahmen ihre Aufmerksamkeit zusätzlich in Anspruch.

Katherine war Mr. Donnelly dankbar dafür, dass er darauf verzichtete, bemüht Konversation zu machen.

Nach allem, was sie jüngst erfahren hatte, wusste sie sein rücksichtsvolles Verhalten ganz besonders zu schätzen.

Es überrascht mich nicht, dachte Katherine, dass Fiona ihn so sehr gemocht hat. Obwohl sie sich kaum eine halbe Stunde lang kannten, fühlte sie sich in seiner Gegenwart unheimlich wohl. »Wer sind diese Leute, mit denen Sie mich bekannt machen wollen?«, fragte Katherine, als sie sich wieder zum Sprechen in der Lage fühlte.

»Freunde von Fiona. Und von mir. Terry, Brianna und Ivy haben uns damals tatkräftig bei der Eröffnungsfeier der Rainbow-Hearts-Library unterstützt. Ah, schauen Sie nur! Da sind sie ja«, verkündete Mr. Donnelly und nickte in Richtung eines kleinen Eck-Cafés auf der gegenüberliegenden Straßenseite. Auf der winzigen Veranda saßen zwei Frauen und ein Mann an einem runden, mit Teetassen eingedeckten Tisch. Alle drei waren in ein Kartenspiel vertieft. Erst, als Mr. Donnelly und Katherine unmittelbar vor ihnen standen, sahen sie von den Karten in ihren Händen auf.

Während sich der Mann der Runde seinem verlebten Aussehen nach zu urteilen etwa in Dorans Alter zu befinden schien, wirkten die Frauen um ein paar Jahre jünger. Beide trugen Dauerwellen, hatten sich farbenfroh geschminkt und mit üppigem Goldschmuck behangen. Bis auf ihre nicht identischen Haarfarben – blond und schwarz – sahen sie auf den ersten Blick ein bisschen aus wie Schwestern. Erst auf den zweiten zeigten sich Unterschiede in ihren Gesichtern.

»Hallo, zusammen. Dürfen wir uns setzen?«, fragte Mr. Donnelly manierlich und zog einen Stuhl zurück.

»Nanu? Wen bringst du denn da mit, Doran?«, fragte der Mann mit den zahlreichen Lachfalten, die sich vor allem um seine Augen herum bildeten, erfreut. Ohne eine Antwort abzuwarten schüttelte er Katherines Hand. »Nehmen Sie Platz, junge Frau. Ich bin Terry. Schön, Sie kennenzulernen.«

»Vielen Dank. Freut mich auch. Ich bin Katherine. Eine …
ähm … Bekannte von Mr. Donnelly.«

Terry strahlte sie an. Im direkten Vergleich zu Mr. Donnelly
machte er einen ziemlich aufgedrehten Eindruck, wirkte auf Katherine aber nicht weniger herzlich.

»Oh, Ihr Akzent ist ja wirklich charmant«, sagte Terry heiter,
»was höre ich da raus? Nicht nur einen irischen Einschlag, sondern
auch – ich weiß auch nicht – einen deutschen?«

Katherine nickte. »Ja. Ich komme aus München. Meine Mum ist
Irin.«

»Ah, ein Mädchen aus der Großstadt. Wie spannend! Sind Sie
zum ersten Mal in Howth?«

»Ja. Es ist wirklich wunderschön.«

»Absolut! Was verschlägt Sie hierher? Etwa nur der gute alte Doran?«

Katherines Herzschlag beschleunigte sich.

»Ich –«

»Lässt du uns heute auch noch mal zu Wort kommen, Terry?«
Die Schwarzhaarige lachte kehlig und reichte Katherine ihrerseits die Hand. »Brianna.«

Ihre blonde Freundin tat es ihr gleich. »Und ich bin Ivy. Willkommen in Howth.«

»Danke. Sehr lieb von Ihnen.«

»Spielen Sie doch eine Partie Spoil Five mit uns«, schlug Terry
vor. »Der Verlierer spendiert jedem ein Stück Apfelkuchen.«

»Terry«, rief Brianna empört aus, »du hast doch gerade verloren.
Also los. Hol uns gefälligst unseren Kuchen, du alter Schummler.«

»Ganz genau«, bekräftigte Ivy, »und bring einen Teller für Doran
und unseren Besuch aus München mit.«

Terry fügte sich seinem Schicksal, und so hatten sie wenig später
jeder ein Stück herrlich duftendes Gebäck vor sich stehen.

»Der ist umwerfend lecker«, teilte Katherine der Gesprächsrunde
zwischen zwei Bissen mit.

»Der beste in ganz Irland«, behauptete Terry, ohne mit der
Wimper zu zucken.

Brianna hob die kunstvoll nachgezogenen Brauen. »Eine gewagte

These. Wir sollten uns beizeiten mal daranmachen, sie auf ihren Wahrheitsgehalt zu überprüfen.«

»Wie ist der Kuchen in München so?«, fragte Ivy interessiert.

»Ähm. Gut. Sehr gut sogar. Sie sollten mal hinfliegen, wenn Sie noch nicht da gewesen sind.«

»Ich war mal da«, warf Mr. Donnelly, der die ganze Zeit über recht schweigsam gewesen war, ein. »Zusammen mit Fiona. Nur für ein Wochenende, aber das hat ausgereicht, um die Stadt lieb zu gewinnen. Und den Kuchen. Und das Bier.« Der alte Mann zwinkerte.

»Fiona …« Brianna hauchte ihren Namen. Mit verklärtem Blick sah sie in ihre Teetasse.

»Schade, dass Sie die Rainbow-Hearts-Library nicht besuchen können, wenn Sie schon mal hier sind«, griff Ivy das Thema auf.

Katherine hatte im Verdacht, dass Mr. Donnelly seine Anekdote ganz bewusst in die Unterhaltung eingestreut hatte.

»Oh. Ja, das stimmt. Doran hat mir schon davon erzählt.«

Die vorübergehende Entspannung, die Sonne, Kuchen und Konversation ihr gebracht hatten, verflog. Nervös rutschte Katherine auf ihrem Stuhl hin und her.

Anwärter gäbe es genug, aber niemanden, dem ich diese Aufgabe mehr zutrauen würde als dir.

Fionas Worte hallten wie ein Echo in ihrem Herzen nach.

»Dann wissen Sie sicher, dass die Inhaberin kürzlich verstorben ist?«, fragte Terry und wirkte dabei nicht ansatzweise sensationslüstern, sondern einfach nur aufrichtig traurig.

Katherines Kehle fühlte sich plötzlich an wie zugeschnürt, weshalb sie ihre Antwort auf ein Nicken beschränkte.

»Fiona war ein großartiger Mensch«, sagte Brianna inbrünstig. »Jemand, der Gutes tat, ohne eine Gegenleistung dafür zu erwarten. Es waren diese berühmt-berüchtigten kleinen Dinge, wissen Sie? Ihren Nachbarn ungefragt etwas vom Bäcker mitbringen zum Beispiel, oder uns alten Herrschaften die Einkaufstüten nach Hause tragen. Die Rainbow-Hearts-Library hat dem Ganzen dann nur die Krone aufgesetzt. Dabei wussten viele der Dorfbewohner zu Anfang gar nicht, was sie von dieser Kombination aus Buchladen und Bücherei halten sollten. Auch ich war zugegebenermaßen erst einmal irritiert.

Vor allem, als dann noch die Sache mit den Briefen dazukam. Aber unser lieber Doran hier«, sie tätschelte dem alten Mann liebevoll die Hand, »ist nicht müde geworden, mich zu einem Besuch zu überreden. Ständig kam er in unsere Boutique, stimmt's, Ivy? ›Lass dich darauf ein‹, hat er gesagt, ›Glaub mir, es wird dir guttun.‹ Und weil Ivy dasselbe gemeint hat und ständig dort war, habe ich irgendwann klein beigegeben.« Die Erinnerung ließ Briannas Augen glitzern.

Eine Boutique.

Das passt, dachte Katherine. Sie konnte sich die Freundinnen mit ihren schicken Kleidern und den aufwendig geschminkten Gesichtern bildhaft in einem hübschen kleinen Geschäft vorstellen.

»Haben Sie auch Briefe geschrieben?«, fragte sie leise.

»Einen einzigen, und auch nur ein paar wenige Worte. Allerdings keinen Liebesbrief, sondern eine Nachricht an meinen Sohn. Es war das erste Mal nach Jahren, dass ich mich mit seinem Tod auseinandergesetzt habe. Ihm zu schreiben, als wäre er noch hier, war ein so wunderbares Erlebnis. Die Zeilen an ihn habe ich in *Der kleine Prinz* versteckt, seinem Lieblingsbuch aus der Kindheit. Ein paar Tage später kam ich zurück in die Rainbow-Hearts-Library, um zu schauen, ob der Brief noch da war. Fiona teilte mir mit, dass sich jemand das Buch ausgeliehen hätte. Der Gedanke daran, dass gelesen wurde, was ich geschrieben hatte, hatte etwas zutiefst Beruhigendes. Etwas unfassbar Schönes und Tröstliches, das mich auch heute noch bestärkt. Ich habe mir vorgestellt, dass mein Daniel sich darüber freuen würde. Denn die Menschen, die meinen Brief gelesen haben, müssen ja zumindest kurz an ihn gedacht haben. Dabei ist es gleich, ob sie ihn persönlich gekannt haben oder er ihnen ein Fremder war – mein Sohn ist in diesen Momenten wieder da, verstehen Sie?«

Katherine hütete sich, diese Frage zu bejahen. Sie wusste nicht, wie es war, ein Kind zu verlieren. Was Brianna empfand, konnte sie sich allerhöchstens abstrakt vorstellen.

Dass die Irin in Fionas Bücherei eine Linderung für ihren sicherlich unvorstellbar großen Schmerz gefunden hatte, war allerdings in der Tat etwas Tröstliches.

Allmählich wurde Katherine sich der Dimension des Zaubers bewusst, der in der Bücherei seinen Anfang genommen hatte.

»Sie hat recht«, sagte Ivy. »Diese Briefe haben eine unglaubliche Macht. Sie können sogar Tote wieder lebendig werden lassen. Aber auch alte Freundschaften wiederbeleben. Glückliche Momente konservieren. Und Geheimnisse für sich behalten. Man vertraut ihnen gern an, was man sonst niemandem sagen würde. Und wenn man möchte, dass es so bleibt, unterzeichnet man einfach mit einem falschen Namen – oder lässt ihn ganz weg.« Sie kicherte mädchenhaft. »Auch wenn das in meinem Fall wenig geholfen hat. Ich war damals heimlich in einen Fischer verliebt, der regelmäßig zum Essen ins O'Connells kam, einem kleinen Pub am Pier, in dem ich eine Zeit lang als Bedienung gearbeitet habe. Weil ich zu feige war, ihn anzusprechen, und ich gleichzeitig fast vergangen bin vor Sehnsucht, habe ich meine Gedanken über diesen Herzensbrecher aufgeschrieben und wahllos in irgendeinem Buch versteckt. Ich habe mir nicht mal den Titel gemerkt! Zwei Wochen später, als ich dem Fischer die Rechnung bringen wollte, habe ich dann doch tatsächlich *meinen* Brief vor ihm auf dem Tisch liegen sehen. Er ist aus dem Grinsen gar nicht mehr rausgekommen. Verrückt genug, dass er ausgerechnet dieses Blatt Papier gefunden hat, aber er konnte obendrein noch meine Schrift identifizieren – dieser gewiefte Kerl kannte sie von den Schiefertafeln im Pub, die ich immer mit Getränken, Speisen und ein paar lustigen Sprüchen beschrieben habe.«

Sie lachte, und Brianna, Terry und Mr. Donnelly stimmten mit ein. Auch Katherine musste schmunzeln.

»Wie ist es ausgegangen? Ich hoffe doch gut?«

»Oh, na ja.« Ivy sah sich zu allen Seiten um und senkte dann die Stimme. »Wir hatten eine schöne Zeit zusammen.« Sie grinste verschwörerisch. »Aber zu mehr hat es nicht gereicht.«

Katherine lächelte. »Na ja. Immerhin doch für eine gute Geschichte. Haben Sie auch eine, Terry?«

Der alte Mann grunzte. »Eine Rainbow-Hearts-Library-Geschichte?«

»Ja.«

»Mehr als genug. Meine liebste ist die, in der meine Nichte Cheyenne in der Bücherei ihren jetzigen Verlobten kennengelernt hat. Das war kurz nach meinem Umzug aus Wexford, muss jetzt fünf Jahre her sein. Wir waren zusammen dort, um ein Geschenk für meinen Bruder Jeremy zu besorgen. Es war Winter, und Fiona hatte eine weihnachtliche Bücherkiste zusammengestellt, die wir dann nach einem passenden Roman für Jeremy durchsucht haben. Dabei hat Cheyenne ihren Ring verloren, er ist ihr einfach vom Finger gerutscht. Vor meinem Ruhestand war ich Goldschmied, müssen Sie wissen. Der Ring war ein Geschenk von mir zu ihrem achtzehnten Geburtstag. Meine vielleicht filigranste Arbeit; hauchdünn und mit einem kleinen Steinchen in der Mitte. Sie hat ihn geliebt und jeden Tag getragen.« Terry machte eine kurze Pause und nippte an seinem Tee, ehe er fortfuhr. »Wir haben alles abgesucht, jedes Buch einzeln aus der Kiste geholt. Fiona hat uns sogar dabei geholfen, aber nicht mal mit drei Augenpaaren konnten wir ihn finden. Christian wollte sich gerade ein Buch kaufen, er war als Tourist in Howth. Als er bemerkt hat, dass wir verzweifelt nach dem Ring meiner Nichte gesucht haben, ist er zu uns gekommen, um uns zu helfen. Was soll ich sagen? Er hat ganz zielsicher nach einem Buch gegriffen und den Ring herausgeschüttelt. Zack! Einfach so. Dann hat er Cheyenne gefragt, ob sie mit ihm einen Kaffee trinken wolle – vorausgesetzt, der Schmuck bedeute nicht, dass sie verlobt oder verheiratet wäre. Und so nahm die Geschichte der beiden ihren Lauf. Chey nennt dieses Erlebnis seitdem immer ihre ›etwas andere Cinderella-Story‹.«

Er lächelte so breit, dass Katherine gar nicht anders konnte, als mitzumachen. Die Geschichten der drei, so unterschiedlich sie auch waren, berührten Katherine. Jede auf ihre eigene, zauberhafte Weise. Sie glaubte, allmählich zu verstehen, was für einen hohen Stellenwert die Rainbow-Hearts-Library für die Dorfbewohner besessen hatte.

»Das klingt alles so schön. Danke, dass Sie mir das erzählt haben.«

»Aber gern doch! Wirklich ein Jammer, dass Sie sich die Rainbow-Hearts-Library nicht mit eigenen Augen ansehen können«, sagte Ivy. »Jedenfalls nicht von innen. Fiona hätte sich sicherlich Zeit genommen, Ihnen alles zu zeigen. Sie hätten sie gemocht, ganz bestimmt.«

Katherine zögerte. Es hatte keinen Sinn, dachte sie, dieses Versteckspiel weiterhin mitzuspielen. So offen, wie ihre neuen Bekanntschaften zu ihr waren, wäre es nur fair, ihnen zu erzählen, wer sie wirklich war. Die Angst davor, dass Fiona mit den Einwohnern Howths über ihre Familienumstände gesprochen hatte – darüber, dass sie von ihrer Schwester und ihrer Nichte verstoßen worden war –, hatte Hemmungen in ihr geweckt.

Immerhin hielten bisher alle Menschen, mit denen sie gesprochen hatte, Fiona offensichtlich für eine Heilige.

Wer wusste schon, dachte Katherine unruhig, wie sie die Ereignisse rund um den Bruch vor dreizehn Jahren geschildert hatte. Am Ende würden Terry, Brianna und Ivy ihr noch mit Ablehnung und Unverständnis begegnen.

Andererseits empfand sie die drei als so herzlich und warm, dass ihre Ängste vermutlich unbegründet waren. Und war ihr nicht auch Mr. Donnelly, der zweifellos über alles Bescheid wusste, ganz offen und ohne Vorurteile begegnet?

Als könnte er ihre Gedanken lesen, nickte er Katherine aufmunternd zu.

Katherine holte tief Luft und fasste sich ein Herz. »Ich kannte Fiona. Sie war meine Tante.«

Die Ablehnung, vor der sie sich fürchtete, blieb aus.

Zwar machten die drei älteren Herrschaften keinen Hehl aus ihrem Erstaunen, doch schienen sie sich aufrichtig über diese Neuigkeit zu freuen.

»Herrje, wieso haben Sie denn das nicht gleich gesagt?«, fragte Terry, dessen Wangen einen Hauch von Rosa angenommen hatten.

»Ja«, pflichtete Brianna ihm bei, »Fiona hat uns doch so viel von Ihnen erzählt.«

»Von mir?! Wirklich?«

»Selbstverständlich! Von ihrem engen, freundschaftlichen Verhältnis, das Sie beide gehabt hatten, bis Fiona Deutschland verlassen und Sie sich langsam auseinandergelebt haben. Sie sagte immer, dass das wohl der Tribut sei, den die Distanz fordere. Allerdings hat sie Ihren Namen in ihren Erzählungen immer für sich behalten. Sonst wären wir Super-Detektive wohl schon ein bisschen eher darauf gekommen, wer Sie sind – stimmt's, Leute?«

Terry und Ivy nickten eifrig.

Die Distanz also.

Kein Wort von der Beziehung zu ihrem Vater und dem Schmerz, der sie alle – Fiona, Mary und Katherine selbst – seither begleitet hatte.

»Vielleicht besteht ja doch noch die Möglichkeit, dass Sie sich Fionas Bücherei einmal ansehen«, warf Terry aufgeregt ein. »Spätestens, wenn das Haus zum Verkauf angeboten wird, könnten Sie wiederkommen und die neuen Besitzer kontaktieren.«

Brianna machte ein trauriges Gesicht. »Wenn sie sich denn vor ihrem Tod überhaupt noch für jemanden entschieden hat, der die Rainbow-Hearts-Library weiterführen soll. Fiona hat sich immer bedeckt gehalten, was das Thema anging. Wenn jemand von außerhalb das Haus kauft, können wir nur darauf hoffen, dass er das Geschäft behält und Fionas Konzept übernimmt.«

»Sei nicht so negativ, Liebes«, entgegnete Ivy sofort. »Vergiss nicht, was die Bücherei für einen guten Ruf genossen hat. Der Käufer täte sich keinen Gefallen damit, sie einfach dichtzumachen oder sie grundlegend zu verändern.«

»Wenn du damit mal recht behältst, Ivy.« Auch Terrys Lächeln war angesichts des Themenschwenks vorübergehend verschwunden. »Ohne die Rainbow-Hearts-Library ginge Howth ein großes Stück Magie verloren.«

Katherine rang mit sich. Einerseits wollte sie gern erzählen, dass sie die Bücherei gerade besichtigt hatte – dass sie zu verstehen glaubte, warum sie den Bewohnern des Küstendorfes so sehr am Herzen lag. Andererseits wollte sie sich auf keinen Fall dem Erwartungsdruck all dieser lieben Menschen aussetzen, die in ihr vielleicht einen Hoffnungsschimmer sahen. Jemanden, der die Bücherei übernehmen und ihnen den geliebten Ort erhalten konnte.

»Ich … glaube, ich muss jetzt gehen«, sagte Katherine unvermittelt. Ihr war ein wenig schwindelig geworden. Bis sie mit Mr. Walsh in die Rainbow-Hearts-Library gegangen war und von den Briefen und Geschichten erfahren hatte, war ihr Besuch in Howth zwanglos und unverbindlich gewesen. Nun, da sie um die Besonderheit und den emotionalen Wert der Rainbow-Hearts-Library wusste, fühlte sie sich mehr und mehr in die Enge getrieben. Vor allem, da sogar ihre Tante selbst die Bitte an Katherine gerichtet hatte, ihr Lebenswerk fortzuführen.

Wie sollte es ihr gelingen, den letzten Willen einer Toten zu missachten, ohne von schrecklichen Gewissensbissen geplagt zu werden? Und, was noch viel wichtiger war: *Wollte* sie das überhaupt? Wollte sie das Erbe ausschlagen und ihr Leben wie gewohnt weiterführen, oder wäre es am Ende doch die richtige Entscheidung, Job und Wohnung zu kündigen und in ein anderes Land auszuwandern? Oder täte sie sich selbst vielleicht doch den größten Gefallen damit, das Haus zu verkaufen und das Geld für sich und ihre Mutter anzulegen?

Ganz gleich, welches Szenario sie in ihrem Kopf auch durchspielte, immer gab es einen Haken.

Ein Dasein ohne Luca, ihre anderen Freundinnen und auch ohne Mary zu führen, erschien Katherine seltsam und nur schwer vorstellbar. Andererseits ließ sich nicht leugnen, dass sie sich hier, in dem kleinen Fischerdorf auf der irischen Halbinsel, so wohl fühlte, wie schon seit Langem nicht mehr.

»Oh, das ist aber schade«, sagte Terry und erntete sogleich zustimmendes Nicken von den Damen an seiner Seite.

»Bis wann haben Sie denn noch vor zu bleiben?«, fragte Ivy.

»Mein Rückflug geht übermorgen.«

»Dann werden wir doch ganz sicher noch eine Tasse Tee zusammen trinken können, bevor Sie die Heimreise antreten. Setzen Sie sich einfach zu uns, wenn Sie uns sehen. Wir treffen uns hier jeden Tag um dieselbe Zeit.«

Katherine bedankte sich für das Angebot, schüttelte allen vieren die Hand und drückte Mr. Donnellys zum Abschied ganz besonders fest.

»Es hat mich sehr gefreut, Sie alle kennenzulernen«, sagte sie aufrichtig und wunderte sich über die Wehmut, die sich in ihre Stimme geschlichen hatte.

»Machen Sie es gut, Katherine.« Mr. Donnelly warf einen beschwörenden Blick auf ihre Handtasche. »Und hören Sie auf Ihr Herz. Tun Sie nichts, was Sie nicht möchten. Ich bin sicher, Sie werden für sich eine gute Entscheidung treffen.«

Kapitel 8

Den Rest des Tages verbrachte Katherine im Bett ihres Hotelzimmers.

Die vergangenen Stunden hatten ihr so viel Energie geraubt, dass sie es als ungeheuer wohltuend empfand, einfach nur auf den kühlen Laken zu liegen und dem Gepänkel im Fernsehen zu lauschen.

Am Abend telefonierte sie mit Luca und schilderte der Freundin in groben Zügen, was sie bisher erlebt hatte.

»Eine Bücherei voller Briefe? Machst du Witze?«, fragte Luca begeistert. »Das ist ja wohl der Hammer! Klingt richtig abenteuerlich, wenn du mich fragst. Dafür würde ich hier alles stehen und liegen lassen. Na gut, alles bis auf Adrian. Aber mal ernsthaft: Tu es! Probiere es aus! Wenn es dir nicht gefällt, kannst du immer noch das Handtuch werfen.«

Es war Katherine ein Rätsel, wie ihre Freundin es schaffte, jeder noch so verzwickten Situation mit glühendem Optimismus zu begegnen.

»Das ist nicht so einfach, Lu. Ich liebe es hier, keine Frage. Aber kann ich an einem Ort wohnen, an dem mein Vater unsere Familie zerstört hat? Das funktioniert nicht. Ich … ich muss doch auch an Mum denken. An meinen Job. Und an dich.«

Luca schnaubte. »Nein. Du musst in erster Linie an dich selbst denken. Wir leben im 21. Jahrhundert. Du verlierst mich nicht, nur weil wir nicht mehr in derselben Stadt wohnen. Ich meine … Facetime? Schon mal gehört? Und dein Verhältnis zu deiner Mum ist wirklich durchwachsen, Süße. Ihr seht euch nicht gerade häufig, vielleicht alle paar Wochen mal. Du könntest sie genauso oft besuchen, wenn du wegziehen würdest. Zwei, drei Flugstunden sind gar nichts. Und was deinen Job angeht … Tolles Gehalt, ja. Aber wie lange bist du schon unzufrieden mit deinem Chef? Wie oft hast du zu mir gesagt, dass du dich müde und überarbeitet fühlst?«

Katherine wusste, dass es keinen Sinn hatte, mit Luca zu diskutieren. Auf jedes Argument, das sie vorbrächte, würde die Freundin etwas zu erwidern wissen. Also begnügte sie sich damit, Luca eine Gute Nacht zu wünschen und zu versprechen, sich spätestens dann zu melden, wenn sie zurück in München war.

Ihrer Erschöpfung zum Trotz lag Katherine noch eine ganze Weile wach, ehe ihr Gedankenkarussell endlich zum Stehen kam und sie in die wohlige Umarmung des Schlafes glitt.

Der Freitagmorgen begann regnerisch.

Während sie ihren Kaffee trank und sich ein Marmeladenbrötchen zum Frühstück genehmigte, verfolgte Katherine die Spuren der Regentropfen, die an den Scheiben der Restaurantfenster hinabliefen. Die Nacht hatte immerhin schon eine erste Erkenntnis mit sich gebracht: Das Haus ohne das Fortbestehen der Bücherei als Ferienunterkunft zu nutzen oder es weiterzuverkaufen und sich den Erlös auszahlen zu lassen, kam nicht infrage. Kurz hatte sie ernsthaft mit dem Gedanken gespielt, würde er doch bedeuten, dass sie sich in München einen finanziellen Puffer schaffen und sich ohne Druck nach einem neuen Job umsehen könnte. Wenn sie aber nicht bereit war, Fionas Bücherei am Leben zu erhalten, konnte sie das Erbe definitiv nicht antreten. Nicht mit dem Wissen, das sie seit ihrer Ankunft im Dorf gewonnen hatte.

Ganz oder gar nicht, dachte Katherine und pustete in ihren Kaffee. Keine Kompromisse.

Dem durchwachsenen Wetter zum Trotz entschied Katherine sich, einen Spaziergang zu unternehmen. Nachdem sie ihr Fruchtstück beendet hatte, wünschte sie der Rezeptionistin einen schönen Tag und trat hinaus auf den nach Sommerregen duftenden Gehweg.

Obwohl die Temperaturen nur um ein paar wenige Grad gesunken waren, fühlte sie sich, als könnte sie zum ersten Mal seit langer Zeit wieder atmen. Die Luft war salzig, klar und rein. Kurz überlegte Katherine, ein wenig durch die kleinen Läden entlang der Promenade zu stöbern, doch dann zog es sie in Richtung der Klippen. In den Broschüren, die die Rezeptionistin ihr gegeben hatte, war die Rede von einem bilderbuchartigen Cliff Walk, der zu Wanderungen einlud. Katherine folgte der dort abgedruckten Wegbeschreibung und betrat etwa zwanzig Minuten später einen beschilderten Pfad. Sie war nur wenige Schritte gegangen, als es aufhörte zu regnen und die Sonne schüchtern zwischen den grauen Wolken hervorbrach. Die vielen gelben und lila Blüten, die auf den Hügeln wuchsen, wurden in ein goldenes Licht getaucht.

Magie, dachte Katherine.

Die friedliche Farbenvielfalt bildete einen beeindruckenden Kontrast zu den Felsen, die sich immer wieder rau und wild aus dem satten Grün erhoben und links von Katherine steil ins Meer abfielen.

Der Wanderweg schlängelte sich abwechselnd dicht entlang des glitzernden Wassers und an Schafsweiden vorbei, auf denen kugelrunde Tiere glücklich grasten. Hatte Katherine bereits bei ihrer Ankunft den Eindruck gehabt, in Howth die Mutter aller Idyllen gefunden zu haben, verstärkte dieser Eindruck sich bei diesem Anblick noch.

Wie oft wohl war Fiona hier oben gewesen, um die Aussicht zu genießen? Hatte sie Gunnar mit auf die Klippen genommen? Wenn ja, was mochte er gedacht haben, als er dorthin gesehen hatte, wo Blau und Blau einander am Horizont berührten?

Sie stellte sich vor, wie ihr Vater neben ihr stand und ihr aus seinen verschiedenfarbigen Augen zuzwinkerte. Insgeheim war Katherine immer ein wenig neidisch auf seine Iris-Heterochromie gewesen.

»Warum siehst du so aus, Papa?«, hatte sie ihn als Kind beinahe täglich gefragt und sich kichernd über seine immer gleichbleibende Antwort gefreut: »Weil ich ein Superheld bin, Kathy. Ein Superheld, der dafür da ist, dass kleinen Mädchen wie dir niemals ein Unrecht geschieht.«

Der Wind frischte auf und trug die Erinnerung fort.

Dennoch flimmerten die Bilder der Vergangenheit wie ein Negativfilm über ihre Netzhaut. Katherine setzte ihren Weg fort, doch der Zauber, der hier oben jeden ihrer Schritte begleitet hatte, war plötzlich verflogen.

Unschlüssig blieb sie stehen. Sollte sie ins Dorf zurückkehren? Oder dem Pfad in der Hoffnung, der Zauber möge wiederkehren, noch weiter folgen?

Ein leises Räuspern ließ Katherine zusammenfahren.

Erschrocken drehte sie sich um – und sah einen Mann zwischen zwei Büschen kauern. Sein Gesicht wurde zur Hälfte von einer Kamera verdeckt.

Ihr erster Gedanke war, dass es sich bei ihm um einen Spanner handeln musste. Wer sonst versteckte sich abseits des Weges und fotografierte ahnungslose Spaziergänger?

Dann entsann sie sich wieder der wunderbaren Natur um sie herum und kam zu dem Schluss, dass mit Sicherheit nicht sie sein Motiv gewesen war.

Der Mann räusperte sich noch einmal. »So gut du dich auch in dieses wunderschöne Himmel-Meer-Klippen-Foto einfügst, würde ich dich doch bitten, einen Schritt zur Seite zu gehen.«

»Oh. Ja, natürlich.«

»Danke.« Es klickte ein paarmal, dann ließ der Fotograf die Kamera sinken. Aus hellbraunen, wachsamen Augen heraus sah er Katherine an. Seine Haare waren dunkel, die Gesichtszüge markant, mit hohen Wangenknochen und einer geraden Nase. Auf seiner Stirn zeichnete sich eine Narbe ab, die sich über sein linkes Augenlid bis zu seinem Jochbein zog. Das Lächeln wiederum, das dem jungen Mann zwei Grübchen in die Wangen zauberte, nahm seiner Gesamterscheinung die Härte.

Katherine fand, dass er auf eine geheimnisvolle Weise sehr attraktiv war.

»Das war's schon?«, fragte sie ihn neugierig.

»Nein. Aber ich glaube, ich möchte mir erst mal in Ruhe ansehen, wer mir da vor die Linse gelaufen ist.«

Katherine spürte, wie sie unter dem Blick des Fremden errötete. Ohne die Augen von ihr abzuwenden, stand er auf.

Er war um einiges größer als Katherine, was bei ihren stolzen eins sechzig allerdings auch nicht sonderlich schwer war, und auffallend muskulös; sein kurzärmeliges weißes Hemd spannte über den braun gebrannten Oberarmen.

»Katherine«, sagte sie und fühlte sich von der Gesamterscheinung des jungen Mannes ein wenig aus dem Konzept gebracht, »die ist dir vor die Linse gelaufen.«

»Ah, gut zu wissen. Und wo kommt sie her, diese Katherine? Ich glaube, ich höre da einen Akzent.«

»Aus München.«

»Aus München! Spannend.«

»Hier ist es auch spannend«, wandte Katherine ein, »spannender, als ich gedacht hatte.«

»Ach ja? Was genau machst du denn hier, einen Abenteuerurlaub oder so was?«

Katherine wog ihre nächsten Worte sorgfältig ab. Sicher kannte auch der Fotograf die Rainbow-Hearts-Library – zumindest, wenn er in Howth lebte. So anrührend und wunderbar ihr Aufenthalt bisher auch gewesen war – voller Geschichten und Erkenntnisse –, im Augenblick wollte sie nicht über Fiona und ihr Erbe sprechen.

»Ich habe jemanden besucht«, sagte sie unverbindlich, »jemanden, den ich lange nicht gesehen habe. Und jetzt möchte ich noch ein paar Eindrücke sammeln. Nur für mich selbst.«

»Klingt gut.« Der Fotograf strich sich eine dunkle Haarsträhne aus dem Gesicht.

Mein Gott, dachte Katherine, was sind das nur für perfekte Wangenknochen? So scharf, dass man sich an ihnen schneiden könnte.

»Cadan«, sagte der junge Mann plötzlich.

»Wie bitte?«

»Cadan. Du hast mich nicht nach meinem Namen gefragt.« Er grinste.

»Oh, klar. Sorry.«

»Kein Problem. Bei diesem Anblick kann man schon mal durcheinanderkommen.«

Katherine hob die Brauen. Zugegeben, er hatte nicht Unrecht. Dennoch … »Da ist aber jemand sehr von sich überzeugt.«

Cadans Grinsen wurde breiter. »Ich meine das Meer. Nicht mich.«

Die Röte kroch Katherine heiß und prickelnd bis in die Haarspitzen. »Ja, ich weiß.«

»Klar.« Er lachte leise und widmete sich dann wieder seiner Kamera. »Ich werde dann mal weitermachen, Katherine aus München.«

»Okay. Viel Spaß noch.« Peinlich berührt wandte sie sich zum Gehen. Irgendwie schaffte er es, sie mit jedem seiner Worte in Verlegenheit zu bringen.

»Ach so, Katherine?«

Sie blieb stehen und warf ihm einen Blick über die Schulter zu. »Ja?«

»Wenn du zurück zum Hafen möchtest, nimm den Umweg über die Upper Cliff Road«, sagte Cadan, ohne sie anzusehen. Sie erwischte sich bei dem seltsamen Gedanken, dass sie noch einmal in das Bernsteinbraun seiner Augen sehen wollte, bevor sie Howth am Folgetag verlassen würde. Doch der Fotograf war wieder voll und ganz auf das Geschehen hinter der Linse konzentriert.

»Warum?«

»Weil es ein so schöner Kontrast zu Howths wilder Seite ist. Irgendwie beruhigend. Etwas, das du dir nicht entgehen lassen solltest, wenn du schon mal hier bist.«

Cadan sollte recht behalten. Die Upper Cliff Road führte Katherine an einer Reihe beeindruckender Villen vorbei. Sie staunte über die weitläufigen Gärten hinter schmiedeeisernen Toren, die Farbvielfalt der im seichten Wind wogenden Blüten und das Gefühl, durch einen ewigen, friedlichen Sommer zu laufen.

Im Schatten einer Esche lag ein hechelnder Corgi, wenige Meter entfernt spielten Kinder mit Wasserpistolen.

Allmählich gewann Katherine den Eindruck, dass Howth einem Bilderbuch nachempfunden sein musste.

»Einfach unglaublich«, murmelte sie in sich hinein, bog in eine steil ins Dorf hinabführende Seitenstraße ab und genoss den Luftzug, der ihr vom Hafen her entgegenwehte.

Weil es so ein schöner Kontrast zu Howths wilder Seite ist.

Die Worte des Fotografen ließen Katherine schmunzeln. Selten war sie einem so interessanten Mann begegnet – einem, zu dem sie sich nach nur wenigen Worten derart hingezogen gefühlt hatte. Ob er wohl öfter zum Fotografieren auf die Klippen kam?

Und wo, wenn nicht in Howth, mochte er leben? Kam er aus der Stadt?

Ich hätte ihn fragen sollen, dachte sie und ärgerte sich ein bisschen über sich selbst.

Doch ihr knurrender Magen lenkte Katherine schnell von den Spekulationen über den hübschen Fremden ab. Am Pier kehrte sie in einem Pub ein, dessen zum Wasser ausgerichtete Außentische zum Verweilen einluden. Kleine Fischerboote tanzten in den seichten Wellen des auffrischenden Sommerwindes an ihren Tauen, Kinder fütterten Möwen mit Brotkrumen, und vorbeigehende Touristen zückten ihre Smartphones, um das kleine Paradies um sie herum mit ihren Kameras einzufangen. Ganze zwei Stunden blieb Katherine auf ihrem Platz sitzen und genoss die Aussicht, bevor sie die Rechnung für eine Portion Fish & Chips und ein Glas Wein beglich und auf den Rückweg zum Seashell machte.

Gern hätte sie ihre Erkundungstour durch Howth weiter fortgesetzt und die Meeresluft noch ein wenig länger auf Haut und Haaren gespürt. Doch der Tag und seine Ereignisse – all die Überraschungen, die vielen Gefühle, tollen Gespräche und unerwarteten Bekanntschaften – hatten sie unendlich müde werden lassen.

Und über die Erschöpfung hinaus waren da auch noch diese allzeit präsenten lauten Gedanken, die wie ein unendliches Echo durch ihren Kopf hallten: Fiona hat all ihre Hoffnungen in mich gesetzt. Ich soll die Rainbow-Hearts-Library am Leben erhalten. Hier bleiben. In Howth.

Katherine blieb stehen.

Langsam drehte sie sich um die eigene Achse. Die raue Schönheit des Küstendorfes war überwältigend. Ein Ort, an dem es sich zweifellos aushalten ließ.

Ja, daran könnte ich mich wohl wirklich gewöhnen, dachte sie sehnsüchtig.

Aber war sie wirklich mutig genug, München zu verlassen? Der Stadt den Rücken zu kehren, die ihr in den letzten Jahren so wohlgesonnen gewesen war? In der ihre Freunde und ihre Mutter lebten, sie einem gut bezahlten Job nachging, ein herrliches Apartment bewohnte? Die Antwort auf diese Fragen versteckte sich irgendwo tief in ihrem Herzen, direkt neben Dutzenden, nie ausgesprochenen Wünschen, ungeweinten Tränen und Träumen, die darauf warteten, dass ihnen Flügel wuchsen.

Kapitel 9

Der nächste Morgen kam viel zu schnell.

Während Katherine ihre von lebhaften Träumen verhärteten Muskeln unter dem heißen Wasserstrahl der Dusche zu entspannen versuchte, schien ihr gesunder Menschenverstand allmählich zurückzukehren.

Mir nichts, dir nichts alles aufzugeben, was sie sich erarbeitet hatte, wäre schlichtweg verrückt. Sie hatte sich von ihren Emotionen in die Irre führen lassen, als sie über einen Umzug nachgedacht hatte. Vom Zauber des Küstenortes und der Herzlichkeit seiner Bewohner.

Katherine drehte das Wasser ab und hüllte sich in ein flauschiges Handtuch. Routiniert trug sie ein schlichtes Make-up auf, föhnte die langen Haare mit einer Rundbürste und schlüpfte in einen olivfarbenen Jumpsuit.

Nach dem Frühstück wollte sie Fionas Haus noch einmal aufsuchen, um in aller Ruhe Abschied nehmen zu können.

Den Rest des Wochenendes würde sie dann in Dublin verbringen und sich dort spontan in ein Hotel einmieten, bevor die Magie des Fischerdorfes ihr Herz noch weiter gefangen nehmen konnte.

Eine Selbstschutzmaßnahme, die dringend vonnöten war.

Ansonsten zieht es mich am Ende noch erneut auf die Klippen, dachte Katherine resigniert, und wer weiß, ob ich dann nicht doch noch schwach werde? Vor allem, wenn ich dort noch mal auf einen Fotografen mit Grübchenlächeln und Bernsteinaugen treffe …

Die Erinnerung zupfte angenehm an ihrem Magen. Energisch schüttelte sie den Kopf. Eine Schwärmerei für einen geheimnisvollen Fremden – das fehlte gerade noch, um das neuerliche Chaos in ihrem Leben perfekt zu machen.

Mit Rührei und Kaffee im Magen packte sie wenig später ihren Koffer, checkte aus dem Seashell aus und deponierte ihr Gepäck nach Rücksprache mit Mae im Empfangsbereich. Da das Hotel näher am Bahnhof lag als die Rainbow-Hearts-Library, hatte Katherine vor, den Koffer dort nach ihrem Besuch bei der Bücherei wieder abzuholen.

»Bis später, Miss«, rief Mae ihr hinterher, »ich hoffe, Sie haben sich gut eingecremt! Die Sonne sticht heute ganz besonders.«

Bereits nach wenigen Minuten wünschte Katherine sich, den Rat der Rezeptionistin befolgt zu haben: Waren die Temperaturen durch den Regen am Vortag noch erträglich gewesen, versengte die Hitze ihr nun erbarmungslos die nackten Schultern.

Als sie die Rainbow-Hearts-Library erreichte, sah sie ihre Haut in der Spiegelung des Schaufensters rot schimmern.

Super, dachte sie zynisch. Wollen wir mal hoffen, dass das ganz schnell braun wird.

Katherines Eitelkeit war schnell vergessen, als sie an die Briefe dachte, die unweit von ihr in der vertrauten Umarmung ihrer Bücher ruhten. Gedankenverloren legte sie eine Hand an die kühle Fensterscheibe der Bücherei. Sie stellte sich vor, wie das Glas unter ihrer Berührung einfach verschwand und der magische Raum sie in Empfang nahm.

Es wäre vermutlich eine schöne Geste gewesen, dachte sie, Fiona dort, am Kaffeetisch in der gemütlichen Sitzecke, ebenfalls einen Brief zu schreiben und ihn zwischen den Seiten eines Buches zu verstecken, aus dem ihre Tante ihr vielleicht früher vorgelesen hatte.

Verflucht, warum hatte sie am Donnerstag nicht daran gedacht? Katherine wurde schwer ums Herz. Der Wunsch, die Rainbow-Hearts-Library noch ein letztes Mal zu betreten, brannte plötzlich wie Feuer in ihrer Kehle.

Als sie Schritte näher kommen hörte, drehte Katherine sich um. Fast hatte sie erwartet, Mr. Donnelly oder gar den attraktiven Fotografen zu sehen. Doch es war Ivy, die, mit überquellenden Einkaufstaschen beladen, die Straße hinauflief. Katherine eilte auf die kleine Frau zu, die unter dem Gewicht der Tüten hörbar ächzte.

»Ivy! Kann ich Ihnen helfen?«

»Wie bitte? Oh, die junge Miss Madigan! Schön, Sie zu sehen.« Bereitwillig ließ Ivy sich die Taschen abnehmen. »Keine gute Idee, bei der Hitze einkaufen zu gehen, was? Ich habe das eigentlich heute Morgen schon erledigen wollen, aber dann kam Doran vorbei und wir haben uns verquatscht. Sind Sie sicher, dass Sie das tragen können? Sie sind doch ein so zartes Persönchen. So klein und zierlich.«

»Ach, nein, das schaffe ich schon.«

Tatsächlich fragte Katherine sich, ob Ivy Steine in ihren Taschen transportierte und wie sie es hatte schaffen können, sich mit ihren Einkäufen auch nur einen Schritt von der Stelle zu bewegen.

»Sie sind genauso herzallerliebst wie Ihre Tante, Kindchen, wissen Sie das eigentlich? Das mache ich gleich wieder gut. Mit einem Erfrischungsgetränk vielleicht, wenn Sie mögen.«

»Sehr gern. Danke.« Katherine sah ihre Pläne vom Shopping in Dublin in sich zusammenfallen, doch sie wollte nicht unhöflich sein. Außerdem mochte sie die quirlige Dame mit dem aufwendigen Make-up und der kunstvollen Frisur, die sie aussehen ließen, als befände sie sich auf dem Weg zu einer Gala. Ob sie diesem Stil schon immer treu war? Oder hatte sie sich erst in ihrer Boutique angewöhnt, sich jeden Tag so zurechtzumachen?

»Betreiben Sie das Geschäft, von dem Sie gestern gesprochen haben, eigentlich immer noch?«, fragte Katherine, der jäh auffiel, dass sie am Donnerstag gar nicht näher auf Briannas Bemerkung eingegangen war.

»Ja, halbtags. Cronan & Cahill – bloß zwei Straßen weiter, ganz unten in Richtung Hafen. Sie müssten schon daran vorbeigelaufen sein. Brees Nichte hält dort meist die Stellung und geht uns ein bisschen zur Hand. Sophie. Sie ist so jung und engagiert. Ich bin sicher, Sie beide würden sich gut verstehen.«

Cronan & Cahill.

Katherine lächelte. Kurz ließ sie die Vorstellung zu, wie sie nach einem Arbeitstag in der Rainbow-Hearts-Library in der Boutique vorbeischaute, um Ivy, Brianna und Sophie abzuholen und sich mit Terry, Mr. Donnelly, Cadan und weiteren neuen Bekanntschaften zu einer Runde Spoil Five zu treffen oder in einem Pub eine Kleinigkeit essen zu gehen.

Ich bin sicher, Sie werden für sich eine gute Entscheidung treffen.

Sie hatte die Worte des alten Freundes ihrer Tante nicht vergessen. Ebenso wenig wie den Blick, mit dem er ihre Tasche bedacht hatte – die Tasche, in der sie auch jetzt Fionas Brief mit sich trug.

»Das klingt wirklich gut. Ich werde nachher darauf achten, wenn ich meinen Koffer aus dem Hotel abhole. Vielleicht habe ich ja Zeit, noch kurz reinzuschauen.«

Ivy schüttelte bedauernd den Kopf. »Das könnte eng werden. Samstags schließen wir schon mittags. Sie haben also einen guten Grund, noch einmal nach Howth zu kommen.«

Katherines Herz machte bei diesem Gedanken einen Hüpfer. »Ja. Ja, ich glaube, da gibt es sogar mehr als nur einen.«

Sie hatte in erster Linie an die Rainbow-Hearts-Library denken wollen, aber das Bild der wunderbaren Bücherei wurde immer wieder von einem Paar bernsteinfarbener Augen abgelöst.

»Na, umso besser! Oh, und da sind wir ja auch schon. Sehen Sie das Haus dort? Das mit den vielen Blumenkübeln? Dort wohne ich.«

Ivy tupfte sich mit einem Stofftaschentuch den Schweiß von der Stirn. Ihre Wimperntusche und ihr Lippenstift waren ein wenig verschmiert, das Make-up von der extremen Wärme ölig geworden. Sie sah aus wie eine Kunstfigur, dachte Katherine.

»Hinein in die gute Stube.«

Katherine ließ sich von Ivy durch eine Hintertür lotsen. Das Haus der Irin war klein, gemütlich und bunt. Die Wände waren in grellen Farben gestrichen worden, der Boden mit nicht weniger auffallenden Teppichen ausgelegt.

Es roch nach Katzenklo und einem schweren Parfum. Eine vertraute Duft-Kombination, wie Katherine sie schon von den Besuchen bei Lucas Großeltern oder ihrer Freundin Theresa zur Genüge kannte.

Gemeinsam verstauten sie Ivys Einkäufe in den zum Bersten vollen Küchenschränken. Obst, Gemüse und Backwaren fanden ihren Weg in Schubläden und Schalen.

»Was darf ich Ihnen anbieten?«, fragte Ivy, als sie fertig waren, »Zitronen- oder Orangenlimonade?«

»Zitrone, bitte«, sagte Katherine und staunte über die atmosphärischen Bilder, die über der Sitzecke mit ihren quietschgelben Bezügen hingen und die sie erst jetzt bemerkte. Schwarz-Weiß-Aufnahmen von Klippen, Hügeln und sturmgepeitschtem Wasser wechselten sich mit geradezu leuchtend hellen Fotos von strahlenden Sommertagen und aufgehenden Sonnen ab.

»Beeindruckend, nicht? Hat ein talentierter junger Fotograf aus dem Ort gezaubert. Cadan Flanagan. Kommen Sie, gehen wir nach draußen. Ich habe einen Sonnenschirm, darunter lässt es sich aushalten.«

Katherine erstarrte.

Cadan Flanagan. Fotograf.

Zwar hatte der Fremde ihr seinen Nachnamen nicht verraten, doch war es sicher unwahrscheinlich, dass in Howth gleich mehrere fotografierende Cadans wohnten.

Da also war er wieder, der gut aussehende Mann von den Klippen.

Erschreckend präsent in ihren Gedanken – und nun auch noch an den Wänden um sie herum.

»Kommen Sie nur.« Ivy balancierte ein Tablett mit gefüllten Gläsern nach draußen, direkt hinein in einen verwilderten, blühenden kleinen Garten. Hummeln und Bienen summten in den größtenteils lilafarbenen Stauden, und rechts neben einem kleinen Tisch plätscherte leise ein Brunnen in einen Trog, in dem zwei Vögel badeten.

»Bitte, setzen Sie sich doch.«

Katherine tat, wie ihr geheißen. In Ivys kleinem Paradies zu verweilen kam ihr auf einmal deutlich verlockender vor, als bei der sengenden Hitze durch Dublin zu laufen. Vielleicht würde sie doch erst am Abend fahren, dachte sie. Vorausgesetzt, die Irin duldete ihre Gesellschaft noch eine Zeit lang.

»Wirklich schön haben Sie es hier«, sagte Katherine und kostete die Limonade. Nach der Anstrengung, die das Schleppen der schweren Tüten gefordert hatte, war die kühle Flüssigkeit doppelt wohltuend.

»Vielen Dank. Dieses kleine Häuschen ist mein ganzer Stolz.«

Eine Weile saßen sie einfach nur da und lauschten den Klängen des Sommers. Irgendwann fasste Katherine sich ein Herz.

»Ivy?«

»Ja?«

»Wenn jemand Sie fragen würde, ob er lieber das Risiko oder das Altbekannte wählen soll, was würden Sie ihm raten?«

Ivy nahm einen großen Schluck von ihrer Limonade. Die Eiswürfel in ihrem Glas klirrten geräuschvoll, als sie es zurück auf den Tisch stellte.

»Oh, das ist einfach. Das Risiko. Immer das Risiko. Seelen muss man herausfordern, sonst werden sie alt und träge. Ich weiß, wovon ich spreche.«

Das Funkeln in ihren Augen ließ sie schlagartig um Jahre jünger wirken. Erst jetzt, von Nahem, bemerkte Katherine, dass eines blau und eines blau mit braunen Sprenkeln war.

Eine Superheldin, dachte sie und lächelte.

Kapitel 10

Drei Tage nach ihrer Rückkehr aus Howth saß Katherine mit vor Müdigkeit immer kleiner werdenden Augen auf ihrem Bürostuhl. In der Redaktion gab es mehr denn je zu tun. Während der vergangenen acht Stunden waren ihre Finger unaufhörlich über die Tastatur ihres Firmenlaptops geflogen. Dennoch türmten sich auf Katherines Schreibtisch neben benutzten Kaffeetassen noch eine Reihe zu erledigender Aufgaben, und auch ihr E-Mail-Postfach quoll förmlich über.

Es überraschte sie, wie schwer es ihr fiel, nach verhältnismäßig kurzer Unterbrechung wieder in den gewohnten Alltag zurückzufinden. Überhaupt hatte sie den Eindruck, einen wesentlichen Teil ihrer Energie in Howth zurückgelassen zu haben. Irgendwo zwischen der Rainbow-Hearts-Library und den Klippen. Zwischen Freiheit und Sehnsucht.

Während ihre Gedanken zum wiederholten Male auf die irische Halbinsel zurückkehrten, gewann Katherine plötzlich eine Erkenntnis, die wie das Beil einer Guillotine von ihrem Kopf in ihr Herz hinunter sauste: Sie würde das Erbe antreten. Alle Zweifel, die ihr von München nach Howth und wieder zurück gefolgt waren, hatten sich in Luft aufgelöst. Geblieben war das Gefühl, ihrem Herzen folgen zu müssen. Und zumindest für den Moment fühlte sich nichts richtiger an, als in das Fischerdorf zurückzukehren.

Zitternd holte Katherine Luft. Sie fühlte sich seltsam berauscht, geradezu, als hätte sie mehrere Gläser Sekt auf nüchternen Magen getrunken.

»Alles in Ordnung?«, fragte Nadja, eine Volontärin, die vor wenigen Monaten neu ins Team gekommen war. Katherine hatte gar nicht bemerkt, dass die Kollegin von ihrem Außentermin wiedergekommen war. Hastig blinzelte sie den Schwindel fort und strich sich eine lose Haarsträhne hinters Ohr.

»Alles bestens«, versicherte sie der Blondine.

Und herzlichen Glückwunsch, Nadja, fügte Katherine im Stillen hinzu, du kriegst meinen Schreibtisch, denn ich werde jetzt kündigen. »Weißt du, ob Herr Aumüller noch da ist?«, fragte sie arglos.

»Ja, eben hat er noch telefoniert.«

Wie fremdgesteuert ging Katherine zum Büro am anderen Ende des Flurs hinüber und klopfte an die Tür. Ihr Chef rief sie herein und nickte in Richtung der Stühle vor seinem Schreibtisch, ohne den Blick von seinem Computer-Bildschirm zu lösen. Erst als Katherine ihm geradeheraus mitteilte, die Redaktion zu verlassen, schenkte er ihr seine ungeteilte Aufmerksamkeit.

Es brauchte einen Moment, um Herrn Aumüller davon zu überzeugen, dass sie sich keinen Spaß mit ihm erlaubte.

»Aber warum?«, fragte er immer wieder, als könnte er schlichtweg nicht glauben, dass jemand freiwillig auf einen Job verzichtete, der ihn selbst innerhalb weniger Jahre um ein Vielfaches hatte altern lassen.

Katherine schilderte dem bebrillten Mann mit den grauen Schläfen in wenigen Sätzen die Gründe für ihre Kündigung und beobachtete amüsiert, wie die Augen ihres Chefs immer größer und größer wurden.

»Und das alles tun Sie für eine Bücherei?«

»Ja«, sagte Katherine und spürte, wie ihre Mundwinkel zuckten, »genau so ist es.«

Sie bat Herrn Aumüller um einen Aufhebungsvertrag. Indem sie das Arbeitsverhältnis einvernehmlich und mit sofortiger Wirkung beendeten, wäre sie von ihrer Arbeitsleistung und die Redaktion von ihrer Zahlungspflicht befreit. Ihr Chef willigte ein, setzte seine Unterschrift am folgenden Morgen auf das von der Personalabteilung eingereichte Papier und schüttelte ungläubig den Kopf.

»Nach all den Jahren habe ich nicht geglaubt, dass Sie mich noch einmal überraschen könnten, Frau Madigan. Aber da habe ich mich wohl geirrt.«

Kaum dass sie wieder zu Hause war, informierte Katherine zuallererst Ainsley über ihre Entscheidung. Die Freude des Nachlasstreuhänders sprach aus jedem seiner Sätze. Katherine konnte sich bildhaft vorstellen, wie sein rundes Gesicht strahlte und seine Augen funkelten.

»Besser könnte ein Tag gar nicht anfangen, wissen Sie das?« Er lachte befreit und vereinbarte mit Katherine einen Termin zum Unterschreiben aller notwendigen Dokumente.

Im Anschluss an ihr Telefonat mit Ainsley setzte sie ein Kündigungsschreiben auf, das sie an ihren Vermieter schickte, und kontaktierte danach ein Umzugsunternehmen, das in den kommenden Wochen einige Möbelstücke, an denen sie besonders hing, nach Howth verschiffen würde. Auch die meisten behördlichen Angelegenheiten, die eine Auswanderung zwangsläufig mit sich brachte, konnte Katherine weitestgehend regeln. Dabei kam ihr zweifellos ihre doppelte Staatsbürgerschaft zugute, besaß sie doch neben der deutschen auch die irische.

»Ich bin so stolz auf dich«, sagte Luca, als sie sich am Abend gegenübersaßen und einander mit einem Glas Wein zuprosteten, »was du in den letzten vierundzwanzig Stunden alles in die Wege geleitet hast, ist unfassbar. Und dass du diesen Schritt tatsächlich gehst, sowieso.«

Katherine konnte nicht umhin, Luca in dieser Hinsicht zuzustimmen. Sie hatte sich organisatorisch vollkommen verausgabt. Wohl wissend, dass sie mit jeder vorgenommenen Handlung eine weitere Brücke zu ihrem alten Leben abbrach.

»Es ist verrückt. Vorgestern hatte ich noch keine Ahnung, was ich tun soll. Und am Nachmittag wusste ich es plötzlich. Von jetzt auf gleich.« Die Erinnerungen an diesen magischen wie überwältigenden Moment ließ Katherine den Kopf schütteln.

»Dich überrascht das vielleicht, aber ob du's glaubst oder nicht, ich habe es die ganze Zeit geahnt. Geahnt und gehofft. Schon bei deinem Anruf aus Howth hast du irgendwie verändert geklungen. Gelöster. Glücklicher.«

Es rührte Katherine, wie gut ihre Freundin sie kannte und verstand. Wahrscheinlich besser als ich mich selbst, dachte sie ergriffen.

»Gib's doch zu, du hättest mich auch eigenhändig nach Irland verfrachtet, wenn ich mich gegen das Erbe entschieden hätte, stimmt's?«

»Da kannst du Gift drauf nehmen. Ich meine, ich werde dich vermissen, machen wir uns nichts vor. Aber die Aussicht auf kostenlose Wochenenden am Meer entschädigen schon ein bisschen. Und außerdem kannst du mir dann mal diesen hübschen Fotografen zeigen, der sein Unwesen in den Ginsterbüschen des Cliff Walk treibt.« Luca zwinkerte verschwörerisch.

»Lu!« Katherine hob in gespielter Empörung den Zeigefinger, »ich wusste, du würdest mich damit aufziehen.«

»Klar. Stell dich darauf ein, dass ich dich regelmäßig fragen werde, ob du Mr. Ireland wiedergesehen hast.«

»Mr. Ireland? Du hast sie nicht mehr alle.«

»Natürlich nicht. Das ist doch nichts Neues.«

Katherine grinste. Sie hatte keinen Zweifel daran, dass ihre Freundschaft die Distanz gut überstehen würde.

Vor einiger Zeit hatte Luca ein Jahr in Frankreich gearbeitet. Und obwohl sie einander in jener Zeit nicht so häufig gesehen hatten, waren sie telefonisch in Kontakt gewesen. Ihrer besonderen Bindung hatte die räumliche Trennung jedenfalls keinerlei Abbruch getan.

Sie hoffte, dass auch ihr übriger Freundeskreis weitestgehend erhalten bleiben würde. Luca aber stand definitiv an erster Stelle.

»Um wieder auf die Wellness-Wochenenden zurückzukommen: Vielleicht gefallen sie dir ja so gut, dass Adrian und du einfach nachkommt. Mach ihm das Leben an der Küste doch ein bisschen schmackhaft. Er könnte als Fischer arbeiten ... oder einen Pub eröffnen.«

»Klar. Ich bin sicher, das gefällt ihm viel besser als sein sicherer Job bei der Bank, den er schon machen wollte, seit er ein kleiner Junge war.«

Luca lachte und Katherine stimmte mit ein. Es war vollkommen surreal, dachte sie, dass dies einer ihrer letzten gemeinsame Abende in ihrer Münchener Wohnung sein würde. Schon bald säßen sie in Fionas kleiner Bauernküche beisammen.

»Meinst du, Mum wird sich irgendwann mal überwinden können, mich zu besuchen?«, fragte sie und spürte, wie die befreiende Wirkung des Lachens in sich zusammenfiel. Marys Trauer und ihre immer noch schwelende Wut warfen einen Schatten auf Katherines neu gewonnene Freiheit – einen Schatten, der so groß war, dass er für stundenlange Finsternis sorgen konnte.

Der Umzug in das Haus ihrer Schwester würde sich für ihre Mutter ganz sicher wie ein Verrat anfühlen – vielleicht sogar wie einer, der unentschuldbar war.

»Ich habe ihr noch nicht gesagt, dass ich ernst mache und wirklich gehen werde«, setzte Katherine hinzu, während sie den Wein in ihrem Glas schwenkte.

Luca seufzte. »Ich weiß, das sehe ich dir an. Vergiss nicht, ich bin da, wenn du meine Unterstützung brauchst.«

»Ja. Danke. Vielleicht machen wir es einfach so wie beim letzten Mal. Ich gehe hin, du wartest hier, und wenn ich wieder da bin, essen wir Pizza. Einverstanden?«

Luca nahm ihre Hand und drückte sie. »Einverstanden.«

Während Katherine sich die Sätze zurechtlegte, mit denen sie ihrer Mutter die Entscheidung für den Antritt des Erbes mitteilen wollte, saß diese ihr mit gewohnt erschöpftem Gesichtsausdruck gegenüber. Noch auf dem Weg in die Limburgstraße hatte sie die richtigen Worte auf der Zunge getragen, doch nun war ihr Kopf wie leer gefegt.

»Hör zu, Mum«, begann Katherine und merkte, wie ihr in dem

ohnehin schon stickig-warmen Zimmer noch heißer wurde, »es gibt da etwas, das ich dir sagen muss.«

Mary nickte nur.

»Okay, also … Wie du weißt, war ich für ein paar Tage in Howth. Ich … ich habe mir Fionas Haus angesehen. Sie hat dort eine Bücherei betrieben. Die Rainbow-Hearts-Library.« Knapp berichtete Katherine, was es mit dem besonderen Konzept des Ladens auf sich hatte.

Mary hörte schweigend zu, rauchte eine Zigarette und zeigte nicht die geringste Gefühlsregung.

»Jedenfalls hat Mr. Donnelly, ein enger Freund von Fiona, mich schließlich aufgesucht und mir einen Brief von ihr gegeben.«

Zum ersten Mal, seit Katherine ihren Bericht begonnen hatte, hakte ihre Mutter ein. »Einen Brief?«

Katherine war versucht, sie auf die abgefangenen Nachrichten Fionas anzusprechen, doch sie wollte keinen Streit vom Zaun brechen. Nicht jetzt. Nicht heute.

»Ja. Darin hat sie ihren letzten Wunsch geäußert … Sie möchte, dass ich die Rainbow Hearts Library am Leben erhalte. Sie weiterführe.«

Mary sagte nichts. Sie verfiel wieder in das Schweigen, mit dem sie ihrer Tochter schon zuvor begegnet war. Ihre Miene war noch immer vollkommen unbewegt – einzig der Ausdruck in ihren Augen hatte sich verändert. Eine tiefe Traurigkeit lag in ihrem Blick.

»Ich habe in Howth eine Menge Leute kennengelernt, Mum. Und … na ja … Alle von ihnen hatten eine hohe Meinung von Fiona. Eine Meinung, die so gar nicht zu dem Bild passt, das wir von ihr haben.« Sie trat an das geöffnete Fenster. Der Rauch kratzte in ihrem Hals und ließ ihre Augen tränen.

Als Kind hatte Katherine die Zigarettenschachteln ihrer Mutter oft versteckt, es dann jedoch schnell aufgegeben. Die Folgen des Nikotin-Entzugs waren weit schwerer zu ertragen gewesen als der penetrante Geruch in Wänden und Kleidung, an den man sich doch früher oder später gewöhnte. Seit sie ausgezogen war, reagierte Katherine allerdings zunehmend empfindlich auf den extremen Konsum ihrer Mutter.

Sie räusperte sich vernehmlich.

Wie bei ihrem letzten Besuch in der Limburgstraße zehrte auch jetzt eine unterschwellige Angespanntheit an ihren Nerven. Die Stille, die sich immer weiter zwischen ihr und ihrer Mutter ausbreitete, fachte dieses kribbelnde Gefühl nur zusätzlich an. Um irgendein Geräusch zu machen, griff Katherine nach dem auf der Fensterbank liegenden Feuerzeug und ließ es wieder und wieder klicken.

»Das Bild einer Frau, die ihrer Schwester die große Liebe und ihrer Nichte den Vater nimmt, meinst du?«, fragte ihre Mutter endlich. Sie sprach leiser als sonst.

»Mum …«

»Ich verstehe, darum geht es jetzt nicht. Du ziehst weg, richtig?«

Katherine schluckte. »Ja. Ja, das tue ich.«

»Vielleicht warst du zu jung, als dein Vater uns verlassen hat. Zu jung, um zu begreifen, was Fiona angerichtet hat. Sonst würdest du jetzt bestimmt nicht in Erwägung ziehen, in ihre Fußstapfen zu treten. Wie auch immer, es ist dein Leben, Katherine. Geh deinen Weg. Aber erwarte nicht, dass ich ihn mit dir gehe. Solange ich lebe, werde ich niemals einen Fuß nach Howth setzen, hörst du?« Sie straffte die Schultern. Tränen glitzerten in ihren Augen. »Niemals.«

Kapitel 11

Als Katherine am Abend ihres Umzugs aus der schnaufenden DART-Bahn stieg, glomm die Wiedersehensfreude warm in ihrer Brust. Seufzend ließ sie ihren Blick über den Hafen des Dorfes schweifen, das von nun an ihr Zuhause sein sollte. Wie erwartet roch die Luft herrlich frisch nach Salz und Algen und war erfüllt von einem fröhlichen Stimmengewirr, das aus den Pubs und Restaurants drang.

Knapp fünf Wochen waren vergangen, seit sie hergekommen war, um sich Fionas Haus anzusehen. Und nun zog sie darin ein, machte es zu ihrem eigenen.

Der Gedanke daran war vollkommen surreal, und irgendwo jenseits der Aufregung und der Freude, die Katherine darüber empfand, meldete sich nun auch eine leise Furcht in ihrem Inneren zu Wort. Allerdings vermutete sie, dass das nicht ungewöhnlich war – immerhin hatte sie sich innerhalb kürzester Zeit von ihrem gewohnten Umfeld verabschiedet und war im Begriff, ein vollkommen neues Leben zu beginnen. Ein Leben, das fortan nicht mehr von langen Bürotagen und ausschweifenden Feiern, sondern von Büchern bestimmt sein würde. Von Büchern und von den Menschen, die ihre Geschichten mit der Rainbow-Hearts-Library teilten.

Das Flüstern der Furcht verstummte wieder, kaum dass Katherine erneut über die Schwelle des Hauses getreten war, in dem Fiona bis vor Kurzem gelebt hatte. Eine eigentümliche Ruhe, die aus dem Herzen der Bücherei geradewegs in Katherines Herz zu strömen schien, ergriff Besitz von ihr. Kurzerhand ließ sie ihren Koffer – den einzigen, der nicht bereits vorab nach Howth geschickt worden war – im Flur stehen, schloss die Durchgangstür zur Rainbow-Hearts-Library auf und ließ sich in einen der grünen Sessel sinken. Die Arme auf die Lehne und den Kopf in den Nacken gelegt, sog Katherine den herrlichen Bücherduft ein, den sie bereits bei ihrem ersten Besuch am liebsten in einer Flasche verkorkt hätte. Gleichmäßig atmete sie ein und aus, bis ihre Lider immer schwerer wurden und ihr Bewusstsein langsam dahinschwebte.

Ein dumpfes, sich stetig wiederholendes Klopfgeräusch weckte Katherine aus einem traumlosen Schlaf. Stöhnend richtete sie sich auf, streckte den schmerzenden Rücken durch und sah nach mehrfachem Blinzeln eine Gestalt auf der anderen Seite des Schaufensters stehen.

Mr. Donnelly hielt ein Tablett mit zwei dampfenden Pappbechern in der linken Hand, mit der rechten winkte er ihr fröhlich zu. Seinen Gehstock hatte er sich unter den Arm geklemmt.

»Komme schon«, murmelte Katherine verwirrt und stakste auf steifen Beinen zur Tür. Es war taghell draußen, was ihr verriet, dass sie tatsächlich eine ganze Nacht lang durchgeschlafen haben musste. Fahrig tastete sie nach dem passenden Schlüssel, ehe sie die Glastür aufzog und Mr. Donnelly hereinbat.

»Ah, vielen Dank, Miss Madigan. Ich hoffe, ich störe nicht?«

Wenn man es genau nahm, tat Mr. Donnelly das schon ein bisschen, doch Katherine brachte es nicht übers Herz, ihn wegzuschicken.

»Nein, nein. Überhaupt nicht.« Behelfsmäßig richtete sie sich die Haare, die dringend eine Dusche benötigten, zu einem Pferdeschwanz.

»Wunderbar! Ich habe Kaffee mitgebracht, da ich nicht wusste, was Sie bereits im Haus haben. Ich hoffe, Sie trinken Kaffee?«

»Ja … ja, das tue ich. Vielen Dank. Kommen Sie, wir können uns in die Küche setzen. Oh, und die Becher nehme ich Ihnen ab.«

Es fühlte sich seltsam an, einen Fremden durch ein noch ebenso fremdes Haus zu führen. Ein Glucksen löste sich aus ihrer Kehle.

Ich bin noch gar nicht richtig wach, dachte sie benommen. Sehnsüchtig warf Katherine ihrem immer noch im Flur stehenden Koffer, in dem sich unter anderem eine Lage frischer Kleidung befand, einen Blick zu. Doch das Frischmachen musste warten. Vielleicht würde es ja dem mitgebrachten Kaffee gelingen, die Überreste des Tiefschlafes zu beseitigen, die sich so hartnäckig an Katherines Verstand klammerten.

»Bitte, setzen Sie sich«, sagte sie und kam sich dabei zunehmend albern vor. Mr. Donnelly war sicherlich etliche Male in dieser Küche gewesen, kannte vermutlich jeden Quadratzentimeter von der Sitzbank bis zum Spülbecken.

»Und, Miss? Wie war die erste Nacht im neuen Heim?«

Katherine spülte den schalen Geschmack in ihrem Mund mit einem Schluck lauwarmem Kaffee hinunter, ehe sie antwortete.

»Gut«, log sie, hob dann jedoch kapitulierend die Hände. »Wobei, nein. Nicht so gut, um ehrlich zu sein. Ich habe drüben in der Bücherei geschlafen und glaube, dass das keine besonders gute Idee war.«

Mr. Donnelly sah Katherine aufmerksam an.

»Wieso nicht?«

»Einerseits wegen meines steifen Nackens.« Sie lachte unsicher. »Andererseits, weil ich irgendwie Hemmungen habe, in Fionas Bett zu schlafen.«

Am Abend hatte sie dieses Gefühl nicht recht bemerkt, doch nun spürte sie es umso stärker: Fiona so nahe zu sein, bewegte sie. Es war geradezu unmöglich, sich nicht mit ihrem Tod und der Vergangenheit auseinanderzusetzen, wo sie doch trotz ihrer Abwesenheit so präsent war.

»Das verstehe ich gut«, sagte Mr. Donnelly sanft. Die ersten Nächte, nachdem meine Frau gestorben war, habe ich mich auch schwer damit getan, in unserem Bett zu schlafen.« Er lächelte. Der

Ernst seiner Worte konkurrierte mit den zahlreichen Fältchen um seine Augen.

Verlegen senkte Katherine ihren Blick auf die Tischplatte. Sie hatte Fiona seit dreizehn Jahren nicht mehr gesehen, kein einziges Wort mehr mit ihr gesprochen. Mr. Donnelly und seine Frau hingegen hatte sicher ein engeres Band verbunden.

»Das tut mir sehr leid für Sie«, sagte sie aufrichtig.

»Danke. Es ist schon eine Weile her. Ein paar Jahre, in denen ich gelernt habe, das Leben wieder lieb zu haben. Leonora hätte es auch nicht anders gewollt. Ich habe sie an meinem Heilungsprozess teilhaben lassen, der definitiv mit der Eröffnung der Rainbow-Hearts-Library begonnen hat.« Er zwinkerte.

Katherine nahm noch einen Schluck von ihrem Kaffee. »Ich habe gar nicht gefragt, an wen Sie geschrieben haben. Als wir mit Terry, Brianna und Ivy im Café saßen, meine ich. Ihre Briefe gingen also an Ihre Frau?«

»Ja, die meisten von ihnen. Ein paar auch an alte Freunde, an meine Eltern und die restliche Verwandtschaft. Aber Leonoras habe ich am liebsten geschrieben.«

»Das klingt schön. Wirklich.«

»Ist es auch.« Mr. Donnelly zupfte seine Jacke zurecht, in der ihm angesichts der immer noch sommerlichen Temperaturen viel zu warm sein musste.

Beinahe rechnete Katherine damit, dass er einen weiteren Brief ihrer Tante aus seinem Mantel ziehen würde. Stattdessen erhob er sich schwerfällig von dem Stuhl, auf dem er eben erst Platz genommen hatte.

»Kommen Sie mit. Wir kaufen ein paar Kleinigkeiten ein, die Ihnen helfen werden, sich noch ein bisschen heimischer zu fühlen.«

»Das ist wirklich lieb von Ihnen, aber ich habe quasi mein gesamtes Interieur aus München herschicken lassen. Ich muss nur die Kartons auspacken – und was noch nicht da ist, soll morgen ankommen.«

»Ich rede nicht von Möbeln oder Kleidungsstücken. Sondern von Blumen. Von Bildern. Von Zutaten für Ihren Lieblingskuchen, dessen Duft noch heute Nachmittag das ganze Haus erfüllen wird.«

»Klingt verlockend. Aber so«, Katherine deutete mit kreisendem Zeigefinger auf sich selbst, »kann ich unmöglich vor die Tür gehen.«

Mr. Donnelly lachte so laut auf, dass Katherine zusammenzuckte.

»Wie oft habe ich Fiona diesen Satz sagen hören! Keine Sorge, Miss. Nehmen Sie sich alle Zeit der Welt. Ich warte hier auf Sie, und danach machen wir all die Besorgungen, die Ihnen helfen werden, Ihr ungutes Gefühl zu vertreiben. Was halten Sie davon?«

Grinsend schüttelte Katherine den Kopf.

»Also schön. Aber nur, weil Sie es sind.«

Der alte Mann strahlte bis über beide Ohren.

»Hervorragend!«

Katherine hatte das Haus von einer leisen Anspannung erfüllt verlassen und war so befreit zurückkehrt, dass sie glaubte, sie müsse auf Wolken schweben.

Es war ein durch und durch herrlicher Vormittag gewesen. Zuerst hatten sie den Howth Market besucht und köstliche Leckereien erworben. Dann waren sie im charmanten Chaos eines Dekoladens verschwunden, in dem Katherine nebst Kerzenhaltern auch die wunderschöne Fotografie eines Leuchtturms unter einem Gewitterhimmel gekauft hatte.

Sofort stellten sich wieder die Gedanken an Cadan ein – daran, wie es ihm wohl erging, ob er irgendwo vor Ort war und ob er vielleicht sogar der Urheber des atemberaubenden Bildes war. Doch Katherine vermutete, dass ihre Fantasie ganz einfach mit ihr durchging. Sicher war der attraktive junge Mann nicht der einzige Fotograf im Umkreis.

Schließlich waren sie, auf Mr. Donnellys Drängen hin, noch in den örtlichen Blumenladen gegangen.

Er hatte nicht zu viel versprochen, als er gesagt hatte, die Mischung aus grenzenloser Kundenfreundlichkeit der quirligen Verkäuferin und des an Farbenpracht kaum zu übertreffenden Sortiments würde Katherine so schnell nicht noch einmal finden. Als sie das Geschäft verließen, hatten sie mehr Töpfe und Sträuße bei sich, als sie tragen konnten, und mussten immer wieder stehen bleiben, um unter der Last der Einkäufe und ihrem gelösten Lachen wieder zu Atmen zu kommen. Zuletzt waren sie im Wrights of Howth eingekehrt, wo sie geräucherten Lachs gegessen und sich mit großzügig gefüllten Weingläsern zugeprostet hatten.

Nun, einige Stunden später, saß Katherine im Schneidersitz auf dem Boden der kleinen Bauernküche und beobachtete den aufgehenden Dattel-Nuss-Kuchen durch das Backofenfenster.

Mr. Donnelly hatte ihr noch geholfen, die Einkäufe zu verstauen und jedes einzelne Zimmer mit buntem Blumenschmuck zu versehen, ehe er sich verabschiedet hatte.

Ihre Einladung, noch zum Kuchen zu bleiben, hatte er mit der Begründung abgelehnt, dass Katherine sicher ein wenig Zeit für sich brauche und er sich gern am nächsten Tag ein Stück abholen würde.

Katherine lächelte. Während sie den Tag Revue passieren ließ, versuchte sie sich auszumalen, was geschehen wäre, wenn sie sich gegen Howth entschieden hätte. Dabei beschlich sie das Gefühl, nur knapp einer Katastrophe entronnen zu sein. Der Straßenlärm Münchens, das Nachtleben, der berufliche Trott – all das fehlte ihr zwar schon jetzt auf eine kaum zu definierende Art und Weise. Doch die Vorstellung eines in Vergessenheit geratenen Lebenstraums, der langsam zu Asche wurde, war um ein Vielfaches schlimmer. In diesem Moment, in dem sie auf den Dielen des Küchenbodens saß und der herrlich duftende Dattelkuchen vor sich hin buk, empfand Katherine eine tiefe Dankbarkeit dafür, dass das Schicksal sie in die kleine irische Provinz verschlagen hatte.

»Vielleicht bin ich jetzt da, wo ich schon immer sein sollte«, murmelte sie und korrigierte sich in Gedanken sofort. Nein, nicht vielleicht. Ganz bestimmt.

Kapitel 12

Das Gefühl, angekommen zu sein, begleitete Katherine in den Schlaf und weckte sie am Morgen mit einem federleichten Kribbeln in der Magengegend.

Gähnend schlug sie die Decke zurück und setzte sich auf den Rand der herrlich weichen Matratze. Das Sonnenlicht, das durch das schräge Dachfenster in Fionas Schlafzimmer fiel, warf ein goldenes Viereck auf das Parkett und ließ Millionen kleiner Staubpartikel darin tanzen.

Katherine atmete tief ein und aus. Alles roch so neu – und gleichzeitig so seltsam vertraut. Mit Mr. Donnelly über ihre Befangenheit bezüglich der ersten Nacht im Bett ihrer Tante zu reden, war ohne Zweifel die richtige Entscheidung gewesen. Nicht nur das Verständnis, das der alte Mann ihr entgegengebracht hatte, auch und vor allem der gemeinsame Tag hatten eine heilsame Wirkung auf Katherines Ängste gehabt.

Zum ersten Mal dachte sie, dass der Weg vielleicht doch nicht das Ziel war. Ihr Leben lang hatte sie unter Strom gestanden, war sie ruhelos und stets ein wenig angespannt gewesen. Howth erdete ihre Gedanken und ließ ihr Herz wissen, dass es auch langsam schlagen konnte, um ihren Körper am Leben zu erhalten.

Das sollte ich Luca schreiben, schoss es ihr durch den Kopf, sie würde sich so sehr darüber freuen.

Katherine tippte eine schnelle Textnachricht an ihre beste Freundin, ehe sie sich ihren Morgenmantel aus dem Kleiderschrank schnappte und in das an das Schlafzimmer angrenzende Bad hinüberging. Die meisten der Blumentöpfe, die sie auf ihrer gestrigen Einkaufstour mit Mr. Donnelly erstanden hatte, waren von ihr hier drapiert worden und verliehen dem in einem schlichten Grau gefliesten Raum nun ein paar erfrischende Farbtupfer.

Auch das gerahmte Foto des Leuchtturms, der durch die Perspektive der Kamera riesig aussah und wirkte, als würde er in den hell erleuchteten Gewitterwolken über ihm verschwinden, hatte seinen Platz im Badezimmer gefunden.

Nach wie vor zufrieden mit dem, was sie sah, betrat Katherine die Duschkabine. Unter dem lauwarmen Strahl des Wassers ging sie im Kopf noch einmal die Liste jener Aufgaben durch, die sie am Vorabend bei einem Stück Kuchen erstellt hatte: Da war die Sitz- und Schreibecke, die sie mithilfe von Raumteilern zu einem Refugium machen wollte, in dem die Leser ungestört und in aller Ruhe ihre Briefe verfassen konnten. Die Bestellung von Stiften und dazu passendem Papier, jeweils mit Schriftzug und Logo der Bücherei versehen. Die neuen Visitenkarten, die sie in Auftrag zu geben vorhatte. Und zu guter Letzt eine Idee, die in ihren Gedanken immer präsenter wurde: Das Organisieren einer Wiedereröffnungsfeier. Eine bessere Gelegenheit, sich den Dorfbewohnern vorzustellen und den Betrieb wieder aufzunehmen, würde es wohl kaum geben. Katherine hatte vor, Geschenkboxen für die Besucher zu fertigen – bepackt mit Kleinigkeiten wie Kugelschreibern und Briefpapier – und außerdem einen Konditor ausfindig zu machen, der ein riesiges essbares Buch mit einem regenbogenfarbenen Cover fertigte.

Damit, dachte Katherine, wären ihre finanziellen Reserven dann auch vorerst aufgebraucht.

Um die Leute auf die Feier aufmerksam zu machen, hatte sie vor, das Ereignis über die sozialen Medien bekanntzugeben. Außerdem würde sie Mr. Donnelly fragen, ob er Lust hatte, gemeinsam mit ihr ein paar Flyer zu basteln und sie im Dorf zu verteilen.

Bis dahin aber konnte es sicher nicht schaden, wenn sie sich in den benachbarten Geschäften zunächst einmal persönlich vorstellte. Sicher kamen die Leute lieber zu einer Party, deren Gastgeberin sie schon einmal mit eigenen Augen gesehen hatten. Sie würde mit dem kleinen Schmuckgeschäft am oberen Ende der Straße beginnen. Die Öffnungszeiten hatte sie zwar nicht im Kopf, aber sie wollte ihr Glück dennoch versuchen. Von dort aus hatte sie vor, noch einmal in den hübschen Blumenladen zu gehen, den sie mit Mr. Donnelly besucht hatte. Mrs. Seymour, die nette Besitzerin, würde sich sicher über eine persönliche Einladung zur Feier freuen. Die kleine Bäckerei an der Hafenstraße bildete ebenfalls einen Anlaufpunkt, und es gab sicher viele kleine Restaurants und Pubs, die Katherine zwischen all den wunderbaren Eindrücken noch nicht wahrgenommen hatte. Vor allem aber durfte Ivys und Briannas Boutique auf ihrer Tour nicht fehlen.

Nachdem sie gefrühstückt hatte, machte Katherine sich auf den Weg. Pfeifend zog sie die Haustür hinter sich zu, bog um die Ecke – und stieß beinahe mit einem Mann zusammen, der seinerseits gerade um das Haus hatte herumgehen wollen. In ihre Richtung. Zu ihrer Haustür.

Katherine blinzelte – und erkannte mit einiger Verzögerung, wen sie vor sich hatte. Es war nicht irgendein Mann, der sie da mit einem schiefen Grübchenlächeln ansah, sondern Cadan.

Der Fotograf von den Klippen.

Er trug ein körperbetontes, kurzärmeliges Hemd, das seinen Muskeln mehr als nur schmeichelte, und schwarze Jeans, die seinen langen Beinen denselben Gefallen taten. Es war schwer, seinen Körper nicht unverhohlen zu mustern.

Katherines Magen zog sich wie unter einem dumpfen Schlag zusammen, ihr Herz tanzte zu einem neuen, schnelleren Rhythmus.

»Guten Morgen, Mädchen aus München.«

»Guten Morgen, Cadan aus ...?«

»Howth. Na gut, ursprünglich Dublin und Maynooth. Aber jetzt Howth.«

Also doch. Er kam von hier.

Katherine merkte, wie ihr diese Neuigkeit ein warmes Gefühl in die Brust zauberte.

»Schön. Tut gut, ein bekanntes Gesicht zu sehen.«

»Ja? Ist meins denn so einprägsam, dass du es nach nur einer Begegnung nicht vergessen konntest?« Er grinste.

Katherines Ohren wurden heiß. »Tss, das hättest du wohl gerne.«

»Ja, vielleicht.«

Erst jetzt bemerkte Katherine, dass er seine Arme hinter dem Rücken verschränkt hatte. In einer schnellen Bewegung zog er ein schmales, längliches Päckchen hervor und drückte es ihr in die Hand.

»Was ist das?«, fragte Katherine perplex.

»Ein kleines Willkommensgeschenk.« Cadans Augen funkelten. Durch das einfallende Sonnenlicht sahen sie noch viel heller aus, als sie sie in Erinnerung hatte.

Eine faszinierende Mischung aus Kupfer, Bernstein und Gold.

Als wäre er sich ihrer Gedanken genau bewusst, setzte er ein verwegenes Lächeln auf.

Bevor sie unter seinem Blick und dem Kräuseln seiner Lippen erröten konnte, widmete Katherine ihre Aufmerksamkeit dem Päckchen in ihren Händen.

Sollte sie es jetzt gleich öffnen? Oder nachher, wenn sie wieder allein war?

»Mach es auf«, half Caldan ihr. »Ich möchte sehen, ob es dir gefällt.«

»Okay.« Obwohl sie es vor Nervosität am liebsten einfach auseinandergefetzt hätte, löste Katherine das Papier ganz vorsichtig. Zum Vorschein kam ein gerahmtes Foto ... eines, dessen Motiv ihr bekannt vorkam. Sehr bekannt sogar.

»Das Leuchtturm-Bild«, sagte sie ungläubig.

»Du kennst es?« Cadan klang nicht weniger erstaunt.

»Ja. Ich habe es mir gestern unter bestimmt dreißig anderen Bildern ausgesucht. Es hängt jetzt in meinem Badezimmer. Das ist doch verrückt.«

»Schon, irgendwie. Aber irgendwie auch nicht. Im Vergleich zu meinen anderen Arbeiten tanzt es ein bisschen aus der Reihe. Es ist etwas Besonderes. Ein besonderes Bild für eine besondere Frau.«

»Das hast du gemacht? Nicht nur ausgesucht, sondern auch selbst geschossen?«, fragte Katherine mit einer Stimme, die ein paar Nuancen höher als gewöhnlich klang.

Ein besonderes Bild für eine besondere Frau.

Sie hatte das Kompliment nicht überhört. Im Gegenteil: Darauf mit einer Frage zu antworten erschien ihr besser, als verlegen zu kichern.

»Ja, habe ich. Gibst du es mir zurück?«

Katherine blinzelte. »Wie bitte?«

»Ich würde vorschlagen, dir ein neues zu schenken, damit du das hier nicht in doppelter Ausführung hast. Es sei denn natürlich, du möchtest es trotzdem gern haben.«

Unschlüssig sah Katherine von Cadan zu dem Foto in ihren Händen und wieder zurück. Einerseits wollte sie nicht, dass er sich vor den Kopf gestoßen fühlte, wenn sie ihm das Geschenk tatsächlich zurückgab. Andererseits, dachte sie aufgeregt, hätte er dann einen Grund, sie erneut zu besuchen.

»Okay. Dann nehme ich gern ein Neues. Aber nur, weil ich neugierig darauf bin, ob du meinen Geschmack noch einmal so gut treffen wirst.«

Cadan nahm das Foto an sich. »Ich werde mir Mühe geben. Also dann … schönen Tag noch. Wir sehen uns.« Er wandte sich zum Gehen.

»Nächste Woche Freitag«, platzte Katherine heraus und musste selbst feststellen, dass das ohne Kontext ganz schön wenig Information war.

»Nächste Woche Freitag?«

»Die Wiedereröffnungsfeier der Bücherei. Um … ähm … 18 Uhr. Es … es würde mich freuen, wenn du kommst.«

Cadan schmunzelte. »Du kannst fest mit mir rechnen.«

Kapitel 13

Das Lächeln, das die Begegnung mit Cadan auf ihren Lippen hinterlassen hatte, wollte nicht verschwinden. Nicht, als sie den Weg zum Schmuckgeschäft mit dem charmanten Namen Cliff Treasures einschlug und kurze Zeit später durch eine verzierte Tür ins Innere des kleinen Ladens trat. Auch nicht, während Katherine sich in aller Ruhe den Perlenketten, Armreifen aus Treibholz und den handgefertigten Ohrringen widmete, die aus Steinen mit ungewöhnlicher Maserung geschliffen worden waren.

Es war sogar so hartnäckig, dass die quirlige kleine Inhaberin mit der stacheligen Kurzhaarfrisur sie direkt darauf ansprach, nachdem sie ihr Gespräch mit einer Kundin beendet hatte.

»Na, Sie sehen aber fröhlich aus! Da möchte man ja glatt mitlächeln«, begrüßte sie Katherine.

»Oh, machen Sie das gern.«

Die Frau lachte laut und heiser. »Schon passiert. Wie kann ich Ihnen helfen, Miss? Suchen Sie etwas Bestimmtes? Ein kleines Souvenir vielleicht?«

»Eigentlich bin ich hergekommen, um mich vorzustellen. Aber die Chancen stehen gut, dass ich mir diesen Armreif da drüben mitnehme.« Sie deutete auf ein besonders filigran gearbeitetes Stück aus dunklem Holz, in dessen Mitte eine Perle eingearbeitet war. Dann streckte sie der Ladenbesitzerin die Hand entgegen. »Katherine Madigan. Ich habe die Rainbow-Hearts-Library von meiner Tante Fiona übernommen.«

Die Augen der kleinen Frau weiteten sich. »Nein! Das ist ja ...« Sie ließ so unvermittelt einen Jubelschrei los, dass Katherine zusammenzuckte. »Das ist ja *fabelhaft!* Und ich habe schon geglaubt, die Bücherei würde geschlossen bleiben müssen ... Nicht auszudenken, was für eine Lücke da entstanden wäre.« Einen kurzen Moment lang trübte sich der Blick ihrer strahlend blauen Augen, doch dann schüttelte sie den Kopf, wie um diesen beängstigenden Konjunktiv loswerden zu wollen.

»Fionas Nichte. Unfassbar. Sie hat immer von Ihnen gesprochen. Von ihrer Kleinen aus Deutschland, die sie so lange schon nicht mehr gesehen hat.«

Obwohl kein Vorwurf in der Stimme der Ladeninhaberin lag, verspannte sich Katherines Muskulatur ein wenig.

»Ja«, sagte sie vorsichtig, »es ist lange her.«

»Und doch sind Sie jetzt hier.« Die Frau strahlte. »Roxanne«, setzte sie hinzu, »Roxanne Maynard. Ich freue mich so, Sie kennenzulernen. Willkommen in Howth, Katherine.«

»Danke. Vielen Dank. Ich plane für den nächsten Freitag eine Wiedereröffnungsfeier. Am Abend, gegen 18 Uhr. Hätten Sie vielleicht Lust zu kommen?«

Roxannes Wangen nahmen einen Hauch von Rosa an. »Soll das ein Witz sein? Nichts lieber als das! Und wenn ich Ihnen bis dahin irgendwie behilflich sein kann – sei es dekotechnisch, organisatorisch oder sonst irgendwie –, lassen Sie es mich wissen.«

Einen Augenblick lang fehlten Katherine die Worte vor lauter Dankbarkeit. Es war unglaublich, dachte sie, wie hilfsbereit die Menschen um sie herum waren. Das flatterhafte Gefühl der Unsicherheit, das sie kurz nach ihrem Umzug empfunden hatte, war beinahe gänzlich verflogen. Vermutlich war es ganz und gar unmöglich, an einem Ort wie diesem einsam zu sein.

»Das ist so lieb von Ihnen«, sagte sie schließlich und meinte es auch so.

»Ach«, winkte Roxanne ab, »wissen Sie: Hier in Howth halten

wir zusammen. Jeder kann auf jeden zählen.« Sie machte eine kurze Pause, griff sich ans Herz und sah Katherine eindringlich an. »Genau dasselbe habe ich Fiona damals auch gesagt, als sie herkam.«

Von ihrem Gespräch mit Roxanne zusätzlich beflügelt, setzte Katherine ihre Erkundungstour fort. Mrs. Seymour, die freundliche Floristin, mit der Katherine bereits tags zuvor gesprochen hatte, erkannte sie sofort wieder.

»Ah, die hübsche junge Dame von gestern! Wie lange werden Sie noch in Howth bleiben, Miss?«, fragte sie, während sie mit flinken Fingern einen Strauß band. Mit ihrem herzförmigen Gesicht unter der weißen Lockenpracht, dem zierlichen Körper und der roten Schürze erinnerte sie Katherine an Lucas Großmutter, bei der sie als Kinder oft in der Küche gesessen und Kekse gegessen hatten, bis ihnen der Bauch wehgetan hatte.

Zum wiederholten Male an diesem Tag lächelte sie. »Eine ganze Weile, wie es aussieht.«

Knapp berichtete sie, was sie nach Howth verschlagen hatte, und stellte sich dann als die neue Inhaberin der Rainbow-Hearts-Library vor. Ebenso wie Roxanne nahm auch Mrs. Seymour die Einladung zur Feier dankend an – und bot obendrein ihre Unterstützung an. »Wenn Sie wollen, bastle ich Ihnen eine Girlande«, schlug sie vor.

Katherine konnte gar nicht anders, als das Angebot anzunehmen. Als sie den Blumenladen verließ, fragte sie sich ernstlich, ob der Tag noch besser werden konnte – und stellte wenig später fest, dass das durchaus möglich war.

Mr. Darson, Betreiber der charmant-chaotischen Papeterie, die Katherine bereits bei ihrem ersten Besuch in Howth aufgefallen war, schenkte ihr als nachbarschaftlichen Willkommensgruß einen Schwung herrlich bunter, mit einem Regenbogen verzierter Briefpapier Bögen, die ihr sofort bekannt vorkamen.

»Die habe ich noch aus dem Restbestand über. Fiona hat immer bei mir bestellt«, verkündete der schnauzbärtige Mittfünfziger stolz. »Lassen Sie mich einfach wissen, wenn Sie etwas brauchen.«

In der ›Cronan & Cahill‹-Boutique schließlich traf Katherine dann nicht nur Ivy und Brianna, sondern auch deren Nichte Sophie an – das jedenfalls vermutete Katherine, als sie die große Rothaarige hinter dem Tresen des Geschäfts stehen sah, das von bunten Kleidern bis hin zu seriösen Kostümen alles bot.

Und tatsächlich stellte sie sich noch im selben Moment, da Katherine Luft holte, um alle zu begrüßen, als Briannas Nichte vor.

»Da ist ja unser Thema Nummer eins!« Die junge Frau, die Katherine auf höchstens ein bis zwei Jahre jünger als sie selbst schätzte, grinste. Mit ihren zahlreichen Sommersprossen und den grünen Augen sah sie unbestreitbar hübsch aus.

»Soso«, Katherine lachte, »es wird also in meiner Abwesenheit über mich geredet?«

»Und das nicht zu knapp«, warf Brianna ein, die mit einem Maßband um ein Mannequin herumwirbelte. »Sie sind der neue Star am irischen Küstenhimmel.«

»Wow. Okay. Ich fühle mich geehrt.«

Sie alberten noch eine Weile herum – Ivy brachte Tee aus einem kleinen Hinterzimmer –, ehe die Sprache auf die Eröffnungsfeier kam. Wie auch Roxanne, Mr. Darson und Mrs. Seymour zuvor zögerten die drei nicht, Katherine ihre Hilfe anzubieten.

Gerührt prostete sie den Frauen mit ihrer Teetasse zu.

»Vielen Dank für eure Hilfsbereitschaft. Wirklich, das bedeutet mir wahnsinnig viel.« Vor ihrem inneren Auge malte sie sich aus, wie sie gemeinsam mit den Dorfbewohnern, die sie bisher hatte kennenlernen dürfen, in der Rainbow-Hearts-Library herumwerkelte, quatschte und Spaß hatte. »Ich glaube, ich habe mich noch nie in meinem Leben so sehr auf die Arbeit gefreut.«

Kapitel 14

Die Tage in Howth vergingen wie im Flug.

Es war, als folgten sie einem ganz eigenen, verzauberten Rhythmus. Je schöner die Stunden, desto schneller verstrichen sie. Trotzdem versuchte Katherine jede Sekunde ihres neuen Lebens zu genießen. Wenn sie nicht gerade Bücher entstaubte, Regale verrückte und Auftragsmails für neue Bücher verschickte sowie die Goodies in Form von Visitenkarten, Kugelschreiber und Briefpapier in Auftrag gab, telefonierte sie mit Luca, unternahm lange Spaziergänge und traf sich nachmittags mit Mr. Donnelly und seinen Freunden in den örtlichen Pubs.

Wann immer sie draußen unterwegs war, hielt sie verstohlen Ausschau nach Cadan, doch leider blieb eine Zufallsbegegnung aus. Insgeheim hoffte Katherine, dass er schon bald wieder klingeln und ihr einen Ersatz für das Leuchtturm-Gewitter-Bild mitbringen würde, doch er tauchte nicht mehr auf.

Sie beruhigte sich mit dem Gedanken, dass er zur Eröffnungsfeier kommen würde, und lenkte ihre Gedanken dann absichtlich in eine Richtung, die von dem attraktiven Mann mit der Narbe und den bemerkenswert schönen Augen fortführte.

Dafür, dass sie einander erst zweimal begegnet waren, kreisten sie nämlich ohnehin viel zu oft um ihn, wie Katherine fand.

Dabei gab es wahrlich andere Dinge, denen sie ihre Aufmerksamkeit widmen konnte: etwa der Tatsache, dass ihre Mutter jedes mögliche Telefongespräch sorgfältig zu vermeiden wusste. Mehrmals versuchte Katherine, Mary zu erreichen, doch diese nahm nicht ab. Stattdessen schrieb sie ihrer Tochter eine SMS, in der sie versicherte, dass es ihr gutgehe, sie aktuell jedoch Ruhe brauche und sich melden werde, wenn ihr nach Reden zumute sei. Katherine blieb nichts anderes übrig, als diese Entscheidung ihrer Mutter zu akzeptieren.

Am frühen Mittwochabend dann, als ihre Nervosität bezüglich der nahenden Eröffnung bereits merklich angestiegen war, erlebte sie eine Überraschung, die ihr vor Freude die Tränen in die Augen trieb: Mr. Donnelly, Mr. Darson, Roxanne, Mrs. Seymour, Sophie, Terry, Brianna und Ivy waren gekommen, um ihre Hilfsangebote wahr zu machen und ihren Teil zur Eröffnungsfeier beizusteuern.

Mrs. Seymour hatte Blumenschmuck dabei, Mr. Darson eine weitere Charge Briefpapier und Umschläge, Roxanne zwei Kartons voller Sektgläser, die sie eigens bemalt hatte (lauter kleine goldene Buchstaben waren darauf zu sehen), Sophie ein Rezept für eine Torte, von der sie Katherine anbot, sie am Folgetag mit ihr gemeinsam zu backen, Brianna und Ivy eine selbst genähte »Glücks-Strickjacke« aus hauchdünnem Stoff, deren Knöpfe die Form kleiner Regenbogen hatten, Terry ein paar Bistrotische und Mr. Donnelly ganz besonders gute Laune.

Gemeinsam schmückten sie die Rainbow-Hearts-Library, stellten die Tische auf und rückten Sessel, Regale und Bücherauslagen zurecht, bis sich ein harmonisches Gesamtbild ergab.

Schließlich stießen sie mit Roxannes mitgebrachten Gläsern und einer Flasche Rosé aus Katherines Kühlschrank an.

»Ich kann mich gar nicht oft genug bei Ihnen bedanken. Dass Sie hier sind, bedeutet mir viel«, tat sie ihre Rührung kund, nachdem sie alle einen Schluck genommen hatten.

»Wir haben zu danken. Immerhin gibst du uns die Bücherei zurück. Und im Übrigen duzen wir uns hier alle, Kindchen«, sagte Roxanne zwinkernd.

Katherine erhob dankbar erneut ihr Glas.

Nachdem sie noch eine Weile in Fionas kleiner Küche beisammengesessen und sich unterhalten hatten (das kleine Wohnzimmer hatte Katherine bisher nur genutzt, um dort ein paar Kartons abzustellen), machten ihre Überraschungsgäste sich nacheinander auf den Weg.

Am Ende waren nur noch Mr. Donnelly und Katherine übrig.

»Ich will ja nicht ungemütlich sein, Doran«, sagte sie schließlich, »aber ich würde gern noch ein paar Regale entstauben. Das meiste habe ich schon erledigt, aber vor allem die obersten Reihen müssten noch gemacht werden. Ich weiß, das würde vermutlich nicht mal jemandem auffallen … Aber einfach für mein allgemeines Wohlbefinden.«

Mr. Donnelly sah stirnrunzelnd auf seine Uhr. »Um halb zehn?«

Katherine zuckte grinsend die Achseln. So war es schon immer gewesen – wenn sie einmal anfing aufzuräumen und zu putzen, dann ganz besonders gründlich. Ganz nach der Devise »keine halben Sachen« ging es allem an den Kragen, das sich nicht in ein Bild der Ordnung und Sauberkeit fügte. Ein paar ihrer Freundinnen bezeichneten Katherine deswegen gern als neurotisch, doch sie wusste, dass das nicht stimmte. Es machte ihr schlicht Spaß, zu Ende zu bringen, was sie einmal angefangen hatte.

»Na gut, na gut. Was dagegen, wenn ich mich auch noch ein bisschen nützlich mache? Immerhin schaffen vier Hände mehr als zwei, oder? Und – na ja – so kannst du dich morgen vielleicht noch etwas entspannen.«

Katherine hob die Brauen. »Meinst du nicht, das wird dir –«

Mr. Donnelly stand von seinem Stuhl auf. »Jetzt frag mich nicht, ob mir das nicht zu viel wird. Mein Herz ist jung, Katherine. Es ist nur die Hülle die, sagen wir, ein wenig veraltet ist.«

Katherine lachte. »Auch die Hülle sieht noch gut aus, Doran. Keine Sorge. Also gut. Gehen wir.«

Gemeinsam betraten sie die nun herrlich dekorierte Bücherei. Sofort war Katherine von ihrem Zauber wieder wie benebelt. Ob sie je immun gegen die magische Wirkung all der Bücher und ihrer geheimen Botschaften werden würde?

Bestimmt nicht, beantwortete sie sich ihre eigene Frage im Stillen, wann immer ich hier hereinkomme, fühlt es sich an, als wäre ich durch ein Portal in eine andere Welt gelangt.

Entschlossen klatschte sie in die Hände. »Ich übernehme das Liebes-Regal. Würdest du mit der Klassik-Abteilung anfangen? Leer geräumt habe ich beide schon.«

Der alte Mann nickte. »Zu gern.«

Eine beliebige Melodie pfeifend, von der Katherine nicht wusste, wie sie in ihren Kopf gelangt war, reichte sie Mr. Donnelly Pinsel, Lappen und Handsauger und bestieg dann mit denselben Utensilien ausgerüstet die Leiter. Eifrig befreite sie die Regalfächer von ihrem staubigen Gewand. Die Arbeit hatte etwas Beruhigendes, beinahe Andächtiges.

Auch das Wiedereinsortieren der ausgeräumten Bücher besaß eine meditative Wirkung.

»Ich denke, ich bin hier fertig«, befand Katherine, als die Zeiger der großen Uhr über dem Tresen sich der Elf näherten.

»Wie sieht es bei dir aus, Doran?«

»Dem kann ich mich anschließen, hier ist auch alles in bester Ordnung.«

»Perfekt. Bleibt also nur noch das Phantastik-Regal.« Flink stieg Katherine die Sprossen hinab. »Aber das ist wirklich nicht mehr viel, ich mache das morgen allein«, setzte sie schnell hinzu, bevor Mr. Donnelly sich noch verpflichtet fühlte, ihr erneut beizuspringen.

»Das Phantastik-Regal«, rief der alte Mann unvermittelt aus.

Fragend sah Katherine ihn an.

»Irgendwo hinter den Büchern müsste es dort eine kleine Schatulle geben. Fiona hat damals zur Eröffnung eine Menge kleiner Schlüsselanhänger in Regenbogenform fertigen lassen. Wenn ich mich nicht täusche, müssten sich einige davon noch im Phantastik-Regal tummeln. Wir haben etliche von ihnen versteckt – ein kleiner Gag, weil die Feier rund um Ostern stattfand. Die Exemplare, die übrig geblieben sind, haben wir in einem Kästchen im obersten Regalfach verwahrt. Irgendwo zwischen Aaronovitch und Bricks, wenn ich mich nicht irre. Willst du mal nachsehen? Wir könnten gleich am Computer welche nachbestellen, wenn du magst, und die Anhänger dann mit in die Geschenk-Boxen legen. Für viele Besucher, die bereits zur ersten Wiedereröffnungsfeier gekommen sind, wäre das ein schönes Andenken.«

»Wie schön!«, sagte Katherine begeistert. Die Vorstellung, wie Fiona und Mr. Donnelly Jahre zuvor hier gestanden hatten, wo sie selbst nun mit dem alten Mann eine Feier plante, ging ihr ans Herz. Überhaupt fühlte sie sich ihrer Tante gerade auf eine Weise nahe, die alles, was damals geschehen war, an Bedeutung verlieren ließ. Sie dachte nicht an Fiona und ihren Vater, nicht an Fiona und Mary, sondern *nur* an Fiona. An alles, was sie an ihr so geliebt und geschätzt hatte. Eine Gänsehaut überzog ihre Arme.

»Ich sehe gleich mal nach«, sagte Katherine hastig, erklomm die Bibliotheksleiter des Phantastik-Regals und hielt zwischen den von Mr. Donnelly genannten Autoren Ausschau nach der Schatulle, die ihr nach wenigen Augenblicken des Suchens tatsächlich ins Auge sprang. Ihre perlmuttfarbene Oberfläche war von einer feinen Staubschicht überzogen, die auch die Bücher zu ihren Seiten bedeckte.

»Hier ist sie«, rief Katherine über die Schulter, zog das Kästchen heraus – und registrierte erschrocken, dass sie sein Gewicht unterschätzt hatte. Mitten in der Bewegung rutschte es ihr aus der Hand. Als sie versuchte, es wieder zu fassen zu bekommen, bevor es hinunterfallen konnte, riss sie versehentlich die danebenstehenden Bücher aus dem Regal.

Ein vernehmliches Poltern erklang, gefolgt von einem metallischen Klirren.

»Um Himmels willen, Katherine! Ist alles in Ordnung?« Ein bestürzt aussehender Mr. Donnelly tauchte am Fuße der Leiter auf. Neben ihm lagen vier aufgeschlagene Bücher, zwei Briefe und die Schatulle, die den Sturz glücklicherweise unbeschadet überstanden hatte. Katherine war heilfroh, dass der alte Mann erst jetzt an das Regal herangetreten war. Nicht auszudenken, was passiert wäre, wenn einer der Gegenstände ihn am Kopf getroffen hätte.

»O Gott, es tut mir leid. Ich wollte dich nicht erschrecken. Als Kind hatte ich den Spitznamen Tollpatsch-Kate. Offensichtlich mache ich dem noch immer alle Ehre.« Vorsichtig stieg Katherine die

Leiter hinab und bückte sich nach dem Chaos, das sie angerichtet hatte.

Bei den gefallenen Büchern handelte es sich um *Kriegsklingen* von Joe Abercrombie, *Das Ruinentor* von Mark Anthony, *Der rote Schlüssel* von Tom Arden und *Einst herrschten Elfen* von James Barclay.

»So ein Mist«, entfuhr es ihr, »woher soll ich wissen, welche Briefe in welchem Buch gelegen haben?«

Auf einmal fühlte sie sich hundeelend. Die Verfasser der Zeilen hatten sich vermutlich nicht nur bewusst eine bestimmte Geschichte, sondern auch eine bestimmte Sequenz innerhalb dieser Geschichte ausgesucht, in die hinein das Geschriebene gebettet werden sollte.

Mr. Donnellys Knie knackten, als er neben ihr in die Hocke ging. »Nun mach doch nicht so ein Gesicht, meine Liebe. Du hast das nicht mit Absicht getan, und rückgängig machen lässt es sich auch mit einem schlechten Gewissen nicht, also wozu aufregen? Lass dich von einer Intuition leiten – oder such in den Briefen nach Hinweisen. Vielleicht versteckt sich ja der eine oder andere darin.« Ächzend ließ der alte Mann sich ganz auf den Boden sinken, lehnte sich gegen das Regal und griff nach einem der gefalteten Papierbogen. Mr. Donnelly einen bewundernden Seitenblick zuwerfend, tat Katherine es ihm nach.

Sie wusste nicht, was sie mehr überraschte: seine Gelenkigkeit oder die Tatsache, dass ihn nichts, aber auch wirklich gar nichts aus der Ruhe zu bringen schien. Kopfschüttelnd senkte sie den Blick auf das bunte Briefpapier in ihren Händen und begann zu lesen.

Hallo Rae,

wie nur fängt man einen Brief an, den man nie schreiben wollte? Ich vermute, du wüsstest die Antwort darauf. Du wusstest auf alles eine Antwort. So ist es doch, oder etwa nicht? Du warst immer der Klügere von uns. Der Gewitztere, der Charmantere, der Ehrgeizigere. Jedenfalls, wenn es nach Dad ging. Für dich gab es Anerkennung, für mich Prügel. Nach Mums Tod war niemand mehr da, der auf mich aufgepasst hat.

»Hör auf zu jammern«, würdest du jetzt sagen, wenn du könntest. Aber weißt du was? Das ist mein gutes Recht.

Ich habe viel zu lange geschwiegen. Wenigstens auf dem Papier kann ich dieses Schweigen nun brechen, wenn auch nur wohldosiert, um die Vergangenheit trotzdem weit genug auf Abstand zu halten.

Ich denke oft über den Tag nach, an dem ich mich endgültig verloren habe ... dieser Tag, an dem du gingst und mir deine Identität zurückgelassen hast wie einen abgetragenen Mantel. Ich bin so oft hineingeschlüpft, um meinen Alltag ein klein wenig erträglicher zu gestalten. Um Dad milde zu stimmen und in seinem Blick etwas anderes als Ablehnung zu lesen.

Mal hat das funktioniert, mal in eine Katastrophe gemündet. Dads Zorn auf mich war größer denn je, seit ich mir deinen Namen ausgeborgt habe. Deine Mimik. Deine Gestik.

Und das, obwohl er selbst alles daransetzte, dich in mir zu sehen. Er hat es versucht, Rae.

Aber er ist gescheitert.

Ich war immer noch der schlechte Zwilling – der dreieinhalb Minuten jüngere Bruder, der zwar aussah wie du, dessen Wesen aber von Grund auf anders war als das deine.

Nachdem du fort warst – endgültig fort – wurde es mit Dad noch viel schlimmer. Er war immer noch wütend auf mich, aber es war eine andere Art von Wut. Still und deswegen umso intensiver.

Es fühlt sich eigenartig an, diese Gedanken mit dir zu teilen – vor allem in dem Wissen, dass du niemals Stellung zu ihnen wirst beziehen können. Trotz allem, was geschehen ist, hoffe ich, dass du deinen Frieden gefunden hast.

Aber wenn ich ganz ehrlich bin, hoffe ich das nicht (nur) für dich, sondern auch und vor allem für mich selbst.

Denn ich verdiene ein Leben jenseits deines Schattens, Rae. Das tue ich ganz bestimmt.

»Und?«, fragte Mr. Donnelly, »bist du fündig geworden?«

Katherine setzte zu einer Antwort an, merkte dann jedoch, dass sie sich zuerst sammeln musste. Die Zeilen des Unbekannten gingen ihr eigenartig nahe, geradezu, als hätte der Verfasser nicht nur seine

Worte, sondern auch seine rohen Gefühle auf dem Papier zurückgelassen.

Sie konnte seinen Schmerz spüren, seine Verzweiflung war geradezu mit Händen zu greifen.

»Katherine?« Mr. Donnelly schnipste mit den Fingern.

»Entschuldige. Das hier«, sie hielt den Brief demonstrativ in die Höhe, »ist wirklich schwere Kost.«

Der alte Mann gab ein verständnisvolles Brummen von sich. »Es gibt Briefe in diesen Regalen, deren Inhalt man wahrlich nicht so schnell vergisst. Was glaubst du, wo der Verfasser diesen versteckt hat? Konntest du etwas herauslesen?«

»Keine Ahnung, aber ich vermute, er hat ihn nicht in Barclays Elfen-Epos verwahrt«, antwortete Katherine und ließ das in gedrungener Schrift beschriebene Papier dennoch hineingleiten. »Ich habe dieses Buch noch nie gelesen, aber dem Titel nach zu urteilen klingt es von allen vieren am sanftesten, findest du nicht?«

»Verstehe«, sagte Mr. Donnelly, »du willst den Worten einen neuen Rahmen geben. Einen, der sie zu Freunden macht und nicht zu Waffen.«

Katherine lächelte zaghaft. »Ganz genau.«

Kapitel 15

Während Katherine den Donnerstag verhältnismäßig entspannt verbrachte (sie kümmerte sich um das Phantastik-Regal und backte am Abend mit Sophie die Torte, deren Rezept ihr die junge Irin aufgeschrieben hatte), nahm ihr Herz am Freitag die Beine in die Hand und fegte in wildem Galopp durch ihre Brust.

Obwohl noch reichlich Zeit bis zu Beginn der Feier war, brachte Katherine im Eiltempo Teller und Besteck in die Rainbow-Hearts-Library, drapierte die präparierten Geschenkboxen und ordnete Roxannes hübsche Gläser auf den Tabletts an, die sie noch am Vortag besorgt hatte.

Nach einer ausgiebigen Dusche und darauffolgender Schminksession stand Katherine beängstigend planlos vor ihrem Kleiderschrank, dessen Vielfalt sie restlos überforderte. Alle Outfits, die sie sich gedanklich für den heutigen Tag zurechtgelegt hatte, kamen ihr plötzlich schrecklich unpassend vor. Einzig die Vorstellung, dass sie ihre Gäste ja schlecht nackt in Empfang nehmen konnte, bewegte sie schließlich dazu, sich für ein rotes Chiffon-Kleid zu entscheiden. Kaum hatte Katherine sich die schwarzen Pumps über die Füße gestreift, läutete es auch schon an der Tür.

Sie hechtete nach unten und gewährte einem äußerst nervös

dreinblickenden, in einen senfgelben Cordanzug gekleideten Mr. Donnelly Einlass.

»Wow! Du siehst fabelhaft aus, Doran.«

Der alte Mann nestelte an seiner Fliege.

»Das kann ich nur zurückgeben, meine Liebe. Also dann.« Seine Wangen färbten sich rosig. Offenbar war er nicht weniger nervös als Katherine. »Bereit für den letzten Schliff?«

»Klar. Los geht's.«

Sie trugen Torte und Sekt in die Bücherei, zählten die Geschenkboxen vorsichtshalber noch einmal durch, rückten das Briefpapier auf dem Tischchen in der Schreibecke zurecht und zupften ebenso häufig an ihrer Kleidung herum.

So viele Menschen, dachte Katherine entgeistert, als der alte Mann ihr wenig später voller Rührung die Schlange vor den Ladentüren der Rainbow-Hearts-Library präsentierte.

Ob sich Cadan wohl auch unter den Wartenden befand?

Immerhin hatte er gesagt, Katherine könne fest mit ihm rechnen. Ruhelos zog sie sich von ihrem Aussichtspunkt zwischen Türrahmen und überdimensioniertem Helium-Luftballon zurück und räusperte sich mehrfach.

»Wie lange noch, bis wir die Türen öffnen?«

»Genau drei Minuten und zweiundzwanzig Sekunden«, verkündete Mr. Donnelly mit einem Blick auf das Zifferblatt seiner Taschenuhr.

»Puh. Okay.«

Katherine atmete ein paarmal tief ein und aus, dann nahm sie Dorans Hände in ihre.

»Ich danke dir wirklich von Herzen, Doran. Danke, dass du hier an meiner Seite bist, und danke, dass du mich Ivy, Brianna und Terry vorgestellt hast. Ihr alle – natürlich auch Roxanne, Sophie, Mr. Darson und Mrs. Seymour – habt mir meinen Start hier so viel leichter gemacht.«

Der alte Mann lächelte, seine grauen Augen glitzerten verräterisch.

»Es ist ein Geben und Nehmen, Katherine. Du gibst meinem Dasein einen Sinn zurück, von dem ich dachte, dass er mit Fionas

Tod und der Schließung der Bücherei verlorengegangen wäre. Wie sollte ich mich dafür bedanken, wenn nicht mit dem Versprechen, dich und die Rainbow-Hearts-Library für den Rest meines Lebens zu unterstützen?« Katherine gab sich alle Mühe, den siedenden Kloß in ihrem Hals hinunterzuschlucken. Sie durfte nicht weinen. Nicht jetzt, nicht heute, nicht an diesem bedeutsamen Nachmittag. »Also gut, Doran. Schließen wir auf.«

Schon zu Schul- und Studienzeiten war Katherine alles andere als wohl damit gewesen, vor einer Ansammlung von Menschen zu sprechen. Referate und mündliche Prüfungen waren für sie ein wahr gewordener Albtraum gewesen, obwohl sie stets darum bemüht war, sich ihr Leiden nicht anmerken zu lassen.

Als beliebtes, immerzu selbstbewusst auftretendes Mädchen war schlichtweg von ihr erwartet worden, solche Situationen ohne viel Aufhebens zu meistern. Dass Katherine ihre Stimme aber nur mit äußerster Konzentration vor dem Zittern bewahren konnte und ihr Magen sich in derlei Situationen anfühlte, als wäre er mit Eiswasser gefüllt, ahnte niemand.

Obwohl sie mit den Jahren reifer und routinierter geworden war, spürte Katherine auch jetzt das verhasste flatterhafte Gefühl der Unsicherheit in sich aufsteigen. Sie hatte Ivy, Brianna, Terry, Sophie, Roxanne, Mr. Darson und Mrs. Seymour mit einer Umarmung und den Rest ihrer Gäste mit Händeschütteln begrüßt, ein paar Worte gewechselt und versucht, sich die zu den neuen Gesichtern zugehörigen Namen einzuprägen. Da war Marcus, ein entfernter Cousin Terrys. Bathilda, eine pensionierte Ärztin aus Dublin. Alfred, der ortsansässige Gemüsehändler, und seine Frau Patricia. Mike, ein junger Literaturliebhaber. Tara, eine hochgewachsene Apothekerin mit freundlichem Lächeln …

Jeder von ihnen hatte sich ihr gegenüber herzlich und wahnsinnig interessiert gezeigt.

Dennoch war Katherines Nervosität nicht weniger geworden, was – und das konnte sie sich nur widerstrebend eingestehen – unter anderem daran lag, dass sie Cadan nirgendwo entdecken konnte.

Immer wieder zuckte ihr Blick zum Eingang und suchte ihn inmitten der fröhlich schwatzenden Menge.

Nun, da es außerdem galt, die kleine Eröffnungsrede zu halten, die sie in den vergangenen Tagen locker einstudiert hatte, konnte Katherine ihren Herzschlag vor Aufregung auf der Zunge spüren.

So unauffällig wie möglich wischte sie sich die Schweißperlen von der Stirn, nahm sich ein Glas Sekt und klammerte sich hilfesuchend daran.

Mr. Donnelly, der Katherine aufmerksam beobachtet haben musste, erhob seine Stimme über das aufgeregte Plappern der Leute.

»Liebe Gäste! Darf ich kurz um Ruhe bitten? Vielen Dank. Ich möchte euch herzlich einladen, euch etwas zu trinken zu nehmen, damit wir alle auf die Neueröffnung unserer geschätzten Rainbow-Hearts-Library anstoßen können. Miss Madigan wird gleich noch ein paar Worte sagen.«

Ein aufgeregtes Gemurmel ging durch die Reihen. Die etwa vierzig anwesenden Gäste drängten sich um den Tisch mit den Getränken, nahmen sich Saft oder Sekt und sammelten sich wieder in der Mitte des Raumes, von wo aus sie Katherine erwartungsvolle Blicke zuwarfen.

Katherine nahm einen großzügigen Schluck aus ihrem Glas, schritt auf wackeligen Beinen zum Tresen der Bücherei und versuchte, das immer lauter werdende Rauschen in ihren Ohren auszublenden.

»Ähm – Hallo.« Ihre Stimme war nicht mehr als ein heiseres Flüstern, das sich in den Winkeln des Raumes verlor. Sie räusperte sich ein paarmal, atmete die lähmende Unsicherheit fort und startete einen neuen Versuch. »Hallo, alle miteinander.«

Die letzten Gespräche verstummten. Alle Augen waren nun auf Katherine gerichtet. So auch die ihres selbst ernannten Unterstützer-Trupps, deren Mitglieder ihr allesamt aufmunternd zulächelten. Sophie reckte sogar einen Daumen in die Höhe. Dankbar nickte Katherine ihr zu.

»Zuallererst freue ich mich natürlich sehr über Ihr zahlreiches Erscheinen. Ich ... Äh ...«

Ein weiterer Gast war durch die Tür in die Rainbow-Hearts-Library geschlüpft und hatte Katherine aus dem Konzept gebracht. Beinahe geräuschlos mischte er sich unter die anderen Gäste und fand schließlich einen Platz neben Sophie und Brianna in vorderster Reihe. Aufgrund ihres Lampenfiebers dauerte es dennoch einen Moment, ehe Katherine erkannte, bei wem es sich um den Nachzügler handelte.

Cadan.

Er sah so gut aus, dass es ihr im wahrsten Sinne des Wortes die Sprache verschlug. Händeringend versuchte sie sich daran zu erinnern, was sie als Nächstes hatte sagen wollen, während sie sein eng anliegendes schwarzes T-Shirt und die darunter deutlich sichtbaren Muskeln inspizierte. Vor allem aber kostete es sie einige Mühe, ihren Blick von seinem Gesicht abzuwenden, das, umrahmt von seinen dichten, dunklen Haaren und mit seinen scharfen, markanten Zügen nahezu verboten hübsch aussah.

Als wäre er sich seiner Wirkung auf sie deutlich bewusst, grinste Cadan sie an und verschränkte die Arme vor der breiten Brust.

»Entschuldigen Sie bitte«, sagte Katherine endlich, nachdem es ihr gelungen war, ihren Blick wieder über die übrigen Gäste schweifen zu lassen. »Ich möchte ehrlich sein: Das alles hier ist ziemlich aufregend für mich. Bis vor wenigen Wochen habe ich noch ein ganz gewöhnliches Leben in München geführt. Ich war Redakteurin bei einer Zeitschrift, habe mich an den Wochenenden mit meinen Freundinnen getroffen und bin abends gern durch die Stadt gezogen. Jetzt stehe ich plötzlich hier und versuche, in die Fußstapfen einer Frau zu treten, die Ihnen allen diesen wunderbaren Ort geschenkt hat. Ich hoffe wirklich, dass ich dieser Aufgabe gerecht werde. Denn wenn ich eins gelernt habe, seit ich in Howth wohne, dann, dass diese Bücherei etwas ganz Besonderes ist. Und dass man hier wirklich an jeder Ecke mit freundlichen Worten und Unterstützung rechnen kann.« Katherine sah zur kleinen Gruppe rund um Mr. Donnelly herüber und spürte ein warmes Gefühl der Dankbarkeit. »Was mir jedenfalls sehr wichtig ist zu sagen: Auch wenn ich hie und da ein bisschen umdekoriert oder umgestellt habe, ist diese großartige Bücherei noch ganz genau dieselbe, die sie zu Lebzeiten meiner Tante war. Oh, und selbstverständlich werden wir die Tradition des Briefeschreibens und -versteckens fortführen. Zusätzliche Aktionen und Veranstaltungen, wie regelmäßige Schreib- und Lesetreffen, sind in Planung und werden schon bald bekannt gegeben. Bevor wir die Gläser auf die Wiedergeburt der Rainbow-Hearts-Library erheben und das Torten-Buffet eröffnen, möchte ich Sie nur noch darauf hinweisen, dass wir für jeden unserer Gäste eine Geschenkbox zusammengestellt haben. Sie dürfen sich also gern ein Päckchen von diesem beunruhigend instabil wirkenden Stapel hier hinter mir nehmen.« Katherine deutete einen Schulterblick an und lachte vorsichtig.

Ein paar ihrer Zuhörer stimmten mit ein.

»So. Und nun bleibt eigentlich nur noch eins zu sagen: Ich wünsche Ihnen allen einen zauberhaften Abend in unserem Bücherparadies. Zum Wohl! Auf Fiona. Auf das, was war und das, was kommen wird.«

Kapitel 16

Geschafft.

Endlich fiel die Anspannung, die Katherines Schultern hatte verkrampfen und ihre Wangen hatte kribbeln lassen, von ihr ab.

Nur ein winziger Rest blieb bestehen, den Katherine allerdings Cadans Anwesenheit zuschrieb und der sich bei Weitem nicht so unangenehm anfühlte wie die Nervosität vor ihrer Ansprache.

Der Fotograf stand an ein Regal gelehnt da und beobachtete, wie eine Schar schnatternder Gäste sich über die glücklicherweise monströs große Torte hermachte.

Jetzt geh schon zu ihm und sag Hallo.

Katherine griff nach ihrem Glas, das sie während des Redens abgestellt hatte, und trat hinter dem Tresen hervor. Sie war kaum zwei Schritte in Richtung Cadan gegangen, als ein freundlich lächelndes Damen-Trio auf sie zukam.

Alle drei trugen ihre blaugrau schimmernden Haare gewellt und steckten in bunten Kostümen.

»Das war eine tolle Ansprache!«, lobte die Größte von ihnen.

»Sie sind Ihrer Tante ja wie aus dem Gesicht geschnitten«, fand die Freundin zu ihrer Rechten.

»Und wie. Einfach bezaubernd«, schaltete sich auf die Dritte im Bunde ein.

Katherine bedankte sich höflich bei den Frauen, die sich ihr gleich darauf als »die Brennan-Schwestern« vorstellten – Cynthia (die Hochgewachsenste von ihnen), Lisa (die Kleinste) und Delila (die Schmächtigste).

»Uns gehört das kleine Eck-Café an der Harbour Road«, sagte Lisa mit ihrer glockenhellen Stimme, die sie um Jahre jünger wirken ließ, »Sie sind herzlich zu einem gratis Kaffee-, Tee- und Kuchennachmittag eingeladen.«

»An der Harbour Road?«

Die Schwestern nickten eifrig.

Katherine schmunzelte. »Ich glaube, ich war schon dort. Mit Doran, Brianna, Ivy und Terry. Bei meinem allerersten Besuch hier in Howth.«

Wie viel sich doch in ein paar Wochen verändern kann, dachte Katherine, während die Bilder dieses Nachmittages an ihrem inneren Auge vorbeizogen.

»Wie schön!«, freute sich Delila, »das war offensichtlich ein gutes Omen.«

»Auf jeden Fall. Und ich komme natürlich gern wieder.«

Während Katherine mit den Brennan-Schwestern plauderte, erwischte sie sich immer wieder dabei, wie sie verstohlen an ihnen vorbei sah und sich vergewisserte, dass Cadan noch da war. Als sich jedoch immer mehr Gesprächspartner um sie scharten, waren ihr die heimlichen Seitenblicke kaum noch möglich.

Am Ende brauchte Katherine trotz der geringen Distanz von kaum ein paar Metern beinahe eine Stunde, um sich zur Stelle vorzuarbeiten, an der sie Cadan zuletzt gesehen hatte.

Mit von den zahlreichen Unterhaltungen und neuen Bekanntschaften ganz warmen Wangen sah sie sich erneut nach ihm um – und zuckte zusammen, als ihr jemand auf die Schulter tippte.

»Suchst du etwa mich?«

Katherine wirbelte herum.

Cadan sah sie durchdringend an. Er stand so dicht bei ihr, dass sie sein herbes Parfum riechen konnte. Die Hitze in Katherines Wangen nahm zu.

»Vielleicht. Vielleicht aber auch nicht«, sagte sie, zog die Nase kraus und stellte entsetzt fest, dass sie flirtete.

Cadan schien sich nicht daran zu stören.

Da war es wieder, dieses Grinsen in seinem Gesicht, das ganz eindeutig sagte: ›Ich weiß genau, wie ich deinen Puls in die Höhe treiben kann.‹

»Ich hab dir ein Stück Torte gesichert«, eröffnete er Katherine und deutete mit dem Daumen über seine Schulter. »Und etwas zu trinken, falls du noch Bedarf hast. Drüben in der Schreibecke.«

»Oh. Das … das ist wirklich nett. Danke.«

Und aufmerksam. Zum Dahinschmelzen aufmerksam sogar.

Katherine gluckste. Sicher hatte sie es dem in der Bücherei herrschenden Frischluftmangel zu verdanken, dass ihre Gedanken sich zu Cadans Gunsten derart verselbstständigten.

»Gern geschehen. Ich setze mich kurz zu dir, wenn es dir nichts ausmacht.«

»Klar.«

Gemeinsam gingen sie zu den von Raumteilern U-förmig eingefassten grünen Sesseln mit dem kleinen Tisch in ihrer Mitte hinüber.

Cadan hatte das Briefpapier sorgsam zur Seite geräumt und stattdessen zwei Teller mit Tortenstücken sowie zwei Sektgläser darauf arrangiert.

Gegenüber voneinander nahmen sie Platz.

»Noch mal vielen Dank«, sagte Katherine, als sie sich vorsichtig eine Gabel des bunten Gebäcks zum Mund führte.

Innerlich flehte sie den tollpatschigen Teil ihres Gehirns an, er möge den Stoff ihres Kleides sauber lassen.

»Nichts zu danken. Auch Gastgeberinnen müssen essen.« Cadan nahm seinen Teller ebenfalls an sich. Katherine stellte fest, dass jede seiner Bewegungen, egal wie banal sie auch sein mochten, ausnahmslos geschmeidig und wohlüberlegt wirkte.

Sicher war dieser Eindruck dem wie auch immer gearteten Sport geschuldet, den Cadan trieb – denn dass er etwas für seinen Körper tat, war nicht zu übersehen.

Hier mit ihm zu sitzen, wo durch die Stellwände und den damit verbundenen Sichtschutz eine irgendwie intime Atmosphäre entstand, fachte Katherines Nervosität neuerlich an.

Mit ein bisschen Fantasie könnte man denken, wir wären allein in der Rainbow-Hearts-Library. Jedenfalls, wenn man den Geräuschpegel ausblendet.

Sie versuchte sich ganz auf die herrlich schmeckende Torte zu konzentrieren, die ihr förmlich auf der Zunge zerging.

Ich muss Sophie als Dankeschön unbedingt mal zum Essen einladen, dachte Katherine und nahm eine weitere Gabel.

»Hoffentlich werden hier bald eine Menge Briefe geschrieben«, sagte sie, als ihr Blick das von Cadan an die Seite geschobene Papier streifte.

»Mit Sicherheit. Du hast doch bestimmt einen Eindruck davon bekommen, wie sehr die Leute diese Bücherei lieben. Wenn ich du wäre, würde ich also schon mal kistenweise Briefpapier nachbestellten.« Er zwinkerte.

Katherine lachte. »Das ist aber sehr optimistisch.«

»Vielleicht. Vielleicht aber auch nicht«, zitierte er ihre Worte von vorhin.

»Wer hat das noch mal gesagt? Eine ziemlich weise junge Frau, oder?«

»Ob sie weise ist, weiß ich nicht. Aber jung ist sie auf jeden Fall. Und ziemlich sympathisch in der Art, wie sie ihr Kleid vollkrümelt.«

Verdammt.

Eilig fegte Katherine den Stoff mit ihrer Handinnenfläche sauber. Einzig ein kleiner, von der Glasur stammender Schokoladenfleck wollte sich nicht entfernen lassen.

»Ich hab's geahnt. Nächstes Mal verzichte ich aufs Kleid und nehme stattdessen ein Lätzchen.«

Cadan hob die dunklen Brauen. »Ach ja? Klingt sehenswert.« Die Art, wie er das sagte, jagte Katherine eine Gänsehaut über den Rücken. Sie war sich ziemlich sicher, dass sie bis unter die Haarspitzen errötete, und widmete ihre Aufmerksamkeit vorerst lieber wieder ihrem Teller.

»Ich habe leider gleich noch einen Termin«, sagte Cadan, als sie beide aufgegessen hatten, »aber vorher wollte ich dich noch etwas fragen.«

Jäh schoss Katherines Adrenalinpegel, der während ihrer kleinen Gesprächspause auf ein erträgliches Level gesunken war, wieder in die Höhe.

»Ja?«

»Fotografierst du gern?«

Katherine wusste selbst nicht, womit sie gerechnet hatte – nur, dass es nicht eine solche Frage gewesen war.

»Ähm. Ja, eigentlich schon. Aber nur mit dem Handy. Jedenfalls früher mal, aktuell vernachlässige ich meinen Instagram-Kanal ganz schön.«

Cadan nickte nachdenklich. »Okay. Und welches ist dein Lieblingsbuch?«

Verdutzt sah Katherine ihn an.

»Interviewst du mich gerade?«

Cadan machte eine vage Handbewegung.

»Ein kleines bisschen. Das war auch schon die letzte Frage.«

»Okay … Mein Lieblingsbuch also, ja? Eigentlich gibt es da keins. Es sind eher mehrere kurze Geschichten. In der Schule mussten wir für den Englischunterricht mal die gesammelten Werke von Oscar Wilde lesen … Die habe ich immer gern gemocht«, sagte sie leise. »Am liebsten *Die Nachtigall und die Rose.*«

Was sie nicht sagte, war, dass sie seine Texte lieben gelernt hatte, als der Schmerz über die Trennung ihrer Eltern und den Kontaktabbruch zu Fiona sie beinahe zerrissen hätten.

»Wilde also. Interessant.«

»Und deins?«

Ein Schatten legte sich über Cadans goldbraunen Bernsteinblick.

»Nicht so wichtig. Ich muss jetzt los.« Er stand aus seinem Sessel auf. Bemüht, sich ihre Enttäuschung über seinen raschen Aufbruch nicht anmerken zu lassen, tat sie es ihm gleich.

»Okay. Bis dann. Freut mich, dass du vorbeigeschaut hast.«

Der Schatten in Cadans Blick wurde heller.

»Es war schön, dich zu sehen. Bis bald, Katherine.«

Kapitel 17

Der Rest der Feier verging schwindelerregend schnell, was Katherine angesichts der verhältnismäßig langen Planungsphase beinahe unwirklich vorkam.

Aber, dachte sie, während sie die Gäste am Abend nach und nach verabschiedete, war es mit den besten Partys nicht immer so?

Je besser Stimmung und Organisation, desto stärker das Gefühl, nur so durch die Stunden zu rasen.

Als Katherine die Ladentür von innen verschloss, war sie jedenfalls vollauf zufrieden mit dem Verlauf der Feier.

Sie hatte etliche neue Menschen aus der Nachbarschaft kennengelernt, war von allen anwesenden Dorfbewohnern wohlwollend als neue Betreiberin der Rainbow-Hearts-Library akzeptiert worden und hatte somit die besten Voraussetzungen für die Wiedereröffnung am Montag geschaffen.

Außerdem war die Torte restlos verspeist worden, alle Geschenkboxen mitgenommen und das bunte Sparschwein auf dem Tresen, das Mr. Donnelly geistesgegenwärtig aus einer Schublade geholt hatte, großzügig befüllt worden.

»Es kann nicht schaden, hin und wieder kleine Spenden anzunehmen. Fiona hat ihr Geld aus der Kaffeekasse immer in Veranstaltungen oder kleine Werbegeschenke fließen lassen«, hatte der alte Mann ihr zugeraunt, während er das bemalte Porzellantier in Sichtweite gerückt hatte. Nun stand er neben ihr und klatschte in die Hände.

»Du hast es geschafft! Was für ein Erfolg! Es war fabelhaft, meine Liebe, einfach fabelhaft. Ein wunderbarer Abend.« Der alte Mann sah unendlich müde, aber mindestens genauso glücklich und zufrieden aus.

»Ja, wirklich«, pflichtete Katherine ihm bei. »Besser hätte es kaum laufen können.«

Sie dachte an Cadan. Daran, wie sie gemeinsam in der Schreibecke gesessen und gegessen hatten.

»O ja, das sehe ich genauso. Bestimmt wirst du dich am Montag vor Besuchern kaum retten können. Ich glaube, alle sind ganz wild darauf, hier wieder mit guten Büchern und Geschichten aus dem Leben ein- und auszugehen. Jetzt, da sie dich kennengelernt haben, noch mehr als vorher.«

Katherine lächelte. »Danke. Ich freue mich auch darauf. So, was meinst du? Trinken wir in der Küche noch ein Glas Rotwein, Tee oder Wasser zusammen?«

»So gut diese Auswahl auch klingt, ich glaube, ich sollte langsam ins Bett gehen. Der Tag hat mich doch ganz schön geschafft. Ich werde nur noch schnell meine Sachen holen und – oh, warte mal ...«

Katherine sah, wie Mr. Donnelly in Richtung Verbindungstür ging und sich nach etwas bückte.

»Wehe, wenn du jetzt aufräumst, Doran. Das mache ich morgen früh. Du hast mir schon genug geholfen.«

»Nein, nein. Da liegt ein Buch. Siehst du?«, widersprach der alte Mann, richtete sich wieder auf und wischte mit dem Ärmel seines Sakkos über den Buchdeckel.

»Darf ich mal sehen? Ist bestimmt aus dem Regal gefallen«, mutmaßte Katherine und nahm Mr. Donnelly das verirrte Exemplar ab.

»Das gibt es doch nicht.«

Ungläubig starrte sie auf den Titel: *Der glückliche Prinz und andere Märchen* von Oscar Wilde.

Ihr Lieblingsautor.

Hatte Cadan in dem Buch gelesen, bevor er gegangen war?

Möglich war es, immerhin hatte sie ihn nicht zum Eingang gehen sehen. Aber wenn dem so war, wieso sollte er es dann einfach auf den Boden legen? Vielleicht war er ja so in Eile gewesen, dass er es in einer schnellen Bewegung hatte zurückstellen wollen und nicht bemerkt, wie es wieder herausgerutscht war. Allerdings befand sich der rechtmäßige Platz des Buches im Klassiker-Regal und somit im hinteren Teil des Raumes – also nicht in unmittelbarer Nähe zur Zwischentür ins Haus.

»Seltsam«, murmelte Katherine. Sie machte Anstalten, das Buch wieder einzusortieren, doch Mr. Donnelly eilte ihr nach und berührte sie am Arm.

»Nicht doch, Katherine! Willst du nicht erst noch hineinsehen?«

Ratlos sah sie ihn an. »Warum das denn?«

»Na ja. Wir sind hier immerhin in der Rainbow-Hearts-Library … Gut möglich, dass da drinnen ein Brief wartet, oder?«

Katherine kniff die Augen zusammen. »Doran. Du weißt doch was.«

Der alte Mann setzte eine Unschuldsmiene auf. »Nicht viel mehr als du. Ich habe nur den Auftrag sicherzugehen, dass du das Buch nicht einfach so zurückstellst.«

»Soso.« Katherine schüttelte lächelnd den Kopf. Cadan würde doch wohl nicht …

Auf einmal fühlte sie sich ganz zappelig. Neugierig kribbelte in ihrer Brust.

»Ich soll darin jetzt also nach einem Brief suchen?«

»Ja! Und nicht einfach schütteln, sonst siehst du nicht, in welchen Kontext der Geschichte die Nachricht eingebettet werden sollte. Das haben Fiona und ich ihren Kunden jedenfalls immer ans Herz gelegt. Worte blühen länger, wenn sie einen passenden Rahmen gefunden haben.«

Aufgeregt öffnete Katherine das Buch, in dem sie als Jugendliche so viel Trost gefunden hatte, und blätterte – bemüht langsam – durch die Seiten.

Der augenscheinlich von einem Bogen Briefpapier abgerissene

Zettel befand sich auf der ersten Seite des Märchens *Die Nachtigall und die Rose.*

Wann immer Katherine den Titel der Geschichte las, versetzte es ihr einen Stich. Der tragische, selbstlose Tod der Nachtigall und die Sinnlosigkeit ihres Sterbens rührten sie immer wieder aufs Neue zu Tränen.

Auch jetzt spürte sie, wie die Macht der Worte einen Kloß in ihrem Hals heraufbeschwor.

Sie schluckte ihn hinunter, nahm den Zettel heraus, faltete ihn auseinander und las:

Hi, Mädchen aus München,
das ist vielleicht nicht der übliche Weg, jemanden um ein Treffen zu bitten, aber ich dachte mir, wenn wir uns schon in der Rainbow-Hearts-Library befinden, kann ich durchaus auf einen Brief zurückgreifen. Hast du Lust, morgen Abend gegen 18 Uhr runter zum Hafen zu kommen und ein bisschen Zeit mit mir zu verbringen? Wenn ja, komm doch gern vorbei, ich warte am Ende der Church Street auf dich.
Cadan

Katherines Herz setzte einen Schlag aus.

Es war nicht nur der Inhalt des Briefes, der ihren Puls in die Höhe trieb.

»Das ist doch nicht möglich …«, flüsterte sie. Ohne den Blick von den Zeilen abzuwenden, eilte sie zum Phantastik-Regal, kletterte die Leiter hinauf und nahm Barclays *Einst herrschten Elfen* an sich. Kaum hatte sie wieder festen Boden unter den Füßen, befreite sie den an den Zwilling namens Rae adressierten Brief aus seinem Seiten-Gefängnis und faltete ihn auseinander.

Ein Laut des Staunens kam ihr über die Lippen, als sie beide Bögen nebeneinanderlegte. Es bestand kein Zweifel: Die Handschriften waren identisch.

Der Verfasser des Zwillings-Briefes war niemand Geringerer als Cadan Flanagan.

Katherine schlief bis spät in den Tag hinein.

Als sie sich in der Küche Eier briet und Kaffee aufsetzte, war es bereits zwei Uhr nachmittags. Nach ihrer überraschenden Entdeckung am Abend hatte sie noch lange über Cadan und seinen Bruder nachgedacht. Darüber, was zwischen ihnen passiert sein mochte. Wie lange es wohl her war, seit er den Brief verfasst hatte, und wie es ihm seither ergangen war.

Fragen über Fragen, die Katherine nur allzu gern beantwortet wüsste. Sie hätte gern mit Mr. Donnelly über ihren Fund gesprochen, doch irgendwie war ihr nicht wohl dabei, dies ohne Cadans Zustimmung zu tun. Selbstverständlich war ihm am gestrigen Abend nicht verborgen geblieben, dass sie eine Entdeckung gemacht hatte. Doch diskret, wie er für gewöhnlich war, hatte der alte Mann diesbezüglich nicht weiter nachgehakt.

Katherine fühlte sich seltsam dabei, einen so tiefen Blick in das Seelenleben eines Mannes geworfen zu haben, den sie doch gerade erst kennenlernte.

Die Unsicherheit darüber, ob sie ihm von ihrer Entdeckung erzählen sollte, beschäftigte sie gleichermaßen.

Heute Abend hätte ich die Gelegenheit dazu, dachte sie nervös. Heute Abend um 18 Uhr.

Katherine sah immer wieder auf die Uhr, aber waren die Zeiger gestern noch wie von Zauberhand bewegt worden, drehten sie ihre Runden nun quälend langsam.

Sie freute sich darauf, den Fotografen wiederzusehen und sich hoffentlich einmal mehr als nur ein paar Minuten mit ihm zu unterhalten.

»Du hast ein Date«, stellte Luca am Nachmittag fest, während Katherine sich vor dem Spiegel umzog und frisierte.

Sie hatte die Freundin wie so oft über Handy angerufen und auf Lautsprecher gestellt.

»Na ja, ich würde es jetzt nicht direkt als *Date* bezeichnen. Er hat nur gefragt, ob ich Zeit mit ihm verbringen möchte.«

»Ja, Katherine. Und dazu hat er dir extra einen Brief geschrieben und ihn in deinem Lieblingsbuch versteckt. Wenn das nicht romantisch ist, was dann?«

Ein Hauch von Rosa schlich sich in Katherines Spiegelbild-Gesicht.

»Es soll auch Menschen geben, die einfach nur an Freundschaften interessiert sind.«

»Klar. Aber diese Menschen schreiben ihren Freunden in spe dann keine ›Willst du mit mir gehen‹-Zettelchen.«

Katherine lachte. »Du bist doof. Ich hab dir doch gesagt, was drin stand.«

Lucas Grinsen war ihr deutlich anzuhören. »Ich kann zwischen den Zeilen lesen, das weißt du. Und da steht nun mal, dass Mr. Ireland sich in dich verguckt hat. Finde dich damit ab.«

»Das werde ich nicht tun. So, ich muss jetzt los. Grüße an Adrian, ich melde mich nachher mal und erzähle, wie es gelaufen ist.«

»Hallo? Ich bitte darum! Viel Spaß, Süße.«

»Danke. Bis später.«

»Bis später.«

Katherine beendete das Gespräch und betrachtete das inzwischen fertige Gesamtbild ihres Stylings.

Die langen Haare hatte sie sich zu einem seitlichen Zopf geflochten und sich für ein dunkelgrünes Kleid entschieden, das ihr bis zu den Knöcheln reichte. Darüber trug sie einen leichten Cardigan.

Katherine atmete tief ein und aus, nahm ihre Handtasche vom Bett und nickte sich selbst noch einmal aufmunternd zu.

Los. Du schaffst das. Nicht so nervös, das ist nicht dein erstes Date.

Date. Nun hatte sie das Treffen selbst als solches bezeichnet.

Luca wäre stolz auf mich, dachte sie schmunzelnd.

Kapitel 18

Cadan Flanagan.

Katherine konnte ihn schon von Weitem sehen. Er lehnte an einer Laterne, die Arme vor dem breiten Oberkörper verschränkt und den Kopf in Richtung des Meeres geneigt, dessen Wellen sanft gegen die Mauern des Hafenbeckens plätscherten.

Sie zügelte ihre Schritte und schlenderte so langsam wie möglich auf ihn zu; immerhin sollte er nicht denken, sie habe es eilig, zu ihm zu kommen. Doch Cadan wandte den Blick nicht einmal vom Hafen ab und sah Katherine erst an, als sie unmittelbar vor ihm stand.

»Hallo«, sagte er und kräuselte seine Lippen zu einem Lächeln, das das Grübchen auf seiner Wange zum Vorschein brachte.

»Hallo«, sagte Katherine zurück und bemühte sich dabei um einen Tonfall, der nicht verriet, wie sehr dieses Lächeln sich in ihrem Magen bemerkbar machte.

Cadan fuhr sich durchs Haar. »Du bist gekommen«, stellte er fest.

»Überrascht dich das?«

»Na ja ... Du hättest das Buch immerhin auch einfach zurückstellen und meinen Brief übersehen können. Jedenfalls, wenn Mr. Donnelly nicht aufgepasst hätte.«

Katherine grinste. »Stimmt. Keine besonders verlässliche Methode, um sich mit jemandem zu verabreden.«

Zwischen ihnen breitete sich ein Schweigen aus, das den dringlichen Wunsch in ihr weckte, es mit Worten zu füllen. Doch kein einziges schien auf ihrer Zunge bleiben zu wollen. Katherine vermutete, dass die bernsteinfarbenen Augen des Mannes, der auf sie wie ein einziges Mysterium wirkte, daran nicht ganz unschuldig waren.

»Gehen wir hoch zu den Klippen?«, fragte Cadan nach ein paar endlos scheinenden Sekunden.

»Zu den Klippen?«, fragte Katherine gleichermaßen erleichtert und irritiert. »Wenn wir dort hinaufgehen, warum wolltest du mich dann hier treffen?«

»Ich dachte, wir könnten noch ein wenig kreativ sein. Hier am Hafen ist das natürlich auch möglich, aber heute ist so viel los.«

Er zurrte den Rucksack fester, den Katherine erst jetzt auf seinem Rücken entdeckte. Verständnislos sah sie ihn an.

»Kreativ sein?«

»Ja. Gestern hast du gesagt, dass du gern fotografierst.«

Katherine stutzte. »Ich habe gesagt, ich mache das nur hin und wieder hobbymäßig. Nicht so wie du, nicht – ähm – professionell.«

Cadan zuckte die Achseln. »Ich mache das auch nicht professionell. Nur nebenher für kleines Geld.«

»Nicht? Was machst du denn dann beruflich?«

Jäh wandte er sich ab. »Komm, gehen wir.«

Katherine verfluchte sich innerlich, Cadans Frage am Vortag nicht einfach verneint zu haben. Zwar besaß sie zweifellos ein Auge für schöne Motive, doch waren ein paar Amateur-Fotos auf ihrem Instagram-Kanal das Einzige, was sie in dieser Richtung vorzuweisen hatte. Für ihre Arbeit in der Redaktion hatte sie erst zweimal zur Kamera greifen dürfen, und beide Male hatte ihr Chef ihr zu verstehen gegeben, dass ein Blick für das Schöne noch lange nicht ausreiche.

Selbst wenn Cadan, wie er behauptete, kein Profi war, hatte das, was sie bei ihrer ersten Begegnung gesehen hatte, doch sehr danach ausgesehen – und die Fotos in Ivys Wohnung oder das Leuchtturm-Bild sowieso.

Sicher würde also auch ihm nicht entgehen, dass ihre Fotografie-Kenntnisse reichlich ausbaufähig waren.

Na und, versuchte sie sich im Stillen Mut zuzusprechen, was wäre denn so schlimm daran, wenn du von jemandem lernen kannst, der sein Handwerk beherrscht?

»Ich kann nicht«, sagte sie trotzdem.

»Was genau? Laufen?« Cadan grinste, stieß sich von der Laterne ab und ging in Richtung des Cliff Walk davon.

Katherine blieb einen Moment verdutzt stehen, ehe sie mit ein paar schnellen Schritten zu ihm aufschloss.

»Du bist ganz schön frech«, murmelte sie und beobachtete seine Reaktion aus dem Augenwinkel. Er warf ihr einen glühenden Seitenblick zu, den sie deutlich in der Bauchgegend spürte.

Verdammt.

»Und du scheinst eine ziemlich anstrengende Person zu sein. Verkopft. Gehemmt. Verschlossen, leicht reizbar, ab und zu ein bisschen zickig … Oh, und obendrein nicht besonders sportlich, wie es aussieht. Bin ich zu schnell für dich, Miss Madigan?«

Katherine war gerade im Begriff, sich lautstark über Cadans Dreistigkeit zu beschweren, als sie sah, dass er lächelte.

Schnaubend zog sie das Tempo an.

»Witzbold. Offenbar weißt du ja eine ganze Menge über mich. Es wäre also nur fair, wenn du auch mal etwas über dich erzählst.«

»Aha? Was denn zum Beispiel?«

Katherine dachte an Cadans Brief.

»Fangen wir doch damit an: Hast du auch zur Kundschaft beziehungsweise Leserschaft der Bücherei gehört, als Fiona noch gelebt hat? Was verbindest du mit der Rainbow-Hearts-Library?« Sie kam sich ein wenig scheinheilig dabei vor, das Gespräch in Richtung seines Bruders zu lenken, doch wollte Katherine ungern direkt mit der Tür ins Haus fallen.

Cadan antwortete nicht sofort. Ein paar Schritte lang beobachtete er den Asphalt zu seinen Füßen, dann grüßte er ein Ehepaar auf der gegenüberliegenden Straßenseite. Erst als der Weg eine Kurve beschrieb und steil anstieg, nahm er das Gespräch wieder auf.

»Ich bin immer gern in die Bücherei gekommen. Jeder hier in

der Gemeinde kennt sie, das weißt du ja, und jeder war schon mal da. Manche kommen regelmäßig, und sei es nur, um mal Hallo zu sagen. Ich habe damals von der Briefe-Aktion Wind bekommen, die Fiona und Mr. Donnelly ins Leben gerufen haben – das hat dann auch mein Interesse geweckt. Diese Idee hat Howth verändert. Auf eine sehr angenehme Art und Weise.«

Das beantwortete Katherines Frage zwar nur teilweise, doch sie beschloss, es vorerst dabei zu belassen. Ohnehin spürte sie schon jetzt den Hauch eines schlechten Gewissens.

Cadan war anzumerken, dass er das Thema ungern vertiefen wollte. Was also würde er, der doch nie mehr über sich selbst preiszugeben schien als nötig, dazu sagen, dass Katherine den Brief an seinen Bruder gefunden hatte?

Besser wartete sie mit ihrer Offenbarung doch auf einen geeigneteren Zeitpunkt.

»Und du?«, fragte er, nachdem sie eine Weile schweigend nebeneinanderher gelaufen waren. »Wie kommt es eigentlich, dass eine junge Frau in den besten Jahren der Großstadt den Rücken kehrt und die – wie sage ich das jetzt am charmantesten? – Provinzbücherei ihrer Tante übernimmt?«

Katherine gab ein Glucksen von sich.

Schuldgefühle, eine unerfüllte Herzenssehnsucht, das Gefühl, nie richtig nach München gehört zu haben – such dir etwas aus, Mr. Flanagan.

»Tja, das wüsste ich auch gern«, sagte sie stattdessen vage. »Ich schätze, manchmal ist es einfach Zeit für etwas Neues.«

»Ja. Ja, das ist es.« Cadan räusperte sich. »Hast du Fiona mal besucht? Ich habe dich hier noch nie vorher gesehen.«

Katherine zögerte. Obwohl er viel mehr interessiert als vorwurfsvoll klang, hatte sie plötzlich das Gefühl, sich verteidigen zu müssen. »Die Umstände haben es nicht hergegeben. Es … es war nicht immer ganz einfach, aber nur, weil ich nicht hier war, heißt das nicht, dass Fiona und ich keinen Bezug zueinander hatten.«

Cadan gab ein verständnisvolles Brummen von sich.

»Schon gut. Das ›Warum‹ geht mich nichts an. Du musst dich nicht rechtfertigen. Familienbande können manchmal sehr verworren sein. Glaub mir, das weiß ich selbst am besten.« Er zuckte die Achseln und wandte seinen Blick wieder den Klippen zu, die im rötlichen Gegenlicht wie zerklüftete Schatten vor ihnen emporragten. Die Schönheit des hereinbrechenden Abends hauchte einen Zauber über das Dorf, von dem Katherine dachte, dass sie seines Anblicks wohl niemals müde werden würde. Ihre Abwehrhaltung fiel so schnell in sich zusammen, wie sie sich aufgebaut hatte. Es stimmte, Cadan hatte nicht nach dem Warum gefragt. Und doch – oder gerade deswegen – wollte sie ihm plötzlich davon erzählen.

»Der Brief vom Nachlassgericht kam für mich ziemlich überraschend. Seit meine Mutter mir vor dreizehn Jahren das Versprechen abgenommen hat, nie wieder mit Fiona zu reden, hatte ich keinen Kontakt mehr zu ihr. Es ist damals etwas vorgefallen, das unsere Familie entzweit hat ... Etwas, das meine Mutter ihr niemals verziehen hat und das auch mich bis heute nicht loslässt. Trotzdem habe ich Fiona tief im Inneren immer geliebt. Wir waren uns sehr ähnlich und hatten damals eine sehr enge Bindung. Ich denke, das ist auch der Grund, warum sie ausgerechnet mir die Rainbow-Hearts-Library vermacht hat. Nach all den Jahren der Funkstille hat sie mich trotzdem besser gekannt, als es die meisten Menschen aus meinem Umfeld tun. Sie wusste, dass ich mein Glück nicht in München finden würde. Dass da draußen mehr war. Außerhalb meiner Komfortzone. Ich glaube, indem ich den Schritt gewagt habe und hergezogen bin, habe ich zum ersten Mal in meinem Leben wirklich Mut bewiesen. Tja«, schloss Katherine ihre Erzählung, »deswegen bin ich jetzt hier – und war es nie, als Fiona noch gelebt hat.«

Die Schwere der ausgesprochenen Worte hatte ihr die Hitze in die Wangen getrieben. Zum ersten Mal, seit das Schreiben des Nachlassgerichtes in so falscher Unschuld zwischen ihren Zeitschriften herausgerutscht war, begriff sie den unwiederbringlichen Verlust in seinem vollem Ausmaß: Ihre Tante war tot.

Fort, nicht mehr zu erreichen.

Nie wieder.

Katherine war froh, dass der Wanderweg in Sicht kam. Vielleicht war es ja doch keine so schlechte Idee, gemeinsam zu fotografieren –

immerhin würden das Meer und die herrliche Weite ihre Gedanken sicherlich in eine andere, friedlichere Richtung lenken.

»Danke, dass du mir das erzählt hast«, sagte Cadan, als Katherine schon fürchtete, er hätte das Sprechen nun dauerhaft verlernt. Sie spürte seinen Blick auf ihrem Profil ruhen, zwang sich jedoch, geradeaus zu sehen. Ein Blick in die bernsteinbraunen Augen, in denen sie womöglich Anteilnahme las, würde ihre ohnehin schon unter der Oberfläche brodelnden Emotionen zum Überkochen bringen.

»Nichts zu danken. Allerdings gäbe es da etwas, das du im Gegenzug für mich tun könntest.«

»Ach ja?«

»Ja. Die Liste mit den schmeichelhaften Charaktereigenschaften, die du dir für mich ausgedacht hast ... wie wär's, wenn du ›gehemmt‹ und ›verschlossen‹ nach diesem Seelenstriptease schon mal davon streichst?«

Cadan lachte leise.

»Was gibt's da zu lachen, hm?«

»Na ja«, Cadan überholte Katherine, drehte sich zu ihr um und ging rückwärts vor ihr her. Das Grinsen, das auf seinem Gesicht lag, hatte etwas Verwegenes. »Für einen anständigen Striptease hat deine Seele definitiv noch zu viel an.«

Kapitel 19

Hatte das Meer bei ihrem letzten Spaziergang über die Klippen noch eine erfrischende Brise herangetragen, wehte am heutigen Abend kaum ein Lüftchen.

In der tief stehenden Sonne glitzernd und funkelnd, lag das Wasser ruhig zu Füßen der begrünten Felsen.

Cadan ging nun schnellen Schrittes voran.

Katherine, in ihren Sandalen nicht sonderlich trittsicher, beeilte sich, zu ihm aufzuholen.

Nach einigen Minuten wich Cadan vom offiziellen Wanderweg ab und hielt auf einen hohen, breiten Stein zu. Dort angekommen, schwang er sich mühelos hinauf. Schmunzelnd drehte er sich zu Katherine um, die wieder einmal stehen geblieben war, um sich das abgebrochene Stück eines Strauches aus den Schuhen zu ziehen.

»Komm schon!«, rief Cadan nachdrücklich und winkte sie heran.

»So schnell kann ich nicht«, rief Katherine lachend zurück, deren glatte Sohlen auf dem immer steiniger werdenden Untergrund ins Rutschen gerieten. »Du hast unerwähnt gelassen, dass wir uns erst durch Irlands Wildnis kämpfen müssen, bevor wir mit dem Fotografieren anfangen.«

Ich sollte mir wirklich mal Gedanken über praktischere Kleidung machen, dachte sie halb zerknirscht, halb amüsiert, als sie schließlich – schlitternd und wild mit den Armen rudernd – vor dem mächtigen Stein zum Stehen kam.

Cadan schnaubte. »Irlands Wildnis. Für Großstädter ist das hier also unberührte Natur, ja?«

Wortlos ergriff Katherine seine ausgestreckte Hand und ließ sich von ihm hinaufziehen. Als er sie losließ, strichen seine Finger sanft über ihren Handrücken und hinterließen dort ein kribbelndes Gefühl, das sich rasch bis in den Rest ihres Körpers ausbreitete.

Verlegen wandte Katherine sich ab und bewunderte die unendliche Weite, die sich vor ihnen erstreckte wie ein seidiges Tuch aus Blau und Orange. Obwohl der Ausblick wie gewohnt bereits vom Wanderweg aus atemberaubend gewesen war, hatte sie nun das Gefühl, den Horizont mit ihren Fingerspitzen berühren zu können.

Kein Stimmengewirr, keine Motorengeräusche störten das wunderbare Gefühl von Frieden, das wie eine Glocke über den Klippen hing. Alles, was Katherine hörte, war das gleichmäßige Atmen der Natur.

»Schön, nicht?«, fragte Cadan nach einer Weile.

Katherine, die mit verklärtem Blick in die Ferne gestarrt und Bilder der Erinnerung vor ihrem inneren Auge hatte vorbeiziehen sehen, nickte.

»Ja. Ja, das ist es wirklich. Noch schöner als bei meinem ersten Mal hier oben. Kommst du oft hierher?«

»Ziemlich oft. Zum Arbeiten war ich aber schon lange nicht mehr hier. Genau genommen, seit du mir vor die Linse gelaufen bist.« Cadan öffnete seinen Rucksack und holte eine schwarze Tasche daraus hervor, aus der er wiederum seine Kamera befreite. »Am besten legen wir direkt los, oder?« Ohne eine Antwort abzuwarten, reichte er Katherine den großen und schweren Apparat, den sie verdutzt entgegennahm.

Jetzt bloß nicht fallenlassen, dachte sie und nahm einen festen Stand ein.

»Keine Sorge, die Kamera ist gut für Einsteiger geeignet. Eine Spiegelreflex. Ich dachte, wir könnten mit einem Weitwinkelobjektiv starten. Damit kannst du möglichst viel Landschaft einfangen.

Wenn du dich lieber auf einen kleineren Bildausschnitt beschränken möchtest, sag einfach Bescheid. Dann nehmen wir ein Normalobjektiv.«

Katherine nickte langsam. »Weitwinkel klingt gut. Darf ich mir vorher mal deine letzten Fotos ansehen? Sagen wir, als kleine Inspirationsquelle?«

Cadan zuckte die Achseln. »Wenn du willst. Die meisten habe ich zu Hause auf dem PC, aber ein paar dürften noch drauf sein.«

Neugierig navigierte Katherine sich durch die Digitalanzeige der Kamera bis hin zur Galerie.

Was sie sah, bescherte ihr eine Gänsehaut. Obwohl gänzlich unbearbeitet, war das Farbenspiel, das Cadan mit seiner Kamera für die Ewigkeit konserviert hatte, geradezu berauschend: Samtene Abendhimmel mit rosafarbenen Rändern, aufgehende Sonnen über glitzernden Wellen und bunte Blütenmeere wechselten sich mit Nahaufnahmen von Tautropfen, gemusterten Schmetterlingsflügeln und außergewöhnlichen Maserungen in Felsen und Steinen ab. Jedem einzelnen Bild wohnte ein Zauber inne, der es wie gemalt aussehen ließ. Je weiter Katherine sich durch die Fotos klickte, desto überwältigter war sie von Cadans Talent.

»Das ist …«, setzte sie an, verstummte jedoch, als die Reihe atemberaubender Naturaufnahmen plötzlich von dem Bild eines Schreibtischs unterbrochen wurde. Bis auf einen Kalender, in dem ein Datum – der 4. Januar – markiert worden war, schien er leer zu sein. Erst bei näherem Hinsehen entdeckte Katherine am Rand des Tisches etwas, das wie eine silberne Dienstmarke aussah.

»Stimmt was nicht?«, fragte Cadan, der ihre zusammengezogenen Augenbrauen bemerkt haben musste. Er trat hinter Katherine, sah ihr über die Schulter und seufzte. Als sein Atem ihren Nacken streifte, kroch ihr ein wohliger Schauer in die Glieder.

Langsam drehte sie sich zu ihm um.

»Du bist Polizist«, stellte sie fest und konnte nicht verhindern, dass ihr Blick seine Narbe streifte. Cadan widersprach nicht.

»Stell dir das nicht zu spannend vor. Ich bin für den Bürokram zuständig. Verwaltungsangelegenheiten, nichts weiter.«

»Aber –«

»Sieh nur, die Möwe dort oben. Ein perfektes Motiv. Komm, fangen wir es ein.« Er tippte sanft gegen die Linse seiner Kamera. »Hiermit.«

Katherines Neugier war kaum zu bändigen, doch Cadans Verhalten ließ keinen Zweifel daran, dass er das Thema nicht weiter vertiefen würde.

»Okay«, murmelte sie, »dann wollen wir mal.«

So konzentriert, wie es die Umstände hergaben, richtete Katherine die Kamera aus, kniff das rechte Auge zusammen und versuchte den richtigen Moment abzupassen, um den Auslöser zu betätigen.

»Weißt du«, sagte Cadan plötzlich dicht neben ihrem Ohr, »manchmal reicht ein winziger Perspektivwechsel aus, um das perfekte Foto zu schießen. Eine kleine Neigung der Kamera, zum Beispiel ...« Seine Finger schlossen sich um ihre Handgelenke. Sanften Druck ausübend, leitete er Katherine an, die Hände zu bewegen. »Etwa so. Versuch es noch mal.«

»Okay«, hauchte sie nervös und versuchte, das leise Zittern ihres Körpers als Reaktion auf Cadans Berührung zu ignorieren.

Nachdem die anfängliche Scheu verflogen war, experimentierte Katherine mit zunehmendem Selbstbewusstsein herum. Unter Cadans interessiertem Blick wechselte sie die mitgebrachten Objektive, brachte ein sich ebenfalls in seinem Rucksack befindliches Stativ zum Einsatz und nahm unterschiedliche Positionen ein, um die gewünschten Bildausschnitte bestmöglich einzufangen.

»Na, was sagt der Fachmann?«, fragte sie schließlich, als der Himmel über ihnen sich bereits dunkler färbte, und überreichte Cadan die Kamera.

Es war seltsam, ihn dabei zu beobachten, wie er ihre Bilder sondierte – wie er mal heranzoomte, mal die Helligkeit verstellte und hie und da ein anerkennendes Brummen von sich gab.

»Die sind gut. Wirklich. Aber eine Kleinigkeit fehlt mir da doch ...«

»Ja? He, was tust du da?«, fragte Katherine belustigt, als Cadan ein paar Schritte rückwärts machte und sie aus zusammengekniffenen Augen musterte.

»Bleib genau so stehen.«

»O nein, Cadan Flanagan, vergiss es. Auf keinen Fall.«

»Bitte. Du weißt doch, ich schulde dir noch ein Foto. Wenn ich es jetzt mache, hättest du gleichzeitig eine Erinnerung an diesen schönen Abend.«

Katherine biss sich auf die Unterlippe. Obwohl sie mit dem Handy regelmäßig Fotos von sich machte, kam sie sich nun, da Cadan die Kamera auf sie hielt, fürchterlich albern und unbeholfen vor. Was sollte sie mit ihren Armen tun? Was mit ihrem Mund? Lächeln? Grinsen?

»Denk an das Verrückteste, das du in deinem Leben je gemacht hast. Und dann spring in die Luft. Ich zähle von drei an runter.«

»Was? Aber das ist doch –«

»Drei ...«

»Cadan, ich meine es ernst.«

»Zwei ...«

Das Verrückteste, was sie je gemacht hatte.

Katherine schüttelte den Kopf.

Ist mir nichts, dir nichts nach Howth ziehen und eine Bücherei übernehmen verrückt genug für dich, Mr. Ireland?

»O Mann. Na gut.«

»Eins!«

Das hemmende Gefühl in ihrem Bauch überwindend, stieß Katherine sich vom Boden ab. Mit ausgebreiteten Armen sprang sie in die Luft – und kam sich dabei überraschend befreit vor. Einen herrlichen Moment lang war sie wieder das siebenjährige Kind, das von Mauern hüpfte und fest daran glaubte, dass es jeden Augenblick davonfliegen könne.

Als sie wieder auf dem felsigen Untergrund aufkam – glücklicherweise, ohne sich in ihren Sandalen die Knöchel zu verknacksen – fielen ihr die Haare wild in die Stirn.

»Noch mal?«, fragte sie atemlos.

Cadan lächelte. »Nein. Das reicht schon.«

»Was? Nur ein Versuch?«

»Ja. Alles danach wäre nicht mehr intuitiv. Schau mal, wie schön das Foto geworden ist.«

Katherine überwand die Distanz zu Cadan in wenigen Schritten.

Neugierig senkte sie ihren Blick auf das Display. Ihre Sorge, albern auszusehen, war unbegründet gewesen; das außergewöhnliche Lichtspiel hüllte ihre Züge in eine angenehme Anonymität. Sie war ein Schatten, der sich von einem verglühenden Sommertag abhob. Eine Silhouette des Glücks, der Freiheit.

»Und? Was sagst du?«

»Es … es ist schön.«

»Das klingt, als hättest du etwas anderes erwartet.«

Katherine hob den Kopf und sah Cadan lange an.

»Das habe ich«, sagte sie und meinte damit weit mehr als nur das Foto.

»Also dann …« Cadan lächelte sein Grübchenlächeln und schaltete die Kamera aus. »Nachdem ich dich so erfolgreich vom Zauber des Verrückten überzeugen konnte, würde ich dich jetzt gern nach Hause bringen. Was hältst du davon?«

Katherine spürte ein dumpfes Gefühl der Enttäuschung in sich aufwallen, das sie jedoch rasch beiseiteschob.

Es stimmte: Manchmal sollte man gehen, wenn es am schönsten war.

Und am schönsten war es definitiv jetzt; auf den Klippen mit diesem geheimnisvollen Mann, der ihr die Welt durch die Linse seiner Kamera gezeigt hatte.

*

Unter dem Mantel der Dämmerung haftete dem Cliff Walk etwas Mystisches an. Die Grenzen der Realität schmolzen in der Wärme des Abends dahin, und Katherine fühlte sich, als liefe sie durch eine fremde Welt voller Magie.

»Danke«, sagte sie in einem Anflug von Sentimentalität, als sie die Klippen hinter sich ließen und wieder auf den Hafen zusteuerten.

»Wofür?«, fragte Cadan und wirkte dabei ehrlich erstaunt.

»Für diesen besonderen Abend.«

Er entgegnete nichts, doch Katherine meinte, ein Blitzen in seinen Bernsteinaugen zu erkennen. Sie lächelte in das Schweigen zwischen ihnen hinein, das anhielt, bis sie die bereits so seltsam vertraute Fassade der Bücherei erreichten. Liebevoll betrachtete Katherine die Bücher hinter dem Schaufenster – und registrierte mit klopfendem Herzen, wie Cadan hinter sie trat und ihre sich spiegelnden Silhouetten miteinander verschmolzen.

»Gute Nacht, Kate«, sagte er mit einer Stimme, die irgendwie rau klang.

Zwischen zwei hämmernden Pulsschlägen drehte Katherine sich zu ihm um.

»Gute Nacht, Cadan.«

Die Luft zwischen ihnen vibrierte im hektischen Takt ihres Herzens.

Er war ihr so nahe, so gefährlich nahe …

Sein Duft benebelte ihre Sinne, verschluckte die Welt um sie herum mit einer erschreckenden Macht. Fort waren die Rainbow-Hearts-Library und das Aufheulen des Motors am Ende der Straße, fort auch die zarten Klänge des Musikstücks, die eben noch durch das geöffnete Fenster des gegenüberliegenden Hauses geflossen waren.

Katherine hielt den Atem an. Nur eine winzige Bewegung, und ihre Lippen würden sich berühren.

Dann trat Cadan einen Schritt zurück und ließ die Welt jäh wieder erwachen.

Katherine blinzelte. Der Beinahe-Kuss kribbelte in ihrem Bauch und ließ sie gleichzeitig vor sich selbst erschrecken.

Wie war es möglich, dass sie nach so kurzer Zeit, die sie einander kannten, bereits so intensiv empfand?

Ihr eigenes Erstaunen schien sich auch in Cadans Gesicht abzuzeichnen.

Er wischte es mit einem scheuen Lächeln fort.

»Bis bald, Mädchen aus München.«

Cadan drehte sich um und ging die Straße hinunter.

Kapitel 20

Am Sonntagmorgen saß Katherine gemeinsam mit Sophie um einen reich gedeckten Küchentisch herum und unterhielt sich zwischen Kaffee, gebackenen Bohnen, Eiern und Brötchen angeregt über Gott, die Welt und ihren anstehenden ersten Arbeitstag. Katherine hatte Sophie bereits früh am Morgen angerufen und spontan zu sich nach Hause eingeladen. Zum einen, weil sie sich sowieso noch bei der jungen Irin für deren Unterstützung beim Backen hatte bedanken wollen, und zum anderen, weil sie dringend Ablenkung von dem Chaos in ihrem Kopf brauchte – ein nicht unangenehmes, aber doch sehr präsentes Chaos, das sie vor allem Cadan verdankte.

Nachdem sie sich am Abend voneinander verabschiedet hatten, war Katherine mit einem federleichten Gefühl im Herzen ins Bett gegangen. Sie hatte Luca eine schnelle Textnachricht geschickt (aus der die Freundin wiederum herausgelesen hatte, dass Cadan nicht der Einzige war, der sich verguckt hatte) und die vergangenen Stunden mit einem Lächeln auf dem Gesicht Revue passieren lassen, ehe sie irgendwann eingeschlafen war.

Nun, da ihr rauschähnlicher Zustand allmählich nachließ, fragte Katherine sich, wann und wie sie einander wohl wiedersehen würden. Da sie keine Handynummern ausgetauscht hatten, Cadan auf Social Media nicht präsent zu sein schien und sie obendrein nicht wusste, wo er wohnte, war es wohl oder übel an ihm, erneut Kontakt zu Katherine aufzunehmen.

Sophie war augenscheinlich nicht entgangen, wie abwesend ihre Gastgeberin war, denn sie musterte Katherine zwischen Kaffeekanne und Blumenvase hindurch mit zusammengekniffenen Augen aufmerksam.

»Ist alles in Ordnung? Sorgst du dich wegen morgen?«

»Oh, ähm, nein, nicht richtig. Ich bin nur ein bisschen aufgeregt. Aber eigentlich ist alles soweit vorbereitet.«

Katherine war in aller Herrgottsfrühe aufgestanden und hatte Mitgliedsausweise und Anmeldekarten bereitgelegt.

Mit der Kasse und ihrer Bedienung war sie vertraut, und auch den kleinen PC mit Scanner für den Rückgabe- und Verkaufsbereich hatte sie bereits angeschlossen. Die Software, die automatisch Mahngebühren für zu spät abgegebene Bücher berechnete, war ebenfalls installiert.

Eigentlich, dachte Katherine, konnte nicht mehr viel schiefgehen.

Sophie schob sich eine Cocktailtomate in den Mund und setzte einen irgendwie seltsamen Gesichtsausdruck auf, der Katherine entfernt an Luca erinnerte, wenn sie wegen irgendetwas misstrauisch war.

»Ist es dann vielleicht eher wegen Cadan Flanagan?«

Katherine verschluckte sich beinahe an dem Orangensaft, den sie gerade hatte trinken wollen.

»Wie bitte?«

»Sorry, wenn ich zu neugierig bin, aber ich hab euch Freitagabend zusammen in Richtung Cliff Walk gehen sehen. Das hat mich echt aus den Socken gehauen. Er ist sonst nicht so kontaktfreudig.«

So, wie Sophie von Cadan sprach, klang es, als würden sie einander gut kennen. Katherine erwischte sich bei dem Gedanken, dass sie hoffte, die zwei hätten keine gemeinsame Vergangenheit – jedenfalls keine der intimen Art.

Das geht dich überhaupt nichts an, wies sie sich selbst im Stillen zurecht.

Sophie schien ihr geradewegs in den Kopf sehen zu können.

»Zwischen uns lief nichts«, sagte sie achselzuckend, »auch wenn ich es mir eine Zeit lang mal gewünscht hätte. Ich meine … Über sein Aussehen müssen wir ja nicht reden.«

Katherine grinste ertappt. »Ja, das stimmt allerdings.«

»Abgesehen davon ist es aber nicht leicht, an ihn ranzukommen. Er ist wirklich ein Buch mit sieben Siegeln«, führte Sophie weiter aus. »Zwar ist er immer höflich zu allen, aber irgendwie – keine Ahnung – kennt ihn keiner so richtig. Und das, obwohl er seit Jahren hier lebt. Er arbeitet wohl als Polizist für eine Wache in Dublin, fährt aber höchstens zweimal die Woche rüber und kann den Rest von zu Hause aus erledigen. Gegenüber Mr. Donnelly hat er auf Nachfrage mal erzählt, dass er nicht mehr aktiv im Einsatz ist. Das ist aber auch schon alles. Warum, weiß niemand.«

Nicht mehr aktiv im Einsatz.

Cadan war jung und in körperlicher Topform – auf den ersten Blick gab es nichts, was darauf schließen ließ, dass er Aufgaben jenseits des Schreibtisches nicht mehr gewachsen wäre.

Nicht zum ersten Mal überlegte Katherine, was wohl der Grund dafür sein konnte, dass jemand wie Cadan sich ausschließlich Verwaltungsangelegenheiten widmete.

War vielleicht etwas vorgefallen? Etwas so Gravierendes, dass es ihn davon überzeugt hatte, statt zur Waffe künftig nur noch zum Kugelschreiber zu greifen?

Herzlichen Glückwünsch, Katherine, deine Fantasie geht mal wieder mit dir durch.

So oder so sah sie sich jedoch in ihrem Eindruck bestätigt, dass Cadan nicht gern über sich selbst sprach. Wenn sie ehrlich war, machte diese Tatsache ihn für sie aber nur noch interessanter.

Was mochte in seinem Innersten vorgehen? Was war er für ein Mensch, welche Vorlieben und Abneigungen hatte er, wovon träumte er nachts, was wünschte er sich für die Zukunft?

Sie konnte kaum erwarten, es herauszufinden.

»Ich finde ihn sehr nett«, sagte Katherine möglichst unverbindlich. Sie hatte keine große Lust, mit Sophie darüber zu spekulieren, was der geheimnisvolle Polizist und Fotograf wohl vor den anderen Bewohnern Howths zu verbergen suchte.

Glücklicherweise schien Sophie das Thema Cadan aber auch schon abgehandelt zu haben.

»Weißt du, was diesem Aufstrich fehlt?«, fragte sie und deutete mit der Messerspitze auf ein kleines Einmachglas, das sie selbst zum Frühstück mitgebracht hatte. »Salz. Und zwar eine Menge. Wow, das ist ja echt ungenießbar.«

Katherine gelang der gedankliche Sprung von Cadan zu Tomaten-Avocado-Creme eher weniger gut, doch das ließ sie sich nicht anmerken.

»Mhh. Ja, jetzt wo du's sagst ... Scheußlich.«

Sie fing Sophies leicht irritierten Blick auf und lachte.

Nach kurzem Zögern stimmte die junge Irin mit ein.

»He! Nur ich darf die Küchenfee in mir beleidigen.«

»Okay. Sorry.«

»Entschuldigung angenommen.« Zwinkernd trank Sophie einen Schluck von ihrem Kaffee. »Für jemanden, der den Mut hat, sein Leben für eine Bücherei vollkommen umzukrempeln, mache ich glatt eine Ausnahme.«

Kapitel 21

Am nächsten Morgen um 9 Uhr öffnete Katherine die Türen der Rainbow-Hearts-Library.

Es war ein wundersames, irgendwie elektrisierendes Gefühl, in diesen neuen, noch so fremden Arbeitsalltag zu starten – vor allem, da sie nie zu träumen gewagt hätte, einmal ihre eigene Chefin zu sein.

Die alte Katherine wäre ihrem Angestellten-Dasein wahrscheinlich bis zur Rente treu geblieben, dachte sie, und die neue ist plötzlich mutig genug, alle Sicherheit über Bord zu werfen.

Na ja, setzte sie diesen Gedankengang fort, während sie hinter den Tresen ging und sich auf den Hocker dort setzte, ob ich am Ende wirklich mutig oder eher kopflos bin, wird sich noch zeigen.

Wenn ihre Rücklagen nicht wären, die erst durch Fionas Beigabe überhaupt auf eine ordentliche Summe angestiegen waren, wäre das, was sie hier tat, vermutlich purer Wahnsinn.

Denn weder ein paar Buchverkäufe noch Mitgliedsbeiträge oder Mahngebühren würden ihr am Ende dauerhaft den Kühlschrank füllen können.

Immerhin musste sie sich als Eigentümerin eines abbezahlten Hauses keine Sorgen um die monatliche Miete machen.

Ihre dampfende Kaffeetasse umklammernd, beobachtete Katherine den Eingang.

Wie lange würden die ersten Besucher wohl auf sich warten lassen? Sie hatte sich ein Buch und eine Zeitschrift bereitgelegt, um sich die Zeit, in der niemand da war, mit ein bisschen Lesen zu vertreiben, doch noch war Katherine viel zu aufgekratzt dafür.

Sie brannte darauf, Kasse und Scanner einzuweihen und vor allem den in ihren Regalen schlummernden Büchern zu einem kleinen Abenteuer außerhalb ihrer gewohnten Umgebung zu verhelfen.

Glücklicherweise musste Katherine nicht lange allein mit ihrer Neugier ausharren, denn nach nur wenigen Minuten trat eine Frau durch die Tür, an der außen Fionas angelaufenes Messingschild mit dem einladenden Wörtchen *Geöffnet* hing.

Die erste Kundin des Tages – Katherines erste Kundin überhaupt – trug eine blonde Kurzhaarfrisur, eine Sonnenbrille und knallroten Lippenstift, der ebenso hell leuchtete wie ihr auffälliges Blusenkleid.

Mit ihrer quirligen Erscheinung war sie Katherine sofort sympathisch. Erst recht, als sie die Sonnenbrille abnahm und ein so fröhliches Gesicht offenbarte, dass es geradezu unmöglich war, bei dessen Anblick keine gute Laune zu bekommen.

»Guten Morgen! Was für ein schöner Tag, oder? Hach, ich freue mich ja so, wieder hier zu sein.« Die Frau sprach mit einem ausgeprägten deutschen Akzent.

»Herzlich Willkommen«, begrüßte Katherine sie auf Deutsch zurück, woraufhin sich ihre Miene noch weiter aufhellte.

»Ach! Das ist ja lustig. Hat Fiona Besuch aus der Heimat?«

Katherine sank das Herz. Wer auch immer die Kundin war, sie schien nicht von hier zu kommen. Andernfalls, da war Katherine sicher, wüsste sie ganz bestimmt, was geschehen war.

»Haben ... haben Sie es denn noch nicht gehört?«, fragte sie vorsichtig.

Alarmiert sah die Frau sie an. »Was gehört?«

»Fiona ist gestorben.« Katherine sagte die Worte so schnell, dass sie zuerst glaubte, ihr Gegenüber habe sie nicht verstanden. Doch die weit aufgerissenen Augen der Frau sprachen eine andere Sprache.

»Mein Gott. Ist das furchtbar.«

»Möchten Sie sich vielleicht kurz setzen?«, fragte Katherine, der die fahle Gesichtsfarbe der Besucherin ein wenig Sorgen machte.

»Nein, nein, es geht schon. Auch wenn das natürlich ein Schock ist … War sie denn krank?«

Katherine nickte. Das Gespräch war ihr unangenehm, doch sie sagte sich, dass es nun einmal dazu gehörte. Als neue Betreiberin der Rainbow-Hearts-Library war es an ihr, die Fragen der Leute zu beantworten. Auch solche, die nichts mit Büchern zu tun hatten.

»Es ist noch nicht lange her. Gerade mal ein paar Monate.«

Die Frau schüttelte den Kopf, als könnte sie es einfach nicht fassen. Vermutlich war auch genau das der Fall.

»Ich komme schon seit Jahren her, wissen Sie? In meinem ersten Urlaub hier habe ich die Bücherei durch Zufall entdeckt und mich so nett mit Fiona unterhalten … Noch letztes Jahr im Dezember haben wir hier zusammengesessen und Tee getrunken. Ich kann das einfach nicht glauben.«

»Das konnte ich auch nicht«, sagte Katherine leise.

»Übrigens: Marion«, sagte die Frau unvermittelt und lachte erstickt. »Ich habe mich noch gar nicht vorgestellt.«

»Katherine. Ich bin Fionas Nichte.«

»Ihre Nichte.« Marion sah ehrlich betroffen aus. »Mein Beileid für Ihren Verlust.«

»Danke.« Katherine schluckte. Da waren sie wieder, die Bilder dessen, was hätte sein können, wenn die Familienbande damals nicht zerbrochen wären. Katherine wischte sie mit einem Blinzeln fort.

»Haben Sie die Bücherei übernommen?«, fragte Marion und sah sich erstmals, seit sie ihren Blick auf der Suche nach Fiona hatte schweifen lassen, um.

»Ja. Tatsächlich ist heute der erste reguläre Öffnungstag seit der Schließung.«

Katherine stellte erleichtert fest, dass allmählich wieder eine gesunde Farbe in Marions Wangen zurückkehrte.

»Na, da kann man ja fast sagen, ich hätte irgendwie Glück im Unglück gehabt, oder? So weiß ich wenigstens, was passiert ist.« Sie atmete tief ein und aus.

Katherine lächelte mild. »Das sehe ich auch so.«

Einen langen, andächtigen Moment lang war das Ticken der Wanduhr alles, was die Ruhe des Morgens störte.

»Ist das Briefpapier noch da, wo es vorher war?«, fragte Marion schließlich. Dabei klang sie so hoffnungsvoll, dass Katherine sich umso mehr freute, diese Frage bejahen zu können. »Wunderbar. Ich glaube, ich würde gern ein paar Zeilen schreiben.«

Ein Kribbeln, ähnlich dem, das der Zauber der Bücherei in Katherines Brust ausgelöst hatte, als sie die Schwelle zur Verbindungstür zum ersten Mal überschritten hatte, breitete sich in ihrer Brust aus.

Schnell sah sie zur Uhr herüber.

Es ist Montag, der zehnte August um kurz nach neun, und gleich wird in meinem Beisein der allererste Brief geschrieben.

»Nehmen Sie sich alle Zeit, die Sie brauchen.«

Als hätte Marion mit ihrem Besuch an einer unsichtbaren Glocke geläutet, deren Bimmeln die Dorfbewohner scharenweise in die Bücherei lockte, konnte Katherine sich bald schon kaum noch vor neuen Besuchern retten.

Die meisten von ihnen hatte sie bereits auf der Wiedereröffnungsfeier kennengelernt – etwa Tara, die Apothekerin, Bathilda, die pensionierte Ärztin oder die Brennan-Schwestern. Einige neue Gesichter aber waren auch darunter.

So lernte Katherine etwa Mr. Redman, den schnauzbärtigen Inhaber einer kleinen Drogerie, und die fünfköpfige Familie Davids von gegenüber kennen, die erst am späten Freitagabend aus dem Urlaub zurückgekommen war und es deswegen nicht zur Eröffnungsfeier geschafft hatte.

Marion indes verbrachte beinahe eine ganze Stunde in der Schreibecke, ehe sie sich mit dem Versprechen von Katherine verabschiedete, im Winter wiederzukommen.

»Wenn ich Fiona nicht mehr besuchen kann, dann besuche ich

eben Sie«, sagte sie mit einem warmen Lächeln auf den Lippen und verabschiedete sich in den strahlend hellen Sommertag.

Katherine blieb kaum Zeit, weiter über die Begegnung mit Marion nachzudenken. Unaufhörlich öffnete und schloss sich die Tür der Bücherei. Erst am frühen Nachmittag flaute der Strom an neugierigen Besuchern ein wenig ab.

Katherine zog gerade die positive Bilanz, dass sie fünfzehn Neuanmeldungen durchgeführt, sechzig Bücher entliehen und acht verkauft hatte, als ein Lachen ihre Aufmerksamkeit erregte.

Ein Mann mit schulterlangen schwarzen Haaren, ebenso dunklem Dreitagebart und grauen Augen war in die Rainbow-Hearts-Library gekommen und sah sich nun mit in die Hüfte gestemmten Händen um. »Das nenne ich mal ein Paradies für Buchliebhaber.« Er lachte erneut und wandte sich nun Katherine zu. »Ich sollte meine Mutter mal mit hernehmen.«

Der Fremde war unbestreitbar attraktiv, doch nicht auf dieselbe Weise wie Cadan. Vielmehr auf eine ästhetisch-schöne Art, der in Katherines Augen jedoch die nötigen Ecken und Kanten fehlten. Das Geheimnisvolle. Jene Aura der Faszination, die sie schon bei ihrer ersten Begegnung in ihren Bann geschlagen hatte und die mit jedem Mal, da sie dem fotografierenden Polizisten begegnete, stärker wurde.

»Aber gern«, ermutigte Katherine ihn, »ich würde mich freuen.«

Der Mann machte einen Schritt auf sie zu und reichte ihr die Hand. »Emilio. Und du musst Katherine sein?«

Irritiert sah Katherine ihn an. Offenbar hatte ihr Name in Howth und Umgebung schon die Runde gemacht.

»Äh. Ja, die bin ich.«

»Dachte ich es mir doch. Eigentlich wollte ich am Freitag mit Cay zu deiner Feier kommen, aber leider ist mir da beruflich was dazwischengekommen. Da dachte ich mir, ich mache an meinem freien Tag mal einen Tagesausflug nach Howth.«

Katherine stutzte. »Cay?«

»Cadan. Wir kennen uns noch von der Polizei-Akademie.«

Cadan.

Bei der Erwähnung seines Namens spürte Katherine ein Ziehen in der Magengegend.

»Oh. Wie schön.« Sie wusste selbst nicht, wieso, aber irgendwie erleichterte es sie, jemanden aus Cadans sozialem Umfeld kennenzulernen. Vor allem, nachdem Sophie ihn als den meisten Menschen gegenüber so in sich gekehrt beschrieben hatte.

»Jap. Na ja, mal gucken, ob ich ihn noch erwische. Wir haben uns echt eine Ewigkeit nicht mehr gesehen. Er ist vielbeschäftigt, unser guter Cay. Und zurzeit ein bisschen abgelenkt von seinen Pflichten als bester Kumpel. Diesmal hat er dafür aber wenigstens eine gute Entschuldigung.« Emilio zwinkerte.

Verständnislos sah Katherine ihn an. »Ach ja?«

»Ja.« Er grinste vielsagend. »Sagen wir einfach mal, ich habe deinen Namen ziemlich oft aus seinem Mund gehört.«

Kapitel 22

Emilios Worte trugen Katherine durch den restlichen Nachmittag. Immer wieder ließ sie Revue passieren, was er gesagt hatte.

Hatte er übertrieben? Sie ein bisschen aus der Reserve locken und ihre Reaktion beobachten wollen? Oder stimmte es tatsächlich, und Cadan hatte wirklich so häufig von ihr gesprochen?

Die Vorstellung machte Katherine ganz kribbelig. Am liebsten hätte sie noch mehr aus Emilio herausgekitzelt, doch der junge Mann hatte sich schnell von Katherine verabschiedet, da er seinen Kumpel nach dessen Feierabend abfangen wollte.

Was die beiden wohl unternehmen würden? Am Pier spazieren, essen gehen, oder einfach bei Cadan zu Hause zusammensitzen?

Vielleicht statten sie mir ja noch einen Besuch ab, dachte Katherine und erwischte sich dabei, wie sie immer wieder in Richtung Tür sah. Doch bis auf zwei weitere Besucher – beides Tagestouristen – kam niemand mehr vorbei.

Als die Zeiger der Wanduhr sich der sechs und somit auch der Schließung näherten, begann Katherine damit, die Regale zu kontrollieren. Hie und da stellte sie ein verirrtes Buch an seinen rechtmäßigen Platz zurück, in der Schreibecke stapelte sie die teils quer auf dem Tisch verteilten Briefpapierbögen wieder ordentlich. Es sah aus, als wäre Marion nicht die Einzige gewesen, die heute zum Stift gegriffen und ein paar Zeilen niedergeschrieben hatte. In dem Trubel, der zwischenzeitlich geherrscht hatte und von dem Katherine sicher war, dass er einzig dem ersten Öffnungstag zu verdanken war, hatte sie das Geschehen in der von den Raumteilern geschützten Schreibecke kaum verfolgen können. Umso mehr freute sie sich darüber, dass das Angebot so gut genutzt worden war.

Jäh tauchte vor ihrem inneren Auge das Bild ihres Vaters auf, wie er Fiona in der Schreibecke gegenübersaß und sie verliebt anlächelte.

Sie schluckte.

Hatte er ihr, Fiona, je einen Brief geschrieben? Und wenn ja, ruhten diese Zeilen womöglich irgendwo im Herzen der Rainbow-Hearts-Library?

Die bloße Vorstellung daran weckte in Katherine den Drang, jedes einzelne Buch auszuschütteln. Erstmals seit Jahren empfand sie wieder jene klar umrissene Wut auf ihre Tante, die sich nach der Trennung ihrer Eltern in ihrer Brust eingenistet hatte.

Es fühlte sich falsch an, diese Gefühle an einem Ort zu empfinden, der ihr doch mit so viel Liebe begegnet war.

Beizeiten, das wusste sie, würde sie Mr. Donnelly und die anderen Dorfbewohner Howths einmal eingehend nach Fionas Beziehung zu ihrem Vater fragen müssen. Danach, ob sie etwas gesehen oder gewusst hatten. Doch dafür war sie schlicht noch nicht bereit.

Fürs Erste, dachte Katherine bestimmt, gab es genug andere Dinge und Menschen, die ihre Aufmerksamkeit forderten.

Zum Beispiel den Mann mit den breiten Schultern und dem Grübchenlächeln, der in diesem Moment durch die Tür der Rainbow-Hearts-Library trat.

Cadan.

Er war tatsächlich gekommen.

Und da war es wieder, dieses unstete Flattern in Katherines Herzgegend, das sein Anblick mit einer unbarmherzigen Heftigkeit auslöste.

»Hi. Ich bin zwar spät dran, aber ich dachte, ich gucke mal, wie unsere neue Büchereileitung sich so macht.«

Cadan trug ein dunkelblaues T-Shirt und helle Jeans. Die Haare fielen ihm wilder als sonst ins Gesicht; offenbar hatte er sie heute nicht gestylt. In Kombination mit seiner sonnengebräunten Haut sah er ein bisschen wie die Surferboys aus, für die Katherine in Teenagertagen geschwärmt hatte.

Allerdings hatten diese Surferboys meist blaue Augen gehabt und nicht solche, die wie flüssiges Kupfer in der Sonne funkelten.

Katherines Mundwinkel wanderten wie von selbst in die Höhe.

»Ganz gut, würde ich sagen. Aber vielleicht überzeugst du dich doch lieber selbst davon.« Sie ging zurück zum Tresen und stützte sich mit den Ellenbogen darauf.

Cadan lachte leise. »Ja, vielleicht tue ich das.«

Im Gehen zog er einen großen Umschlag hinter seinem Rücken hervor, den er Katherine kurz darauf über die Theke schob.

»Aber zuerst gebe ich dir das Bild, das ich dir schulde.«

Katherine nahm das unerwartete Geschenk freudig entgegen.

Als sie die Widmung *Für Kate* darauf entdeckte, flutete ein warmes Glücksgefühl ihre Brust.

Kate.

Dass er sie bei einem Spitznamen nannte, freute sie mehr, als ihr lieb war. Lächelnd strich sie über die gedrungenen Linien, die Cadan mit einem schwarzen Stift auf das Papier geschrieben hatte, und öffnete den Umschlag, um das Foto herauszuholen.

»Das Klippen-Foto«, hauchte Katherine. Cadan hatte mit seiner Vermutung, es würde eine schöne Erinnerung an ihren gemeinsamen Abend abgeben, recht behalten: Vor ihrem inneren Auge durchlebte Katherine das Treffen noch einmal. Spürte, wie Cadan ganz nahe hinter ihr stand und sie in die Handhabung seiner Kamera einwies ... Wie er ihr sagte, sie solle an das Verrückteste denken, was sie je getan hatte, und dann völlig losgelöst in die Luft springen ... Wie seine Berührung ein Kribbeln auf ihrer Haut hinterließ, als er ihr auf dem Cliff Walk über den großen Stein half ...

All das, all diese Empfindungen hatte Cadan auf seinem Foto eingefangen. Die Farben, die Stimmung, die Perspektive, ihre in der Luft schwebende Silhouette ...

Es war perfekt. Ein Moment, der für die Ewigkeit konserviert worden war und den sie in seiner herrlichen Vollkommenheit nun an einer Wand würde bestaunen können.

»Ich glaube, ich hänge es gleich hier auf. Danke, Cay«, sagte sie in einer Anspielung darauf, wie Emilio ihn genannt hatte.

Cadans Blick verfinsterte sich.

»Cay«, sagte er tonlos.

»Ähm … Ja. Ich Kate, du Cay. Ist doch fair, oder?«

»Emilio war hier«, stellte Cadan fest und presste die Lippen zu einem schmalen Strich zusammen, der seinem Gesicht einen ungeheuer angespannten Ausdruck verlieh.

Katherine runzelte die Stirn.

Was in aller Welt störte ihn so sehr daran?

»Ja. Er war sehr nett. Er hat gesagt, ihr wolltet am Freitag eigentlich zusammen herkommen. Und dass er versuchen würde, dich nach der Arbeit abzufangen. Das hat wohl nicht geklappt?«

»Was hat er dir noch erzählt?«, fragte Cadan forsch, ohne Katherines Frage zu beantworten.

Sie hob die Brauen. »Was soll er mir denn erzählt haben?«

Cadan taxierte sie aufmerksam, gerade so, als suchte er nach einem Anzeichen dafür, dass sie log. Er meinte doch nicht etwa die alberne Bemerkung darüber, dass Cadan oft über sie sprach?

Nein, so schätzte sie ihn nicht ein. Er war ein erwachsener Mann und würde sicher nicht viel Aufhebens um eine solche Bemerkung machen.

»Nicht so wichtig«, sagte Cadan und wandte sich so abrupt zum Gehen, dass es Katherine einen Stich versetzte.

»Du willst schon wieder los?«

Die Hand auf dem Türgriff, drehte er sich noch einmal zu ihr um. Die Gefühle, die Katherine aus seinem Blick herauslas, erschreckten sie. Da waren Furcht, Schmerz und noch etwas – etwas Abgründiges, Verzweifeltes, das sie nicht recht deuten konnte.

»Es tut mir leid«, sagte Cadan leise. Ehe Katherine etwas erwidern konnte, war er verschwunden.

Kapitel 23

Es hatte keinen Sinn, über sein Verhalten zu grübeln, aber Katherine tat es trotzdem. Den ganzen Abend über rätselte sie, was es sein mochte, wovor Cadan sich so sehr fürchtete.

Ein Glas Wein und einen Teller Käsewürfel vor sich auf dem Küchentisch, spielte sie alle möglichen Szenarien durch.

Sie kam zu dem Schluss, dass Emilio etwas aus seiner Vergangenheit wusste, von dem Cadan wollte, dass niemand sonst es erfuhr. Ob es allerdings in einem Zusammenhang mit dem Inhalt des Briefes stand, auf den Katherine bei ihrer Suche nach den Schlüsselanhängern gestoßen war, oder vollkommen anderer Natur war, blieb dahingestellt.

Am nächsten Morgen erwachte sie noch mit der leisen Hoffnung, Cadan würde ihr einen neuerlichen Besuch abstatten und sein Verhalten vielleicht erklären, doch er kam nicht.

Auch nicht am Mittwoch oder am Donnerstag.

Und obwohl Katherine darüber trauriger war, als sie es vor sich selbst zugeben wollte, gab es wahrlich genug andere Themen, denen sie sich widmen konnte.

Etwa ihrer Mutter, die es endlich über sich gebracht hatte, Katherine zurückzurufen. Das Gespräch war zäh gewesen, aber dennoch war sie froh, Marys Stimme gehört zu haben.

Insgesamt hatten sie sogar eine gute halbe Stunde telefoniert, in der Howth zwar explizit keine Erwähnung gefunden hatte, sie einander aber ausreichend vom allgemeinen Wohlbefinden des anderen hatten überzeugen können.

Weiterhin beschäftigte Katherine sich in den ruhigen Minuten zwischen Ausleihen und Verkäufen, die inzwischen bereits deutlich gemäßigter ausfielen als am Montag, etwa mit der Veranstaltungsplanung für die kommenden Monate.

Bald schon hatte sie eine ganze Liste möglicher Angebote zusammengestellt, von denen ihr zwei Ideen ganz besonders gut gefielen: ein regelmäßiger gemeinsamer Schreibabend in einem kleinen Kreis von Teilnehmern und eine Halloweenparty, zu der die Gäste als ihre liebsten Romanfiguren verkleidet kommen sollten.

Am Freitagabend präsentierte sie Sophie, Mr. Donnelly, Roxanne, Ivy, Brianna und den Brennan-Schwestern ihre Einfälle bei einem gemeinsamen Abendessen in der Harbour Bar.

»Das klingt großartig«, befand Delila, nachdem Katherine geendet hatte. »Ich weiß auch schon direkt, was ich für ein Kostüm wählen würde, aber das bleibt erst noch ein Geheimnis.« Grinsend biss sie auf einen Kartoffelchip.

»Das finde ich auch ziemlich cool. So was gab es hier noch nicht, und Neues ist immer gut. Vor allem, damit die Leute nicht zu viele Vergleiche zu Fiona ziehen. Es ist gut, wenn du deine eigenen Ideen einbringst.« Sophie zwinkerte.

Irgendetwas an der Art, wie sie es sagte, machte Katherine hellhörig. »Hat jemand was gesagt?«, fragte sie gerade heraus.

»Na ja. Es gibt doch immer ein paar Zweifler«, antwortete Sophie ausweichend.

»Die McNairs zum Beispiel«, sagte Cynthia unverblümt. »Oder die Doyles.«

»Aber die wirst du schon auch noch von dir überzeugen«, schaltete sich Mr. Donnelly ein, »manchmal brauchen solche Dinge einfach Zeit.«

Katherine nickte nachdenklich. »Das stimmt. Aber vielleicht schadet es ja auch nicht, ein wenig nachzuhelfen.«

Sie ließ sich die Adressen der Familien geben, verabschiedete sich gegen neun nach Hause und machte sich in der Bücherei daran, Aushänge für den nächste Woche angesetzten Schreibabend auszudrucken. Dass ihre Gruppe rund um Mr. Donnelly auch diese Idee für gut befunden hatte, bestärkte Katherine darin, so bald wie möglich mit den Treffen zu beginnen. Sie war gespannt darauf, wie die Dorfbewohner auf das Angebot reagieren und wie viele von ihnen es wohl wahrnehmen würden.

Katherine nahm das oberste der insgesamt sechs Blätter aus dem Drucker und betrachtete es zufrieden:

Von der Seele aufs Papier
Gemeinsamer Schreibabend am Freitag, den 28. August, 18:00 – 20:00 Uhr
Lasst uns Erinnerungen lebendig machen und ihnen ein neues Gewand schenken.
Für Papier ist gesorgt, Stifte bitte selbst mitbringen.
Max. 15 Personen, Teilnahme 5 €.
Anmeldung am Tresen bei Katherine

Vier der Zettel wollte sie in der Bücherei aufhängen; zwei davon hatte sie im Kleinformat gedruckt, die sie nun in Umschläge steckte und mit *Familie McNair* und *Familie Doyle* beschriftete. Sie würde ihnen morgen einen Besuch abstatten, sich vorstellen und sie persönlich zum gemeinsamen Briefeschreiben einladen.

Vielleicht, dachte Katherine, erklärten sie sich ja tatsächlich bereit zu kommen. Nach all dem Zuspruch, den sie seit ihrem Umzug von ihrem neuen Umfeld erhalten hatte, waren kritische Stimmen definitiv etwas, mit dem sie sich erst einmal arrangieren musste. Dennoch war ihr Ehrgeiz geweckt, die beiden Familien – und alle anderen, die wohl stillschweigend daran zweifeln mochten, ob die zugezogene Münchnerin den Laden ihrer Tante wohl angemessen weiterführen konnte – von sich zu überzeugen.

Das Geräusch der Klingel drang dumpf durch die angelehnte Verbindungstür in die Bücherei und riss Katherine aus ihren Gedanken. Verdutzt legte sie die Umschläge beiseite und lauschte einen Moment darauf, ob das Klingeln sich wiederholte.

Die Jalousien in der Bücherei waren bereits heruntergelassen, sodass sie niemanden am Schaufenster hatte vorbeigehen sehen.

Wer konnte dieser späte Gast wohl sein? Hatte sie irgendetwas im Pub liegen lassen, das ihr Sophie, Mr. Donnelly oder einer der anderen nun vorbeibrachte?

Oder ...

Katherine wagte kaum, den Gedanken zu Ende zu führen, doch wie so oft tauchte auch jetzt das Bild von Cadans lächelndem Gesicht vor ihrem inneren Auge auf.

Es klingelte erneut.

Das ist er nicht. Was sollte er hier wollen?

Trotzdem strich Katherine den Stoff ihres Jumpsuits glatt und tastete ihre zu einem hohen Pferdeschwanz gebundenen Haare prüfend nach verirrten Strähnen ab, bevor sie hinüber ins Haus eilte.

Es klingelte ein drittes Mal, nun gefolgt von einem Klopfen.

»Wer ist da?«, rief Katherine laut und kam sich dabei ein wenig paranoid vor. Sie hatte mit Luca bei Weitem zu viele Thriller und Horrorstreifen gesehen, um arglos zu sein – auch, wenn sie ausgerechnet an diesem friedlichen Fleckchen Erde eigentlich nicht mit dubiosen Gestalten rechnete, die sich im Dunkeln um ihr Haus herumtrieben.

Trotzdem konnte es nicht schaden, sich abzusichern.

»Cadan«, kam es dumpf vom anderen Ende der Tür zurück.

Katherine schnappte nach Luft.

Er war es, er war es tatsächlich. Ihrem Herzen wuchsen Kolibriflügel, die so schnell schlugen, dass ihr Brustkorb zitterte.

Was in aller Welt tat er hier?

»Lässt du mich rein?«

Katherine rang ihre Nervosität so weit wie möglich nieder, zählte innerlich bis drei und öffnete dann die Tür.

Cadan stand, einen großen Pizzakarton in den Händen und das wunderschöne Grübchenlächeln auf dem sonst so scharf gezeichneten Gesicht, im kalten Licht des Bewegungsmelders.

Er trug ein dunkelgraues Hemd und eine schwarze Hose, beides gewohnt eng an seinem muskulösen Körper liegend.

Katherine blinzelte ungläubig.

»Was soll das denn werden?«, platzte sie heraus.

Cadan machte eine Kopfbewegung in Richtung des Kartons, von dem ein geradezu unverschämt guter Geruch ausging.

»Ich dachte, du hättest vielleicht Hunger.«

Sprachlos sah Katherine ihn an.

Nach seinem merkwürdigen Abgang am Montag und der Funkstille, die danach geherrscht hatte, war sie von einem Besuch inklusive Pizzalieferung doch reichlich überrascht.

»Eigentlich habe ich schon gegessen«, sagte sie, als sie die nötigen Worte zusammengeklaubt hatte.

»Oh. Okay.« Cadan sah enttäuscht aus. »Na ja, vielleicht kannst du dir die Pizza ja später warm machen. Und wundere dich bitte nicht, sie hat sechs verschiedene Beläge, weil ich nicht wusste, wie du sie am liebsten isst.«

»Sechs verschiedene Beläge? Wirklich?«

Katherine war sich ziemlich sicher, dass sie nicht verbergen konnte, wie sehr sie Cadans aufmerksame Art schätzte.

Er nickte eifrig.

»Ja. Mehr haben leider nicht draufgepasst. Sagt Emilios Dad zumindest.«

»Emilios Dad?«

»Ja. Ihm gehört das kleine italienische Restaurant an der Bailey Green Road.«

»Ach.« Verblüfft sah Katherine von Cadan zum Pizzakarton und wieder zurück. Emilio hatte also neben seinem besten Kumpel noch einen weiteren Grund gehabt, seinen freien Tag in Howth zu verbringen.

»Also? Was sagst du? Darf ich trotzdem reinkommen?«

»Warum bist du hier?«, fragte sie ihn zurück. Ihr Herzschlag beschleunigte sich. Sie wusste selbst nicht, warum, aber eine klare Antwort war ihr wichtig. Vor allem, nachdem Cadan am Montag so überstürzt gegangen war. Nachdem sie einen Blick auf den Schmerz hatte erhaschen können, den er in seinem Herzen trug.

»Hm. Ich schätze, ich finde deine Gesellschaft ganz erträglich.« Er grinste.

Katherine lachte. »Wow. Da weiß jemand, wie man tolle Komplimente macht.«

Cadan legte die Stirn in Falten. »Nein, Kate, mal ehrlich. Warum überrascht es dich so, dass ich hier bin?«

»Weil ich den Eindruck hatte, du würdest mir plötzlich aus dem Weg gehen. Ich weiß, das klingt jetzt super dramatisch, weil wir uns ja vor ein paar Tagen erst gesehen haben. Aber irgendwie … ich weiß auch nicht. Nachdem du einfach gegangen bist, gab es kein Lebenszeichen mehr von dir. Ich dachte, ich hätte dich wegen irgendetwas verärgert. Du warst – sorry – echt komisch an dem Tag.« Es fiel Katherine erstaunlich schwer, diese Gedanken offen anzusprechen. Erst jetzt bemerkte sie, wie sehr sie die Funkstille, wenn sie auch nur kurz gewesen war, beschäftigt hatte – und wie erleichtert sie war, dass Cadan nun vor ihr stand.

Dieser sah sie aufrichtig verwirrt an. »Ehrlich? Du hast geglaubt, du hättest mich verärgert? Ich hab die ganze Zeit gedacht, dass es genau umgekehrt war und *du* sauer auf mich warst.«

Katherine merkte, dass sie seinen verblüfften Gesichtsausdruck kopierte. »Na ja, ›sauer‹ kann man das nicht nennen. Ich war nur ein bisschen irritiert, weil ich nach unserem schönen Treffen nicht mit so einem Abgang gerechnet hatte. Aber … ich hätte mich natürlich trotzdem gefreut, dich zu sehen und mit dir zu reden.«

Cadans dunkle Brauen wanderten immer höher. »Warum hast du dich dann nicht gemeldet?«

Katherine gluckste. »Wie denn? Per Brieftaube?«

»Hast du das Foto noch, das ich dir geschenkt habe?«, fragte Cadan zurück.

»Wie bitte?«

»Mein Geschenk an dich. Hast du es noch? Auf der Rückseite steht meine Handynummer. Ich hab sie extra draufgeschrieben, damit du dich melden kannst, wenn dir danach ist.«

Katherine hatte das Bedürfnis, sich mit der flachen Hand gegen die Stirn zu schlagen.

Seine Handynummer! Die ganze Zeit über war sie vor ihrer Nase gewesen. Erleichterung durchströmte sie. Er hatte sie also weiterhin sehen wollen – auch wenn seine Art, ihr das mitzuteilen, definitiv eine unkompliziertere hätte sein können.

»Nichts für ungut, aber wer käme denn auf die Idee, eine Handynummer auf der Rückseite eines Fotos zu suchen, wenn er nicht gerade Sherlock Holmes persönlich ist?«

Cadan zuckte die breiten Schultern, über denen sich das Hemd merklich spannte.

»Tja … entschuldige, ich bin wohl nicht besonders gut in so was.«

»Worin?«

»Na, in Dating. Es passiert nicht oft, dass ich Menschen treffe, die ich näher kennenlernen möchte. Keine Ahnung, wie man in solchen Situationen richtig handelt. Also, klar, eine Ahnung habe ich schon. Aber eben wenig Praxis.«

Cadans Offenheit rührte und beeindruckte Katherine gleichermaßen. Eine Weile stand sie einfach nur da und sah ihn an, diesen großen, verboten attraktiven Mann mit dem Pizzakarton in den Händen.

Sie lächelte ihn an.

Dating. Er hatte wirklich ›Dating‹ gesagt.

»Weißt du was? Ich glaube, eine Ahnung reicht.« Sie bedeutete Cadan reinzukommen und ihr in die Küche zu folgen. »Setz dich gern«, bot Katherine an und wies auf die gepolsterte Sitzbank. Dann nahm sie zwei Gläser aus dem Schrank über dem Herd.

»Was trinkst du?«

»Was du trinkst.«

»Alles klar. Ich hoffe, du magst Weißwein.« Katherine entkorkte eine Flasche, füllte beide Gläser und nahm Cadan gegenüber am Tisch Platz. Der betörende Duft der Pizza ließ sie ihre aus Fish and Chips bestehende Pub-Mahlzeit wieder vergessen.

»Ich darf doch?«

»Machst die Witze? Sie gehört dir. Mit Haut und Haaren.«

»Klingt fair.« Katherine öffnete den Pizzakarton, nahm sich ein mit besonders viel Spinat belegtes Stück heraus und biss herzhaft hinein. Cadan hatte zusätzlich zum Spinat noch Salami, Mozzarella, Gemüse, Thunfisch und Oliven gewählt.

»Habe ich deinen Geschmack getroffen?«, wollte Cadan wissen. Er sah Katherine so intensiv an, dass sie sich anstrengen musste, die warme Röte aus ihren Wangen fernzuhalten.

»Hast du. Aber du bist trotzdem herzlich eingeladen mitzuessen. Alleine schaffe ich das dann doch nicht.«

»Darum musst du mich nicht zweimal bitten.« Cadan angelte sich ebenfalls ein Stück aus dem Karton.

Nachdem sie etwa die Hälfte der Pizza vertilgt hatten, verstaute Katherine den Rest im Kühlschrank und schenkte ihnen Wein nach. Cadan erhob feierlich das Glas.

»Auf den besten Italiener der Stadt.«

Katherine prostete ihm zu, konnte sich jedoch ein Lachen nicht verkneifen.

»Der Stadt? Wow, Cadan. München ist eine Stadt. Howth ist ...« Sie überlegte kurz. »Ein winziger, wohlbehüteter, seelenfreundlicher Ort.«

»Seelenfreundlich.« Cadan wiederholte das Wort so langsam, als wollte er sich jede Silbe auf der Zunge zergehen lassen.

»Ja, ich denke, das trifft es ganz gut.«

»Ja, oder?«

Katherine schwenkte ihr Glas und sah versonnen hinein. Die kleine Hängelampe über dem Tisch warf ein warmes Licht auf die grünliche Flüssigkeit. Zwischen ihr und Cadan breitete sich ein Schweigen aus, das Katherine als überraschend angenehm empfand. Im Gegensatz zu ihrem ersten Treffen hatte sie nun nicht das Bedürfnis, die Stille mit Worten füllen zu müssen.

»Können wir rübergehen?«, fragte Cadan irgendwann. In seinen hellbraunen Augen lag ein sehnsüchtiger Schimmer.

»Rüber?« Kurz machte Katherines Herz bei der Vorstellung, er könnte ihr Schlafzimmer meinen, einen Purzelbaum. Immerhin wusste er ja nicht, dass es sich oben befand. Doch schnell machte sie sich bewusst, dass er mit ziemlicher Sicherheit von der Bücherei sprach.

»Ja. In die Rainbow-Hearts-Library«, bestätigte er diese Vermutung. »Danach mache ich mich auch auf den Nachhauseweg, keine Sorge. Aber ... wie soll ich das sagen? Ich habe mir immer gewünscht, einmal dort zu sein, wenn die Türen der Bücherei für alle anderen verschlossen sind.«

Katherine konnte nicht umhin, sich angesichts dieser Worte ein wenig gekränkt zu fühlen. War Cadan etwa nur deswegen hergekommen?

»Das ist nicht der Grund für meinen Besuch«, sagte er, als hätte er ihre Gedanken gelesen. »Wirklich«, setzte er beschwörend hinzu. Auf einmal kam Katherine sich albern vor. Wieso nur stellte sie seine Absichten ständig infrage?

»Gehen wir«, sagte sie hastig und ging Cadan voran in den Flur, wo sie den schweren Schlüsselbund vom Haken nahm.

Dann steuerte sie auf die Treppe zu, neben der die tief eingelassene Tür zur Bücherei lag. Wie stets ging auch jetzt eine geradezu magische Anziehungskraft von ihr aus.

»Hereinspaziert.« Nacheinander traten sie über die Schwelle.

Mit Cadan dort zu sein, wo er vor Jahren ein Geheimnis zu Papier gebracht und es zwischen den Seiten eines Buches versteckt hatte, fühlte sich seltsam an. Auf eine gewisse Art tröstlich, aber dennoch eine Spur zu intim.

Wenn nicht jetzt, dachte Katherine nervös, wann dann?

»Cadan?« Das Blut rauschte kaskadenartig in ihren Ohren.

»Ja?« Neugierig sah er sie an. Dieses Funkeln in seinen Augen …

»Ich muss dir etwas sagen.«

»Okay. Ich höre dir zu.«

Katherine räusperte sich. Sie wusste nicht, wie sie ihr Geständnis am besten beginnen sollte. »Ich habe einen Brief gefunden. Deinen Brief. Einen, den du an deinen Bruder geschrieben hast.«

Es war unmöglich, in seinem Gesicht zu lesen. Selbst sein Blick war plötzlich von einer erschreckenden Leere.

»Es war Zufall«, setzte Katherine rasch hinzu. »Er ist aus einem Buch gerutscht, als ich nach etwas gesucht habe. Als du mir auf der Feier den Zettel geschrieben hast, habe ich deine Schrift erkannt. Ich konnte nicht rekonstruieren, in welchem Buch du ihn versteckt hattest. Er liegt jetzt in *Einst herrschten Elfen.* Wenn du ihn also wieder zurücklegen möchtest …«

»Nein«, unterbrach Cadan bestimmt. »Da liegt er richtig.«

»Was? Wirklich?«

»Ja. Eine Geschichte über Macht, Krieg und Feindschaft. Das erste Buch, das ich gelesen habe, nachdem ...« Er ließ den Satz unvollendet.

Erstaunt sah Katherine ihn an. War sie es nicht gewesen, die Doran gesagt hatte, dass der Brief ganz bestimmt nicht in dieses, dem Titel nach vergleichsweise sanfte Buch gehörte?

Sanft klang Cadans Zusammenfassung der Geschichte jedenfalls ganz und gar nicht.

Katherine dachte an die berühmte Redewendung »Beurteile ein Buch niemals nach seinem Cover« und beschloss, in Zukunft lieber Klappentexte zu Rate zu ziehen.

Wobei sie in diesem Fall ja ganz offensichtlich richtig gehandelt hatte, ohne es zu ahnen.

»Es tut mir leid«, sagte sie und hatte selten etwas so sehr gefühlt.

»Was tut dir leid?«

»Dass ich deinen Brief gelesen habe.«

»Wieso?« Cadan sah ehrlich verwundert aus. »Das war doch mein Risiko. Wer hier einen Brief versteckt, muss auch damit rechnen, dass er gefunden wird. Das *soll* er ja sogar.«

»Schon, aber du hast ihn ja sicher bewusst nicht mit deinem Namen unterschrieben.«

Cadan zuckte die Achseln. »Die Details habe ich ausgelassen. Dieser Brief kratzt nur an der Oberfläche, auch wenn es mir wichtig war, ihn zu schreiben.«

Katherine nickte nachdenklich. Auf der einen Seite war sie unheimlich erleichtert darüber, dass Cadan ihre zufällige Entdeckung so unerwartet locker nahm. Auf der anderen Seite spürte sie das starke Verlangen danach, den Mann unter ebenjener Oberfläche kennenzulernen, von der er gesprochen hatte.

»Es ist schon komisch«, sagte sie unvermittelt und wunderte sich darüber, wie durchlässig die Barriere zwischen ihren Gedanken und ihrer Zunge plötzlich geworden war, »ich stehe hier mit einem Mann, über den ich eigentlich kaum etwas weiß. In München hätte ich dich nicht so einfach in meine Wohnung gelassen. Erzähl mir etwas über dich.« Katherine war nicht so naiv zu hoffen, dass er mir nichts, dir nichts über seinen Zwillingsbruder sprechen würde. Trotzdem wollte sie die Gelegenheit, mehr über Cadan zu erfahren, nicht einfach so verstreichen lassen.

»Hm«, machte dieser und lehnte sich gegen das Regal, das ihm am nächsten war. »Das Wichtigste weißt du doch schon: Ich fotografiere gern. Und ich bin der weltbeste Pizza-Beschaffer. Was willst du noch wissen?«

»Erzähl mir von deinem Job bei der Polizei.«

Es war nicht zu übersehen, dass Cadan dieses Thema als ebenso unliebsam empfand.

»Entweder das«, sagte er nachdenklich, »oder wir fangen mit etwas Unverfänglicherem an.«

»Zum Beispiel?«

»Na ja. Vielleicht mit dem, was man auch in ein Poesiealbum eintragen würde. Ich wurde am zweiten Februar 1989 geboren, bin in Dublin und Maynooth aufgewachsen, wie du weißt, gibt es Menschen, die mich Cay nennen – den Spitznamen hat meine Mum mir früher einmal gegeben –, als Kind wollte ich Schriftsteller werden, mein Lieblingsessen sind Meeresfrüchte und ich höre gern Rockmusik.«

Katherine schmunzelte. Zwar waren das nicht unbedingt die Infos, die sie sich erhofft hatte, aber doch ein willkommener kleiner Einblick in das Leben des Mannes, den sie mit jeder Sekunde, die sie ihm gegenüberstand, ein klein wenig lieber mochte. »Okay, danke für den Faktencheck.«

»Jetzt du.«

»Wirklich? Na gut: Ich wurde am 19. Oktober 1992 in München geboren, meine Mum stammt aus Cloyne, mein Dad war Deutscher. Er hat unsere Familie verlassen, als ich dreizehn war und ist ein paar Jahre später gestorben. Erheiternd, ich weiß. Was sonst noch? Ähm ... Am liebsten esse ich Italienisch, meine Spitznamen sind Kathy, Katy und Kate – den letzten hast du ja schon richtig erraten, auch wenn das wohl nicht sonderlich schwer ist. Ach so, und ich höre gern Musicalsongs.«

»Hi, Kathy-Katy-Kate.«

»Hi, Cay.«

Fast erwartete Katherine, dass seine Miene sich erneut verfinstern würde, doch dieses Mal schien er die Schatten der Erinnerung, die an diesen Namen geknüpft waren, in Schach halten zu können.

»Das mit deinem Dad tut mir leid«, sagte er teilnahmsvoll. »Ich habe meine Mum auch verloren, aber das weißt du ja schon. Ich glaube, es stand in dem Brief. Sie ist gestorben, als mein Bruder und ich acht Jahre alt waren.«

Der Schmerz, der in seiner Stimme lag, berührte Katherine tief. Er war so echt, so alt und doch so greifbar.

»Mein Beileid«, sagte sie leise und fand, dass diese Floskel nicht im Entferntesten ausdrücken konnte, was sie wirklich sagen wollte. Nämlich, dass sie ihn verstand. Dass sie wusste, wie sich Verlust anfühlte, und dass die Zeit eine gute, aber doch keine allmächtige Heilerin war.

»Ja. Es war schrecklich«, gab Cadan nun unverblümt zu.

Katherine registrierte dieses Bröckeln seiner Fassade mit warmer Dankbarkeit.

»Sie war sehr krank. Immer blass und furchtbar dünn. Wie ein Geist.«

Katherine schauderte. Erst jetzt dämmerte ihr, wie viele Narben Cadans Seele wohl tatsächlich tragen mochte. Kurz flammte das Bedürfnis in ihr auf, ihm zu erzählen, was in ihrem Kopf umherspukte – die Bilder von Fiona und ihrem Vater, die sich immer wieder durch die Zaubermembran der Rainbow-Hearts-Library zu fressen versuchten –, doch dann schluckte sie die Worte herunter.

Falscher Zeitpunkt für einen Seelenstriptease, ermahnte sie sich, ihm geht es gerade selber nicht gut.

Das brachte Katherine auf eine Idee.

»Kommst du nächste Woche zum Schreibabend?«, fragte sie hoffnungsvoll.

»Schreibabend?«

»Ja. Ich habe die Aushänge gerade fertig gemacht, als du geklingelt hast.« Katherine deutete auf die Theke, wo sie die Plakate abgelegt hatte.

»Am Freitag von 18 bis 20 Uhr sollen hier in der Bücherei Briefe geschrieben und anschließend versteckt werden. Ich habe mir außerdem gedacht, dass jeder, der möchte, seine Briefe auch vorlesen – oder von jemand anderem vorlesen lassen – kann. Wenn du möchtest, reserviere ich dir schon mal einen Platz.«

»Und am Ende gibt es dann einen Preis für das dunkelste Geheimnis?«, fragte Cadan und lächelte matt.

Katherine verschränkte die Arme vor der Brust. »Hey. Nicht so zynisch, Mr. Flanagan.«

»Sorry. Ich überleg's mir, okay?«

»Okay.«

Eine Weile standen sie einfach nur da und sahen einander an.

Katherine brachte es nicht über sich, ihren Blick von Cadan zu lösen.

Er ist viel zu weit weg, dachte sie. Eine scharfzahnige Sehnsucht zerrte an ihrem Herzen.

»Bringst du mich noch zur Tür?«, fragte Cadan sanft. »Ich glaube, ich sollte mich langsam auf den Weg machen. Dafür, dass ich mich nicht angekündigt habe, hast du mich hier schon viel zu lange beherbergt.«

Verflucht, sie wollte nicht, dass er ging.

»Du störst aber nicht«, sagte Katherine hastig.

Cadan schmunzelte. »Gut zu wissen.«

Er verringerte den Abstand zwischen ihnen, bis er so dicht vor ihr stand, dass sie sein herbes Rasierwasser riechen konnte.

Schnell und hart schlug ihr Herz gegen ihre Rippen.

»Kate«, sagte er leise, hob eine Hand und strich sanft über ihre Halsbeuge. Sofort überzog eine Gänsehaut ihren Körper. Die Glut seiner Berührung versengte ihre Haut und entzündete ein Feuer in ihrer Brust.

»Ja?«, presste sie zwischen bei abgehackten Atemzügen hervor.

Sie waren sich viel zu nahe. Wenn Cadan seinen Kopf nur ein kleines Stück nach unten neigte, würden sich ihre Nasenspitzen berühren.

Böen aus Hitze und Kälte jagten über ihren Rücken.

»Kann ich mich darauf verlassen, dass du meine Handynummer findest und mir schreibst?« Seine Worte waren ein Flüstern, das wie eine sanfte Frühlingsbrise über ihre Lippen strich.

»Ich … ich denke, das schulde ich dir wohl für die Pizza.«

»Der Ansicht bin ich auch.«

Ganz langsam zog Cadan seine Hand wieder zurück und trat einen Schritt nach hinten.

Katherine war schwindelig geworden. Sie fühlte sich wie berauscht; weit entfernt davon, Herrin ihrer Sinne zu sein.

Da waren nur Bernsteinaugen und dieser herbe Kiefernholzduft seines Parfums. Seine großen Hände, seine Muskeln und sein Lächeln, in dem sie sich früher oder später wieder unwiderruflich verlieren würde, wenn sie nicht achtgab.

»Ich sollte dich doch zur Tür bringen«, murmelte sie, erntete ein Grinsen von Cadan und lief auf wackeligen Beinen hinüber ins Haupthaus.

»Bis bald, Kate. Es war wie immer schön mit dir.«

Viel zu schnell trat Cadan hinaus in den angenehm frischen Sommerabend.

»Mit dir auch, Cay.«

Seufzend schloss Katherine die Haustür hinter ihm.

Als ihr Blick den Spiegel über dem Schuhschrank streifte, sah sie, wie verräterisch rosig ihre Wangen waren.

»Mach ja keine Dummheiten«, ermahnte sie ihr Herz und löschte das Licht.

Kapitel 24

Der Himmel über Howth war wolkenverhangen.

Feiner Nieselregen benetzte Katherines Gesicht und sprenkelte den trockenen Asphalt unter ihren klappernden Absätzen. Sofort stieg ihr der herrlich erdige Geruch in die Nase, von dem Luca ihr einmal erzählt hatte, dass er »Petrichor« genannt und sogar als Parfum eingesetzt wurde.

Katherine schmunzelte bei dem Gedanken an ihre beste Freundin und nahm sich vor, sie am Abend anzurufen. Immerhin gab es eine Menge zu erzählen – etwa von ihrer Arbeitswoche oder ihrem gestrigen Überraschungstreffen mit Cadan.

Katherines Lächeln wurde breiter. Seit sie am Morgen aus dem Bett gestiegen war, fühlte sie sich einfach nur großartig: erholt, erfrischt und voller Energie.

Der gestrige Abend tat sein Übriges, um dieser Stimmung die Krone aufzusetzen. Mit ihren Einladungen zum Schreibabend im Gepäck bog sie in die Nashville Road ein, in der laut Delila die Doyles wohnten. Anschließend würde sie dann Familie McNair einen Besuch abstatten, deren Haus sich unweit des Golfplatzes an der Carrickbrack Road befand.

Also gut. Dann wollen wir mal.

Katherine wusste selbst nicht recht, warum es ihr so wichtig war, die Zweifel der Dorfbewohner so gut wie möglich zu zerstreuen. Vermutlich würden diese sich früher oder später von selbst auflösen – und wenn nicht, brauchte es sie nicht zu kümmern, solange die Anzahl ihrer Fürsprecher und treuer Büchereibesucher überwog.

Und dennoch waren diese vermeintlich kritischen Stimmen wie ein störender Flicken auf einem sonst so makellosen Mantel.

Vielleicht bin ich auch nur ein bisschen verwöhnt von der ganzen Herzlichkeit um mich herum.

Katherines Handy verkündete ihr, dass sie die gewünschte Adresse erreicht hatte, und setzte ihren mehr oder minder erkenntnisreichen Spekulationen damit ein Ende.

Neugierig betrachtete sie das Haus der Doyles. Es war in einem sanften Rotton gestrichen worden, Tür und Rahmen weiß. Auf Katherine machte es einen skandinavischen Eindruck.

Fehlt nur noch das Reetdach, dachte sie und öffnete die kniehohe Pforte, hinter der ein schmaler, kurzer Weg zum Hauseingang führte. Rechts daneben, unter einem Carport, stand ein Auto mit der Aufschrift eines Dubliner Maklerbüros.

Katherine meinte sich zu erinnern, dass Cynthia einmal etwas in dieser Richtung erwähnt hatte – entweder hatten sie ihren Laden damals über Mrs. Doyle gekauft oder waren auf eine Empfehlung ihrerseits an den Standort gekommen.

Ihr Finger schwebte einen kurzen Moment lang über der Klingel und senkte sich dann darauf hinab.

Aus dem Inneren des Hauses konnte Katherine statt eines Schrillens eine methodische Klangfolge vernehmen, die sich wie ein Fetzen eines klassischen Musikstückes anhörte. Gleich darauf öffnete sich die Tür; so schnell, als hätte jemand allzeit bereit für unangekündigten Besuch dahintergestanden.

Nein, korrigierte Katherine sich in Gedanken, nicht irgendjemand, sondern Mrs. Doyle, die trotz ihrer geringen Körpergröße unsagbar einschüchternd wirkte.

Mit verschränkten Armen stand sie da, der schlanke Körper in einem engen blauen Hosenanzug steckend, der nahelegte, dass sie auch samstags Termine wahrnahm. Ihre blonden Haare waren zu einem Kranz geflochten, ihr Make-up makellos. Katherine schätzte sie auf Mitte vierzig.

»Ja?«, fragte die Irin spitz.

Katherine konnte sich bildhaft vorstellen, wie Mrs. Doyles Kunden unter ihrem stahlgrauen harten Blick zusammenschrumpften.

Die eiserne Maklerin, dachte Katherine albern und unterdrückte ein Glucksen.

»Hallo, Mrs. Doyle. Bitte entschuldigen Sie die Störung. Ich bin Katherine Madigan, die neue Besitzerin der Rainbow-Hearts-Library.« Es lag ihr auf der Zunge, »Fionas Nichte« hinterherzuschieben, doch plötzlich schmerzte diese Vorstellung Katherine zu sehr. Sie hatte die Vergangenheit – und ihre Gefühle für ihre Tante im Allgemeinen – offenbar noch lange nicht ausreichend aufgearbeitet, ja, im Grunde noch nicht einmal richtig damit angefangen.

»Fionas Nichte«, sagte nun Mrs. Doyle an ihrer Stelle, »ich weiß, wer Sie sind.« Ihr Tonfall war abschätzig, doch davon wollte Katherine sich nicht entmutigen lassen.

»Ich wollte Sie gern einladen. Zum gemeinsamen Briefeschreiben in der Rainbow-Hearts-Library.«

Mrs. Doyle sah Katherine mit hochgezogenen Brauen an.

»Warum?«

»Na ja, ich habe Sie bisher noch nicht in der Bücherei gesehen und würde Sie und Ihren Mann gern als neue Leser gewinnen.«

»Führen Sie Buch über Leute, die nicht zu Ihnen kommen, oder woher wissen Sie, wer wir sind und wo wir wohnen?«

Katherine hatte nicht vor zu lügen. »Ich habe gehört, dass Sie nicht so richtig wissen, was Sie von mir als Fionas Nachfolgerin halten sollen.«

»Das stimmt so nicht ganz«, widersprach Mrs. Doyle. Ihre Ohrringe klimperten, als sie den Kopf schüttelte.

»Wir fragen uns nur, ob Sie dem Ganzen gewachsen sind. Sie kommen nicht von hier, Sie sind jung … Vielleicht ist das alles für Sie ja nur ein Experiment. Das ist doch ähnlich wie mit Filmen oder Büchern: Die Fortsetzung wird nie so gut wie der erste Teil. Es gibt nur ein Original, und alles andere ist ein verzweifelter Versuch, es zu kopieren. Dabei kann es nicht besser werden. Es geht nicht.«

Obwohl Mrs. Doyles Worte Katherine durchaus trafen, ließ sie sich von ihnen nicht zu Fall bringen. Denn – und das war deutlich herauszuhören – es lag keine Häme in ihnen. Die Maklerin sprach wie jemand, der schlicht nicht wollte, dass sein Andenken an einen Ort oder eine Person durch etwas Neues verändert wurde.

»Fiona kam auch nicht von hier«, bemerkte Katherine, »und sie war auch jung, als sie hergezogen ist. Außerdem: Wer sagt denn, dass ich besser sein will?«

Kurz schien sie die Maklerin damit aus dem Konzept zu bringen.

»Ich möchte niemanden kopieren«, setzte sie hinzu, »sondern einfach nur ich sein. Katherine. Nicht Fiona oder irgendjemand sonst.« Sie reichte Mrs. Doyle den Umschlag mit der Einladung. »Also? Was meinen Sie? Kommen Sie vorbei und geben mir eine Chance?«

Die Maklerin taxierte Katherine ein paar endlose Sekunden lang, ehe sie den Brief entgegennahm.

»Ich überlege es mir. Aber machen Sie sich keine zu großen Hoffnungen.«

Sie machte auf dem Absatz kehrt, nickte steif und schloss dann ohne ein weiteres Wort die Tür.

Katherine lächelte. Nein, sie würde sich keine zu großen Hoffnungen machen. Und trotzdem fühlte sich dieses kurze Gespräch mit Mrs. Doyle an wie ein kleiner Sieg.

Familie McNair wohnte umgeben von einem so intensiven und pfleglich gestutzten Grün, dass sich kaum ein Unterschied zum Untergrund des benachbarten Golfplatzes erkennen ließ.

Ihr Haus hatte keinen skandinavischen Touch, sondern versprühte mit seiner steinernen Fassade einen durch und durch irischen Charme, den Katherine als ganz besonders einladend empfand.

Die Tür des Cottages schwang auf, noch bevor sie Gelegenheit hatte zu klingeln. Ein Mann in den Fünfzigern mit freundlichem Gesicht, feuerrotem dichtem Bart und dazu im Kontrast stehender spärlicher Haarpracht erschien im Hauseingang.

»Ich habe Sie kommen sehen. Küchenfenster-Spionage.« Er lachte. »Eigentlich warte ich gerade auf meine Frau. Ich habe nur ge-guckt, wo sie bleibt«, schob er hinterher. »Was kann ich für Sie tun?«

Katherine erwiderte sein Lächeln. »Hallo, Mr. McNair. Ich bin Katherine Madigan, die neue Besitzerin der Rainbow-Hearts-Libra-ry. Ich wollte Sie und Ihre Frau gern zum gemeinsamen Briefe-schreiben einladen.«

Mr. McNair sah nun plötzlich gar nicht mehr so fröhlich aus.

»Oh. Miss Madigan. Danke, das ist nett, aber ich glaube, wir ver-zichten lieber.« Er rang nervös die Hände.

»Schade«, sagte Katherine und meinte es auch so.

»Ich kann mir vorstellen, dass so etwas hier schnell die Runde macht, deswegen haben Sie bestimmt schon davon gehört, dass wir ... na ja ... keine allzu großen Fans dieser Wiedereröffnung sind.« Die Wangen des Mannes nahmen einen Hauch von Rosa an. Ihm war deutlich anzumerken, dass er – im Gegensatz zu Mrs. Doy-le – eher ein konfliktscheuer Typ war.

»Ja«, gab Katherine zu, »deswegen bin ich hier. Darf ich fragen, wieso das so ist?«

»Oh ... also. Es hängen einfach zu viele Erinnerungen an der Bücherei.« Er lachte aufgesetzt und machte eine wegwerfende Hand-bewegung. »Meine Frau sollte besser nicht ...« Er sah sich zu allen Seiten um, senkte dramatisch die Stimme und fuhr dann im Flüster-ton fort: »Sie sollte lieber nicht dorthin gehen. Das tut ihr nicht gut.«

Irritiert sah Katherine ihn an. Sie hatte bei den McNairs mit ähnlichen Beweggründen wie bei den Doyles gerechnet, doch offen-bar war hier etwas vorgefallen. Katherine konnte nicht umhin, bei Mr. McNairs Wortwahl umgehend an eine Affäre zu denken, die er gegebenenfalls mit Fiona gehabt haben könnte. Im selben Atemzug beschlich sie deswegen jedoch ein schlechtes Gewissen.

Sie zügelte ihr Bedürfnis, in dieser Sache weiter nachzuhaken, und ließ es mit einem gemurmelten »Verstehe« bewenden.

Unübersehbar erleichtert, dass das heikle Gespräch vorbei war, atmete Mr. McNair auf. Sein Gesicht war wieder so offen und freundlich wie eben, als er ihr die Tür geöffnet hatte.

»Ich wünsche Ihnen trotzdem viel Erfolg mit der Bücherei und noch einen schönen Tag, Miss. Und richten Sie Mr. Flanagan gern aus, dass meine Mutter sich sehr über seinen Fotokalender gefreut hat. Entschuldigung, wenn das jetzt vielleicht ein bisschen dreist rüberkommt, aber ich habe sie beide vor ein paar Tagen zusammen am Hafen gesehen und gedacht, sie stehen vielleicht in Kontakt. Natürlich kann ich ihm das auch selbst sagen, ich wollte nicht –«

»Nein, unterbrach Katherine ihn, »schon gut. Kein Problem, wirklich. Ich sage es ihm gern.«

»Danke. Oh, und wo wir schon dabei sind: Auch das geht mich nichts an, aber vielleicht könnten Sie ihm ja vorsichtig nahelegen, dass er sich bei seinem alten Herrn melden soll.«

Katherine runzelte die Stirn. Der Themenschwenk schien Mr. McNair überaus redselig werden zu lassen. Aufgeregt wartete sie darauf, dass er weitersprach.

»Ich war gerade erst bei den Maynards, seinen Nachbarn von früher, und die sagen, dass Shane wirklich abgebaut hat. Ich meine … ich weiß ja, dass das Verhältnis zwischen Cadan und seinem Vater nicht unbedingt das beste ist. Aber vielleicht wäre jetzt ein guter Zeitpunkt, noch mal mit allem aufzuräumen, bevor … na ja, Sie wissen schon.«

Shane.

Das also war der Name seines Vaters.

Aus Cadans kurzem Brief an Rae war hervorgegangen, dass das Oberhaupt der Familie Flanagan ihn früher verprügelt und einen eindeutigen Liebling unter den Brüdern gehabt hatte.

Katherine fiel auf, dass ihr gar nicht in den Sinn gekommen war, Shane könnte noch am Leben sein.

»Was ist zwischen den beiden passiert?«, fragte sie, ehe sie sich zurückhalten konnte. Zwar war ihr nicht wohl dabei, hinter Cadans Rücken Informationen über ihn einzuholen, doch begegnete sie gerade offenbar dem ersten Menschen in ganz Howth, der etwas über seine Familiengeschichte zu wissen schien.

Wenn Mr. McNair es seltsam fand, dass seine unangekündigte Besucherin ihm eine solche Frage stellte, so ließ er es sich zumindest nicht anmerken.

»Nun ja. Shane ist ein ziemlich harter Hund. Jemand, der über andere nur selten ein gutes Wort verliert. Auch seine Kinder bilden da keine große Ausnahme. Ich weiß nur, dass er zerbrochen ist, als Rae starb, Cadans Bruder. Und dass er Cadan dafür verantwortlich gemacht hat, jedenfalls indirekt. Aber was genau da vorgefallen ist ... Tut mir leid, Miss, da habe ich absolut keine Ahnung.«

Katherine lief es eiskalt den Rücken herunter.

Über die Umstände zu Raes Tod hatte Cadan in seinem Brief geschwiegen. Was auch immer jedoch passiert war, musste schwer auf seinen Schultern lasten. Vor allem, wenn Schuldzuweisungen durch seinen Vater im Raum standen.

Sie nahm sich fest vor, Cadan bei ihrem nächsten Aufeinandertreffen eingehend dazu zu befragen. Vielleicht tat es ihm am Ende gut, wenn er über das sprechen konnte, was er so sorgsam unter Verschluss hielt.

Sie würde ihm unmissverständlich zu verstehen geben, dass sie ein offenes Ohr für ihn hatte.

»Danke, Mr. McNair. Tut mir leid, wenn ich gerade ein bisschen unverschämt war. Ich möchte nur ... verstehen.«

Er schüttelte hastig den Kopf. »Das waren Sie nicht. Und wenn doch, dann war ich es auch, also hält es sich doch die Waage.« Er zwinkerte.

»Gut.« Katherine lächelte matt. »Dann wünsche ich Ihnen noch einen schönen Tag. Grüßen Sie Ihre Frau von mir und denken Sie daran, dass Sie in der Rainbow-Hearts-Library jederzeit willkommen sind.«

Den Umschlag mit der Einladung zum Schreibabend überreichte sie Mr. McNair trotzdem, auch wenn sie ziemlich sicher war, dass diese in nicht allzu ferner Zukunft in der Papiertonne landen würde.

Dennoch hatte sie auf dem Nachhauseweg das Gefühl, an diesem Vormittag deutlich weitergekommen und um ein paar wichtige Erkenntnisse reicher geworden zu sein.

Unter anderem um jene, dass sie weitere Treffen mit Cadan nicht mehr dem Zufall überlassen wollte.

Katherine tastete in ihrer Handtasche nach ihrem Handy, holte es heraus und erweckte das Display mit einer Berührung ihres Fingers zum Leben.

Seine Nummer hatte sie sich noch gestern eingespeichert, kaum dass sie die Tür hinter ihm geschlossen hatte.

Das Bedürfnis, ihm sofort zu schreiben, war groß gewesen, doch sie hatte die Magie, die so leicht und leise zwischen ihnen geboren worden war, in ihrem Rohzustand beibehalten wollen.

Nun jedoch öffnete sie das Textfeld für einen neuen Chat, tippte auf Cadans Namen und schrieb eine Nachricht:

> Hi Cay. Ich habe deine Handynummer gefunden. Hast du dir schon überlegt, ob du am Freitag kommen möchtest? Mein Angebot, dir einen Platz zu reservieren, steht. Außerdem möchte ich mich gern für die Pizza revanchieren. Wenn du also noch nichts vorhast, bist du im Anschluss an die Veranstaltung herzlich zu Wein und einem Gericht eingeladen, das du gerne isst. Laut Faktencheck müssten das Meeresfrüchte sein, stimmt's? Grüße, Kate

Seine Antwort ließ nicht lange auf sich warten.

> Hi Kate. Wie schön, dass meine Nummer es in dein Adressbuch geschafft hat. Ich gebe zu, ich war wegen Freitag noch unentschlossen, aber diese Pizza-Revanche-Sache macht es quasi unmöglich, nicht zu kommen. Davon abgesehen ist die Aussicht darauf, dich wiederzusehen, auch nicht schlecht. Bis dahin, Cay

Katherine schmunzelte.

Nein, dachte sie und merkte, wie ihr Gang noch leichter, noch federnder wurde. Die Aussicht darauf, dass sie einander wiedersahen und womöglich so nahekamen, wie es gestern der Fall gewesen war, war wirklich alles andere als schlecht.

Kapitel 25

Auch die zweite Arbeitswoche in der Rainbow-Hearts-Library flog mit mächtigen Schwingen dahin.

In der Bücherei schien die Zeit wahrhaftig ihren eigenen Gesetzen zu folgen: Stunden fühlten sich wie Minuten an, die sich zwischen den geheimnisträchtigen Seiten der Bücher dann wiederum zu herrlichen Ewigkeiten ausdehnten.

Und obwohl sie neben dem aus Verkäufen, Ausleihen, Rückgaben und Gesprächen bestehenden Tagesgeschehen hellauf mit den Vorbereitungen für den Schreibabend beschäftigt war (die Teilnehmerliste hatte sich schnell gefüllt), fand Katherine immer wieder Gelegenheit, über Mr. McNairs Worte bezüglich Cadans Vater nachzugrübeln.

Je intensiver Katherine sich mit der verstrickten Familiengeschichte Cadans auseinandersetzte, desto mehr rückte auch ihre eigene in den Fokus ihrer Gedanken. Das war angesichts des vor der Tür stehenden Freitags sicher nicht ungewöhnlich. Immerhin musste auch Katherine sich überlegen, an wen sie ihren Brief verfassen wollte.

Und so entstiegen den verborgensten Kammern ihres Herzens immer mehr Erinnerungen an jene Menschen, die sie gleichermaßen geliebt und verletzt hatten.

Katherine dachte abwechselnd an Fiona, ihren Vater und ihre Mutter und spürte deutlich, wie ihre Stimmung allmählich ein wenig trüber wurde. Seit sie das Haus bezogen und es mit Mr. Donnelly ausgiebig dekoriert hatte, waren die Geister der Vergangenheit gnädig gestimmt gewesen. Nun fanden sie allmählich zu ihrer alten Größe zurück.

Vermutlich war es nun an der Zeit, sich diesen Geistern zu stellen, anstatt zu versuchen, sie aufs Neue wegzusperren.

Luca hatte sie während ihres letzten Telefongesprächs ebenfalls darin bestärkt. »Lauf nicht mehr vor dem weg, was mal war, Kate. Fiona ist zwar tot, aber du hast immer noch die Möglichkeit, sie anzuhören. Lass sie durch andere sprechen. Stell deine Fragen und lass raus, was dich bewegt.«

Ob Katherine den Mut aufbrachte, ihre Fragen zu stellen, wusste sie noch nicht. Doch ihre Gedanken ordnen und herauslassen, schien ihr ein erster, wichtiger Schritt zu sein, den sie mithilfe des Schreibabends noch heute tun konnte.

Von der Seele aufs Papier. So stand es auf dem Aushang.

*

»Dreizehn Anmeldungen«, freute sich Mr. Donnelly am Freitagabend. Es war 17 Uhr. Bereits in einer Stunde würde die Rainbow-Hearts-Library von dem Geräusch kratzender Stifte erfüllt sein. Der alte Mann saß ihr gegenüber am Küchentisch und studierte die Liste, die sie ihm auf Nachfrage neben seinen eben noch üppig gefüllten Teller mit Spaghetti Frutti di Mare gelegt hatte, deren Volumen stetig abnahm. Offenbar schmeckte es ihm.

»Ja«, sagte Katherine, »ich freue mich. Mit so vielen Leuten habe ich gar nicht gerechnet.«

Sie war in der Tat aufrichtig überrascht gewesen, wie viele Männer und Frauen Teil der noch so neuen Veranstaltung sein wollten. Fast hatte sie erwartet, am ersten Abend dieser Art mit Cadan und Mr. Donnelly allein zu sein. Doch hatten sich neben den beiden noch Roxanne, Mrs. Seymour, Sophie sowie ein paar Katherine bisher gänzlich unbekannte Menschen angemeldet, die ähnlich wie die

Doyles und die McNairs nicht bei der Feier gewesen waren. Allerdings war jeder von ihnen Katherine gegenüber bei der Anmeldung offen und freundlich gewesen – bis auf eine junge Frau besaßen außerdem alle einen Mitgliedsausweis für die Bücherei, den sie sich zu Fionas Lebzeiten hatten ausstellen lassen.

»Meredith, Natalie, William, Brooke, Nathaniel, Emma, Marianne, Dean, Liam ...«, las Mr. Donnelly vor und sah Katherine glücklich an. »Allesamt Menschen, mit denen man gern zusammen ist. Ich bin gespannt auf ihre Geschichten.«

Katherine gab einen zustimmenden Laut von sich und nippte an ihrem Tee. Auch sie freute sich, trotz zunehmender Aufregung wegen ihres Vergangenheitsgeister-Konfrontationsplans, auf das gemeinschaftliche Schreiben. Vor allem aber auf jenen Mann, dessen Lächeln ihr nicht mehr aus dem Kopf ging.

Noch am frühen Morgen hatte sie auf dem Markt für das Abendessen eingekauft, das sie Cadan später servieren wollte und von dem sie für Mr. Donnelly mitgekocht hatte. Der alte Mann leistete ihr bereits seit dem frühen Nachmittag Gesellschaft. Gemeinsam hatten sie nach Ladenschluss Kaffee aufgebrüht und in Thermoskannen gefüllt, Keksteller befüllt, einen Stuhlkreis aufgebaut und Briefpapier bereitgelegt.

»Ivy, Brianna und Terry lassen übrigens ausrichten, dass sie nächstes Mal gern mit von der Partie sind. Heute veranstalten sie ein Rommé-Turnier.«

Katherine nickte. »Ja, das sagten sie. Ich habe Ivy am Dienstag getroffen.«

»Ach, dann weißt du ja Bescheid.« Mr. Donnelly manövrierte sich eine weitere Gabel Nudeln in den Mund und tupfte sich das Kinn dann mit einer Serviette ab. »Wie schön, dass dein Freund auch dabei ist.«

Katherine verschluckte sich beinahe an ihrem Tee.

»Cadan? Er ist nicht mein Freund.« Sie merkte, wie ihr Kopf heiß wurde. »Aber ja, ich freue mich auch, dass er kommt.«

Wenn er es denn wirklich tat, dachte sie nervös.

Immerhin hatte er gestern nichts mehr von sich hören lassen.

In seiner letzten Nachricht hatte er ihr geschrieben, dass er länger arbeiten müsse, aber alles daransetzen würde, sich zu beeilen.

Jetzt mach dich nicht verrückt. Er hätte sich ganz sicher abgemeldet, wenn er es nicht schaffen würde.

»Oh, tut mir leid, Katherine. Ich wollte nicht unhöflich sein. Ich dachte nur …« Er zuckte die Achseln und grinste plötzlich schuljungenhaft. »Ich dachte nur, dass da etwas sein könnte. Gestern habe ich Mr. Flanagan beim Einkaufen getroffen. Er hat gesagt, ich soll dich schön grüßen, weil wir uns ja wahrscheinlich schon früher sehen würden.«

Katherine hob die Brauen. »Nichts für ungut, Doran, aber nur, weil man jemanden grüßt, ist man noch lange nicht verliebt in jemanden.«

Der alte Mann lachte. »Aber nein, das ist ja auch noch nicht alles. Weißt du, als er das sagte, hatte er so ein Glitzern in den Augen … Eines, das nur in einem verzauberten Herzen geboren werden kann. Ich weiß, wovon ich rede. So ein Glitzern habe ich auch einmal im Blick getragen. Damals, als ich meine Frau kennen- und lieben gelernt habe.«

Ein Glitzern, das nur in einem verzauberten Herzen geboren werden konnte.

Mr. Donnellys Worte hinterließen eine Gänsehaut auf ihren Armen. Ob er es in ihren Augen auch erkennen konnte?

Der alte Mann nickte. Zum wiederholten Male fragte Katherine sich, ob er wohl Gedanken lesen konnte.

»Du hast es auch, Katherine. Du hast es auch.«

Kapitel 26

Die Luft war durchsetzt von schweren Parfums und dem aromatischen Geruch nach Kaffee.

Pünktlich um 18 Uhr hatten sich alle Teilnehmer des Schreibabends in der Rainbow-Hearts-Library eingefunden und beherzt zu den Tassen gegriffen, die Katherine ihnen anbot – alle bis auf Cadan. Immer wieder sah Katherine auf ihr Handy, ob er geschrieben hatte, doch das Nachrichtensymbol blieb blass.

Er verspätet sich nur, tröstete Katherine sich und versuchte sich wieder auf das Hier und Jetzt zu konzentrieren.

Auf die vielen Gesichter, die vor freudiger Erwartung glühten, und die netten Worte, die die Anwesenden untereinander tauschten.

Mrs. Seymour, Roxanne und Sophie erleichterten Katherine ihre Ablenkungsversuche zusätzlich, indem sie Katherine auf den neuesten Stand ihres eigenen Ladenalltags brachten: Roxanne hatte eine unschöne Auseinandersetzung mit einem Kunden gehabt, Sophie hingegen einen Urlauber aus Spanien kennengelernt, mit dem sie sich am morgigen Abend auf einen Drink verabredet hatte. Und Mrs. Seymour war das Kunststück gelungen, in ihrem Geschäft auf einem Gartenschlauch auszurutschen – glücklicherweise hatte das Hochbeet neben dem Eingang ihr eine weiche Landung beschert.

Wieder einmal stellte Katherine fest, wie erfrischend unterschiedlich die drei Frauen waren.

Überhaupt fand sie, dass ihre Gäste eine wunderbar bunte Mischung aus Alt und Jung, quirlig und zurückhaltend, leise und laut waren. In ihrer Kleidung unterschieden sie sich ebenso wie in ihrem Wesen; ein paar hatten den Schreibabend zum Anlass genommen, sich ordentlich herauszuputzen. Andere waren leger oder sogar erheiternd chaotisch unterwegs.

»Ich würde gern mit einer kleinen Vorstellungsrunde anfangen, damit wir uns alle zuerst ein bisschen kennenlernen«, sagte Katherine, nachdem sie jeden mit Kaffee, kalten Getränken und Knabberzeug versorgt sah. »Obwohl ich wahrscheinlich die Einzige bin, die davon profitiert, oder?« Sie lachte. Immerhin war es mehr als wahrscheinlich, dass der Rest der Teilnehmer sich untereinander bereits kannte. Die vertraute Art, in der sie miteinander redeten und scherzten, unterstrich diese Annahme.

Eine Viertelstunde später wusste auch Katherine zumindest grob über ihre Besucher Bescheid: Nathaniel arbeitete als Elektrotechniker in Dublin. Meredith, eine bemerkenswert hübsche Frau mittleren Alters, modelte hauptberuflich. Emma und Liam waren ein Paar und hatten sich bei ihrem laufenden Anglistikstudium kennengelernt. Dean war ein befreundeter Literaturliebhaber des Paares, Marianne eine für ihr hohes Alter erstaunlich fitte ehemalige Briefträgerin. Brooke und William stellten sich als zugezogene Eheleute vor, Natalie als junge Mutter, die als Illustratorin tätig war.

Ausnahmslos alle Gäste strahlten eine herrliche Wärme aus, die sie augenblicklich sympathisch machte.

»Es freut mich sehr, dass ihr gekommen seid«, sagte Katherine, nachdem alle ihren Kaffee ausgetrunken und auf ihren Stühlen Platz genommen hatten. Obwohl sie normalerweise auch vor kleineren Gruppen ungern sprach, war sie in Gegenwart der Anwesenden beinahe tiefenentspannt – beinahe nur deshalb, weil Cadan noch immer auf sich warten ließ.

»Ich werde gleich einen Stapel Klemmbretter herumreichen, von dem sich jeder eines als Unterlage für das Briefpapier nehmen kann. Wenn jemand seinen Stift vergessen haben sollte, kann ich aushel-

fen, ich habe hier noch welche in Reserve. Außerdem dachte ich –«
Katherine hielt inne, als sie bemerkte, dass die Aufmerksamkeit ihrer Zuhörer sich auf etwas richtete, das hinter ihr war. Gleich darauf hörte sie, wie die Tür der Rainbow-Hearts-Library aufschwang, und spürte kurz darauf einen Luftzug im Nacken.

»Hallo, zusammen.«

Katherine wirbelte auf ihrem Stuhl so schnell herum, dass sie beinahe vom Polster rutschte.

Ein verschämtes Lächeln auf den Lippen und eine rote Rose in der Hand, stand Cadan da. Unter seinem engen schwarzen Hemd hob und senkte sich seine Brust merklich. Offenbar hatte er sich wirklich beeilt.

Katherine hatte den Eindruck, ziemlich albern zu grinsen. Sie war längst nicht mehr Herrin über ihre Mundwinkel.

»Entschuldigt die Verspätung.« Er sah kurz in die Runde und dann wieder zu Katherine. Mit der einen Hand fuhr er sich durch das dichte braune Haar, mit der anderen streckte er ihr die Rose entgegen. »Ich bin zwar keine Nachtigall, aber ich dachte, du freust dich vielleicht trotzdem darüber.«

Die Nachtigall und die Rose.

Ein Kribbeln erfüllte ihren Körper und drang bis tief in ihr Innerstes vor. Katherine war so gerührt, dass ihr die Tränen in die Augen schossen.

Eilig schluckte sie den Kloß, der sich in ihrem Hals gebildet hatte, hinunter.

»Das tue ich auf jeden Fall«, sagte sie und hoffte, dass ihre Stimme dabei nicht allzu belegt klang.

Mein Gott, was boten sie den anderen Gästen gerade nur für eine Show?

Sophie schien dasselbe zu denken. Grinsend und mit auf und ab wippenden Augenbrauen sah sie Katherine an.

»Danke, Cadan. Ich werde die Rose nur schnell …«

»Oh, lass nur. Das erledige ich, meine Liebe.« Mr. Donnelly sprang von seinem Stuhl auf, nahm Katherine die Blume sanft aus der Hand und verschwand in der Zwischentür.

Cadan hatte derweil auf dem Stuhl schräg gegenüber von Katherine Platz genommen, den sie für ihn frei gelassen hatte.

»Ähm ... Ja. Dann reiche ich jetzt mal die Bretter herum.« Katherine teilte die Materialien aus und versuchte währenddessen sich notdürftig zu sammeln. Cadan hatte sie mit seinem Rosen-Auftritt derart aus dem Konzept gebracht, dass ihr Kopf sich plötzlich anfühlte, als wäre er mit Watte ausgestopft. Der Gedanke daran, später mit ihm allein zu sein, verschlimmerte diesen Zustand nur noch.

»Ich würde sagen, dann fangen wir einfach an«, fuhr sie fort, als Mr. Donnelly wieder zurück war. »Schreiben wir alles auf, was wir loswerden möchten. Alles, was uns gerade bewegt. Egal, was. Bis – sagen wir – Viertel vor? Danach können diejenigen, die möchten, ihre Briefe vorlesen.«

Zustimmendes Gemurmel erhob sich.

»Gut«, sagte Katherine zufrieden, »dann geht es jetzt los.«

Während einige Teilnehmer sich sofort daran machten, das leere Papier auf ihrem Schoß mit Wörtern zu füllen, sahen sich andere verschämt um, kauten gedankenverloren an den Kappen ihrer Stifte oder schienen auf dem Grund ihrer Gläser und Kaffeetassen nach den Antworten auf unausgesprochene Fragen zu suchen.

Auch Cadan setzte seinen Kugelschreiber immer wieder auf dem Papier an, zog ihn jedoch ebenso häufig wieder zurück.

Hin und wieder fing er Katherines Blick auf und lächelte.

Verflucht, sie konnte einfach nicht anders, als ihn anzusehen.

Wie er so da saß – dieser große, muskulöse Mann, der sich über einen Bogen Briefpapier beugte und die Stirn in Falten legte –, war er so unsagbar attraktiv, dass Katherine unter ihrer Bluse ganz warm wurde.

Sich räuspernd, widmete auch sie sich endlich dem Blatt Papier auf ihrem Schoß.

Unter der Oberfläche der kribbelnden Nervosität, die Cadans Auftauchen in ihr ausgelöst hatte, lauerten die hungrigen Gedanken an ihren Vater und Fiona.

An wen von beiden sollte sie ihren Brief richten? Und war sie überhaupt schon bereit dafür, all ihre jahrelang verdrängten Gefühle in Worte zu verpacken? Oder mussten sie erst noch reifen, um von dem Stift in Katherines Hand geerntet werden zu können?

Für einen kurzen Moment schloss sie die Augen. Ließ die Bilder zu, die der Dunkelheit entstiegen und gefährlich nahe über ihrem Herzen tanzten. Dann nahm sie all ihren Mut zusammen und begann zu schreiben.

Lieber Papa,

du fehlst. So lange schon, dass ich manchmal nicht einmal mehr weiß, wie deine Stimme geklungen oder wie dein Parfum gerochen hat. Die Erinnerungen verblassen – auch die schönen. Nein, vor allem die schönen. Sie sind da, keine Frage, aber sie sind unscharf. Vielleicht, weil ich sie zu selten an die Oberfläche hole. Ich würde das gern ändern, Papa, aber da ist etwas, das es mir schwer macht, das Schöne zu sehen. Du weißt, wovon ich schreibe, stimmt's?

Ich bereue es, nie versucht zu haben zu verstehen, warum du Mum und mir so wehgetan hast. Warum ihr uns wehgetan habt. Ihr beide, Fiona und du.

Ich glaube, ich war zu jung und zu feige. Vielleicht würde ich jetzt mehr verstehen. Vielleicht auch nicht. Aber auf jeden Fall würde ich zuhören.

In Liebe

K.

Katherine starrte auf das von ihr beschriebene Papier und strich sanft darüber. Die Worte, die trotz anfänglicher Hemmungen nun geradezu aus ihr herausgesprudelt waren, übten eine beinahe hypnotische Wirkung auf sie aus.

»Es ist so weit, Katherine«, flüsterte Mr. Donnelly neben ihr. »Viertel vor.« Seine raue Hand tätschelte die ihre.

»Oh?« Überrascht löste Katherine den Blick von ihrem Brief und sah zur Wanduhr hinüber, deren Zeiger plötzlich ein Eigenleben entwickelt zu haben schienen.

Noch zittrig von der ungewohnt intensiven Auseinandersetzung mit ihren Gedanken, faltete sie ihren Briefbogen in der Mitte. Nun, da die Sätze nicht mehr nackt und schutzlos vor ihr lagen, fühlte sie sich augenblicklich weniger verletzlich.

»Also dann«, sagte sie lächelnd in die Runde, »das ging schnell, oder? Wenn alle bereit sind, würde ich sagen, wir beginnen mit dem Austausch. Es sei denn, jemand benötigt noch etwas mehr Zeit?«

Kollektives Kopfschütteln signalisierte Katherine, dass sie fortfahren konnte.

»Okay. Am besten atmen wir alle noch ein paarmal tief durch. Immerhin war das ganz schön aufwühlend – jedenfalls für mich.«

In den Gesichtern der Teilnehmer konnte sie lesen, dass es ihnen ebenso erging wie ihr selbst. Einzig Cadans hellbraune Augen waren frei vom Dunst der Vergangenheit.

Er bemerkte, dass Katherine ihn ansah, und zog entschuldigend die Schultern in die Höhe.

Lautlos formten seine Lippen das Wort »Nichts« – und tatsächlich: Das Blatt Papier auf seinem Schoß war weiß geblieben.

Katherine wischte die leise Enttäuschung, die sie deswegen empfand, beiseite. Cadan würde seine Gründe haben.

Vielleicht ergab sich ja später noch die Gelegenheit, über das zu sprechen, was zu schreiben er am Ende nicht über sich gebracht hatte.

»Okay. Also, fühlt euch auf keinen Fall genötigt vorzulesen, wenn ihr nicht wollt. Wer seinen Brief einfach nur verstecken möchte, kann das gleich tun und muss auch kein schlechtes Gewissen deswegen haben.«

Die Teilnehmer nickten.

»Alles klar. Möchte jemand den Anfang machen? Oder, wenn ihm das zu intim ist, einfach nur kurz berichten, an wen er geschrieben hat?«

Marianne, die ehemalige Briefträgerin, hob schüchtern die Hand.

»Sehr gern«, ermunterte Katherine sie.

»Vorlesen möchte ich nicht unbedingt. Ich habe an meine Jugendliebe geschrieben. Mich für etwas entschuldigt, das ich damals getan habe und das mir auch heute, so viele Jahre später, noch fürchterlich leidtut.«

»Ich habe mich auch bei jemandem entschuldigt, den ich einmal sehr geliebt habe«, räumte Emma leise ein, »das erfordert wirklich viel Mut.«

Marianne lächelte. »Ja, das tut es.«

Nun, da der Anfang gemacht war, wagten sich immer mehr Teilnehmer an das Erzählen über ihre Briefe oder sogar das Vorlesen heran.

Zwei von ihnen jedoch, Natalie und Roxanne, äußerten den Wunsch, Katherine und Mr. Donnelly im Stillen über ihre Zeilen schauen zu lassen.

Ergriffen von dieser Bitte, rückten sie mit ihren Stühlen dicht zusammen und beugten sich gemeinsam über das bunte Papier. Zuerst lasen sie Natalies Brief: »Liebe Mum, Tom hat gestern gesagt: ›Grandma Lily ist nicht im Himmel, sie war immer lieber dort, wo wenige Menschen sind.‹ Weißt du was? Das erste Mal, seitdem du uns verlassen hast, konnte ich lachen. Manchmal denke ich, dein kleiner Enkel hat dich am besten von uns allen gekannt. Er sieht uns schräg an, Manuel und mich, wenn ein Stern besonders hell leuchtet und wir dir ›Grandma Lily schaut auf uns herab‹ zumurmeln. Tom ist der festen Überzeugung, dass du irgendwo auf einer einsamen Wiese bist, auf der dir höchstens einmal ein Schaf begegnet. Er sagt, dass du von dort aus das Meer und den Leuchtturm sehen kannst und dass du endlich glücklich bist. Endlich glücklich. Das zu hören hat wehgetan, weil es so wahr ist. Du hast so viel Zeit damit verbracht, die Schemen längst vergangener Sommer zu jagen, dass du darüber das Hier und Jetzt vergessen hast. Mum, wenn dein Kummer mich eines gelehrt hat, dann, dass es gefährlich ist, immer nur zurückzuschauen, auch wenn der Blick über die Schulter noch so berauschend ist. Denn irgendwann verfängt er sich in den klebrigen Netzen des Gewesenen. Macht ein Nach-vorne-Schauen unmöglich und hüllt das Herz in eine falsche Realität. Ich liebe dich, Nat.«

Natalies Zeilen hatten sich auf direktem Wege in Katherines Herz geschlichen. Sie konnte den kleinen Tom bildhaft vor sich sehen. Ein Junge mit einer eigenen, wundervollen Vorstellung davon, wo geliebte Menschen nach dem Tod hingingen.

Sie tauschte einen ergriffenen Blick mit Mr. Donnelly.

Dann war Roxannes Brief an der Reihe:

»Hallo J., genau vier Jahre nach unserer Trennung kann ich heute endlich wieder sagen: Ich bin glücklich. So unendlich, unsagbar glücklich. Damals habe ich es für ausgeschlossen gehalten, noch einmal lieben zu können. Die Vorstellung, mein Herz ein zweites Mal in fremde Hände zu geben, hat mich so erschreckt, dass ich mir sicher war, den Rest meines Lebens mit mir allein verbringen zu müssen. Vor ein paar Wochen erst durfte ich feststellen, dass ich mich getäuscht hatte. So gründlich wie noch nie zuvor in meinem Leben. Ich habe mich verliebt, J., so sehr, dass nichts mehr von dem Schmerz übrig ist, der mich hat denken lassen, in ihm ertrinken zu müssen. Ich kann dir verzeihen. Endlich, endlich kann ich dir verzeihen. Und dir ganz aufrichtig wünschen, dass auch du eines Tages fühlst, was ich nun fühlen darf. Alles Liebe, Roxanne.«

Katherine lehnte sich in ihrem Stuhl zurück. Neben ihr ließ Mr. Donnelly sein Monokel, mit dessen Hilfe er gelesen hatte, in der Tasche seines Hemdes verschwinden und räusperte sich leise. Katherine vermutete, dass er ganz ähnlich fühlte wie sie: Als wäre ihre Seele von dieser einzigartigen, persönlichen Wortmagie brachgelegt worden. Dass Natalie und Roxanne diese intimen, beide auf ihre Art schönen Gedanken mit ihnen geteilt hatten, war etwas, von dem Katherine sicher war, dass sie es niemals vergessen würde. Zu Tränen gerührt, gab sie den Frauen ihre Briefe zurück und drückte ihre Hände.

»Vielen Dank für euren Mut und euer Vertrauen«, sagte sie inbrünstig, nachdem sie wieder auf ihrem Stuhl Platz genommen hatte. »Ihr könnt eure Briefe jetzt in einem Buch eurer Wahl verstecken. Nehmt euch die Zeit, die ihr braucht.«

Nach und nach verschwanden die Teilnehmer zwischen den Regalen, um Fionas Bücher mit neuen Geheimnissen zu füttern.

»Weißt du was?«, flüsterte Mr. Donnelly neben ihr, »wenn deine Tante das hier sehen könnte, wäre sie wahnsinnig stolz auf dich.«

Kapitel 27

»Das war so viel schöner, als ich es mir je hätte ausmalen können«, sagte Katherine eine Stunde später zufrieden, während sie die Türen der Rainbow-Hearts-Library von innen verschloss.

Bis auf Cadan hatten sich alle Teilnehmer des Schreibabends verabschiedet und den Weg nach Hause angetreten – nicht, ohne sich herzlich bei ihr für die Veranstaltung zu bedanken.

Nun war sie allein mit jenem Mann, der ihr ein Foto, eine Pizza und eine Rose geschenkt hatte. Allein mit dem Mann, dessen bloße Anwesenheit ihr die Knie weich werden ließ.

»Na, wenn das mal kein erfolgreicher Abend war. Ich glaube, du kannst damit rechnen, dass die Anmeldeliste für die nächste Veranstaltung am Montagmorgen schon voll sein wird«, orakelte Cadan, während er begann, die Stühle zu stapeln und sie zurück an die Wand zu stellen.

Katherine lächelte ihn an. »Meinst du? Komm, wir müssen jetzt nicht mehr aufräumen. Das erledige ich morgen. Lass uns rübergehen, ich mache uns das Essen warm.«

Cadan bekam große Augen. »Du hast wirklich für mich gekocht?«

»Ja. Schon vergessen, was ich dir geschrieben habe? Ich musste mich doch für die Pizza revanchieren.«

»Wow.« Er sah ehrlich überrascht aus. »Vielen Dank, Kate. Ich bin gespannt.«

Gemeinsam gingen sie in die Küche. Katherines flatternde Nerven wollten sich einfach nicht beruhigen. Cadans Duft, seine Nähe ... All das machte sie ganz kribbelig. Während sie den Topf auf den Herd stellte und frenetisch darin herumrührte, redete sie ohne Punkt und Komma auf ihn ein, um ja keine Stille aufkommen zu lassen. Denn wenn es ruhig zwischen ihnen wurde, das wusste Katherine mittlerweile, hatten die Funken Gelegenheit, ungestört zu sprühen.

»Das riecht so was von gut«, unterbrach Cadan ihre ausführliche Stellungnahme zur am Morgen online gegangenen Langzeitwettervorhersage. »Sag mir nicht, du hast extra Meeresfrüchte für mich eingekauft?«

Katherine warf ihm über die Schulter einen frechen »Wer-weiß-das-schon«-Blick zu, ehe sie sich daranmachte, zwei Teller zu befüllen.

»O mein Gott«, sagte Cadan, als sie diese auf dem Tisch abstellte, »du *hast*. Frutti di Mare. Du bist ziemlich großartig, weißt du das eigentlich?«

Mit heißen Wangen, von denen sie allmählich glaubte, dass diese untrennbar mit Cadans Anwesenheit verknüpft waren, ging sie zum Kühlschrank, um den Weißwein zu holen.

»Dasselbe könnte ich über dich sagen.« Katherine nickte in Richtung der Rose, die Mr. Donnelly in eine Vase gestellt hatte.

»Ich ... ich habe mich wirklich gefreut.«

Cadan lächelte. »Dann habe ich mein Ziel ja erreicht. Die Farbe stimmt auch?«

»Die Farbe?«

»Ja. Könnte ja sein, dass Rot nicht dein Fall ist.«

Katherine grinste. »Rot ist toll.«

»Uff, da höre ich etwas raus. Ein ›Aber‹. Na, welche findest du schöner?«

»Weiß«, gestand Katherine, »aber das macht für mich gerade absolut keinen Unterschied.«

Sie prosteten einander mit den Weingläsern zu und begannen zu essen. Während Katherines Magen ihr schon bald zu verstehen gab, dass er zu nervös war, um einer solch großen Portion Spaghetti Herr zu werden, leerte Cadan seinen Teller vollständig. Glücklich darüber, dass es ihm offenbar geschmeckt hatte, wollte sie den Tisch abräumen, doch Cadan ließ ein empörtes »Hey« verlauten.

Belustigt sah Katherine ihn an. »Stimmt was nicht?«

»Ja. Wer kocht, muss nicht aufräumen. Ich erledige das.«

Er verstaute das dreckige Geschirr in der Spülmaschine und holte dann die angebrochene Flasche Wein aus dem Kühlschrank, um ihre Gläser aufzufüllen.

»Ein Gentleman bist du also auch noch.« Katherine stützte ihr Kinn auf ihre rechte Hand und pustete sich eine verirrte Haarsträhne aus dem Gesicht. Da waren sie wieder, die sprühenden Funken.

Gott, er sah so gut aus ...

Selbst die Art, wie er ihnen Wein nachschenkte, empfand sie als sexy. Sie konnte nicht anders, als sich vorzustellen, wie er sie mit seinen großen Händen berührte.

Wie seine Muskeln sich anspannen würden, wenn sie in einer leidenschaftlichen Umarmung versanken.

Wie seine Küsse sich anfühlten.

»Stehst du so sehr auf Gentlemen, dass du dir dabei auf die Unterlippe beißen musst?« Cadan grinste und nahm einen Schluck von seinem Wein.

O Gott.

Katherine wünschte sich inbrünstig, der Boden unter ihren Füßen würde sich auftun. Hatte sie das gerade wirklich getan?

Peinlich berührt stand sie von ihrem Stuhl auf, ohne zu wissen, was sie eigentlich tun wollte.

»Hey. Ich mache nur Spaß.« Cadan stellte sein Glas ab, stand ebenfalls von seiner Bank auf und machte einen Schritt auf sie zu. »Wobei ich eigentlich ganz gern wissen würde, wie es so ist, auf deine Lippe zu beißen«, hauchte er in ihr Ohr.

Ein wohliger Schauer überkam Katherine. Cadans Worte liebkosten ihre Sinne, zauberten ihr eine prickelnde Hitze in den Körper.

Sie würde jeden Moment die Beherrschung verlieren, so viel

stand fest. Die Arme um seinen Nacken schlingen, die Hände in seinen dunklen, dichten Haaren vergraben ...

Er strich ihr sanft über die Schultern. Beobachtete aufmerksam, wie sie auf seine Berührung reagierte.

Katherine hatte keinen Zweifel daran, dass alles in ihrem Gesicht und ihrer Haltung ihn anschrie, dass es sich gut anfühlte. So gut, dass es ihr den Atem und die Sinne raubte und drauf und dran war, ihren eigenen Namen zu vergessen.

»Cadan«, flüsterte sie zittrig.

»Katherine.«

Sie verloren die Beherrschung im selben Moment.

Ihre Körper drängten sich aneinander, als wären sie Magnete.

Jeder Zentimeter zwischen ihnen war einer zu viel.

Ihre Lippen fanden einander und entfesselten einen sturmähnlichen Kuss.

Wild, unkontrolliert, zerstörerisch.

So wunderbar zerstörerisch.

Fordernd erkundete Cadans Zunge die ihre. Mit seinem vollen Körpergewicht zwang er Katherine in eine Liegeposition auf die Tischplatte und presste sein Becken gegen ihren Schoß. Er hielt ihre Handgelenke umschlossen, fixierte sie mit seinem Griff.

Als er ihr auf die Unterlippe biss, stöhnte Katherine vor Lust auf. Eine ungekannte Leidenschaft ballte sich in ihrer Brust zusammen und kroch lodernd bis zu ihren Schenkeln hinab. Ihre Haut schien unter Cadans Berührungen zu schmelzen, und sie glaubte schon, vor Hitze vergehen zu müssen ...

Dann, ganz plötzlich, löste er sich von ihr.

Verlegen setzte Katherine sich auf.

»Hoppla«, sagte sie glucksend. Euphorie kitzelte in ihrer Kehle.

Cadan war einen Schritt vom Tisch zurückgewichen. Seine sonst so hellbraunen Augen waren ganz dunkel vor Begierde. Durchdringend sah er Katherine an, die sich verlegen die Haare glatt strich.

Ihr Herz trommelte so fest gegen das Gefängnis ihrer Rippen, dass sie glaubte, er müsste es hören. Es war unmöglich, einen klaren Gedanken zu fassen.

»Sorry. Da habe ich mich wohl kurz selbst vergessen.« Auch Ca-

dan wirkte, als müsste er die Hitze des Augenblicks erst einmal ab-
kühlen lassen. In seltsam steifen Bewegungen setzte er sich wieder
auf die Bank. Katherine tat es ihm gleich und rutschte auf ihren
Stuhl zurück.

»Ich mich auch. Kein Grund, sich zu entschuldigen.«

Cadan zog einen Mundwinkel in die Höhe. »Gut.«

Ein paar Sekunden lang sagte keiner von ihnen ein Wort.

Nach dem Feuer, das eben noch so intensiv zwischen ihnen ge-
lodert hatte, haftete dem Schweigen etwas Unbehagliches an.

Katherine beschloss, der Versuchung eines neuerlichen Mono-
logs über die Wetterlage zu widerstehen und entschied sich stattdessen für eine Frage, die sie tatsächlich umtrieb: »Du hast vorhin
nichts geschrieben. Beim Schreibabend, meine ich. Warum? Fiel es
dir so schwer?«

Sie hatte das Gefühl, durch den Kuss ein Maß an Vertrautheit
erreicht zu haben, das Gespräche auf einer tieferen Ebene legitimier-
te.

»Na ja«, Cadan rutschte unbehaglich auf seinem Stuhl hin und
her, »ich weiß nicht genau, ob ich das wirklich erklären kann.«

»Vielleicht möchtest du es ja versuchen.« Katherines Herz schlug
schneller. Würde er sich ihr nun endlich öffnen? Ihr jene Bestandteile seiner Persönlichkeit zeigen, die sie bisher noch nicht zu Gesicht bekommen hatte?

Cadan atmete geräuschvoll aus. »Okay«, sagte er schließlich. Gespannt lehnte Katherine sich in ihrem Stuhl nach vorn. Sie wollte
nichts von dem, was Cadan nun sagen würde, verpassen. Nichts
überhören.

»Stell dir vor, du läufst vor etwas davon. Mal ist dein Vorsprung
zu diesem Etwas groß, mal verringert er sich wieder. Es gibt nämlich
Tage, an denen du nicht so schnell laufen kannst wie gewohnt. Tage,
an denen du nicht so gut vorankommst und das, vor dem du flüchtest, dich – keine Ahnung – irgendwie am Kragen packt.«

»Und solche Tage hast du jetzt gerade hinter dir?«, fragte Katherine vorsichtig.

Cadan nickte. »Ich weiß, das klingt wahrscheinlich ein bisschen
dramatisch. Aber mir hilft während dieser Phasen eigentlich nichts

anderes, als mich innerlich von allem zurückzuziehen, zu fotografieren und meine Bilder zu bearbeiten. Und, wie sich herausstellt, Zeit mit dir zu verbringen.«

Katherine zeigte mit dem Finger auf sich selbst, um sicherzugehen, dass keine Verwechslungsgefahr bestand. »Mit mir? Wirklich?«

Cadan lachte leise. »Ja. Wirklich.«

Gerührt sah sie ihn an. »Das freut mich sehr.«

»Mich auch.« Er holte erneut Luft. »Da ist echt viel unaufgearbeitetes Zeugs in meinem Kopf. All das, was damals mit Rae passiert ist. Dieses endlos komplizierte Verhältnis zu meinem Dad und der Grund für meine langweilige Schreibtischarbeit.« Flüchtig berührte er seine Narbe.

»Du kannst mit mir reden«, versicherte Katherine ihm. »Egal, worüber.« Kurz zögerte sie, dann ergriff sie seine Hand über den Tisch hinweg und drückte sie. Er erwiderte den Druck sanft.

»Das gebe ich so zurück.«

Katherine zog ihre Hand nicht weg, und auch Cadan machte keinerlei Anstalten, sie loszulassen.

»Ich meine es ernst«, sagte sie und bemühte sich, das neuerliche, durch seine Berührung hervorgerufene Kribbeln unter Kontrolle zu halten. »Vielleicht ist es an der Zeit, einfach stehen zu bleiben und nicht mehr vor diesem Etwas wegzulaufen.«

Cadan nickte langsam. »Ja. Vielleicht.« Er machte eine kurze Pause, ehe er weitersprach: »Ich glaube, diesen Rat könntest du selbst auch ganz gut befolgen, oder?«

Ertappt wich Katherine seinem Blick aus.

Sie rang mit sich. Die Gefühle, die ihre Gedanken an Fiona und ihren Vater in ihr auslösten, saßen wie ein Knoten in ihrer Kehle. Ein Knoten, von dem es in der Tat allmählich Zeit wurde, ihn zu lösen.

»Weißt du noch, als ich dir erzählt habe, dass damals etwas vorgefallen ist, das unsere Familie entzweit hat?«

»Ja. Natürlich.«

»Also … Na ja. Mein Dad hat da eine tragende Rolle gespielt.« Sie wollte weitersprechen, doch es ging nicht. Ihr Herz behielt die

Worte ein, die so stürmisch gegen seine Kammern rannten. Katherine seufzte. »Tut mir leid, das fällt mir wirklich schwer.«

Cadan nickte verständnisvoll. »Unsere Geheimnisse sind offenbar ziemlich anhänglich, was? Ich kenne da aber einen Ort, an dem es ihnen leichter fallen könnte, uns loszulassen.«

Neugierig neigte Katherine den Kopf. »Ach ja? Und der wäre?«

Cadan grinste. »Lass dich überraschen. Ich werde ihn dir bald zeigen.«

Kapitel 28

Das Wochenende brachte ein herrliches Sommergewitter mit sich. Beinahe den ganzen Samstag über drang ein tiefes Grollen durch den schwarzen Himmel über Howth, der dann und wann von einem zuckenden Blitz geteilt wurde.

Katherine hätte Stunden damit zubringen können, sich das Naturschauspiel anzusehen, doch es gab genug andere Dinge zu tun. Die Bücherei musste aufgeräumt, frisch eingetroffene Lektüre einsortiert und zumindest einmal quergelesen werden.

Auch das Haus schrie geradezu nach einer ausführlichen Putzeinheit – und obendrein hatte Katherine Mr. Donnelly wie so oft zum Essen eingeladen.

Während sie in einem von Fionas überdimensionierten Suppentöpfen rührte, dachte sie an den gestrigen Abend zurück. Cadan hatte sich kurz vor Mitternacht auf den Heimweg gemacht. Sie hatten viel geredet, allerdings über Themen, die ein wenig unverfänglicher gewesen waren als jene, die sie im Klammergriff ihrer eisigen Finger hielten. Cadan hatte von seinem Studium erzählt, Katherine von ihrem Redaktionsjob. Außerdem hatten sie sich über Luca und Emilio unterhalten, woraufhin Katherine erst in vollem Umfang klar geworden war, wie sehr sie ihre beste Freundin eigentlich vermisste. Auch über ihre Mutter hatten sie gesprochen. Darüber, wie und wo sie aufgewachsen war, über die Auswanderung der Familie und Katherines frühe Kindheit.

Schon am frühen Morgen hatte sie das Bedürfnis gehabt, sowohl Lucas als auch Marys Stimmen zu hören. Tatsächlich hatte Katherine beide erreicht. Während das Gespräch mit ihrer Mutter gewohnt kurz ausgefallen war, hatte Katherine Luca in aller Ausführlichkeit von ihrem gestrigen Treffen mit Cadan berichtet.

Die Neuigkeit über den Kuss mit ›Mr. Ireland‹ hatte der Freundin einen Freudenschrei entlockt und gleichzeitig einen Hagel an »Und was ist jetzt mit euch«-Fragen losgetreten, den Katherine lachend und so gut es ging beantwortet hatte.

So gut es ging deshalb, weil sie es selbst nicht wusste.

Prüfend tastete sie nach dem Handy in ihrer Jeanstasche. Hatte es gerade vibriert? Aufgeregt nahm sie es heraus. Doch der Blick auf das Display war ernüchternd: Cadan hatte immer noch nicht auf ihr *Danke für den wunderschönen Abend* geantwortet.

Danke für den wunderschönen Abend. Wie einfallsreich.

Katherine verfluchte sich für ihre Neigung, aus dem Affekt heraus SMS zu verschicken. Doch das Glücksgefühl, das sie am Morgen empfunden hatte, war zu berauschend gewesen, um es nicht mit der Person zu teilen, der sie es zu verdanken hatte.

Nun aber keimten erste Zweifel in ihr auf.

Was, wenn sie ihm auf die Nerven ging?

Dann ist das eben so, gab sie sich selbst die Antwort, zu der Luca ihr geraten hätte.

Nach dem Aufwand, den Cadan bereits für sie betrieben hatte, war es ihr gutes Recht, ihm eine Textnachricht zu schicken.

Oder zwei.

Oder drei.

Die schrillende Türklingel setzte Katherines Grübeleien ein Ende. Hastig schaltete sie den Herd aus, nahm den dampfenden Topf herunter und stellte ihn auf den hitzebeständigen Untersetzer. Dann lief sie zur Tür und ließ ihren Gast herein.

Mr. Donnelly hatte sich so sehr herausgeputzt, dass Katherine bei seinem Anblick anerkennend die Luft einsog.

In Fliege, Hemd und hellem Jackett sah er aus, als käme er geradewegs von einer Hochzeit. Dieses Bild wurde von einem in weißes Papier gehülltem Strauß vervollkommnet, den der alte Mann in den Händen hielt.

»Doran! Du siehst mal wieder großartig aus«, begrüßte Katherine ihn aufrichtig erfreut. Obwohl seit ihrer Ankunft in Howth kaum ein Tag vergangen war, an dem sie einander nicht gesehen hatten, war Katherine seiner Gesellschaft noch längst nicht überdrüssig. In Mr. Donnelly hatte sie, des immensen Altersunterschiedes zum Trotz, einen wahren Freund gefunden. »Habe ich etwas verpasst und wir gehen noch aus?«, fragte sie scherzhaft, als sie dem alten Mann im Flur sein Jackett abnahm und es an die Garderobe hängte.

»Nicht doch, dann müsste ich ja heute auf deine Kochkünste verzichten.« Mr. Donnelly ging schnurstracks in die Küche und beugte sich mit verzückter Miene über den gedeckten Tisch. »Mein Gott, riecht das wieder himmlisch. Weißt du was? Ich habe gerade beschlossen, dass es für mich auch mal wieder Zeit wird, das Rezeptbuch meiner Frau zu entstauben und den Kochlöffel zu schwingen. Was meinst du? Mittwochabend bei mir?«

Überrascht sah Katherine ihn an. Tatsächlich war sie unheimlich neugierig darauf, wie der alte Mann wohl wohnen mochte. Da er bisher jedoch nie Anstalten gemacht hatte, ihr gegenüber eine Einladung auszusprechen, hatte Katherine vermutet, er würde nur ungern Besuch empfangen.

»Aber gern!«, versicherte sie rasch, bevor er es sich anders überlegen konnte.

»Schön.«

Mr. Donnelly nickte zufrieden und setzte sich dann. Als fiele ihm jetzt erst ein, dass er Blumen mitgebracht hatte, betrachtete er seine Hände.

»Sag mal, Katherine, hast du vielleicht noch eine Vase für diese Schönheiten hier? Cadan wäre sicher wenig erfreut darüber, wenn sie in meinen Händen verdursten würden.«

Es dauerte einen Moment, ehe die Worte des alten Mannes zu Katherine durchdrangen.

»Äh – wie bitte? Cadan?« Sie sah Doran prüfend an.

»Ja. Ich habe ihn heute Morgen auf dem Markt getroffen und

ihm erzählt, dass ich später bei dir bin. Er hat mich gebeten, kurz zu warten, und hat schnell bei Mrs. Seymour vorbeigeschaut. Ich soll dir die hier«, er wedelte mit dem Strauß, »überreichen, weil – ich zitiere – der alte deinen Farbvorlieben nicht ganz gerecht wurde. Ich habe ihn außerdem noch gefragt, ob er sich das mit den Rosen jetzt zur Gewohnheit machen möchte – und dass er, wenn dem so ist, wohl bald noch ein paar Vasen dazukaufen muss.« Der alte Mann lachte heiser.

»Schon wieder Blumen? Er ist doch verrückt«, entfuhr es Katherine, als sie den Strauß entgegennahm. Während sie die Rosen behutsam von ihrem Papier befreite, registrierte sie besorgt, dass in ihren Bauch der eine oder andere Schmetterling eingezogen war.

»Weiße Rosen«, wisperte sie gerührt und fuhr mit den Fingerspitzen über die samtigen Blüten. Dabei bemerkte sie einen kleinen Umschlag, der zwischen den Stängeln hervorlugte.

Neugierig nahm sie ihn an sich, füllte eine Vase mit Wasser und stellte die Rosen umsichtig hinein. Ehe sie sich zu Doran an den Tisch setzte, warf sie noch einen verstohlenen Blick auf ihr Smartphone und stellte fest, dass sie noch immer keine Antwort erhalten hatte.

Welcher im digitalen Zeitalter lebende Mann bevorzugte eine so umständliche Art der Kommunikation?

Cadan tut das, dachte sie mit einem herrlich warmen Gefühl, Cadan Flanagan. Der eigenartigste, schönste und aufmerksamste Mann, der mir je begegnet ist. Ein junger Mensch mit einer alten Seele.

Mit fahrigen Bewegungen befreite Katherine den Umschlag und zog ein kleines Kärtchen hinaus.

So besser, Mädchen aus München? Wenn du bereit bist, treffen wir uns morgen um 18 Uhr zur Stunde der Wahrheit. Ich hole dich ab. Und nimm mit, was dir Angst macht – das werde ich ebenfalls tun.

Katherine runzelte die Stirn.

Nimm mit, was dir Angst macht.

Sie dachte an Fiona und ihren Vater. An all die verdrängten Gefühle, die sich nach Beachtung sehnten.

»Das werde ich, Junge aus Maynooth«, murmelte sie. »Wenn du
es auch tust.«

Kapitel 29

Der Vogel, der auf dem Fenstersims gelandet war, putzte akribisch sein Gefieder. Als wüsste er, dass ihm jemand dabei zusah, spreizte er stolz seine Flügel und widmete sich voller Hingabe den darunter liegenden, grün schimmernden Federn.

Katherine beobachtete das schöne Tier eine Weile, ehe ihr Blick zum wiederholten Mal auf die Uhr an ihrem Handgelenk wanderte. Bereits in fünf Minuten würde Cadan sie abholen.

Vorsichtig tastete sie ihren Hinterkopf ab, um zu überprüfen, ob die Haarnadeln, die ihre Hochsteckfrisur zusammenhielten, noch festsaßen.

Sie hatte nicht die geringste Ahnung, ob sie mit ihrem eleganten Kleid und den Designer-Sandalen passend für das gekleidet war, was Cadan mit ihr vorhatte. Doch das Bedürfnis, sich wieder einmal so richtig zurechtzumachen, war schlicht größer gewesen als ihr Pragmatismus.

Katherine stand auf, umrundete den Tisch und bückte sich nach dem gegen das Holzbein gelehnten Beutel, dessen Inhalt ihr vor Verlegenheit die Hitze in die Wangen trieb.

Nachdem Doran gestern am frühen Nachmittag nach Hause gegangen war, war ihr eine Idee gekommen. Sie war hinüber in die Rainbow-Hearts-Library gegangen und hatte das goldene Licht der sinkenden Sonne genutzt, um ein Foto von der im Teilschatten liegenden Bücherei zu machen.

Cadan hatte einmal gesagt, er habe schon immer einmal hier sein wollen, wenn die Türen für alle anderen verschlossen waren – auf diese Weise würde er diesen Anblick genießen können, wann immer er wollte. Denn Katherine hatte das Foto (nach stundenlanger Bearbeitung mit einem kostenlosen Programm) auf Fotopapier gedruckt, das sie kurz vor Ladenschluss in Mr. Darsons Papeterie gekauft hatte.

In einer Schublade im Flurschrank hatte Katherine sogar einen Rahmen gefunden, in den das Foto nach minimalem Zuschneiden hineingepasst hatte.

Nun wollte sie es Cadan gern schenken – auch, wenn ihr die Vorstellung, wie er es mit seinem geschulten Blick betrachtete, ein wenig unangenehm war.

Es kommt von Herzen, erinnerte sie sich, und soll keinen Wettbewerb gewinnen.

Sie war so nervös, dass sie kaum ruhig sitzen konnte. Also stand sie auf, lief ohne Ziel durchs Haus und sah immer wieder verstohlen zur Tür. Als es wenig später klingelte, schlug ihr Magen einen Purzelbaum.

Er ist da.

Katherine zählte innerlich bis zehn, ehe sie die Tür mit einem flauen Gefühl öffnete.

»Hi.« Cadan lächelte sie an und fuhr sich durch die Haare, die er, wohl um seine widerspenstigen Strähnen zu bändigen, heute zurückgegelt hatte. Dabei spannte sich seine dunkle leichte Jacke merklich über seinen Muskeln. Er war heute ganz in Schwarz gekleidet und trug außerdem wieder jenen Rucksack, den er bereits bei ihrer ersten Verabredung aufgehabt hatte. Katherine fand, dass er ein bisschen wie ein Biker aussah – und zwar wie ein ziemlich heißer Biker. Außerdem schien er sich seit Freitag nicht mehr rasiert zu haben. Die dunklen Stoppeln ließen ihn noch verwegener als sonst wirken.

»Hi«, sagte Katherine zurück. »Äh – ich bin startklar.«

Cadans Bernsteinblick wanderte anerkennend über ihren Körper. »Wow«, sagte er mit rauer Stimme, »du siehst umwerfend aus.«

Katherine spürte die Wirkung seines Kompliments unter ihrer Haut. »Danke«, sagte sie verlegen.

»Gerne. Auch wenn ich dich warnen muss. Für das, was wir vorhaben, bist du vielleicht nicht ganz so passend anzogen.«

»Oh. Soll ich mich noch schnell umziehen?«

Cadan musterte sie erneut. »Nein. Nein, bitte nicht.« Grinsend wandte er sich ab. »Gehen wir?«

Katherine trat zu ihm nach draußen und schloss die Tür sorgfältig ab. »Klar. Wohin eigentlich?«

Sie setzten sich in Bewegung.

»Ich dachte an den Claremont Beach.«

»Okay. Das ... klingt gut?«

Cadan lachte. »Du hast keine Ahnung, von welchem Strand ich rede, oder?«

»Nicht so richtig. Doran hat mal davon gesprochen, glaube ich. Er ist dort bis vor ein paar Jahren immer gern schwimmen gegangen, wenn ich da nichts durcheinanderbringe. Sogar im Winter.«

Als Stadtmensch empfand Katherine Sand und Meer zwar als etwas Besonderes, dennoch war sie bisher noch nicht auf die Idee gekommen, den Strand aus Mr. Donnellys Erzählungen aufzusuchen.

Die raue Schönheit der Klippen, von denen aus sie meilenweit über das Wasser sehen konnte, reizten sie aus irgendeinem Grund mehr als die Vorstellung, barfuß durch den an Sommertagen viel zu heißen Sand zu laufen und sich auf einem Handtuch liegend die Sonne auf den Bauch scheinen zu lassen.

Dennoch freute Katherine sich darüber, den Abend mit Cadan in vermutlich sehr idyllischer Umgebung zu verbringen. Auch wenn sie sich immer noch fragte, was er sich unter einer ›Stunde der Wahrheit‹ vorstellte.

»Tja, der Mann weiß, was gut ist«, stellte Cadan fest. »Komm, es ist nicht mehr weit.«

Während sie am Pier entlang in Richtung Bahnhof liefen, beobachtete Katherine das rege Treiben vor den Pubs und Restaurants. Im goldenen Licht der Abendsonne wurde gesungen und gelacht;

Erwachsene prosteten einander zu, während Kinder Möwen jagten oder sie mit Pommes fütterten.

Kaum hatten sie den Hafen hinter sich gelassen, erstreckte sich vor ihnen auch schon der weitläufige Strand.

Cadan entledigte sich seiner Schuhe und Socken, vergrub die Zehen tief im Sand und stieß einen wohligen Seufzer aus. Katherine zögerte einen Moment, dann schlüpfte auch sie aus ihren Sandalen.

»Gehen wir noch ein Stück?«, fragte Cadan, dem die vielen badenden Menschen nicht zu behagen schienen. »Ich wäre gern allein mit dir«, setzte er lächelnd hinzu.

Katherine fühlte sich von seinen Worten wie gestreichelt.

Nichts lieber als das, dachte sie. Laut sagte sie: »Klar.«

»Ich komme gern hierher«, offenbarte Cadan ihr mit einem verträumten Ausdruck auf dem Gesicht. »Zum Fotografieren, zum Nachdenken … und zum Loslassen.«

»Zum Loslassen?«

»Ja. Gleich wirst du verstehen, was ich meine.«

»Wenn ich's nicht besser wüsste, würde ich sagen, du arbeitest nicht als Polizist, sondern als Überbringer kryptischer Botschaften.«

Die beiläufige Erwähnung seiner Jobs reichte aus, um etwas an Cadans Haltung zu verändern. Kurz flackerte sein Blick.

»Wollen wir hier unser Lager aufschlagen?«, fragte er, ohne auf Katherines Bemerkung einzugehen.

»Unser Lager? Was, bitte sehr, hast du denn alles dabei?«

»Nur ein bisschen Verpflegung.«

Cadan holte ein großes Badetuch aus seinem Rucksack, das er sorgfältig auf dem weichen Sand ausbreitete. Nach und nach platzierte er Wasser, Wein, Becher, Käse und Kekse auf dem dunkelblauen Stoff.

»Et voilà.« Cadan bedeutete Katherine, sich zu setzen, und tat es ihr dann gleich.

Ein Picknick am Strand.

Katherine schüttelte ungläubig den Kopf.

»Was für eine schöne Idee.«

Cadan lächelte. »Danke. Ich dachte, wenn wir schon eine Weile hier sind, können wir es uns auch gutgehen lassen.«

Katherine hoffte, dass diese Weile sich bis in die Unendlichkeit ausdehnte.

»Was schleppst du da eigentlich die ganze Zeit mit dir rum?« Cadan zeigte auf den Beutel, der halb verborgen unter Katherines Beinen lag.

»Ähm.« Nervös holte Katherine das gerahmte Bild heraus und überreichte es Cadan. »Ein Geschenk für dich.«

»Für mich?« Er sah so überrascht aus, dass Katherine auflachte.

»Ja, für dich. Ich dachte, ich versuche auch mal, dir eine Freude zu machen.«

Mit immer noch großen Augen und leicht geöffneten Lippen, die ihn auf eine herzerwärmende Weise kindlich aussehen ließen, strich Cadan über das Glas.

»Das ist wunder-, wunderschön.« Er drückte das Foto kurz an sich, ehe er es umsichtig in seinem Rucksack verstaute. »Ganz ehrlich. Das schönste Geschenk, das mir je jemand gemacht hat.«

Katherine öffnete den Mund, um etwas zu erwidern, doch die Worte erstarben auf ihrer Zunge, noch bevor sie Gestalt annehmen konnten. Cadans Rührung machte sie sprachlos.

»Geht es dir gut?«, fragte er behutsam.

Sie nickte eifrig. Mehr als das, dachte sie plötzlich.

Hier zu sitzen, an einem malerischen Strand mit einem Menschen, für den sie mehr und mehr Zuneigung empfand, entzündete ein herrliches Gefühl der Zufriedenheit.

»Schön. Dann würde ich sagen, wir stärken uns erst mal für die Stunde der Wahrheit. Was meinst du?«

Katherine lächelte. »Klingt gut. Müssen wir uns eigentlich auch emotional dafür stärken?«

Cadan sah sie fragend an. »Wie meinst du das?«

»Keine Ahnung. Ich weiß nur, dass ich Lust habe zu lachen. Vielleicht kann ein kleiner Puffer ja nicht schaden.«

Sie merkte, dass sie übermütig wurde. Albern. Aufgedreht.

Und sie liebte es.

Während sie aßen und tranken und die Sonne immer weiter in Richtung Meer wanderte, erzählten sie einander von besonders lustigen und peinlichen Augenblicken aus ihrem Leben.

Katherine machte den Anfang, indem sie die Erinnerungen an den Tag ihrer Abiturfeier wieder aufleben ließ, an dem sie auf dem Weg zur Entgegennahme ihres Zeugnisses gestolpert und vor Hunderten Augenpaaren der Länge nach hingefallen war.

Cadan knüpfte mit einer nicht weniger erheiternden Story an, die davon handelte, wie er nach einem Bewerbungsgespräch für ein Schülerpraktikum selbstbewusst gegen eine Glastür gelaufen war.

Als die Weinflasche zur Hälfte geleert und Käse und Kekse restlos aufgegessen waren, stand Cadan plötzlich auf und reichte ihr die Hand.

»Ich glaube, es ist Zeit. Bist du bereit?«

Katherine wischte sich die Lachtränen aus den Augenwinkeln, ehe sie seine ausgestreckte Hand ergriff und sich auf die Füße ziehen ließ. »Ich weiß ja nicht mal, wofür.«

Cadan löste die sanfte Verschränkung ihrer Finger.

»Fürs Loslassen. Auf geht's. Versprichst du mir, dass du mitkommst?«

Keinen Deut schlauer als vorher, verschränkte Katherine die Arme vor der Brust.

»Wohin denn?«

»Ins Wasser. Und los.«

Cadan rannte durch den hellen Sand, wirbelte den körnigen Staub hinter sich auf. Es plätscherte laut, als er durch die seichten Wellen lief.

»Los, Kate!«

Ein wenig fassungslos sah Katherine ihn an. Er stand bis zu den Knien im Wasser und hatte sich nicht einmal die Mühe gemacht, die Hosenbeine hochzukrempeln.

Sie schlug ihr Kleid so weit um, dass es nur noch die Hälfte ihrer Oberschenkel bedeckte, und joggte dann ebenfalls über den Sand. Obwohl es während der letzten Wochen warm gewesen war, empfand sie die Temperatur des salzigen Nasses, das kurz darauf ihre Beine umspülte, als ziemlich frisch.

Leise Quieklaute von sich gebend, watete sie durch das Wasser, bis sie auf Cadans Höhe angelangt war.

Da er um einiges größer war als sie, sog sich der Stoff ihres Kleides trotz Umkrempeln großzügig voll.

»Jetzt ist mein Kleid ganz nass«, sagte Katherine matt, störte sich aber nicht weiter daran. Sie war viel zu neugierig auf das, was Cadan als Nächstes tun oder sagen würde.

»Ich werde jetzt etwas Verrücktes machen«, warnte er sie vor. Dann holte er tief Luft, streckte die Brust heraus und schrie: »Ich bin hier, ich bin frei, und heute beißt sich die Vergangenheit an mir die Zähne aus! Ich bin ich, zumindest jetzt, und es geht mir gut. Ich bin ich, und ich darf ich bleiben.«

Jedes seiner Worte ließ Katherine zusammenfahren – nicht allein der Lautstärke, sondern vor allem ihrer Schwere wegen.

»Das Leben ist schön«, brüllte Cadan und lief jauchzend weiter ins Wasser hinein. Kopfüber verschwand er in den Fluten. Als er wieder auftauchte, grinste er Katherine verlegen an.

Sein Hemd klebte an seinem Oberkörper wie eine zweite Haut, dicke Tropfen lösten sich aus seinen Haaren.

Er sah so verboten anziehend aus, dass Katherine an sich halten musste, um nicht auf ihn zuzustürzen und einen zweiten, leidenschaftlichen Kuss einzufordern.

Doch sie beherrschte sich. Cadan verdiente es, dass sie sein Spiel mitspielte.

»Jetzt du«, rief er auch schon, während er wieder in ihre Richtung watete. »Trau dich. Es ist anfangs vielleicht ein bisschen komisch … Aber danach unglaublich befreiend. Vertrau mir.« Cadan war indes wieder zu seiner Ausgangsposition zurückgekehrt.

»Wir haben gar nichts zum Wechseln dabei«, bemerkte sie mit einem neuerlichen Blick auf seine triefende Kleidung.

Er zuckte die Achseln. »Es ist Sommer. Schon vergessen, Mädchen aus München?«

Katherine holte tief Luft und straffte die Schultern.

Also gut. Eins, zwei, drei …

»Ich möchte klarer sehen, was immer noch so verschwommen ist. Und ich möchte lernen zu verzeihen. Fiona, Mum, Dad. Und mir selbst.« Katherines Herz pochte im unregelmäßigen Takt ihrer aufflammenden Gefühle. Atemlos machte sie einen Satz nach vorn und ließ sich mit ausgebreiteten Armen ins Wasser fallen, das sogleich über ihrem Kopf zusammenschlug.

Prustend tauchte sie wieder auf und lief an den Strand zurück.

Cadan eilte ihr hinterher, stürzte sich auf seinen Rucksack und zog zwei Frotteehandtücher heraus. Eines davon warf er Katherine zu. Obwohl der Abend wunderbar mild war, hatte sich auf ihren Armen und Beinen eine Gänsehaut gebildet. Das Adrenalin ließ sie bibbern. Hastig schlang sie das Handtuch um ihre Schulter und wrang sich die nassen Haare aus, ehe sie sich zurück auf das Handtuch setzte.

Cadan gesellte sich zu ihr – und wartete sogar mit einer dünnen Decke auf, die er Katherine zusätzlich um die Schultern legte.

»Danke.« Katherine musterte ihn verstohlen. Ob er wohl sein Hemd ausziehen würde, um es in der Abendsonne trocknen zu lassen?

»Und?«, fragte er sie erwartungsvoll, »hat das nicht ziemlich gutgetan?«

»Ja«, sagte Katherine nach kurzem Zögern und löste sich von dem verlockenden Oberkörper-frei-Gedanken, »erstaunlicherweise schon.« Sie lachte. »Und das machst du wirklich öfter?«

»Ja. Ich weiß gar nicht mehr, wann ich damit angefangen habe. Ich glaube, das dürfte jetzt auch schon drei, vier Jährchen her sein.« Er legte den Kopf in den Nacken und schloss die Augen. »Ich liebe dieses Gefühl danach.«

Katherine beobachtete sein in der Sonne glitzerndes Gesicht. Wie von selbst hob sie eine Hand an seine Narbe und strich vorsichtig darüber.

Sofort riss Cadan die Augen auf. Seine entspannte Haltung veränderte sich schlagartig. Plötzlich sah er aus, als wäre er bereit, jederzeit aufzuspringen und zu flüchten.

»Entschuldige.« Katherine zog ihre Hand wieder zurück.

»Nein.« Cadan schüttelte den Kopf und sandte mit seinen nassen Haaren einen feinen Tropfenregen aus. »Ist schon okay.«

Ein paar Sekunden lang herrschte Schweigen zwischen ihnen.

»Die Stunde der Wahrheit läuft noch, oder?«, fragte Katherine schließlich.

Cadan machte eine abwägende Handbewegung. »Möglich.«

»Möchtest du mir von Rae erzählen? Davon, was damals passiert ist?«

Seine Züge wurden hart, doch er nickte trotzdem. Seufzend veränderte er seine Sitzposition auf dem Handtuch so, dass er Katherine direkt ansehen konnte. Was immer er im Begriff war ihr zu erzählen, lastete unverkennbar schwer auf ihm und konnte doch kaum erwarten, endlich aus dem Gefängnis seines Kopfes entlassen zu werden.

»Fühl dich von mir bitte nicht unter Druck gesetzt«, sagte Katherine leise. Bei aller Neugier hatte sie dennoch ein schlechtes Gewissen. »Wenn es nicht geht, geht es nicht.«

»Nein, nein, um Gottes willen«, nahm Cadan ihr postwendend den Wind aus den Segeln, »denk das bloß nicht. Ich *möchte* es dir erzählen. Das ist es ja. Du bist der erste Mensch auf der Welt, von dem ich denke, dass er mich vielleicht verstehen könnte. Und trotzdem habe ich Angst, dass du anders oder sogar schlecht von mir denkst, wenn ich dir alles über mich erzählt habe.«

»Das werde ich nicht. Versprochen.«

»So etwas kann man nicht versprechen, Kate.«

»Ich tue es trotzdem, Cay.«

Cadans Miene wurde wieder etwas sanfter. »Okay.« Er holte noch einmal tief Luft. »Ich weiß gar nicht, wo ich anfangen soll. Vielleicht einfach damit, dass wir uns wirklich zum Verwechseln ähnlich gesehen haben. Klar, wir waren Zwillinge, aber ganz ehrlich? Wenn wir es drauf angelegt haben, konnten nicht mal unsere Eltern uns auseinanderhalten. Dafür lagen auf Charakterebene Welten zwischen uns. Rae war nur dreieinhalb Minuten älter als ich und trotzdem wie ein großer Bruder. Jemand, zu dem ich aufgeschaut habe – jedenfalls eine gewisse Zeit lang. Er war offen, selbstbewusst und mutig … Er hat eigentlich alle Eigenschaften besessen, die ich mir auch gewünscht hätte.« Cadan verstummte. Auf einmal schien er durch Katherine hindurchzusehen.

Du musst nicht weiterreden, wollte sie ihm sagen, es ist okay. Doch noch ehe sie ihre Stimme wiedergefunden hatte, fuhr Cadan fort.

»Während mein Bruder sich rund um die Uhr mit Freunden umgeben hat, war ich meistens der stille Außenseiter, mit dem niemand etwas zu tun haben wollte. Das konnte ziemlich hart sein. Rae war nicht nur ein Lehrerliebling, wie er im Buche stand, und der Schwarm aller Mädchen, sondern auch der ganze Stolz unserer Eltern. Vor allem unser Vater hat große Hoffnungen in ihn gesetzt. In seiner Vorstellung sollte Rae später mal Arzt oder Anwalt werden und uns alle aus der Dreizimmerwohnung holen, in der wir auf engstem Raum zusammengelebt haben.« Er lachte freudlos. »Das Tragische daran ist, dass ich ziemlich sicher bin, dass mein Bruder das Zeug dazu gehabt hätte. Er war unheimlich klug und zielorientiert. Ein aufgewecktes Kind ... Bis zu dem Tag, an dem unsere Mutter gestorben ist. Da habe ich erkannt, dass seine Persönlichkeit aus hauchdünnem Glas war, das so einer Erschütterung nicht standhalten konnte. Und tatsächlich ist er daran zerbrochen. Mein achtjähriger Bruder lag in Scherben auf dem Boden und stand nie wieder auf. Nicht wirklich.« Cadan unterbrach sich erneut. Mit bebenden Lippen holte er Luft und nahm einen Schluck Wein, ehe er seine Erzählung wiederaufnahm. »Mit unserem Vater ist es auch schon vor Mums Tod nicht leicht gewesen. Vor allem für mich nicht. Aber seit diesem Tag wurde es noch viel schlimmer. Er hat seine ganze Wut und seine Trauer in Alkohol und Gewalt ertränkt. Es war verrückt: Obwohl ich mit Abstand am sensibelsten von uns allen war, hatte ich den Eindruck, am besten damit klarzukommen, dass Mum nicht mehr da war. Ich meine, natürlich war ich trotzdem schrecklich traurig. Aber meine Trauer hat nicht mein Leben bestimmt. Ich wusste, dass ich vernünftig sein und weitermachen musste. Schwer zu erklären. Bei Rae war das anders. Er hat in unserem Vater ein Vorbild gefunden und damit angefangen, seinen Schmerz durch Schlägereien und Intrigen zu kompensieren. Es war wirklich unheimlich. Nach und nach hat er alle seine Freunde verloren. Auf dem Schulhof haben plötzlich alle einen Bogen um ihn gemacht, weil er den anderen Schülern gern mal das Taschengeld abgenommen und ihnen gedroht hat. Rae war nicht mehr wiederzuerkennen. Manchmal kam es mir so vor, als würden Dad und er sich eine Art Wettbewerb liefern, wer von beiden schneller den Verstand verlieren konnte. Als er neun oder zehn war, hat er dann angefangen zu rauchen und sich mit älteren Jungs rumzutreiben. Mit mir hat er einfach nicht mehr gesprochen. Ich war nicht mehr existent für ihn.«

Geistesabwesend zwirbelte Cadan am obersten seiner Hemdsknöpfe herum. Katherine wagte nicht, etwas zu sagen. Die Geschichte um Rae und eine vergangene Version des Mannes, der sich ihr zum ersten Mal vollkommen öffnete, schlug sie vollkommen in ihren Bann.

»Das alles klingt für einen Außenstehenden wie dich wahrscheinlich nach dem lächerlichsten Klischee überhaupt: Hochbegabtes Kind gerät auf die schiefe Bahn und so weiter und so fort. Aber wenn du ihn gekannt hättest … dann wärst du bestimmt genauso verstört über diese Entwicklung gewesen wie ich. Rae war auf einmal ein Fremder, verstehst du? Ein vollkommen Fremder im Körper meines Zwillingsbruders. Das mit anzusehen war fürchterlich. Irgendwie noch fürchterlicher als Mums Tod, auch wenn man das eigentlich nicht miteinander vergleichen kann. Von jetzt auf gleich hat sich die Dynamik zu Hause dann auch noch total verändert. Dad hat mich anders behandelt. Milder. Dafür hat Rae dann seine Wut abbekommen. Es war ein bisschen so, als wären unsere Rollen vertauscht worden. Hin und wieder hat Dad mich sogar Rae genannt. Wenn ich ihn korrigiert habe, hat er sofort angefangen zu brüllen. Diese Ausbrüche kamen immer häufiger vor. Also habe ich sein komisches Spielchen irgendwann einfach mitgespielt, um ihn nicht unnötig zu provozieren. Damit habe ich zugelassen, dass er unsere Identitäten einfach vertauscht hat. Dass er – na ja – bestimmt hat, wann ich wer zu sein hatte. Als wir zwölf wurden, sind wir mit Dad nach Maynooth gezogen, raus aus Dublin, für einen Neustart. Das war auch die Zeit, in der ich langsam Gefallen an meiner Rolle als früherer Rae gefunden habe: der selbstbewusste, kluge Junge, der schnell Freundschaften schließt und gute Noten nach Hause bringt. Der Junge, der seinen Dad mal stolz machen kann.«

Zitternd atmete Cadan aus. Katherine beugte sich vor, nahm seine Hand und strich mit dem Daumen sanft über seine Haut. Ihm war anzumerken, dass er gut daran täte, wieder aus dem Strudel seiner Erinnerungen aufzutauchen. Zumindest vorerst.

»Hey«, sagte sie behutsam, »es ist okay. Du kannst mir den Rest ein anderes Mal erzählen. Das war schon ganz schön viel für eine Stunde der Wahrheit.«

Der Schleier in Cadans Blick verflog. Er sah Katherine an, sah sie *wirklich* an, nicht mehr durch sie hindurch. Er war zurück im Hier und Jetzt.

»Danke«, sagte er mit rauer Stimme. Und dann schrecklich unerwartet: »Ich glaube, wir sollten jetzt gehen.«

Katherine wollte nicht, dass der Abend endete. Sie wollte hierbleiben, so lange wie möglich – notfalls auch die ganze Nacht. Hier mit Cadan, in ihren nassen Klamotten und unter der sinkenden Spätsommersonne, kaum ein paar Meter vom glitzernden Meer entfernt.

Cadan schien ihre Gedanken zu erraten. Er lächelte das Grübchenlächeln, das Katherine so liebte (Gott, sie *liebte* es), nahm ihr Gesicht in seine Hände und gab ihr einen Kuss auf die Stirn.

»Keine Sorge, Katherine Madigan. Das hier war nicht unser letztes Treffen. Auf gar keinen Fall.«

Kapitel 30

Die Stunde der Wahrheit hatte Spuren hinterlassen.

Katherine träumte vier Nächte in Folge davon, wie sie gemeinsam mit Cadan ins Wasser lief. Wie die Wellen, die zuerst nur ihre Knöchel umspülten, höher und höher stiegen und sie beide hinaus aufs Meer zogen. Doch sie verspürte keine Angst dabei. Im Gegenteil: Wann immer sie mit Cadan allein im wilden Ozean war, ringsum nichts als eine Fusion aus den unterschiedlichsten Blautönen, wurde ihr ganz leicht ums Herz.

Der Abend am Claremont Beach hatte ein unsichtbares Band zwischen ihnen gewoben, von dem sie den Eindruck hatte, dass es jeden Tag stärker wurde – das bestätigten auch die Nachrichten, die sie sich seither hin und her schickten.

Ich kann nicht aufhören, an Samstag zu denken, hatte Cadan ihr etwa geschrieben. Und: *Es fühlt sich so wunderbar an zu wissen, dass meine Seele bei dir sicher ist.*

Dass meine Seele bei dir sicher ist.

Katherine wurde nicht müde, sich diesen Satz durchzulesen. Wieder und wieder und wieder jagte ihr Blick über die Zeilen und verlieh ihrem Herzen Flügel.

Einzig die Frage danach, wann sie sich das nächste Mal trafen, stand noch unbeantwortet im Raum.

Cadan hatte in nächster Zeit viele Foto-Aufträge zu erledigen, unter anderem solche, für die er nach Feierabend in seinem Hauptjob den ganzen restlichen Tag über unterwegs war und am nächsten Morgen wieder früh aufstehen musste.

Allerdings hatte Katherine ihn bereits zum nächsten, für den kommenden Freitag angesetzten Schreibabend inklusive anschließendem Essen eingeladen.

Eine Zusage stand noch aus, doch sie hoffte inständig, dass er ihr bald antworten würde.

Ihre Gedanken kreisten unaufhörlich um ihn, als sie am Mittwochabend nach Ladenschluss die Abbey Street entlangeilte, an deren Ende Mr. Donnelly wohnte. Leise fluchend versuchte sie dem Regen zu entkommen, der wie so oft zuverlässig eingesetzt hatte, als sie aus dem Haus getreten war.

Katherine, die keine Lust gehabt hatte, noch einmal umzukehren und sich einen Regenschirm zu holen, bereute dies nun zutiefst. Die Haare klebten ihr klitschnass am Kopf, und ihre Ballerinas waren längst durchgeweicht.

Mit zusammengekniffenen Augen versuchte sie die Anweisungen ihrer Navigationsapp zu erkennen, die auf dem mit dicken Regentropfen benetzten Handydisplay flimmerten.

Nach zehn Minuten, in denen sie zwei Mal falsch abgebogen war, erreichte sie das in grellem Türkis gestrichene Reihenhaus, das inmitten ebenso bunter Bauten kaum auffiel. Einen erleichterten Seufzer ausstoßend, ließ Katherine ihr Handy in die Tasche ihrer Jeansjacke gleiten und betätigte die Klingel, die sich unter einem mit *Doran und Leonora Donelly* beschrifteten Messingschild befand.

Die Tür öffnete sich kaum eine Sekunde später.

Lächelnd und in einen edlen Leinenanzug gekleidet, stand Mr. Donnelly ihr gegenüber.

»Komm rein, komm rein … Mein Gott, du holst dir meinetwegen noch den Tod. Warte, ich bringe dir ein Handtuch.« Mit sorgengefurchter Stirn winkte der alte Mann Katherine in den Flur, den er nun hinaufeilte. Einen kurzen Moment lang verschwand er hinter einer Tür, dann kam er mit einem weißen, angenehm nach Lavendel duftenden Badetuch und einem Paar Socken zurück.

»Danke, Doran. Keine Sorge, so leicht werde ich nicht krank.«

»Ha! Beschwör es nicht, meine Liebe. Trockne dich nur in Ruhe ab, ich werde uns die Suppe schon einmal aufwärmen. Bis gleich.« Erneut ging Mr. Donnelly die Diele hinauf und trat nun durch eine andere Tür auf der linken Seite.

Katherine rubbelte mit dem Handtuch über ihre Haare, schlüpfte aus ihren nassen Schuhen und zog sich die Socken über.

Den Blick interessiert hin und her schweifend, ging Katherine den von zwei länglichen Kommoden flankierten Flur entlang. Offenbar, stellte sie amüsiert fest, besaß Doran ein Faible für Porzellanfiguren. Bunt bemalte Tiere aller Art tummelten sich neben Bäumen und Engeln zu Hunderten auf den verglasten Oberflächen.

Auch der gemusterte Teppich unter ihren Füßen und die Paisley-Tapete versprühten einen ganz eigenen, irgendwie verrückten Charme.

Lautes Geschirrklappern wies Katherine den Weg in die Küche des Hauses. Hellgrüne Kacheln bedeckten den Boden und die untere Hälfte der Wand. Von der Decke hing eine Pendelleuchte, die ein warmes Licht verströmte und den ohnehin behaglich wirkenden kleinen Raum noch gemütlicher erscheinen ließ. Die zahlreichen Wandregale waren bis zum Bersten gefüllt mit Gewürzen, Backzutaten, Tellern und Tassen. Auf der schmalen Bank des winzigen Küchenfensters drängten sich vier Töpfe mit Basilikum und Petersilie.

Daneben reihten sich ein paar quietschbunte Haken, an denen ebenso farbenfrohe Geschirrhandtücher befestigt waren.

Doran rührte in einem riesigen Topf, der auf einem Gasherd stand. Zwischen den recht modern aussehenden Arbeitsplatten und dem neuwertigen Kühlschrank wirkte er ein bisschen wie ein Relikt aus einer anderen Zeit.

Beinahe so wie Mr. Donnelly selbst.

»Das riecht einfach nur köstlich«, verkündete Katherine, woraufhin der alte Mann sich sogleich strahlend zu ihr umdrehte.

»Finden Sie? Kartoffelsuppe. Eins von Leonoras Lieblingsgerichten.«

Tatsächlich lief Katherine bei dem aromatischen Duft das Wasser im Mund zusammen.

»Ich bin gespannt. Kann ich noch irgendwas tun? Brauchst du Hilfe?«

Doran wedelte tadelnd mit dem Kochlöffel.

»Auf gar keinen Fall. Ich lasse mich doch nicht in meinen eigenen vier Wänden bedienen. Heute bist du mal mit dem Verwöhntwerden dran. Bitte setz dich.« Mit einem Blick, der keinen Widerspruch duldete, deutete er auf einen dünnbeinigen weißen Holztisch in der linken Ecke des Raumes.

»Das Wohnzimmer ist gemütlicher«, setzte er hinzu, als Katherine allzu vorsichtig auf einem der instabil anmutenden Stühle Platz nahm. »Dorthin können wir später zum Teetrinken gehen. Nur dachte ich, es sei vielleicht etwas umständlich, Suppe am Couchtisch zu löffeln.«

Katherine hob abwehrend die Hände. »Das ist doch kein Problem. Ich finde es super hier.«

»Wunderbar. Wie war es eigentlich am Sonntag mit Mr. Flanagan?«, fragte der alte Mann arglos, während er sich wieder der köchelnden Suppe zuwandte.

Katherine zögerte mit ihrer Antwort. Zum einen, weil sie sich trotz aller Euphorie nicht in etwas hineinsteigern wollte, von dem sie noch nicht wusste, welchen Ausgang es nehmen würde.

Und zum anderen, weil sie Doran, der seine verstorbene Frau sicher schmerzlich vermisste, nicht mit Gefühlsduseleien behelligen wollte.

»Schön«, sagte sie daher nur und spürte, wie ihre Mundwinkel immer weiter in die Höhe wanderten, »wirklich schön.«

*

Nachdem sie gegessen und den Abwasch erledigt hatten, balancierten Katherine und Mr. Donnelly hintereinander Gebäck, Teekanne und Tassen ins Wohnzimmer. Nirgendwo gegenzustoßen stellte eine ernste Herausforderung dar, war der Raum doch über und über mit Möbeln bestückt.

Ein großes Ledersofa, Couchtisch, Glasvitrinen, Bücherregale,

Fernsehschrank, Topfpflanzen und eine Stehlampe von beachtlicher Größe nahmen beinahe jeden freien Quadratzentimeter ein.

Als es ihr gelungen war, die volle Teekanne unbeschadet abzustellen, amtete Katherine erleichtert auf – und stieß sich, kaum dass sie sich zu Doran umwandte, den kleinen Zeh am metallenen Fuß der Stehlampe.

»Es ist wirklich nicht gerade geräumig hier, was?«, gluckste der alte Mann und ließ sich schmunzelnd in eines der Sitzpolster sinken.

»Ach, nein«, presste Katherine unter dem vertrauten pochenden Schmerz hervor, den sie schon so viele Male in ihrem Leben empfunden hatte. »Du hast hier doch eine Menge Platz. Also ... theoretisch.«

»Das hatte ich tatsächlich mal. Aber über die Jahre hat sich so einiges angehäuft ... Da kam der Sammler in mir durch. Lenonora würde die Hände über dem Kopf zusammenschlagen, wenn sie meine Porzellanfigürchen sehen würde ...« Dorans Blick verlor sich. Offenbar wurde er gerade von jäh aufblitzenden Erinnerungen heimgesucht, die ihn in eine feste Umarmung schlossen.

Katherine, die ihn in diesem intimen Moment nicht stören wollte, nahm indessen die Regale genauer in Augenschein.

Den sich eng aneinanderreihenden Buchrücken nach zu urteilen, waren Dorans Interessen in Sachen Literatur vielfältig: Lexika, Sachbücher und Ratgeber wechselten sich mit Belletristik und Lyrikbänden ab. Der alte Mann hatte alle Werke alphabetisch nach Autorennamen sortiert.

Nachdem sie den Bestand oberflächlich in Augenschein genommen hatte, wandte Katherine sich neugierig den Vitrinen zu. Die erste beherbergte neben einem Stapel Kassetten und etlicher mit Edelsteinen besetzten Broschen ein eigenes Fach für gepresste Blumen, die auf filigran bemaltem Briefpapier befestigt waren.

Irritierte besah sich Katherine die nächste Vitrine – und verstand. Eine rotwangige, gutmütig aussehende Frau mit atemberaubend blauen Augen strahlte ihr von einem großen gerahmten Foto entgegen.

»Leonora«, sagte Doran dicht hinter ihr.

Katherine zuckte zusammen. Sie hatte ihn gar nicht aufstehen hören.

»Sie war wunderschön, Doran«, flüsterte sie.

»Nicht wahr? Weißt du, was bemerkenswert ist? Als diese Aufnahme entstand, wusste sie bereits, dass sie sterben würde. Und doch findet sich in ihrem Gesicht nicht einmal ein Schatten dieser Erkenntnis. Sie hat sich ihre Leichtigkeit nicht nehmen lassen. Nicht einmal im Angesicht des Todes.«

Die Achtung vor seiner Frau schwang in jedem Wort mit. Katherine schluckte. Die Traurigkeit darüber, dass das Schicksal mit Vorlieb einander liebende Seelen auseinanderzureißen pflegte, saß wie ein stacheliger Knoten in ihrer Kehle. Sie zwang sich, auch die übrigen, kleineren Fotos anzusehen.

Mr. und Mrs. Donnelly am Strand unter der Sommersonne, beim Eisessen in einem italienischen Café, auf einer Wanderung in den Alpen, Arm und Arm vor einem aufwendig geschmückten Weihnachtsbaum sitzend, zusammen in der Hängematte, einander vor einem Kirschbaum küssend …

Und schließlich, ganz versteckt hinter der Aufnahme eines gemeinsamen Picknicks, eine blutjunge Leonora mit hüftlangen blonden Haaren und einem deutlich sichtbaren Babybauch, den ein ebenso junger Mr. Donnelly liebevoll streichelte.

»Doran …« Katherine drehte sich langsam zu dem alten Mann um, der mit geröteten Augen an ihr vorbei sah.

»Du hast ein Kind?«

»Ja«, sagte er mit unendlich müder Stimme. »Einen Sohn. Kilian.« Einen fürchterlichen Moment lang fürchtete Katherine das Schlimmste, doch dann fuhr Mr. Donnelly fort: »Er ist weggezogen. Vor einer Ewigkeit schon. Nach Kanada. Ich weiß, dass er dort glücklich ist, aber … na ja … wir sprechen kaum miteinander. Nur alle paar Monate mal. Er ist ein viel beschäftigter Mann. Seine Fotos stehen alle auf meinem Nachtschrank.« Doran lachte unglücklich. »Jedenfalls die, die ich noch von früher habe. Neue gibt es eigentlich nicht. Ich müsste mir mal so ein Smartphone zulegen, glaube ich. Man schickt ja heutzutage keine Fotos mehr per Post, stimmt's?«

Anstelle einer Antwort machte Katherine einen Schritt auf den alten Mann zu, der unter der Last seines Kummers geschrumpft zu sein schien, und schloss ihn fest in die Arme.

»Du musst mir eines versprechen, Katherine«, sagte Mr. Donnelly heiser, als er sich einige Momente später wieder langsam aus ihrer Umarmung löste, »verliere keine Zeit. Wenn du jemanden gernhast, sag es ihm. Lache, lebe, liebe. Ohne Rücksicht auf Verluste. Wenn ich in meinem Leben eines gelernt habe, dann, dass Zeit das kostbarste ist, was wir haben.«

Katherine drückte seine Hand. »Okay. Versprochen.«

Sie dachte an Cadan. An den Claremont Beach, an dem sie einen Teil ihrer Ängste zurückgelassen hatten. Und an jenen Teil dieser Ängste, dem sie sich bisher doch nur beim Schreibabend gestellt hatte.

»Doran?«

»Ja?«

»Darf ich dich etwas fragen?«

»Selbstverständlich.«

»Hast du …« Katherines Kehle fühlte sich plötzlich zu eng für die Frage an, die schon so lange darauf wartete, ausgesprochen zu werden. Sie räusperte sich. »Entschuldigung. Hast du Fiona mal mit einem Mann von außerhalb gesehen? Im Zeitraum zwischen ihrem Umzug und den fünf Jahren danach?«

Doran überlegte nicht lang. »Ja«, sagte er und untermalte diese Auskunft mit einem kräftigen Nicken, »ja, ein Herr aus Deutschland war des Öfteren hier. Ich habe ihn ein paarmal in der Bücherei angetroffen, aber nie großartig mit ihm gesprochen. War ein ziemlich wortkarger Mensch, wenn ich das recht in Erinnerung habe. Faszinierend an ihm waren allerdings seine Augen. Sie waren verschiedenfarbig.«

Aus Furcht, Dorans Hand unter ihren aufschäumenden Gefühlen zu zerdrücken, ließ Katherine sie los. Ihr Herz schlug wild im Takt ihrer sich überschlagenden Gedanken. Der alte Mann schien nicht die geringste Ahnung zu haben, dass es sich bei Fionas einstigem Liebhaber um ihren Vater handelte.

»Hat Fiona dir von ihm erzählt?«, fragte sie mit belegter Stimme.

»Nein. Ich habe sie nur einmal nach dem Mann gefragt. Daraufhin hat sie sehr traurig gewirkt – also hielt ich es für besser zu warten, bis sie dieses Thema von selbst anschneidet. Das hat sie jedoch nie getan. Irgendwann dann hat der Mann aufgehört, Fiona zu besuchen.«

Katherine war schwindelig geworden. »Okay«, sagte sie lahm. Dass Mr. Donnelly und ihr Vater einander gesehen hatten – viele Jahre, bevor Katherines und Dorans Wege sich gekreuzt hatten – berührte sie auf eine eigentümliche Art und Weise.

»Warum willst du das wissen?«, fragte Mr. Donnelly sanft, dem Katherines körperliche Reaktion auf seine Antwort nicht entgangen war. Sie rang mit sich. Sollte sie ihn einweihen? Oder seine reine, unbefleckte Erinnerung an Fiona bestehen lassen?

Seufzend ließ sie die Schultern hängen. Es schien ihr einfach nicht richtig, ein negatives Licht auf eine Tote zu werfen – noch dazu auf eine, die in den Augen der Dorfbewohner so etwas wie eine Heilige gewesen war.

»Ich glaube, das kann ich dir nicht sagen. Es tut mir leid.«

Doran lächelte. »Und schon wieder erinnerst du mich so sehr an deine Tante. Entschuldige dich nicht dafür, Katherine. Es ist nichts verwerflich daran, seine Geheimnisse zu hüten. Jedenfalls: Solltest du doch einmal ein offenes Ohr brauchen, bin ich zur Stelle.«

»Danke. Du bist einfach …«

»Ein guter Freund?«, half Doran nach.

»Mehr als das. Einer der besten, die ich je hatte.«

Kapitel 31

Verliere keine Zeit, Katherine.

Mr. Donnellys Worte im Ohr, lief Katherine rastlos vor einer Reihe am Ende der Abbey Street geparkter Autos auf und ab. Es hatte aufgehört zu regnen, war jedoch überraschend frisch geworden. Eine unangenehme feuchte Kälte kroch ihr durch die noch nasse Jeansjacke bis in die Knochen und weckte in Katherine das Verlangen nach einer heißen Dusche. Dennoch wollte, nein, konnte sie noch nicht einfach zurück nach Hause gehen. Kurz entschlossen zückte Katherine ihr Handy und tippte eine Nachricht an Cadan:

> Ich muss dir etwas sagen. Hast du kurz Zeit? Darf ich vorbeikommen?

Die Minuten vergingen. Katherine starrte das Display an, als könnte sie mit bloßer Willenskraft eine Antwort heraufbeschwören. Doch nichts geschah.

Sie stieß einen verärgerten Laut aus, stopfte das Handy zurück in ihre Jackentasche und wog ihre Möglichkeiten ab.

Sollte sie zurück zu Doran gehen und ihn fragen, wo Cadan wohnte? Oder einfach nach Hause gehen und dort auf eine Antwort warten? Und wieso, um Gottes willen, hatte sie Cadan nie nach seiner Adresse gefragt?

Der Drang, ihm zu sagen, was sie fühlte, war plötzlich übermäßig groß. Nicht nur wollte sie mit ihm teilen, was sie so lange in sich hineingefressen hatte – die gemeinsame Vergangenheit von Fiona und ihrem Vater –, sondern auch und vor allem darüber sprechen, was sie für Cadan empfand.

Denn das war, und das ließ sich längst nicht mehr von der Hand weisen, eine ganze Menge.

Mr. Donnellys Rat hatte ausgereicht, Katherine klarzumachen, dass ihr Plan, das eigene Herz vor Gefühlen dieser Art zu schützen, gescheitert war. Kläglich gescheitert sogar.

Ich bin verliebt, dachte sie und spürte, wie diese Erkenntnis federngleich über ihre Eingeweide strich, ich bin verdammt noch mal so richtig verliebt.

Als hätte Cadan darauf gewartet, dass sie diesen Gedanken manifestierte, schrieb er ihr exakt in diesem Moment zurück.

> Leider wirklich nur kurz, aber für dich mach ich's möglich. Balkill Road 7, linke Haushälfte.

Also gut, dachte Katherine mit einem sich vor Nervosität überschlagendem Herzen, dann lassen wir meine Stunde der Wahrheit wohl beginnen. Zumindest einen Teil davon.

*

Cadan stand bereits in der Tür, als sie kam.

Die obersten Knöpfe seines Hemds standen offen, und seine Haare waren so nass wie am Samstag, nachdem er aus dem Meer gewatet war. Wahrscheinlich hatte Katherine ihm geschrieben, während er duschen gewesen war.

»Entschuldige den Spontanbesuch«, begrüßte sie ihn und stieg die zwei Stufen zum Eingang hoch. Das Gebäude, das Cadan bewohnte, hatte eine hübsche Backsteinfassade und weiße Sprossenfenster.

Sie war unheimlich gespannt darauf, wie es wohl von innen aussehen mochte. Wie er es eingerichtet hatte, welche Farbtöne er bevorzugte und ob sein Junggesellendasein wohl auf den ersten Blick ersichtlich war.

Auch wenn es ihr ein wenig leidtat, dass sie ihm nicht die Gelegenheit gegeben hatte, vorher aufzuräumen.

»Kein Problem. Wie gesagt, für dich mach ich's möglich.«

Er grinste sie schief an, woraufhin die Schmetterlingsflügel in ihrem Bauch hektisch zu flattern anfingen.

»Komm rein. Ich habe in einer halben Stunde einen Videocall mit einem Messeleiter, bei dem ich vielleicht nächstes Jahr meine Fotos ausstellen kann. Aber bis dahin gehöre ich ganz dir.«

Ein »Okay, vielleicht nehm ich dich sogar beim Wort« murmelnd, ging Katherine an ihm vorbei in den Flur.

Cadan schloss die Tür hinter ihnen. Er roch so betörend gut nach Parfum und Rasierwasser, dass Katherine sich richtiggehend benebelt vorkam.

»Wir können ins Wohnzimmer gehen, wenn du möchtest.« Cadan deutete auf die nächste Tür zu Katherines Linken.

»Klar. Gern.«

Hatte sie sich eben noch gefragt, ob sein Junggesellendasein wohl offensichtlich war, bildete der tadellose Zustand des Zimmers ein klares Nein. Die Einrichtung war spartanisch, aber in sich zusammenpassend, die Wände in einem eleganten Grauton gestrichen und in ihrer Schlichtheit nur von einer einzigen grünenden Zimmerpflanze unterbrochen.

Cadans Laptop stand auf dem Couchtisch, daneben eine Flasche Wasser und eine Schale Knabbereien.

»Hübsch hast du's hier«, sagte sie aufrichtig, legte ihre Handtasche ab und setzte sich ein wenig befangen aufs Sofa.

»Danke.« Cadan schien sich über das Kompliment zu freuen. »Setz dich gern. Was kann ich dir anbieten? Wasser? Wein? Irgendwas zu essen außer dieser super leckeren Kesselchips hier?«

Katherine lehnte dankend ab. Angesichts dessen, was sie Cadan nun gestehen wollte, fühlte sich ihr Magen ohnehin wie verknotet an.

»Okay«, sagte sie, nachdem Cadan neben ihr Platz genommen hatte. Sie saßen einander schräg zugewandt, ihre Knie berührten sich. »Ich mach's mal möglichst kurz: Doran hat mir gerade etwas gesagt, das ich für – äh – ziemlich weise halte. Nämlich, dass man keine Zeit verlieren soll, wenn man jemanden gernhat. Dass man demjenigen unbedingt davon erzählen soll, weil Zeit das Kostbarste ist, was wir haben. Und er hat recht. Von heute auf morgen kann sich alles ändern. Egal, ob zum Positiven oder zum Negativen.«

Cadan musterte sie neugierig. Ein Mundwinkel – der auf der Grübchenseite – wanderte ein Stückchen in die Höhe.

»Worauf willst du hinaus?«

Katherine atmete den leichten Schwindel fort, der ihr in den Schläfen kitzelte. Ihr drängte sich der seltsame Vergleich auf, dass sie beim letzten Mal bei ihrer Fahrprüfung derart nervös gewesen war.

»Darauf, dass ich mich möglicherweise ein bisschen in dich verliebt habe.«

Jetzt war es raus. In atemberaubender Geschwindigkeit über ihre Lippen gestolpert – so schnell, dass es sich für Cadan wie ein einziges Wort angehört haben musste.

Doch er hatte sie offenbar verstanden. Sein Lächeln wurde breiter.

»Möglicherweise ein bisschen. Wow. Das ist das Romantischste, was je jemand zu mir gesagt hat.«

Katherine lachte unsicher. »Hey. Veräpple mich nicht, Mr. Flanagan. Das hat mich gerade echt Überwindung gekostet. Und ich würde wirklich –«

Weiter kam sie nicht. Ohne Vorwarnung zog Cadan sie zu sich heran, vergrub seine Hände in ihrem Haar und küsste sie.

So intensiv, so leidenschaftlich, dass ihr ein hoher, verzückter Laut entfuhr. Sie erwiderte den Kuss mit derselben Hingabe und hatte das Gefühl, in Cadans Händen zu Wachs zu werden. In diesem Augenblick, im Hier und Jetzt, waren sie zwei Verlorene, die im Herzen des anderen einen Anker gefunden hatten.

Als sie sich eine wunderbare Ewigkeit später voneinander lösten und sich atemlos gegenübersaßen, dachte Katherine, dass sie von dem schwindelerregenden Hochgefühl, das sie empfand, jeden Moment ohnmächtig werden müsste.

»Ich weiß nicht, ob das hiernach überflüssig ist«, sagte Cadan rau, »aber ich sage es dir einfach trotzdem: Möglicherweise habe ich mich auch ein kleines bisschen in dich verliebt.«

Katherine hatte das Gefühl, als würde ein Feuerwerk in ihrer Brust explodieren. Sie versprach sich selbst hoch und heilig, diesen Moment niemals zu vergessen. Sich Cadans Worte einzuprägen, um sie in künftigen dunklen Momenten zu dem Licht werden zu lassen, das ihr den Weg hinaus wies.

Die Stille, die nun zwischen ihnen lag, war eine andächtige. Eine, die es brauchte, um das Gesagte wirken zu lassen.

»Dein Meeting«, bemerkte Katherine irgendwann, »nicht, dass du es verpasst.«

Sie wollte alles lieber tun als gehen – wollte ihm am liebsten auf der Stelle alles erzählen, was sie sonst noch umtrieb –, aber Cadan würde sich vor seiner Videokonferenz zumindest noch in Ruhe das Hemd zuknöpfen müssen. Auch wenn die Vorstellung, es eigenhändig *auf*zuknöpfen, weitaus verlockender war.

»Mhm«, machte er wenig begeistert. »Tut mir wirklich leid. Ich möchte dich auf keinen Fall rausschmeißen.«

»Quatsch. Das tust du nicht.« Lächelnd stand Katherine auf.

»Warte, ich bringe dich noch zur Tür.«

Wie bereits bei ihrem Treffen am Strand, hauchte Cadan ihr auch jetzt einen Kuss auf die Stirn.

»Du?«, fragte er vorsichtig, eine Hand auf der Klinke liegend und die andere sanft ihren Oberarm berührend.

Oje, dachte Katherine in einem Anflug von Panik, was kommt jetzt?

»Ja?«

»Ich kann nächste Woche leider nicht zum Schreibabend kommen.« Er wirkte ehrlich betrübt. »Ich habe Samstagfrüh einen Kundentermin in Wine Strand. Hochzeitsfotos.«

Katherine spürte einen leisen Stich der Enttäuschung, den sie jedoch rasch weglächelte. Gerade hatte sie erfahren, dass ihre Gefühle erwidert wurden. Heute sollte es also wahrlich nichts auf der Welt geben, was dieses Glück schmälern konnte. Außerdem freute sie sich für Cadan, schien sein Nebengewerbe doch immer besser zu laufen.

»Kein Problem. Dann treffen wir uns einfach ein anderes Mal. Sag Bescheid, wann es dir passt. Du kennst ja die Öffnungszeiten der Bücherei.«

Cadan nickte langsam. »Ja, die kenne ich. Was hältst du davon, wenn wir uns diesen Samstag sehen? Wir könnten Minigolf spielen gehen, wenn du Lust hast. Und dann ... na ja. Ich schulde dir noch den Rest meiner Wahrheit.«

Katherine lächelte. Minigolf! Mein Gott, wann hatte sie das zuletzt gespielt? Als kleines Mädchen mit ihren Eltern?

Nostalgie flutet ihr Herz. Eine Nostalgie, die bereit war, mit einem anderen Herzen geteilt zu werden.

»Die schulde ich dir auch noch«, sagte sie und ließ zu, dass sie im Gold seiner Augen versank.

Kapitel 32

Katherine lächelte.

In sich hinein, aber auch hinaus in die Welt.

Es war ein Lächeln voller Wärme und Glück, wie ein Kaminfeuer im Winter. Sie hatte die Balkill Road kaum hinter sich gelassen, als dieses behagliche Gefühl jäh von einem Gedanken unterbrochen wurde.

»Mist!«, fluchte Katherine und machte auf dem Absatz kehrt.

Sie hatte ihre Handtasche in Cadans Wohnzimmer vergessen – samt Haustürschlüssel.

Innerlich betend, dass sein Videocall noch nicht angefangen hatte, eilte sie die Straße zurück – und erstarrte, als sie sah, wer dort eng umschlungen mit Cadan in der Tür stand.

Sophie.

Die roten Haare fielen ihr wie Flammen über den Rücken. Sie hatte sich auf die Zehenspitzen gestellt und ihre Arme um seinen Hals geschlungen.

Und ihre Gesichter waren einander so nahe ...

Viel zu nahe. So nahe, dass ihre Lippen sich berühren mussten.

Der Verrat brannte Katherine wie Säure in der Kehle, riss an ihrem Herzen, brachte das Blut in ihren Adern zum Kochen.

Mit geballten Fäusten stapfte sie auf den Hauseingang zu, aus dem sie eben noch trunken vor Freude hinausgegangen war.

»Du!«, presste sie mit bebender Stimme hervor und wusste nicht, wen sie dabei meinte.

Cadan. Sophie. Beide.

Die Frau, die sie für ihre Freundin gehalten hatte, wirbelte zu Katherine herum. Auch Cadan sah sie mit schreckgeweiteten Augen an.

»Das ist also dein wichtiges Online-Meeting, ja?«, fauchte sie unter dem Dröhnen ihres Herzschlags und stellte zufrieden fest, dass die Wut noch über die Enttäuschung triumphierte.

Sie würde nicht vor Cadan und Sophie weinen. Auf gar keinen Fall.

»Kate, das ist nicht –«

»Das, wonach es aussieht?« Katherine lachte freudlos. »Du glaubst, du kannst mich mit der billigsten aller Ausreden abfertigen?«

Cadan sah aus, als bräche seine Welt auseinander, was Katherine nur noch mehr in Rage brachte. Er hatte kein Recht, verletzt zu sein. *Er* war derjenige, der mit ihr gespielt hatte, mit ihren Gefühlen – Gott allein wusste, wie lange schon.

Wie hatte sie sich so sehr in ihm täuschen können?

Ihm glauben können, dass er dasselbe für sie empfand?

»Hey«, versuchte es nun Sophie, die so vorsichtig auf Katherine zutrat, als hielte sie sie für ein wildes Tier, »Cadan hat wirklich keine Schuld. Ich habe versucht –«

»Ist mir absolut egal, Sophie. Ich will dich nicht mehr sehen, hörst du? Wage es bloß nicht, jemals wieder einen Schritt in die Rainbow-Hearts-Library zu setzen.«

Tränen sammelten sich in den Augen der Irin.

»Das gilt auch für dich«, spie Katherine Cadan entgegen. »Lass mich in Ruhe. Und … und hol mir jetzt gefälligst meine Handtasche!«

»Kate«, sagte Cadan flehend, »bitte.«

»Alles klar, dann mach ich's selber.« Mit ausgefahrenen Ellenbogen drängte Katherine sich an ihm vorbei, stürmte ins Wohnzimmer und griff nach ihrer Clutch.

Cadan kam ihr nicht nach. Auch nicht, als sie wieder nach draußen stolperte.

Keiner sagte mehr ein Wort.

Noch nie war ein Abend so still gewesen.

*

Binnen weniger Tage ging der Spätsommer in einen Frühherbst über. Das Licht veränderte sich, der vom Meer aus über das Dorf streichende Wind wurde frischer und die Kleidung der Rainbow-Hearts-Library-Besucher weniger luftig.

Obwohl Katherine den Sommer liebte, hatte sie sich darauf gefreut, die Blätter Gold- und Kupfertöne annehmen zu sehen und in der Bücherei entsprechend zu dekorieren.

Seit den Ereignissen am Mittwochabend jedoch waren Katherines Empfindungen unter einem Schleier verborgen. Alles fühlte sich dumpf an, nichts besaß genügend Kraft, um bis zu ihrem Innersten durchzudringen.

Cadan hatte mehrfach versucht, sie zu erreichen – hatte angerufen, ihr geschrieben und sogar vor der Tür gestanden, doch sie war noch immer nicht an einem Gespräch interessiert.

Wollte die halbgaren Rechtfertigungen, die er sich zurechtgelegt hatte, nicht hören, und hatte die Nachrichten ungelesen gelöscht, seine Nummer schließlich sogar blockiert. Sophie hingegen hatte Katherines Warnung wohl beherzigt und bisher keinen Versuch unternommen, Kontakt zu ihr aufzunehmen.

Datet einen Spanier, dachte sie spöttisch, während sie lustlos die Aushänge für den nächsten Schreibabend aufhängte, von wegen.

Selbstverständlich hatte Katherine Luca von den jüngsten Ereignissen berichtet, und die Freundin hatte versichert, so bald wie möglich nach Irland zu fliegen und eine Flasche Wein mit ihr zu köpfen.

Es hatte gutgetan, ihren Tiraden zu lauschen, auch wenn Luca anfangs skeptisch gewesen war und Katherine gefragt hatte, ob es möglich sei, dass sie etwas falsch interpretiert hatte.

»Nach allem, was du von ihm erzählt hast, will ich das einfach nicht glauben«, hatte Luca ihr Misstrauen gegenüber der Situation erklärt und Katherine damit aus der Seele gesprochen.

Auch sie wollte es nicht glauben.

Aber sie musste.

Es half nichts, der Wahrheit nicht ins Auge zu blicken, nur weil sie ihr Herz dafür schützen wollte auseinanderzubrechen.

Und die Wahrheit bestand nun einmal darin, dass Cadan sie belogen hatte. Ein Mensch, dem sie vertraut hatte.

Katherine schluckte den Kloß in ihrem Hals herunter und befestigte den letzten Aushang im Schaufenster.

Obwohl sie im Augenblick nichts lieber tun wollte, als sich im Bett zu verkriechen, würde es sicher helfen, sich in die Arbeit zu flüchten.

Also recherchierte sie nach weiteren Ideen für Veranstaltungen, verrückte Regale, bestellte einen Satz neuer Bücher und führte nebenbei Gespräche mit Besuchern, die sich entweder mit neuem Lesestoff eindeckten oder alten zurückbrachten.

Tatsächlich dauerte es nicht lange, bis auch die ersten Anmeldungen für den nächsten Schreibabend eintrudelten. Terry war der Erste, der sich bei Katherine vormerken ließ – und er freute sich wie ein Schneekönig darüber, dass sein Name ganz oben auf der Liste stand.

»Da hat sich das frühe Aufstehen ja gelohnt«, sagte er zwinkernd und schwang seinen Gehstock in einer jubilierenden Geste. Am Nachmittag dann schauten Ivy und Brianna vorbei, die ebenfalls ihre Namen eilig auf die Liste schreiben ließen.

»Sophie ist die Tage wohl mit ihrer neuen Bekanntschaft unterwegs, sonst wäre sie auch gern wieder dabei gewesen«, verkündete Brianna mit einer Mischung aus Bedauern und schwer zu verbergende Neugier darauf, was bei dem Date ihrer Nichte wohl herauskommen mochte. »Jedenfalls behauptet sie das. Gesehen haben wir diese neue Bekanntschaft noch nie, stimmt's, Ivy?«

Ivy erwiderte etwas, doch Katherine hörte nicht mehr, was sie sagte. Briannas Worte waren wie eine Eisschicht, die sich in Katherines Magen ausbreitete.

Sophie und ihre neue Bekanntschaft.

Neue Bekanntschaft.

Nicht »Cadan Flanagan, der Mann, der bis vor Kurzem noch mit Katherine ausgegangen ist«. Offenbar hatte Sophie ihrer Tante einen wesentlichen Teil der Wahrheit über ihr aktuelles Dating-Leben verschwiegen. Am liebsten wollte Katherine Brianna entgegnen, was ihre Nichte wirklich für ein Mensch war.

Und doch stand sie nur stumm da; unfähig, auch nur einen Laut mehr über ihre Lippen zu bringen.

Würden Sophie und Cadan tatsächlich zusammen verreisen?

Der Gedanke trieb giftige Blüten, doch er ließ sich nicht abschütteln. Blieb hartnäckig bis zum Abend und schlang seine dornenbesetzten Fänge immer enger um Katherines Brust.

»Entschuldigen Sie bitte?«

Katherine hob überrascht den Blick von der Anmeldeliste auf ihrem Tresen. Da in den letzten Minuten vor der Schließung selten jemand kam, hatte sie nicht mehr mit Kundschaft gerechnet.

»Oh, hallo«, begrüßte sie die blonde, langhaarige Frau lächelnd, die sie aus großen grünen Augen beinahe ein bisschen scheu ansah. Katherine schätzte sie auf etwa Mitte vierzig. »Kann ich Ihnen helfen?«

Die Frau nickte. »Ich denke, schon. Ich würde mich gern zum Schreibabend anmelden.« Sie schob einen Zehn-Euro-Schein über die Theke. »Das stimmt so.«

»Klar, gern. Und vielen Dank!« Lächelnd nahm Katherine das Geld an sich. Obwohl es sie freute, dass viele der Teilnehmer der ersten Veranstaltung dieses Mal wieder von der Partie sein wollten (bisher alle außer Sophie, Natalie und Dean), war es ihr wichtig, auch neuen Gesichtern die Chance zu geben, dem Abend beizuwohnen.

Für Schreiberlinge, die schon einmal dabei gewesen waren, hatte sie eine Warteliste erstellt. Fanden sich nicht genug neue Teilnehmer zusammen, hatte sie vor, diese zweite Liste gemäß der Reihenfolge ihrer Einträge abzutelefonieren und die »alten Hasen« nachrücken zu lassen.

Da Natalie, Dean und Sophie sich dieses Mal jedoch ohnehin

nicht eingetragen hatten, konnte der Rest der vorwöchentlichen Gruppe – zumindest nach jetzigem Stand – bestehen bleiben.

»Hier, tragen Sie einfach Ihren Namen ein.« Katherine reichte der späten Besucherin den Zettel deutete auf einen Kugelschreiber am linken Rand der Theke. »Sie können meinen Stift benutzen.«

»Danke.« Die Frau trug sich ein, gab Katherine Kugelschreiber und Papier wieder zurück und ließ ihren Blick gleichzeitig forschend und irgendwie hektisch über ihr Gesicht gleiten, als suchte sie darin nach etwas.

Ob sie es fand, wusste Katherine nicht, doch plötzlich hatte sie es sichtlich eilig, die Bücherei wieder zu verlassen.

»Tschüs, bis Freitag«, sagte sie leise und war so schnell zur Tür hinaus, dass Katherine nichts mehr antworten konnte.

Verdutzt sah sie der Fremden durch die Fensterfront nach.

Irgendetwas an der Begegnung kam ihr seltsam vor.

Vielleicht die Tatsache, dass sie nur das Nötigste miteinander gesprochen hatten. Für gewöhnlich waren die Besucher der Bücherei redseliger und stellten viele Fragen oder wollten über Fiona sprechen.

»Vielleicht ist die gute Frau auch einfach müde von einem langen Arbeitstag, du Möchtegern-Sherlock«, murmelte Katherine und zog die erste Schublade unter dem Tresen auf, um die Liste darin zu verstauen. Dabei warf sie noch einen Blick auf den Namen der neuen Teilnehmerin – und hielt, die Hand am Knauf, inne.

Ava McNair.

McNair.

Hatte ihr Mann nicht gesagt, sie solle lieber nicht in die Rainbow-Hearts-Library kommen? Dass es ihr nicht guttue, hier zu sein?

Nun, dachte Katherine und blies sich eine Haarsträhne aus dem Gesicht, die sich aus ihrem Zopf gelöst hatte, ganz offensichtlich hatte sie ihre Meinung geändert.

Kapitel 33

Den Samstagabend läutete Katherine mit Doran, Roxanne und den Brennan-Schwestern in einem Fisch-Restaurant am Pier ein.

Die Verlockung, bis Montag mit niemandem mehr zu sprechen und sich im Haus einzuigeln, war groß gewesen. Am Ende aber hatte doch die Furcht davor gesiegt, sich von der bodenlosen Enttäuschung verschlingen zu lassen, die gierig darauf wartete, dass Katherine sich ihr schutzlos auslieferte.

Allein. Im Dunkeln. Ohne eine Möglichkeit, sich zu verstecken.

Nachdem sie also sogar ein paar Worte mit ihrer Mutter gewechselt hatte, die nach ein paar Tagen Funkstille endlich wieder zu wissen schien, wie ihr Telefon funktionierte, hatte Katherine sich gestylt und war zum Hafen hinuntergegangen.

Auf ihrem Weg immer wieder unwillkürlich Ausschau nach Sophie und Cadan haltend, hatte sie sich zu ihren Freunden an den Tisch gesetzt und versucht – wirklich und wahrhaftig versucht –, eine gute Zeit zu haben.

Und kurz hatte es sogar funktioniert. So lange jedenfalls, bis Emilio mit einer Frau in das Restaurant gekommen war und Katherine entdeckt hatte. Seither warf er ihr vom Nachbartisch aus immer wieder flehende »Glaub mir, Cadan ist nicht so einer«-Blicke zu, die einzig und allein einen Zweck zu erfüllten: Sie zur Weißglut zu treiben.

»Okay, Leute«, sagte sie seufzend in die Runde, als es ihr endgültig zu viel wurde, »ich bin ziemlich müde. Wir sehen uns spätestens am Freitag, ja?«

Katherine verabschiedete sich, zahlte ihr Seehechtfilet und trat hinaus in den lauen Abend. Die frische Luft war wie Balsam für ihre Lungen. Drinnen war es stickig gewesen – nicht nur der vielen verschiedenen Speisen, Parfums und Getränke wegen, sondern vor allem wegen Emilios Anwesenheit.

Obwohl sie einander erst einmal begegnet waren, erinnerte sein Gesicht sie auf eine besonders schmerzliche Weise an das, was sie verloren hatte. An das herrliche Glücksgefühl, das mit mächtigen Schwingen geradewegs in ihr Herz geflogen war, als Emilio verraten hatte, dass Cadan oft von ihr sprach ... Und an alles, was danach geschehen war.

An ihren Kuss, die Stunde der Wahrheit, die magischen Worte auf seinem Sofa ...

Katherines Augen brannten verräterisch. Ehe sie es verhindern konnte, löste sich eine Träne aus ihrem Augenwinkel. Sie wusste, dass noch viele folgen würden, wenn sie ihre Gedanken nicht bald in eine andere Richtung lenkte. Wenn sie nicht sofort so viel Abstand wie möglich zwischen sich und Cadans besten Freund brachte.

Im Stechschritt ließ sie den Hafen hinter sich – und prallte beinahe mit einem Mann zusammen, der aus dem Schatten einer Straßenecke trat. Ein leiser Schrei löste sich aus ihrer Kehle, und auch der Fremde sog geräuschvoll die Luft ein.

Oder nein, kein Fremder – Cadan.

»Was tust du denn hier?« Katherine spürte, wie ihr Mund trocken wurde und ihr Herzschlag ihren gesamten Körper ausfüllte. Sie war nicht darauf vorbereitet, ihn zu sehen. Geschweige denn, mit ihm zu sprechen. Alles in ihr schrie danach, auf dem Absatz kehrtzumachen und ihn stehen zu lassen. Und doch konnte sie sich nicht rühren. Starrte ihn an, wie er dastand, in dunkler Lederjacke und mit wilden Haaren. Wie seine Bernsteinaugen selbst im samtigen Dunkel des Abends noch leuchteten.

»Ich – ähm – na ja …« Cadan stockte.

Emilio, dachte Katherine plötzlich.

Natürlich! Ganz bestimmt hatte er Cadan geschrieben, dass sie am Hafen unterwegs war.

Der Ärger half ihr, das Kommando über ihre Beine zurückzugewinnen. Schnaubend stapfte sie an Cadan vorbei.

»Kate. Bitte. Bitte hör mir zu. Mir war nie wichtiger, dass du das tust.«

Sie blieb nicht stehen. Ging weiter, beschleunigte ihre Schritte sogar. Wollte nur noch weg von diesem Mann, an den sie ihr Herz verloren und der es so achtlos mit Füßen getreten hatte.

»Sorry, kein Interesse. Die Sache ist durch.«

»Nein … Nein, das ist sie nicht.« Cadan joggte an ihr vorbei, verstellte ihr den Weg. »Tu mir nur diesen einen Gefallen und sieh dir an, was da drin ist. Bitte. *Bitte.*«

Erst jetzt bemerkte sie das Päckchen, das er mit sich trug. Seine Hände zitterten.

Kurz zögerte Katherine. Warum veranstaltete Cadan einen solchen Wirbel und gab sich nicht mit der einen Frau zufrieden, die ihm noch geblieben war?

Vielleicht, weil Luca mit ihren Zweifeln recht hatte, meldete sich ein naiv-hoffnungsloser Teil in ihr zu Wort. *Weil du ihm wirklich wichtig bist.*

Sie gab ein trauriges Glucksen von sich. Machte einen Schritt zur Seite und ging erneut an Cadan vorbei.

»KATE!« Es war die Verzweiflung in seiner Stimme, die sie innehalten ließ. Die Tränen, die sie herauszuhören glaubte.

Und tatsächlich: Als Katherine sich umdrehte, sah sie seine Wangen im Licht der Straßenlaternen feucht schimmern.

»Ich weine nie vor anderen Menschen. Nie, hörst du? Aber vor dir. Vor dir weine ich einen ganzen Fluss, wenn du willst.« Erneut streckte er ihr das Päckchen entgegen. »Bitte, Kate. Sieh es dir an. Wenn du danach trotzdem nichts mehr mit mir zu tun haben willst, respektiere ich deine Entscheidung und lasse dich in Ruhe. Versprochen.«

Katherine rang mit sich. »Versprochen? Wirklich?« Sie wusste nicht, warum sie das ausgerechnet jemanden fragte, dem die Wahrheit so wenig heilig zu sein schien wie Cadan. Und doch konnte sie nicht anders, als ihm zu glauben, als er nickte.

Mit aufeinandergepressten Lippen nahm sie das Päckchen entgegen und ließ Cadan stehen.

*

Das Kinn in die Hände gestützt, saß Katherine auf ihrem Bett und starrte das Paket an, das vom Schein ihrer Nachttischlampe in ein gespenstisches Licht gehüllt wurde.

Seit beinahe einer halben Stunde wand sie sich wie eine Schlange darum, es zu öffnen. Dabei wusste sie nicht einmal, wovor sie solche Angst hatte – all ihre Empfindungen fühlten sich nach wie vor an, als wären sie in Watte verpackt worden. Die Traurigkeit, die seit ein paar Tagen in ihr wohnte, hatte sie abstumpfen lassen. Das zumindest hatte Katherine geglaubt, bis sie Cadan eben begegnet war.

»Das ist doch lächerlich«, murmelte sie, riss den Verschluss auf und schüttete den Inhalt des Päckchens auf ihre geblümte Decke. Etliche Bilder rieselten heraus.

»Was zum …« Katherine traute ihren Augen kaum. Das, was sie auf den ersten Blick für einen Stapel Fotos gehalten hatte, waren etliche Abzüge von Chatverläufen – solche, die sämtliche Gespräche zwischen Cadan und Sophie abbildeten, je zu unterschiedlichen Tagen und Uhrzeiten.

Dazwischen befanden sich zwei Umschläge, die mit *Lies mich 1* und *Lies mich 2* beschriftet waren.

Kurz war sie versucht, der Aufforderung nachzukommen, doch die Chatfotos zogen ihren Blick geradezu magisch an. Nervosität prickelte wie Brausepulver unter ihrer Zunge.

»Das gibt es doch nicht«, hauchte sie, ohne zu wissen, was sie von dieser Aktion halten sollte. Sie beschloss, dass es ganz darauf ankam, ob Sophie eingeweiht worden war oder nicht.

Und trotz ihres unterschwelligen schlechten Gewissens, konnte Katherine nicht anders, als sich jedes einzelne Bild und die darauf abgebildeten Worte vorzunehmen.

Da waren Nachrichten von jenem letzten Mittwochabend, der alles verändert hatte (Cadan: *Sophie, wenn ich dir je etwas bedeutet habe, dann wirst du mir helfen, das richtigzustellen! Ist dir klar, was Katherine jetzt von mir denkt?*), aber auch solche, die Monate, teilweise sogar Jahre zurücklagen (Sophie: *Ich muss an dich denken. Die ganze Zeit.* Cadan: *Es tut mir so leid, Sophie. Aber du weißt, dass ich nicht fühlen kann, was du fühlst.*) Ganz gleich, welche virtuellen Gespräche Katherine sich ansah, der Konsens war immer der gleiche: Sophie versuchte mit Cadan zu flirten, und Cadan erstickte diese Versuche im Keim. Kommunizierte offen und ehrlich, dass er kein Interesse hatte – jedenfalls keines, das über eine Freundschaft hinausging – und brachte zuletzt sogar Katherine ins Spiel (Cadan: *Ich habe mich verliebt, und es ist ernst. Ich möchte dir nicht wehtun, das weißt du, aber ich bitte dich, das, was sich zwischen Katherine und mir möglicherweise entwickelt, zu akzeptieren.*).

Als sie den gesamten Stapel durchgesehen hatte, spürte Katherine, wie die Trauer in ihr einem neuen Gefühl wich.

Einem, das die Kälte aus ihren Gliedern verscheuchte.

Konnte es wirklich sein? Hatte sie ihm mit ihren Anschuldigungen Unrecht getan?

»Okay«, murmelte sie und tastete nach den Umschlägen, die sie beiseitegelegt hatte. Aufgeregt nahm sie den ersten an sich und öffnete ihn, entwirrte hastig das Papier.

Sie erkannte Cadans Handschrift sofort. Mit rasendem Herzen begann sie zu lesen:

Kate,
alles, was du hier siehst, habe ich mit Sophies Einverständnis abgedruckt. Ich bitte dich, dir alles ganz genau durchzulesen und in Ruhe auf dich wirken zu lassen. Wie auch immer du dich danach entscheidest, ob für oder gegen mich, akzeptiere ich voll und ganz. Ich möchte nur, dass du die Wahrheit kennst. Auch wenn das hier eine andere Stunde der Wahrheit ist als die, die du mit mir am Strand kennenge-

lernt hast. Was ich am Mittwoch zu dir gesagt habe, war echt. Etwas, das ich ernster nicht meinen könnte. Ich habe mich in dich verliebt, Mädchen aus München. Hals über Kopf.
Cay

Katherines Wangen brannten wie unter einem Fieberschub.

Hals über Kopf.

Da stand es, schwarz auf schweiß. Dort und im Chatgespräch mit Sophie. Es stimmte. Cadan sagte die Wahrheit – es war tatsächlich nicht so gewesen, wie es am Mittwoch ausgesehen hatte. Alles deutete darauf hin, dass Sophie ihn einfach geküsst hatte – und das obendrein zum denkbar schlechtesten Zeitpunkt. Der deutlichen Signale zum Trotz, die Cadan ihr gesandt hatte.

Ob der zweite »Lies mich«-Umschlag wohl einen Brief von Sophie enthielt?

Fahrig öffnete Katherine ihn und las:

Katy,
ich kann dir nicht sagen, wie leid es mir tut. Mein Verhalten war schrecklich egoistisch, das weiß ich jetzt.
Und mir ist klar, dass ich nicht so einfach wiedergutmachen kann, was da jetzt zwischen uns zerbrochen ist. Aber lass es mich kurz erklären.
Weißt du, ich war die ganze Zeit so furchtbar neidisch auf dich. Cadan kennt mich schon lange, und die ganze Zeit über hat er mich nie so wahrgenommen, wie er dich von Anfang an wahrgenommen hat. Du warst – du bist – das hübsche, exotische Mädchen aus der Großstadt, das das beliebteste Geschäft des Dorfes übernimmt. Klar, dass da erst mal alle Aufmerksamkeit dir gilt. Aber er ... er hat sich dir geöffnet wie sonst niemandem zuvor. Und das hat mir wehgetan. Ich hätte dir sagen müssen, was ich für ihn empfinde, aber ich habe gemerkt, dass du ähnlich fühlst wie ich. Dass er dir auch wichtig ist. Und da konnte ich es einfach nicht.
Dieser Kuss, den du gesehen hast, ging nur von mir aus. Cadan war nicht mal ansatzweise drauf vorbereitet. Und weißt du was? Ich hab's nur getan, weil ich wusste, dass du bei ihm warst. Ich habe an diesem

Abend bei ihm geklingelt, weil ich reden wollte, und er hat mir gesagt,
dass du jeden Moment wieder da sein würdest, weil du deine Tasche
bei ihm vergessen hattest.
Und als ich dich gehört habe, wie du die Straße entlanggelaufen
kamst, habe ich ihn einfach geküsst und gehofft, du siehst es.
Und das hast du dann ja auch.
Katherine, ganz ehrlich, es tut mir so leid. Wenn du irgendwann mal
mit mir über alles reden willst, ruf mich bitte an. Jederzeit, egal wann.
S.

Jederzeit, egal wann.

Katherine nahm ihr Handy vom Nachttisch und wählte Sophies Nummer.

Kapitel 34

Sie sprachen bis tief in die Nacht hinein.

Sophie entschuldigte sich öfter, als Katherine zählen konnte, und offenbarte ihr die ausführliche Version dessen, was sie in ihrem Brief bereits zusammengefasst hatte.

Katherine wusste, dass es ihr gutes Recht gewesen wäre, sie erst einmal mit Schweigen zu strafen. Doch die Erleichterung darüber, dass Cadans Gefühle ihr gegenüber aufrichtig waren, wirkte wie ein Dämpfer auf ihre Wut.

Sie wollte nichts mehr, als alle Differenzen aus der Welt zu schaffen. Sofort, wenn nur irgend möglich. Da sie allerdings lieber persönlich mit Cadan sprechen und ihn nicht um den Schlaf bringen wollte, hielt sie sich bis zum Morgen zurück.

Mit den ersten Sonnenstrahlen dann schwang sie sich unter die Dusche, zog sich an und verließ das Haus mit noch nassen Haaren. Wenig später klingelte sie mit trommelndem Herzen an der Tür der Balkill Road 7. Das schrille Geräusch, das im Inneren des Hauses erklang, hallte in ihrem Brustkorb wider.

Es dauerte nicht lange, bis Cadan öffnete.

Sein Anblick erschreckte sie. Die wirren Haare, das falsch zugeknöpfte Hemd, die dunklen Ringe unter seinen Augen … Er sah aus, als hätte er nicht geschlafen. Dennoch lichteten sich die Schatten in seinem Gesicht nun, da er sie sah, ein wenig.

»Kate.« Ihr Name aus seinem Mund war ein einziges erleichtertes Aufatmen. »Du bist hier.«

Sie lächelte. »Ich bin hier.«

Er wusste, was es bedeutete. Sie beide wussten das. Dennoch verspürte sie den zehrenden Drang, sich zu erklären.

»Ich … ich wollte mich bei dir entschuldigen. Dafür, wie ich dich behandelt habe und dass ich dir keine Chance gegeben habe, dich zu erklären. Das war … keine Ahnung. Kindisch. Unreif.«

»Nein.« Cadan schüttelte ernst den Kopf. Zwischen seinen dunklen Brauen bildete sich eine steile Falte. »Das musst du nicht. Jeder hätte so reagiert, wenn er gesehen hätte, was du gesehen hast. *Ich* hätte so reagiert. Und außerdem hast du mir ja doch eine Chance gegeben, oder? Du … du hast die Fotos doch gesehen? Alle? Ich weiß, das war so vielleicht etwas umständlich, aber … na ja. Ich wusste nicht, was ich sonst tun sollte, nachdem du meine Nummer blockiert hast.«

Peinlich berührt biss Katherine sich auf die Unterlippe.

»Du bist nicht mehr blockiert, das wollte ich nur kurz klarstellen. Und die Fotos habe ich gesehen, ja. Alle. Jedes einzelne.«

Unschlüssig trat Katherine einen Schritt auf ihn zu. Plötzlich war das Bedürfnis, die während der letzten Tage verlorene Nähe zwischen ihnen aufzuholen, übermächtig. Sie wollte ihn berühren, ihn umarmen, seinen Herzschlag an ihrem Ohr hören. Ihm sagen, wie leid es ihr tat. Immer und immer wieder, bis er es glaubte.

»Ich hätte von Anfang an ehrlich zu dir sein sollen«, sagte er mit rauer Stimme. »Dir einfach erzählen, was Sophie in letzter Zeit so abgezogen hat. Aber ich wollte sie nicht bloßstellen. Gott sei Dank hatte sie ein schlechtes Gewissen.« Er lachte erstickt. »Ohne ihre Zustimmung wäre ich mir nämlich ziemlich schäbig dabei vorgekommen, dir diese ganzen Texte zu zeigen. Aber gemacht hätte ich es trotzdem. Für dich würde ich sehr viel tun, Kate. Ich würde ja gern ›alles‹ sagen, und das meine ich auch eigentlich, aber das klingt irgendwie abgedroschen.«

Katherine war, als würde der Sommer nach einem viel zu langen

Winter wieder in ihr Herz einziehen. Wieder stiegen ihr die Tränen in die Augen, doch heute waren es solche der Freunde.

»Cay?«, fragte sie leise und stellte sich auf die Zehenspitzen.

»Kate?«, murmelte er dicht an ihrem Mund.

Anstelle einer Antwort verschloss sie seine Lippen mit ihren.

Küsste ihn so innig, dass es sich anfühlte, als würden ihre Seelen miteinander verschmelzen, und vergaß die Zeit.

Es hätte ein Jahr oder eine Minute vergangen sein können, als sie sich sanft von ihm löste. Verlegen strich Katherine sich eine Haarsträhne hinters Ohr.

»Jetzt, wo wir das geklärt hätten ... Was hältst du von einer Runde Minigolf? Vorausgesetzt, du bist bereit für eine Niederlage.«

»Wow, das kam unerwartet. Vor allem um 8 Uhr morgens.« Cadan fuhr sich demonstrativ mit den Fingern durch die Bettfrisur. »Haben die überhaupt so früh schon auf?«

Katherine nickte eifrig. »Noch nicht ganz, aber in einer halben Stunde.«

Cadan lachte glucksend. »Verrückt. Aber gut. Wenn du noch kurz auf meine Niederlage warten könntest, bis ich mich frisch gemacht habe, bin ich dabei.«

*

Ein paar Minuten später hatte Cadan nichts mehr mit der schlaflosen Version seiner Selbst gemein. Er sah wie immer so gut aus, dass Katherine bei seinem Anblick ganz flau wurde: Cadan trug eine helle Hose, ein marineblaues T-Shirt und darüber eine leichte Jeansjacke. Seine Haare waren noch immer ein wenig wilder und ungezähmter als sonst, ließen ihn in der Gesamterscheinung aber angenehm verwegen wirken.

Er grinste schief, als er die Tür hinter sich ins Schloss zog.

»So. Ich würde sagen, der Verlierer spendiert ein Eis. Was meinst du?«

»Gern«, sagte Katherine ernst, »nimmst du schon Bestellungen entgegen?«

Cadan knuffte sie in die Seite – und ließ seine Hand auf ihrer

Hüfte liegen, während sie den Weg in Richtung Minigolfanlage einschlugen. Mit klopfendem Herzen legte auch sie seinen Arm um ihn, als sie sicher sein konnte, dass er seinen nicht mehr zurückzog.

O mein Gott.

Wann war sie zuletzt mit einem Mann so durch die Straßen gegangen? So vertraut, so einträchtig, so unbeschwert.

Seit sie sich im Sommer vor zwei Jahren von ihrem Ex-Freund Daniel getrennt hatte, war sie nie wieder jemandem auf eine solche Weise nahekommen. Und noch gestern hatte sie nicht geglaubt, jemandem je wieder so nahekommen zu können.

Katherine fühlte sich so wohl und geborgen, dass sie beinahe wünschte, der Weg würde sich noch ewig hinziehen.

Doch nach etwa zwanzig Minuten Fußmarsch hatten sie die kleine, nahe des Cliff Walk gelegene Grünanlage erreicht. Katherine zählte insgesamt siebzehn liebevoll dekorierte Bahnen; die zu überwindenden Hindernissen bestanden mal aus Leuchttürmen, in deren Füße U-förmige Durchgänge eingelassen waren, mal aus Ankern, die es zu überwinden galt, und mal aus Blumenkübeln, um die herum man seinen Ball manövrieren musste.

Nachdem Cadan zunächst in Führung gegangen war, holte Katherine ab Bahn 7 plötzlich auf und trug am Ende ganz knapp (bei gerade einmal zwei Punkten Differenz) den Sieg davon.

Kurze Zeit später saßen sie auf einer Bank am Rand der Grünanlage, von wo sie einen herrlichen Blick auf eine Schafweide genossen, und aßen ihr Eis – Katherine Konfekt, Cadan ein Wassereis mit Melonengeschmack.

»Gratulation zum Sieg«, sagte er und sah sie von der Seite aus zusammengekniffenen Augen an, »aber ich denke, da ging es nicht mit rechten Dingen zu. Wir sollten uns beizeiten zu einer Revanche treffen.«

Katherine lachte. »Jederzeit. Wenn du so gerne verlierst, möchte ich dir das Gefühl nicht vorenthalten.«

Der gefrorene Schokoladenmantel des Vanilleeiswürfels in ihrem Mund knackte hörbar, als sie darauf biss.

Plötzlich fragte sie sich, ob Fiona und ihr Vater hier ebenfalls gemeinsam Minigolf gespielt hatten. Ob sie auch Arm in Arm durch die Straßen gelaufen waren.

»Mein Vater hat sich damals in Fiona verliebt«, wechselte Katherine so unvermittelt das Gesprächsthema, dass sie selbst darüber erschrak.

Neben ihr verschluckte Cadan sich an seinem Wassereis.

»Das hast du damit gemeint, als du gesagt hast, dein Dad hätte bei dieser Familienstreit-Sache eine tragende Rolle gespielt?«

Katherine nickte. »Genau genommen ja nicht nur er.« Sie lachte traurig. »Meine Mum hat irgendwann rausgefunden, dass er Fiona heimlich in Howth besucht hat. Sie hat ihr nichts gesagt. Überhaupt nichts. Mum ist daran fast zerbrochen. Und natürlich wollte sie damals nicht, dass ich noch Kontakt zu Fiona habe.« Katherine machte eine Pause. Obwohl es befreiend war, diese Geschichte endlich mit jemandem zu teilen, war ihr der Appetit auf Eis nun vergangen. »Soweit ich mich erinnern kann, hat Fiona das alles zwar abgestritten – aber ganz ehrlich, wer würde das nicht tun? Ich war damals dreizehn. Zu jung, um die richtigen Fragen zu stellen. Es hat wirklich wehgetan, beide zu verlieren. Fiona *und* Dad, obwohl ich Dad ja wenigstens ab und zu noch gesehen habe. Aber darüber gesprochen, was passiert war, haben wir nie. Ich konnte und wollte nicht. Mittlerweise bereue ich das. Ich meine … es fühlt sich irgendwie falsch an, dass ich nur Mums Version der Dinge kenne und den anderen beiden nie die Gelegenheit gegeben habe, sich zu erklären. Weißt du, was ich meine?«

In Cadans Gesicht las Katherine Anteilnahme. Er nickte sanft. »Ja, ich glaube schon. Es tut mir sehr leid, dass du das durchmachen musstest. Das ist ein ganz schön großes Päckchen, das du da mit dir herumschleppst.«

Dankbar für sein Verständnis lächelte Katherine ihn an, so gut es ihr unter diesem emotionalen Gesprächsthema gelang.

Ihre Wahrheit war nun, da sie sie so lange in ihrem Herzen eingesperrt hatte, einfach so aus ihr herausgebrochen.

»Als ich herkam, war ich wirklich der Überzeugung, dass Fiona und Dad die Bösen in dieser Geschichte waren. So bescheuert das klingt. Ich war nicht mehr richtig wütend, das nicht, aber es war trotzdem komisch für mich, plötzlich in Fionas Haus zu leben. Oder überhaupt dort, wo sie sich mit Dad getroffen hatte. Irgendwie habe ich die zwei überall gesehen. Aber ... na ja ... Jetzt denke ich mir, dass vielleicht gar nicht alles nur schwarz und weiß ist. Dass es vielleicht irgendwas dazwischen gibt. Die ganze Zeit über hatte ich Angst, mich mit Fiona und Dad als mögliches Paar auseinanderzusetzen. Jetzt merke ich, dass ich gern herausfinden möchte, was da wirklich zwischen ihnen war. Wie ihr gemeinsamer Weg ausgesehen hat.«

»Wow«, machte Cadan nachdenklich. Eine Weile kaute er gedankenverloren auf seinem Holzstiel herum, ehe er ihn in neben sich in den Mülleimer warf. »Das ist wirklich mutig von dir, Kate. Vielleicht findest du ja ein paar Antworten.«

»Ja.« Katherine lenkte ihren Blick wieder auf die grasenden Schafe, die mit ihrem weißen, lockigen Fell aus der Entfernung wie kleine Wölkchen aussahen. »Vielleicht.«

Kapitel 35

Auf dem Weg zurück zu Katherines Haus machten sie einen Abstecher ins O'Connells, jenem Pub am Pier, von dem Ivy ihr bei ihrem ersten Zusammentreffen erzählt hatte.

Begleitet von den Klängen irischer Musik, die aus den Lautsprechern rieselte, teilten sie sich eine Portion Fish & Chips (zu mehr waren sie nach dem Eis am Minigolfplatz nicht in der Lage) und stießen mit einem frisch gezapften Bier auf den Tag an.

»Wenn du Lust hast, könnten wir uns hier morgen Abend mit Emilio treffen. Er ist jetzt für ein paar Tage in Howth und würde dich gern kennenlernen. Also, über euer kurzes Gespräch letztens und diese unverhoffte Begegnung im Restaurant hinaus.«

Katherines Herz machte einen Satz.

»Ist das die Light-Version von ›Ich stelle dich meinen Eltern vor‹?«, fragte sie lachend. Den Ärger über Emilio hatte sie längst vergessen. Ihre Wangen erglühten in Vorfreude.

Cadan sah sie mit großen Augen an. »Mist, war das jetzt zu viel?«

Seine Unsicherheit rührte Katherine nur noch mehr. »Quatsch! Sehr gern. Morgen Abend. Hier. Mit Emilio. Geht klar.«

Sie merkte, wie gut es ihr tat, ihre Gedanken und Gefühle endlich laut ausgesprochen zu haben. Sie fühlte sich wie von einer Last befreit, deren Schwere sie immens unterschätzt hatte.

»Ähm. Möchtest du gleich trotzdem noch kurz mit reinkommen?«, fragte Katherine verlegen, als sie nach ihrem Pub-Besuch den Heimweg einschlugen.

Cadan sah sie amüsiert an. »Trotzdem?«

»Ja. Ich meine, obwohl wir heute schon so viel Zeit zusammen verbracht haben.«

»Ach ja? Kommt mir gar nicht viel vor.«

»Das heißt also Ja?«

»Aber so was von.«

Wenig später saßen sie zusammen in der Bücherei.

Da Katherine wusste, wie gut es Cadan dort gefiel, hatte sie vorgeschlagen, es sich dort mit Decken, Laptop und Wein gemütlich zu machen. Also rückten sie die Sessel der Schreibecke zusammen und richteten den Laptop auf dem Tisch vor ihnen so aus, dass sie ihn als kleinen Fernseher nutzen konnten.

Der Film, für den sie sich entschieden hatten – ein Horrorstreifen – entlarvte sich nach nur wenigen Minuten als schlechte Komödie.

»Ach, du je«, prustete Katherine und stoppte den Film. Sie hatte darauf gebaut, sich ein wenig an Cadan kuscheln zu können, doch vor dem Geschehen auf dem Bildschirm würde sich vermutlich nicht mal ein Sechsjähriger fürchten. »Hast du Alternativvorschläge?«, fragte sie hoffnungsvoll.

Cadan wirkte plötzlich abwesend, das Lächeln auf seinem Gesicht wie eingefroren.

Er ist nicht bei mir, dachte Katherine, ohne diese Tatsache als Kränkung zu empfinden, er ist woanders. Bei Rae vielleicht.

»Oder … Möchtest du vielleicht lieber weitererzählen, wo wir das letzte Mal aufgehört haben?«, fragte Katherine vorsichtig. Sie wünschte Cadan dasselbe befreiende Gefühl, das auch sie heute empfand. Ganz sicher würde es ihm besser gehen, wenn er sich die Geschichte um seinen Bruder von der Seele geredet hatte.

Ihre Worte brauchten einen Augenblick, um zu ihm durchzudringen. Cadan blinzelte. »Wirklich? Jetzt, wo wir so einen schönen Tag hatten? Ich meine, ich habe es mir ja eigentlich selbst vorgenommen. Aber ich möchte das hier«, er deutete von Katherine und sich selbst zu dem Tisch mit Weingläsern und Laptop, »nicht versauen. Es ist … einfach schön mit dir.«

Katherine wurde warm. Vor Mitgefühl und Zuneigung für diesen, großen, muskulösen, anfangs so verschlossenen Mann, der nun ganz ungeniert eine ihrer Blümchendecken um die Schultern trug und sich darum sorgte, die Stimmung kaputtzumachen.

»Mit dir ist es auch schön. Egal, was wir machen oder worüber wir reden. Wenn du möchtest, habe ich also gern ein offenes Ohr für dich.«

Cadan kämpfte seine Hand unter der Decke hervor und ergriff Katherines.

»Also gut. Ähm. Wo waren wir denn eigentlich stehen geblieben?«

»Bei eurem Umzug nach Maynooth«, half sie nach. »Eurem Neustart.«

»Neustart«, murmelte Cadan und ließ ein verzweifeltes Glucksen verlauten.

Katherine versuchte sich innerlich für das zu wappnen, was nun folgen würde. Sie spürte Cadans Anspannung an der Art, wie er mit dem Daumen beinahe frenetisch über ihren Handrücken strich.

»Eigentlich hat sich in Maynooth nichts geändert. Wir hatten immer noch dieselben Probleme, nur mit einem anderen Ausblick. Rae wurde immer labiler. Als wir achtzehn wurden und ich meinen Führerschein in der Tasche hatte, kam ich auf die glorreiche Idee, wir könnten einen Ausflug machen, er und ich. Ich dachte echt, es würde ihm guttun, mal rauszukommen, er hockte nämlich wirklich nur noch in seinem Zimmer. Hatte keine Freunde, keinen Job, keinen vernünftigen Schulabschluss. Keine Ahnung, wieso, aber zu der Zeit hatte ich noch die absurde Hoffnung, wir könnten uns wieder annähern. Und, was ich ehrlicherweise zugeben muss, ich wollte meinen Dad mit dieser »Wir mieten uns von meinem ersten Nebenjob-Gehalt ein Motel-Zimmer«-Aktion auch ein bisschen beeindrucken. Immerhin war ich ja jetzt der gute Zwilling, falls du dich erinnerst. Derjenige von uns beiden, der Verantwortung übernehmen konnte.«

Wie bereits bei ihrem Treffen am Claremont Beach unterbrach Cadan sich auch jetzt, um sich zu sammeln, bevor er weitersprach. Katherine wartete geduldig, bis er seine Erzählung wiederaufnahm.

»Es ging schon beschissen los. Das Wetter war furchtbar, es hat in Strömen geregnet, und wir haben angefangen uns zu streiten, kaum dass wir fünf Minuten unterwegs waren. Tja. Ich hätte einfach direkt umdrehen sollen, aber das habe ich nicht. Ich wollte es durchziehen.«

Katherine merkte, dass Cadan nun an einem Punkt in seiner Erzählung angelangt war, an dem er auch hier und jetzt am liebsten umgedreht wäre.

»Ich bin da«, sagte sie leise und nahm seine Hand, »was auch immer jetzt kommt, ich bin da.« Sie legte ihren Kopf an seine Schulter. Spürte seinen Herzschlag, seine Anspannung.

»Wir hatten einen Unfall«, presste er hervor, »ein Betrunkener ist von der Gegenfahrbahn abgekommen und hat uns von der Straße gedrängt. Ich weiß nicht mehr viel davon. Nur, dass Rae nicht angeschnallt war und das Ganze nicht überlebt hat. Und dass mir die Windschutzscheibe fast die Wange abgesäbelt hat.« Er gab ein ersticktes Lachen von sich. Seine Worte ließen Katherine aus ihrer Position aufschrecken. Kerzengerade saß sie neben Cadan, verstärke den Griff um seine Hand und starrte ihn an.

Diesen Mann, der seinen Bruder auf so schreckliche Weise verloren hatte. Diesen Mann, der einen Schmerz mit sich herumtragen musste, der auch jetzt, Jahre später, sicher immer noch groß genug war, um ihn in einsamen Momenten in die Knie zu zwingen.

»Ich habe gedacht, ich könnte nie wieder Auto fahren, aber das Gegenteil war der Fall. In meinem Job war ich ständig auf Streife, wollte immer ans Steuer. Ich war teilweise wie besessen davon. Was das angeht, kam meine Reaktion mit Verzögerung. Ich habe mitten in einer Schicht plötzlich so eine heftige Panikattacke bekommen – blöderweise sogar, als wir gerade einen anderen Wagen verfolgt haben –, dass ich eine Vollbremsung einlegen und aussteigen musste.

Tja … und seitdem haben mich keine zehn Pferde mehr auf einen Fahrersitz gekriegt. Deswegen auch mein Schreibtischjob.«

»Gott, Cadan. Das tut mir so unfassbar leid.«

Er machte eine vage Kopfbewegung, aber seine Augen schimmerten feucht. »Danke. Das ist manchmal einfach …« Er atmete geräuschvoll aus. »Das ist manchmal einfach noch so schwer zu begreifen. Ich meine, ich hab wirklich alles durch. Alle Phasen der Trauer. Verzweiflung, Leugnen, Wut, Selbstvorwürfe, das volle Programm. Dad hat leider seinen Teil dazu beigetragen, dass diese Selbstvorwurf-Sache mich ganz schön lange begleitet hat. In seinen Augen ist der falsche Sohn gestorben, das lässt er unmissverständlich durchklingen. Jedenfalls, wenn er nicht gerade so tut, als wäre ich Rae. Jap, das macht er immer noch ganz gern. Und leider ist es mir wirklich lange schwergefallen, nach all der Zeit, in der ich das mitgemacht habe, wieder zu mir selbst zu finden. Einfach wieder Cadan zu sein. Aber ganz ehrlich? Seit ich in Howth bin, bin ich mehr ich, als ich es je gewesen bin.«

Katherine spürte, wie ihr die Brust eng wurde. Sie wollte Cadan umarmen. Wollte die die Scherben von damals einsammeln und wieder zusammensetzen.

»Ich glaube, Mädchen aus München, jetzt weißt du wirklich fast alles über mich. Alles Wesentliche jedenfalls. *Das* war mal ein Seelenstriptease, Halleluja.«

Sanft entzog er Katherine seine Hand und nahm einen Schluck Wein.

»Cadan. Ich weiß nicht, was ich sagen soll.«

Überwältigt von all den in ihr freigesetzten Gefühlen, die die Luft um sie herum zum Schwingen brachten, zeichnete sie mit den Fingerspitzen seine leicht erhabene Narbe nach.

»Danke«, flüsterte sie und hatte es nie ernster gemeint als jetzt, »danke für dein Vertrauen.«

Cadans Augen waren bei der Erinnerung an das Erlebte ganz hell geworden. Wie so oft dachte Katherine, dass sie wie Bernsteine blitzten, deren Schönheit vom Licht der Morgensonne gekrönt wurde.

Ohne ein weiteres Wort stand sie auf und klappte den Laptop

zu. Cadan sah sie fragend an, doch hinter seiner Irritation konnte Katherine erkennen, dass er ihre Sehnsucht teilte.

Mit klopfendem Herzen strich sie über den Kragen seines T-Shirts – eine stumme Aufforderung – und ging, einem inneren Kompass folgend, dessen Nadel zitternd ausschlug, hinüber ins Haupthaus. Die Treppen hinauf und geradewegs in Schlafzimmer, dicht gefolgt von einem ebenfalls schweigenden Cadan.

Vor Nervosität zitternd ein- und ausatmend, legte sie sich aufs Bett, strich mit einer Hand über das leere Kopfkissen neben sich und sah Cadan voll schwelender Hoffnung an.

In diesem Moment war es kein Verlangen, das ihren Wunsch nährte, das Bett mit ihm zu teilen. Nicht jetzt. Nicht heute. Vielmehr war es das Bedürfnis, ihn festzuhalten – und festgehalten zu werden. Herz an Herz durch die Nacht zu fallen, an deren Ende ein gnädiger Morgen wartete.

Nach kurzem Zögern legte Cadan sich neben sie. Auf den Rücken, den Blick gen Decke gerichtet und ein leichtes Lächeln auf dem wunderschönen Gesicht.

Er versteht mich, dachte Katherine erleichtert, er versteht, dass es hier um mehr geht als um Sex.

Vorsichtig legte sie ihren Kopf auf Cadans Brust und schmiegte ihren Oberkörper eng an seinen. Irgendwann, Katherine wusste nicht, ob Minuten oder Stunden vergangen waren, drehte er sich auf die Seite, legte einen Arm um ihre Taille und zog sie so dicht an sich, dass kaum mehr ein Millimeter ihre Körper voneinander trennte. Mit dem Gesicht an seiner Halsbeuge, umhüllt von seinem herrlichen, herben Duft, verfiel sie schließlich in einen angenehmen Dämmerschlaf. Das Letzte, was sie hörte, bevor die Welt der Träume Löcher in die Realität schlug, war das gleichmäßige Atmen Cadans und ein paar gemurmelte Worte, die klangen wie »Danke« und »Angekommen«.

Kapitel 36

Der Morgen war leicht. Er hatte sich von dem Gewicht der Nacht, welches seine Flügel beschwert hatte, losgerissen und war zum Horizont emporgestiegen. Rosa und gelb überzog er den Himmel wie ein süßes Versprechen.

Katherine bestaunte dieses ihr so wunderbar erscheinende Geschenk der Natur durch ihr Schlafzimmerfenster in der Dachschräge, das ihr Gesicht in die ersten Strahlen der Spätsommersonne tauchte. Sie hatte sich vorsichtig auf den Rücken gedreht, um Cadan nicht zu wecken, der neben ihr immer noch in aller Seelenruhe schlief.

Nur mit Mühe konnte sie sich davon abhalten, zum wiederholten Male den Kopf zu wenden und in sein so friedlich aussehendes Gesicht zu schauen. Seine Züge waren so weich und entspannt, dass es schien, als hätten sie die Schatten der Vergangenheit mit dem gestrigen Gespräch um ein ganzes Stück abgehängt.

Möglichst lautlos setzte Katherine sich auf, lief auf Zehenspitzen zur Tür und nahm ihren Bademantel vom Haken. Verstohlen warf sie einen letzten Blick über die Schulter, um sich zu vergewissern, dass Cadan immer noch im Reich der Träume verweilte. Dann verschwand sie lächelnd ins Badezimmer.

Sie würde schnell eine warme Dusche nehmen und anschließend

ein Frühstück für sich und Cadan zaubern. Eilig streifte sie ihre Kleidung ab und trat fröstelnd in die Duschkabine. Als das heiße Wasser ihre Haut berührte, stieß sie einen wohligen Seufzer aus und bekam trotz der Wärme, die ihren Körper flutete, eine Gänsehaut.

Luca wird ausflippen, wenn ich ihr erzähle, dass Mr. Ireland bei mir übernachtet hat, dachte Katherine aufgekratzt, drehte den Hahn wieder zu und schnappte sich ein Handtuch.

Als sie vor den von heißem Wasserdampf beschlagenen Spiegel trat, verspürte sie plötzlich den albernen Drang, mit dem Finger ein Herz auf ihn zu malen. Kopfschüttelnd griff sie nach ihrem am Haken hängenden Bademantel – und ließ ihn vor Schreck fallen, als die Zimmertür sich öffnete.

Cadan machte einen Schritt in den Raum hinein, blieb dann stehen und sah Katherine einen Moment lang mit einer Mischung aus Überraschung und Leidenschaft an. Dann besann er sich wieder auf seine Gentleman-Pflichten. Er wandte so abrupt den Kopf zur Wand, dass Katherine glaubte, seine Halswirbel knacken zu hören. Fahrig bückte sie sich nach dem Bademantel und schlüpfte hinein, wobei sie ihn gerade so weit schloss, dass er jemandem, der seine Gentleman-Pflichten erneut kurz vergaß, einen anständigen Blick auf den Ansatz ihres Dekolletés bescherte.

»Hast du vielleicht ein Handtuch für mich?«, fragte Cadan, dem anzusehen war, dass er die Wand nicht halb so interessant fand wie Katherine. Sie grinste.

»Du kannst ruhig wieder gucken.«

Das ließ Cadan sich nicht zweimal sagen. »Hübscher Bademantel«, sagte er mit rauer Stimme.

»Danke. Die Handtücher sind in der Kommode neben dir, zweite Schublade.«

Cadan nickte, machte jedoch keine Anstalten, sich in Richtung des Schranks zu bewegen.

»Super. Du hast sicher nichts dagegen, wenn ich mich kurz erfrische?«

»Gar nicht, nein.«

Er schlüpfte aus seinem T-Shirt und schenkte Katherine sein schönstes Grübchenlächeln.

»Im – äh – im Regal neben dem Spiegel findest du auch noch Zahnbürsten und Duschgel, das du benutzen kannst. Vorausgesetzt, du hast kein Problem damit, nach Magnolien zu duften.«

»Magnolien? Okay, warum nicht. Ich bin da flexibel.« Cadan zupfte am Bund seiner Boxershorts.

Nun war es Katherine, die sich an ihren Anstand erinnern musste. Ihr war so heiß, dass sie glaubte, ihr Kreislauf müsse jeden Moment schlappmachen.

»Gut. Also … ich werd dann mal.« Bevor ich mich noch vergesse, setzte sie stumm hinzu.

Hektisch griff Katherine nach ihrer Make-up-Tasche und wollte an Cadan vorbei aus der Tür schlüpfen, doch mit einem blitzschnellen Griff um ihre Taille hielt er sie zurück.

»Keine Sorge«, raunte er in ihr Ohr, »ich werde das, was gestern Nacht zwischen uns entstanden ist, nicht damit kaputt machen, dass ich wie ein hungriger Wolf über dich herfalle. Auch wenn ich manchmal einfach nur … wild mit dir sein möchte.«

Seine Finger schlossen sich fester um ihre Hüfte, und Katherine sog scharf die Luft ein.

»Wild mit mir sein?«, japste sie. Das Feuer, das sich bei seinen Worten ihren Bauch hinunter und bis zwischen ihre Schenkel ausbreitete, war beinahe unerträglich. »Was ist das denn für eine seltsam gestelzte Ausdrucksweise, Mr. Flanagan?«

Er zuckte arglos die Achseln.

Zum Teufel mit Anstand und Gentleman-Kram, dachte Katherine und sah zu Cadan auf. Lud ihn mit den Augen ein zu tun, was sie noch letzte Nacht bewusst aufgeschoben hatten.

Doch er gab ihr nur einen Kuss auf die Schläfe und lockerte seinen Griff um ihre Taille wieder. Katherine ließ ihren angehaltenen Atem in Form eines Seufzers aus ihren Wangen entweichen.

»Hey«, sagte Cadan belustigt, »warum so enttäuscht?«

»Äh. Ich bin nicht enttäuscht. Wie kommst du darauf?«

Cadan kniff die Augen zusammen. »Sicher?«

»Muss ich dir das jetzt wirklich erklären?«, fragte Katherine gequält.

»Oh. Verstehe.« Cadan setzte eine Unschuldsmiene auf. »Glaub mir, ich möchte das auch. Sehr sogar. Aber nicht auf den kalten Fliesen deines Badezimmerbodens.«

Einen elektrisierenden Augenblick lang war Katherine versucht ›Und wieso nicht?‹ zu antworten, ehe sie ihrer Sinne wieder Herr wurde. Denn obwohl sie im Augenblick nichts lieber täte, als jeden Zentimeter seines Körpers auf ihrem zu spüren, glaubte sie zu verstehen, was er meinte. Auch sie wollte, dass ihr gemeinsames erstes Mal etwas Besonderes war.

»Natürlich nicht.« Sie straffte die Schultern. »Sehen wir uns dann gleich in der Küche?«

Cadan lachte.

»Zum Frühstücken, Mensch!«, setzte sie lachend hinzu.

»Ja, ich denke, das ist mit meinen Moralvorstellungen kompatibel.«

*

Sie verbrachten den ganzen Sonntag zusammen.

Katherine fühlte sich ein bisschen so, als würde sie einen besonders schönen Traum haben – nur ohne die drohende Gefahr eines Weckerklingelns, das diesen Traum gnadenlos zerschellen ließ. Nein, dies hier war einer von jener Sorte, dessen Dauer und Intensität sie selbst beeinflussen konnte.

Und das tat sie. Ganz bewusst genoss sie jede Sekunde an Cadans Seite. Das gemeinsame Frühstück und anschließende Spülen, eine gegenseitige Vorleserunde in der Rainbow-Hearts-Library, einen ausgedehnten Spaziergang mit Abstecher zu Cadans Wohnung, damit er sich umziehen konnte, der neuerliche Versuch, einen Film anzusehen (dieses Mal kamen sie immerhin bis Minute vierzig) und, zuletzt der völlig überraschende, aber umso stürmischere Kuss, den Cadan ihr am frühen Abend vor dem Eingang des Pubs gab, in dem sie sich mit Emilio treffen wollten.

Wie nur konnte es sein, dachte Katherine mit einem Herzen, das ihr trommelnd die Kehle hinaufkroch, dass jemand mit einer bloßen Berührung seiner Lippen in der Lage war, ihre ganze Welt aus den Angeln zu heben?

»Cadan«, sie hauchte seinen Namen in seinen Mund, schmeckte das Salz des Meeres auf seiner Zunge, presste ihren Körper an seinen ...

»Wow. Hi, Leute.«

Sie lösten sich so schnell voneinander, dass Katherine Mühe hatte, sich zu orientieren. Blinzelnd sah sie sich nach dem Ursprung der Stimme um, die ihr vage bekannt vorkam – und entdeckte Emilio.

Cadans Freund lehnte, die Augenbrauen vielsagend auf und ab wippend, neben der grün angestrichenen Tür des O'Connells.

»Ich würde ja sagen, nehmt euch ein Zimmer, aber dann hätte ich heute Abend niemanden mehr, der mit mir trinkt. Also: Nehmt euch kein Zimmer, lasst eure Fingerchen hübsch bei euch und kommt mit rein.«

Seine grauen Augen funkelten schalkhaft. Er trug die Haare ein Stückchen kürzer als das letzte Mal, dass Katherine ihn gesehen hatte, sah ansonsten aber genauso gut und frisch aus wie zuvor.

»Ich freue mich auch, dich zu sehen«, sagte Cadan, dem nicht anzumerken war, ob sein Kumpel ihn in Verlegenheit gebracht hatte oder nicht. Katherine hingegen war sich ziemlich sicher, dass ihre Wangen in Rosatönen erblühten.

»Hi«, begrüßte sie Emilio mit Handschlag, »echt nett, dass du mich heute dabeihaben wolltest. Ich hoffe, du verzeihst mir meine kleine Spionage-Nummer von neulich.«

Katherine grinste. »Ich denke, schon.«

»Perfekt! Dann muss ich mir ja keine Sorgen machen, dass ihr zwei nur mit euch selbst beschäftigt seid und mich armen Kerl vernachlässigt.«

»Verdient hättest du's«, bemerkte Cadan, »oder hast du schon vergessen, dass du gefühlt zu jedem zweiten Treffen mit mir eine andere Frau mitbringst?«

Emilio verschränkte in gespielter Empörung die Arme vor der Brust. »Pfff. Hör nicht auf den, Katherine. Der hat keine Ahnung, weil er im Flirten nämlich die totale Niete ist. Wie hat er dich eigentlich rumgekriegt? Erzähl mal. Ich will alles wissen.«

Emilio legte einen Arm um Katherine und ging mit ihr in den

Pub hinein. Als sie Cadan über die Schulter hinweg zugrinste, sah sie, dass er ihnen kopfschüttelnd folgte.

Der Abend zu dritt war wunderbar. Ein Live-Band spielte Musik, das Essen schmeckte hervorragend, und Emilio stellte sich als so unterhaltsam heraus, dass Katherine schon fürchtete, am nächsten Tag vor lauter Lachen noch Bauchmuskelkater zu bekommen. Cadan gemeinsam mit seinem alten Kumpel zu erleben, machte sie noch glücklicher, als sie es nach diesem rundum gelungenen Wochenende ohnehin schon war.

Mal interessiert, mal prustend lauschte sie ihren Geschichten aus Polizeiakademie-Zeiten und war beinahe geknickt, als sie ihren gemütlichen Eckplatz ein paar Stunden später aufgaben, um nach Hause zu gehen.

»Wir sehen uns am Freitag zum Schreibabend!«, verabschiedete Emilio sich zwinkernd. Er hatte Katherine mehrfach versichert, unbedingt kommen zu wollen, und sie freute sich sehr über seine Teilnahme.

»Sehr gern. Mach's gut, bis dahin.«

Grinsend klopfte Emilio erst Katherine, dann Cadan auf die Schulter und ging zügig davon.

»Da waren's nur noch zwei«, sagte Cadan und klang dabei nicht gerade, als würde er diesen Umstand bedauern. Sie standen genau dort, wo sie einander vorhin geküsst hatten. Die Erinnerung prickelte auf ihren Lippen.

Cadan räusperte sich ein wenig übertrieben. Es schien, als dachte er an dasselbe. »Heimweg-Begleitung gefällig?«, fragte er arglos.

Katherine schmunzelte. »Nichts lieber als das.«

So dicht nebeneinander schlendernd, dass ihre Arme sich ständig berührten, entfernten sie sich von der Promenade.

»Was für eine schöner Abend«, sagte Cadan leise. »Da möchte man doch am liebsten einfach draußen bleiben, oder?«

Katherine konnte ihm nur zustimmen. Der September zeigte sich wahrlich von seiner besten Seite. Die Luft war mild und roch nach Meer. Vereinzelte Schleierwolken zogen über einen blassblauen, allmählich dunkler werdenden Himmel.

Hier, fernab des Hafens mit seinem für einen Sonntagabend durchaus geschäftigen Treiben, lag eine paradiesische Ruhe über den Dächern des Küstendorfes. Eine Ruhe, die in Kombination mit dem mystischen Dämmerlicht eine geradezu märchenhafte Wirkung entfaltete.

Sie stellte sich vor, wie es wohl wäre, mit Schlafsäcken und Decken hoch zum Cliff Walk zu laufen und die Nacht unter dem irischen Sternenhimmel zu verbringen …

»Da wären wir«, sagte Cadan viel zu bald. Er klang wehmütig.

Als sie am Schaufenster der Bücherei vorbei in Richtung Eingang gingen, sprang der Bewegungsmelder vor Katherines Tür mit einem Klicken an und tauchte ihre Silhouetten in ein kühles Licht.

»Kannst du mir mal erklären, warum die Zeit mit dir immer viel zu schnell vergeht?«, fragte Katherine gespielt vorwurfsvoll und schob schmollend die Unterlippe vor.

Am liebsten würde sie ihn fragen, ob er noch einmal über Nacht blieb. Neben ihm zu schlafen, seine Körperwärme zu spüren und zu wissen, dass er da war, ganz dicht bei ihr, stellte jedes andere Gefühl, das Katherine jemals gegenüber einem Mann empfunden hatte, in den Schatten.

»Nur eine Vermutung, aber es könnte sein, dass –«

Cadans Antwort ging in einem glockenhellen, merkwürdig vertrauten Lachen unter, das hinter Katherines Rücken erklang.

»Du treulose Version einer besten Freundin, da bist du ja endlich!«

Kapitel 37

Katherine traute ihren Augen kaum.

Luca kam quer über die schmale Straße gerannt, die blonden Haare wie einen Vorhang aus Licht hinter sich her wehend. Stürmisch fiel sie ihr um den Hals.

»Lu, was tust du denn hier?«, fragte Katherine ungläubig lachend. Es war ebenso wunderbar wie surreal, das vertraute Parfum einzuatmen und ihre Stimme nicht durch einen Telefonhörer hindurch, sondern direkt an ihrem Ohr zu hören.

»Ich wollte eigentlich schon gestern kommen«, nuschelte Luca atemlos in Katherines Haar und löste sich sanft aus der Umarmung, »und heute Abend zurückfliegen, aber dann hab ich spontan eine Woche freibekommen.« Sie strahlte bis über beide Ohren. »Eine ganze Woche! Jedenfalls war vorhin keiner zu Hause, als ich geklingelt hab und – oh, wie unhöflich von mir – hallo, du musst Mr. Ire- äh – Cadan sein. Ich bin Luca.«

Katherine warf ihrer sonst so in sich ruhenden, nun spürbar aufgeregten besten Freundin einen schmunzelnden »Verrate bloß nicht seinen Spitznamen«-Blick zu. Gott sei Dank habe ich ihr schon erzählt, dass sich zwischen uns alles geklärt hat, dachte sie erleichtert, sonst hätte sie dem armen Kerl jetzt vermutlich lautstark die Meinung gegeigt.

Cadan ergriff Lucas ausgestreckte Hand und schüttelte sie höflich. »Hi. Schön, dich kennenzulernen.«

»Gleichfalls, danke. Ich hoffe, ich komme nicht ungelegen? Ich meine, ich kann auch wieder ins Hotel gehen und einfach morgen wiederkommen.« Ihr Blick flog unstet zwischen Cadan und Katherine hin und her.

»Nein«, sagten beide wie aus einem Mund.

»Ich wollte mich gerade von Katherine verabschieden«, setzte Cadan mit einem sehnsuchtsvollen Glitzern in den Augen hinzu.

Auf einmal schlug ihr das Herz bis zum Hals. Würde er sie vor Luca küssen? Oder waren sie mit dem, was auch immer zwischen ihnen sein mochte, noch nicht so weit?

Bevor sie weiter darüber nachgrübeln konnte, hauchte er ihr einen Kuss auf den Mund. Ein Schwindel der Glückseligkeit hüllte sie ein. Der Gedanke, dass Luca vermutlich gerade hinter ihr stand und lautlos »O mein Gott« schrie, entlockte ihr ein leises Giggeln.

»Wir sehen uns. Viel Erfolg bei deinem Schreibabend. Und pass gut auf, dass Emilio sich benimmt.«

»Äh. Ja, klar, ich habe ein Auge auf ihn.«

Da Cadan auch vor seinem Fototermin am Samstag die ganze Woche beruflich eingespannt sein würde, standen die Chancen nicht allzu gut, dass sie einander vor nächstem Sonntag wiedersahen. Katherine musste sich eingestehen, dass er ihr jetzt schon fehlte – und das, obwohl er doch noch vor ihr stand.

»Alles klar. Dann ... bis bald. Habt eine schöne Zeit.«

Luca und Katherine bedankten sich im Chor. Kaum dass Cadan außer Sichtweite war, packte Luca sie am Ärmel und zog und zerrte wie verrückt daran.

»Willst du mich veräppeln?«, zischte sie völlig hingerissen, »das mit euch ist ja wohl ernster als ernst! Ich möchte alles wissen: Was ist heute alles passiert? Wie war eure Aussprache? Was ist ein Schreibabend? Wer ist Emilio? Und das Wichtigste zum Schluss: Hast du noch Wein im Kühlschrank?«

Sie redeten die halbe Nacht lang.

Zuerst führte Katherine Luca im Haus herum (ihre Begeisterung, vor allem über die Rainbow-Hearts-Library, kannte keine Grenzen), dann setzten sie sich in der Küche zusammen, um sich bei Wein und Knabberzeug gegenseitig auf den neuesten Stand zu bringen.

Was Katherine während ihrer Telefongespräche teilweise nur angerissen hatte, erzählte sie nun in aller Ausführlichkeit. Sie berichtete von der engen Freundschaft zu Mr. Donnelly, dem Zusammenhalt in der Dorfgemeinschaft, von den seit Kurzem stattfindenden Schreibabenden und weiteren geplanten Veranstaltungen und zuletzt natürlich über die jüngsten Geschehnisse zwischen ihr und Cadan.

Einzig, was er ihr über Rae und dessen Todesumstände anvertraut hatte, ließ sie aus. Obwohl sie und Luca normalerweise keine Geheimnisse voreinander hatten, war ihr nicht wohl dabei, etwas für Cadan so Intimes ohne sein Wissen und Einverständnis zu teilen.

Als Luca gehen wollte, war es drei.

»Es tut mir so leid! Du musst morgen arbeiten, und ich quatsche dir hier eine Frikadelle ans Ohr«, entschuldigte sie sich und klaubte ihre Sachen zusammen.

»Ernsthaft?« Katherine ließ ihre Brauen in die Höhe wandern. »Du glaubst ja wohl nicht wirklich, dass ich dich im Hotel schlafen lasse. Mein Bett ist groß genug für zwei.«

Luca grinste verschlagen. »Ja, das dachte ich mir schon.«

»Hey.« Katherine boxte ihr spielerisch die Schulter. »Wie gesagt, noch lief da nichts.«

»*Noch.*« Lucas Grinsen wurde breiter. »Aber mal ehrlich, danke. Ich schlafe natürlich gern bei dir. Allerdings nur, wenn ich dir in der Bücherei ein bisschen zur Hand gehen und mich ums Frühstück kümmern darf.«

»Du hast Urlaub«, empörte sich Katherine, wusste aber, dass sie diese Diskussion verlieren würde. Wenn Luca sich erst einmal etwas in den Kopf gesetzt hatte, gab es nichts und niemanden, der sie davon abbringen konnte.

»Genau. Und in meinem Urlaub möchte ich tun, was mir Spaß macht.« Sie zwinkerte und Katherine gab sich geschlagen.

»Na gut.« Gähnend stand sie von der Küchenbank auf und

streckte den Rücken durch. »Dann würde ich sagen, du bist einge-
stellt.«

Tatsächlich stand Luca am nächsten Morgen noch vor Katherine auf
und kam pünktlich vor der offiziellen Öffnung mit zwei Coffee-to-
go-Bechern und einer üppig gefüllten Bagel-Tüte von ihrer Früh-
stücksmission zurück. Nachdem sie gegessen hatten, gingen sie gemeinsam in die Bücherei. Luca machte sich sofort daran, mit zusammengekniffenen Augen durch die Regalreihen zu streifen, um sich,
wie sie sagte, die unterschiedlichen Standorte der Autoren und ihrer
Bücher einzuprägen. Außerdem ließ sie sich von Katherine in das
Ausleihe- und Rückgabe- sowie das Kassensystem einweisen.

»Und du möchtest wirklich den ganzen Tag hierbleiben?«, startete Katherine einen letzten Versuch, Luca, die mit erwartungsvol-
lem Gesichtsausdruck hinter der Theke stand und die nun aufge-
schlossenen Eingangstüren beobachtete, an ihre kostbare Freizeit zu
erinnern.

»Aber so was von.« Sie trommelte mit den Fingerknöcheln auf
dem Tresen.

»Sicher? Du willst nicht lieber das Dorf erkunden?«

»Sag mal, willst du mich loswerden?«, fragte Luca lachend. »Das
erkunde ich nach Feierabend mit dir zusammen. Und bis dahin bin
ich deine persönliche Assistentin.«

Luca hielt Wort. Sie wich nicht von Katherines Seite, ging ihr zur
Hand, wann immer sie konnte, und hatte große Freude daran, die
Besucher der Rainbow-Hearts-Library in Gespräche zu verwickeln.

Katherine fand, dass ihre beste Freundin schon immer ein au-
ßergewöhnliches Talent dafür besessen hatte, innerhalb kürzester
Zeit ein Vertrauensverhältnis zu anderen Menschen aufzubauen.
Kaum war sie fünf Minuten mit jemandem bekannt, kannte sie auch
schon dessen halbe Lebensgeschichte – so kam es Katherine zumindest vor. Auch heute machte Luca wieder von dieser Fähigkeit Ge-
brauch. Mit einer kleinen Touristengruppe aus den Niederlanden
philosophierte sie über Gut und Böse (Ausgangspunkt war ein True-
Crime-Thriller, dessen Klappentext die Aufmerksamkeit eines der
Mitglieder erregt hatte), einem jungen Mädchen half sie, unter den

zum Verkauf stehenden Büchern ein Geschenk für dessen kranke Großmutter auszusuchen und gemeinsam mit einer Frau suchte sie nach den richtigen Worten für einen Brief, den diese in der Schreibecke verfassen und ihn anschließend verstecken wollte.

Doch auch darüber hinaus machte Lucas Anwesenheit sich bezahlt: Etwa als Katherines Sinne sich vorübergehend verabschiedeten, weil Cadan ihr eine *Ich denke an dich und daran wie es ist, dich zu küssen*-Nachricht geschickt hatte. Ohne zu zögern übernahm sie eine Beratung zu einer Gruselromanfrage und kümmerte sich im Anschluss wie selbstverständlich um Verbuchung und Rückgabe.

»Eigentlich müsste ich dich wirklich loswerden«, scherzte Katherine, als sie Türen der Bücherei am späten Nachmittag schlossen, »sonst wollen die Leute bald lieber dich als mich hierhaben.«

»Ist das so, ja?«, Luca grinste. »Ich wüsste da mindestens eine Person, der das nicht so lieb wäre.«

Katherine konnte ein sehnsuchtsvolles Seufzen nicht unterdrücken. »Ich glaube, ich hab echt ein Problem. Wir haben uns gestern gesehen, und es kommt mir schon vor, als wär das eine halbe Ewigkeit her.«

»Mr. Ireland? Nenn ihn beim Namen, Katherine, nenn ihn beim Namen.«

»Du bist doof.« Katherine schnitt eine Grimasse.

»Ja, manchmal schon. Aber ich bin auch –«

Ein Klopfen verschluckte den Rest ihres Satzes. Synchron drehten Katherine und Luca ihre Köpfe in Richtung Fenster.

War das etwa ...?

»Emilio? Was machst du denn hier?«

»Mich deinem Besuch vorstellen«, drang es dumpf hinein.

Erst jetzt fiel Katherine auf, wie übertrieben chic er gekleidet war. Mit seinem Jackett und der Nadelstreifenhose sah er aus, als käme er geradewegs aus einer Oper.

Prustend schloss sie ihm auf.

»Jetzt sag nicht, du hast dich deswegen so angezogen.«

»Was? Nein. Ich hab gleich ein Date.« Er zwinkerte. »Aber vorher wollte ich kurz reingucken. Bin ein bisschen neugierig, weißt du?« Während er mit Katherine sprach, sah er geradewegs an ihr vorbei. Sie biss sich auf die Lippen, um ein Lachen zu unterdrücken, und drehte sich zu Luca um.

»Luca, Cadans bester Freund Emilio. Emilio, meine beste Freundin Luca.«

Emilio starrte Luca an, als wäre sie eine verwunschene Prinzessin aus einem fernen Universum, deren Schönheit ihm die Worte von der Zunge stahl.

»Hi«, füllte Luca die seltsame Stille. Der Rosahauch auf ihren Wangen ließ erkennen, dass Emilios offensichtliche Bewunderung sie ein wenig verlegen machte. Kein Wunder, dachte Katherine, sagte ihre Freundin doch oft über sich selbst, dass sie als in einer Langzeitbeziehung lebende Frau überhaupt nichts mit der Aufmerksamkeit anderer Männer anzufangen wusste.

»Hi«, sagte Emilio endlich zurück – und setzte sofort ein »Ich werd dann mal« hinterher.

Katherine nahm sich vor, ihn beizeiten daran zu erinnern, dass er im Flirten ganz zweifellos die größere Niete war als Cadan.

»Echt? Das war schon alles? Dann bis Freitag«, sagte sie grinsend.

»Freitag! Genau.« Emilio fingerte am obersten Knopf seines Jacketts herum. »Kommst du auch zum Schreibabend, Luca?«

Sie reckte einen Daumen in die Höhe. »Jap, das ist der Plan.«

»Cool. Dann sehen wir uns. Also ... bis dann.« Katherine hätte schwören können, dass Emilio es in seinem aufgekratzten Zustand fertigbrachte, gegen die Tür zu rennen, aber zu ihrer Überraschung fand er unbeschadet hinaus.

»Wow«, sagte Luca und lachte hüstelnd, »das war schräg.«

»Nein, das war – äh – Mr. Italy.«

»Italy?«

»Sein Vater betreibt hier ein italienisches Restaurant, soweit ich weiß. Wir sollten die Tage mal hingehen, ich war noch nie dort.«

»Mr. Italy«, wiederholte Luca nachdenklich, »alles klar.«

Katherine warf sich die Haare über die Schulter, machte einen Schritt auf Luca zu und wippte mit den Brauen. »Ich will ja nichts sagen, aber du hast einen neuen Verehrer.«

Luca schnaubte. »Lass das nicht Adrian hören.«

»Nein, lieber nicht. Sonst holt er dich noch wieder nach München.«

»Eben. Und dabei darf ich doch den Schreibabend nicht verpassen. Scheint ja ein Riesending zu sein.«

»O ja«, Katherine nickte, »das ist es. Jedenfalls für mich.« Sie verschwand hinter den Tresen, schaltete PC und Scanner aus und ließ die Kasse einen Tagesbericht über Mahnkosten und Verkaufssummen drucken. Ratternd spuckte sie den Beleg aus.

»Ich freu mich drauf. Und? Was machen wir zwei Hübschen jetzt noch?«

Katherine dachte an Mr. Donnelly und die anderen, die sicher ähnlich wie Emilio darauf brannten, Luca kennenzulernen. »Eine kleine Runde durch die Nachbarschaft drehen, würde ich sagen. Ich möchte dich ein paar Leuten vorstellen.«

Kapitel 38

Es war, als wären sie nie getrennt gewesen. Als hätte Luca sie damals einfach nach Howth begleitet und wäre seitdem ein fester Bestandteil ihres Alltags. Ein fester Bestandteil der Gemeinde sogar, denn auch Mr. Donnelly und Konsorten zeigten Luca gegenüber keinerlei Berührungsängste. Abend für Abend saßen sie zusammen – mal in einem Pub, mal in einem Restaurant (bei Emilios Vater aßen sie die leckerste Lasagne, die sie je gegessen hatten) – und lachten und quatschten, bis sie heiser waren. Roxanne und Luca verstanden sich sogar so gut, dass sie am Schließungstag des Schmuckladens gemeinsam eine Klippenwanderung unternahmen.

»Spätestens jetzt kann ich verstehen, warum du hergezogen bist«, teilte die Freundin ihr am Freitag, wenige Minuten vor Beginn des Schreibabends, mit. »Ich möchte morgen überhaupt noch nicht abreisen. Obwohl ich Adrian natürlich vermisse, aber mir wäre es lieber, er würde einfach herkommen. Also, für immer, versteht sich.«

Sie rückte die Kaffee- und Teetassen zurecht, die sie für die Teilnehmer bereitgestellt hatten, und seufzte.

»Das wäre so schön«, stimmte Katherine zu, »auch wenn du Mr. Italy damit wahrscheinlich das Herz brechen würdest. Du solltest ihm heute stecken, dass du vergeben bist, sonst macht er sich noch Hoffnungen.«

Sie waren Emilio am Vorabend im Pub begegnet, wo er die Augen einfach nicht von Luca hatte lassen können. Schon seit er am Montag nach Feierabend aufgetaucht war, machte sie sich einen Spaß daraus, Luca mit ihrem neuen Verehrer aufzuziehen. Auch mit Cadan hatte sie schon darüber gescherzt, dass sie ja beizeiten einmal ein Doppel-Date haben könnten.

Katherine lächelte.

Der Gedanke an Cadan streichelte ihr eine wunderbare Wärme in die Seele. Sie hatten ausgemacht, sich am Wochenende wiederzusehen – glücklicherweise, denn Katherine war der festen Überzeugung, dass sie es keinen Deut länger mehr ohne ihn aushielt. Sie wollte ihn küssen, ihn berühren, seinen Duft einatmen und sich in seinen Augen verlieren. In seinem Lächeln.

»Wow. Ich hoffe, du denkst gerade an Cadan und nicht an Emilio?«, neckte Luca sie. Es war nicht das erste Mal, dass sie Katherine dabei erwischte, wie sie verträumt ins Leere starrte.

Sie schüttelte sich übertrieben. »Okay, genug Männertalk für heute.« Katherine sah auf die Wanduhr. Jeden Moment würden die ersten Teilnehmer eintreffen. »Machen wir doch lieber mit ein bisschen Magie weiter.«

*

Die Magie ließ nicht lange auf sich warten.

Wie bereits beim ersten Schreibabend strömte sie auch jetzt aus jeder Pore der Rainbow-Hearts-Library und schwängerte die Luft mit einem süßen Duft nach Träumen und Hoffnung. Katherine glaubte, dass es die Verschmelzung vom Zauber der Bücher und dem Zauber der Anwesenden war, die diese wunderbare Stimmung erzeugte; eine Symbiose, wie sie nur in Fionas Bücherei entstehen konnte.

Ergriffen von dem Glitzern in den Augen der Anwesenden, nestelte sie an ihrem Briefpapierbogen. Die restlichen hatte Luca bereits ausgeteilt, die ihren Job als Katherines Assistentin auch heute rührend ernst nahm.

Alle, die ihren Namen auf der Anmeldeliste hinterlassen hatten, waren gekommen – sogar Mrs. McNair, die als Einzige in der Runde ein wenig angespannt wirkte.

Katherine konnte weiterhin nur darüber rätseln, was sie dazu bewogen hatte, wo doch ihr Mann so kryptische Andeutungen gemacht hatte.

»Okay.« Katherine räusperte sich für ihre Ansprache.

Ivy, Brianna und Terry, die heute ebenso wie Ava McNair zum ersten Mal dabei waren, wandten ihr erwartungsvoll die Köpfe zu. Nur Emilio war vollauf damit beschäftigt, Luca anzustarren.

Ähnlich wie für sein Date am Montag hatte er sich auch heute so herausgeputzt, als hätte er später noch vor, auf eine Gala zu gehen.

»Schön, dass ihr alle gekommen seid. Für die Neuen unter euch: Wir werden gleich bis – sagen wir – Viertel vor an unseren Briefen schreiben. Wenn ihr mehr Zeit braucht, sagt mir einfach Bescheid. Wer möchte, kann danach einen Auszug aus dem, was er geschrieben hat, vorlesen, oder es einem anderen zu lesen geben. Zum Schluss werden die Briefe versteckt. Seid ihr bereit?«

Katherine verstand das kollektive Nicken als Ja.

»Alles klar, dann lasst uns loslegen.«

»Das ist so cool«, formte Luca mit den Lippen, ehe sie es den anderen Teilnehmern gleichtat und sich den Utensilien auf ihrem Schoß widmete.

Während ausnahmslos alle Kugelschreiber nun geradezu über das Papier flogen, drehte Katherine ihren eigenen unschlüssig zwischen den Fingern. Das letzte Mal hatte sie an ihren Vater geschrieben. Würde sie heute den Mut aufbringen, einen weiteren Schritt in Richtung Vergangenheitsbewältigung zu gehen und das Wort an Fiona zu richten?

Immer wieder setzte sie den Stift an, um ihn im letzten Moment mit einem Klicken von seiner Aufgabe abzuhalten.

Die Zeit verstrich, und das Blatt Papier vor ihr blieb leer.

»Sind alle fertig geworden?«, fragte sie in die Runde, als die Uhr Viertel vor zeigte und die Stille allmählich leisem Gemurmel wich.

»Ja? Super. Möchte jemand vorlesen?« Dieses Mal meldete sich niemand freiwillig. Kurz sah es aus, als würde Dorans Hand nach oben zucken, doch der alte Mann kratzte sich nur am Hinterkopf.

»Okay, kein Problem. Wer möchte, kann seinen Brief gern herumgehen lassen. Und für den Rest erkläre ich die Bücherregale zum Verstecken als eröffnet.«

Zu Katherines Überraschung war bis auf zwei Ausnahmen – unter ihnen Emilio – jeder gewillt, sein Geschriebenes mit anderen Augen und Herzen zu teilen. Auch Luca beteiligte sich mit Feuereifer an der Aktion. Sie tauschte zuerst mit Ivy, dann mit Doran und schließlich mit Terry.

»Könnte schwierig werden«, warnte dieser sie vor, »sogar mir fällt es manchmal schwer, meine Schrift zu entziffern.«

»Das schaffe ich schon«, erwiderte Luca lachend, »ich mag Herausforderungen.«

Neugierig beobachtete Katherine die Reaktionen der Lesenden und wollte sich gerade einen Kaffee an ihren Platz holen, als Mrs. McNair von ihrem Stuhl aufstand und geradewegs auf Katherine zukam. In der Hand hielt sie ihren Brief. »Es … es wäre mir lieb, wenn nur Sie ihn lesen«, sagte sie und lächelte zurückhaltend. Ihre Mundwinkel zitterten.

»Oh. Ähm – klar.« Von Mrs. McNairs offenkundiger Nervosität angesteckt, nahm Katherine den Brief entgegen. Wieso vertraute eine vollkommen fremde Person ihr so vermeintlich persönliche Zeilen an?

Konzentriert faltete sie den Bogen auseinander.

Die Geräusche der Rainbow-Hearts-Library – ein leises Hüsteln, das Rascheln von Papier, das Schlürfen von Kaffee und Limonade – verklangen zu einem leisen Rauschen, als sie sah, an wen Ava den Brief adressiert hatte.

Liebe Fiona …

Der Name ihrer Tante war wie ein dumpfer Schlag in den Magen.

Katherine hob den Kopf und fing Mrs. McNairs Blick auf. Darin lag etwas, das sie nicht deuten konnte. Etwas, das sie ganz zittrig werden ließ.

Mit einem Herzen, das von einem gemächlichen Trab in einen rasenden Galopp verfiel, las sie weiter:

Liebe Fiona,

ich weiß nicht, wo ich anfangen soll. Da sind zu viele Gedanken in meinem Kopf, schöne wie schlechte, und jeder einzelne fordert meine Aufmerksamkeit. Jeder einzelne will gehört werden – von dir gehört, obwohl das nicht mehr möglich ist. Jedenfalls nicht auf die Weise, die ich mir wünschen würde.

Dein Tod hinterlässt keine Leere, dafür war dein Leben viel zu voll mit Wundern. Dennoch hinterlässt er einen bitteren Schmerz, von dem ich weiß, dass ihn nur die Zeit lindern kann.

Die Erinnerung an unsere erste Begegnung ist so lebendig. Vor allem jetzt, da ich in der Rainbow-Hearts-Library sitze, füllen sich ihre kleinen Lungen wieder mit Luft und pusten mich zurück in die Vergangenheit. Ich sehe dein Gesicht zwischen den Regalen auftauchen wie die Sonne nach einem viel zu langen Winter. Höre deine Stimme, deren Klang meinen Herzschlag abwechselnd in die Höhe treibt und zur Ruhe kommen lässt.

Dein ungläubiges Lachen, das den Raum erfüllt, als ich Die Schatzinsel *ausleihen will – das Lieblingsbuch von deiner Schwester und dir.*

»Sie müssen wohl meine Seelenverwandte sein«, hast du gesagt, als ich erzählte, ich würde es bei einem Glas Whisky und zur Musik von Queen *vor dem Kamin lesen wollen. Der erste Satz von so vielen, die du mir gesagt, geflüstert und geschrieben hast.*

Ach, Fiona … Vielleicht hätte aus uns eines Tages ein »Wir« werden können. Ein richtiges »Wir«, meine ich – eines ohne Krankheit, Ängste und Zweifel. Und ohne Geheimnisse.

Ich wollte mit dir fliegen. Das wollte ich wirklich. Doch dein Herz hatte Höhenangst. Dabei hatten wir keinen Grund, uns zu verstecken. Niemals. Und doch haben wir es getan. Aber es bringt mir nichts, das zu bedauern, was hätte sein können. All das lässt sich nicht mehr rückgängig machen. Mir bleiben nur der Zauber unserer gemeinsamen Momente und dieses bittersüße »Was wäre, wenn«.

In Liebe
Ava

Katherine las den Brief ganze drei Mal hintereinander, bevor sie aufschaute und erneut Avas Blick suchte. Die Frau mit den blonden Haaren und den durchdringend grünen Augen fing ihn sofort auf. Offenbar hatte sie Katherine beim Lesen des Briefes beobachtet. Immer noch verhalten lächelnd, aber unverkennbar von einer tiefen Melancholie erfasst, nickte sie Katherine zu. Dann griff sie nach ihrer Handtasche und steuerte auf den Ausgang der Bücherei zu.

Unfähig, von ihrem Stuhl aufzuspringen und Ava nachzulaufen, sah Katherine zu, wie sie aus der Tür verschwand. Wie die Frau, deren Herz für ihre Tante geschlagen hatte, schnellen Schrittes in Richtung Hafen davonging.

Der Brief in ihren Händen fühlte sich schwer und leicht zugleich ein. Hatte Mary ihre Schwester tatsächlich vollkommen zu Unrecht beschuldigt? Wenn Fiona Avas Gefühle im selben Maße erwidert hatte, war stark davon auszugehen. In das Bild nämlich, das Mrs. McNair mit ihren Zeilen von Fiona gezeichnet hatte, passte ihr Vater nicht hinein.

Die glühende Erleichterung, die Katherine bei dieser Erkenntnis empfand, erlosch zischend unter einer Welle der Scham darüber, dass all die Tränen, die der Bruch zwischen ihnen verursacht hatte, womöglich nichts als einem Irrtum geschuldet waren.

Katherine spürte den Schock über diese unerwarteten Neuigkeiten wie winzige Nadelstiche unter ihrer Haut. Überall stach und pikste es. Ihre Gedanken überschlugen sich, bis sie nur noch ein unentwirrbares Knäul ohne Anfang und Ende waren.

Wenn ihre Tante Avas Gefühle tatsächlich erwidert haben sollte, warum war Katherines Vater dann immer wieder in der Rainbow-Hearts-Library aufgetaucht? Wieso hatte Fiona ihnen nicht die Wahrheit gesagt, ihnen nichts von Ava erzählt? Sollte sie etwa Angst davor gehabt haben, ihre Liebe zu einer Frau öffentlich zu machen? Wo Katherine sie doch immer als so weltoffenen und toleranten Menschen wahrgenommen hatte? Oder war es im Speziellen Mary gewesen, vor der sie sich wegen der streng katholischen Erziehung ihrer Eltern, die erst im Alter liberaler geworden waren, geschämt hatte?

»Katherine? Alles okay, Süße?« Luca berührte sie sanft am Arm, woraufhin sie vor Schreck zusammenfuhr.

»Nicht wirklich«, murmelte sie und schüttelte den Kopf. Obwohl ihr davon fast schwindelig wurde, wollte sie gar nicht mehr damit aufhören. Nein, sie wollte ihn schütteln, bis alle Irrtümer sich lichteten und die Stimme der Schuld verstummte.

Doch das war ein reiner Wunschgedanke. Alles, was sie tun konnte – und musste – war, noch mehr Licht in Fionas Vergangenheit zu bringen.

»Würdest du kurz die Stellung halten?«, bat sie Luca und sprang endlich doch von ihrem Stuhl auf, »ich bin gleich wieder da.«

Ohne eine Antwort abzuwarten, stürmte sie sie auf die Straße hinaus, und die warme Ruhe des Spätsommerabends verschluckte jedes aus der Bücherei dringende Geräusch.

So schnell sie konnte, rannte Katherine in die Richtung, in die sie Ava hatte verschwinden sehen. Zwischen ihren vor Anstrengung abgehackten Atemzügen hielt sie Ausschau nach ihr, doch es schien, als hätte der Abend weit mehr als nur die Gespräche der Schreibabend-Teilnehmer verschluckt.

Die Straße war menschenleer, wirkte unter dem orangenen Himmel auf eine gespenstische Art und Weise verlassen.

Dennoch rannte Katherine weiter. Erst, als sie den Pier erreicht hatte, blieb sie stehen – und entdeckte Ava unweit jener Laterne, neben der Cadan bei ihrem ersten Treffen gestanden hatte.

»Ava! Bitte warten Sie!«

Fionas einstige Vertraute blieb stehen und drehte sich um. Sie wirkte nicht überrascht, Katherine zu sehen. Das zaghafte Lächeln, mit dem sie sie bereits in der Bücherei bedacht hatte, schlich sich zurück auf ihre Lippen. Doch dieses Mal erreichte es ihre Augen nicht.

»Ihr Brief ...«, keuchte Katherine und bemerkte erst jetzt, dass sie ihn noch in den Händen hielt. »Was Sie dort schreiben ... Ich ... habe das nicht gewusst.«

Ava nickte in Richtung des Papiers, das unter Katherines festem Griff zusammengeknüllt worden war. »Ich brauche ihn nicht. Sie können ihn behalten«, sagte sie und machte Anstalten weiterzugehen.

»Oh, nein, deswegen bin ich nicht hier. Ich – ich habe so viele Fragen.« Katherine lachte nervös auf. Ihre Gefühle drohten sie zu überwältigen.

»Es tut mir sehr leid, Katherine. Aber alles, was ich im Moment zu mir und Fiona sagen kann, halten sie gerade in Händen.«

Enttäuschung zerfaserte ihren Brustkorb. »Ich habe gedacht, ich hätte meinen Vater an Fiona verloren. Das alles ist …« In Ermangelung einer passenden Formulierung hob Katherine die Schultern an. »Bitte. Da ist so vieles, was ich wissen will.«

Ava presste die Lippen aufeinander. Sie sah aus, dachte Katherine, als würde sie diese Unterhaltung quälen.

»Ich verstehe das. Wirklich. Aber ich kann nicht. Es hat mich so viel Überwindung gekostet, heute herzukommen. Dort zu sitzen, wo –« Sie brach ab. Holte zitternd Atem. »Wo sich so viele Erinnerungen verstecken. Diesen Brief zu schreiben und mit Ihnen zu teilen war mir wichtig, aber ich merke gerade, dass ich mich übernommen habe. Es tut noch zu sehr weh.«

Katherine schluckte. Auch sie verstand – oder glaubte vielmehr zu verstehen. Avas Verlust musste schrecklich sein. Sie mochte sich nicht vorstellen, wie es war, jemanden zu verlieren, den man auf eine solche Weise geliebt hatte. Jemanden, dessen Seele mit der eigenen verwandt war.

Vor ihrem inneren Auge tauchte Cadans Gesicht auf.

»Okay. Schon gut, ich werde …« Katherine wusste selbst nicht, was sie tun würde und wie sie diesen Satz beenden sollte. Matt schwenkte sie den Brief in ihrer Hand und kam sich dabei vor, als hisste sie eine weiße Flagge.

Ava schien diese Geste ähnlich aufzufassen. »Danke für Ihr Verständnis, Katherine.« Sie ging ein paar Schritte, blieb stehen und wandte sich dann noch einmal um. Der orangene Himmel ließ ihre langen blonden Haare wie einen flammenden Schleier aussehen.

»Sie haben Ihre Augen, wissen Sie das? Vorhin in der Bücherei habe ich kurz gedacht, ich würde Fiona ansehen.«

Mit diesen Worten ging sie davon.

Kapitel 39

Als Katherine zurück in die Rainbow-Hearts-Library kam, empfingen Doran und Luca sie mit einer Mischung aus Sorge und Verwirrung. Glücklicherweise schienen die meisten der Teilnehmer Katherines kurze Abwesenheit nicht einmal bemerkt zu haben, waren sie doch noch vollauf mit Lesen beschäftigt oder streiften auf der Suche nach einem geeigneten Versteck für ihre Briefe durch die Regale. Nur Ivys aufmerksamer, irgendwie stets wissend wirkender Blick traf Katherines für einen Moment.

Flüsternd gab sie dem alten Mann und Luca zu verstehen, dass sie mit ihrer Erklärung bis nach Veranstaltungsende warten würde, und versuchte dem schwindeligen Gefühl in ihren Schläfen Herr zu werden. Als sie eine halbe Stunde später jeden Gast verabschiedet hatte (Emilio mussten sie regelrecht hinauskomplementieren, wollte er Luca doch wieder und wieder in ein Gespräch verwickeln), ließ Katherine sich völlig abgekämpft auf einen der Stühle sinken.

Luca setzte sich neben sie und legte ihr eine Hand auf den Oberschenkel. Obwohl sie sicher kaum an sich halten konnte vor Neugier, drängte sie Katherine nicht. Stumm saß sie da, strich sanft und beruhigend über den Stoff ihrer Jeans. Auch Doran ließ Katherine die Zeit, die sie brauchte, um sich zu sammeln.

»Mum hat sich geirrt«, sagte sie schließlich und war sich dessen plötzlich absolut sicher. Zwar war genau genommen nicht auszuschließen, dass es zwischen Fiona und Gunnar eine Affäre gegeben hatte, doch sagte Katherine ihre Intuition, dass es nicht stimmte. Dass Fiona ihr Herz an jemand anderen verloren und nie vorgehabt hatte, ihre Schwester und ihre Nichte zu hintergehen.

»Wie meinst du das?«, fragte Doran vorsichtig.

Da er nichts von Gunnars Rolle im Bruch zwischen ihnen wusste – das immerhin hatte sie ihrem Gespräch in seiner Wohnung entnommen –, schilderte Katherine knapp, was damals geschehen war.

»Ich glaube, das alles war ein riesengroßes Missverständnis«, schloss sie ihre Erzählung. Ava hatte sie gebeten, niemand anderen den Brief an Fiona lesen zu lassen.

So gern sie Luca und Doran also auch erzählt hätte, was sie zu ihrer neuesten Erkenntnis über das damalige Geschehen bewog, respektierte sie doch diese Bitte.

»Deswegen hast du mich nach einem Mann von außerhalb gefragt, der Fiona öfter mal besucht hat.«

Katherine nickte. »Ja. Der Mann mit den verschiedenfarbigen Augen.«

Ein Superheld, dachte sie wehmütig. Vielleicht kann er tatsächlich wieder dazu werden, wenn ich endgültig verstehe, was hier wirklich passiert ist.

Sie hatten es sich damals zu einfach gemacht. Für Mary – und für vermutlich jeden anderen Außenstehenden auch – war die Geschichte um den abtrünnigen Ehemann und die hübsche Schwester eindeutig gewesen. Ein Drama in unendlich vielen Akten, geschrieben mit dem Herzblut zweier Verräter.

Aber es war mehr als das. Viel mehr.

*

Am nächsten Morgen brachte sie Luca schon früh zum Bahnhof.

Es fiel Katherine unheimlich schwer, ihre beste Freundin gehen zu lassen. Luca hatte ihr ein Stück alte Münchner Normalität nach Howth gebracht, von dem sie zuvor nicht einmal gewusst hatte, dass es ihr fehlte – die Selbstverständlichkeit nämlich, sich jederzeit sehen und über alles reden zu können. Zum ersten Mal seit ihrem Umzug vermisste Katherine auch ihre Mutter ganz bewusst und in einer bisher ungekannten Intensität.

Wenn sie doch nur herkommen könnte, dachte sie, während sie Luca vom Bahnsteig aus zuwinkte, als der Zug sich in Bewegung setzte. Wenn sie doch nur ihren verdammten Stolz überwinden und herkommen könnte.

So oder so, Katherine würde mit ihr über Avas Brief reden müssen. Darüber, dass es eine Frau in Fionas Leben gegeben hatte (sie würde, Ava zuliebe, keine Namen nennen), und dass ihr Herz allem Anschein nach nicht Gunnar gehört hatte.

Die große Frage war nur, wann sie das tat. Wann sie die Kraft dazu fand, mit Mary über ein Thema zu sprechen, das sie bei der leisesten Andeutung von Fionas Namen gnadenlos abblocken würde.

Katherine seufzte. Das Vibrieren ihres Handys bewahrte sie davor, im Strudel ihrer Gedanken unterzugehen.

Zuerst dachte sie, Luca würde ihr aus dem ausfahrenden Zug noch eine Nachricht schicken, doch es war Cadan, der ihr schrieb.

> Ich denke an dich. Heute Nachmittag spontan Lust auf ein Klippen-Picknick?

Prickelndes Glück kräuselte Katherines Lippen. Nach dem gestrigen Abend und seinen Überraschungen war ein Treffen mit Cadan genau das, was sie brauchte. Vor allem, da sie ihm lieber persönlich und nicht am Telefon von den Neuigkeiten erzählen wollte.

Ihre Finger flogen über das Display, als sie eine Antwort tippte.

> Das klingt mehr als gut. Wie wär's, soll ich dich heute mal abholen? Denke auch an dich.

Cadan schickte einen nach oben zeigenden Daumen und fragte, ob 16 Uhr für Katherine passend sei.

Sie bejahte und schob das Handy zurück in ihre Jeanstasche.

»Was ist das eigentlich genau zwischen euch? Kannst du dir etwas Festes mit Mr. Ireland vorstellen? Etwas Langfristiges?«, hatte Luca Katherine am vergangenen Abend noch gefragt, nachdem sie in ihrem Beisein eine Gute-Nacht-Nachricht von ihm erhalten hatte.

Obwohl sie mit ihrer Antwort auf sich hatte warten lassen, war diese tief in ihrem Inneren bereits glasklar gewesen.

Ja, sie konnte.

Die große Frage war nur, ob Cadan das ebenfalls tat.

Noch ein Thema mit Klärungsbedarf, dachte Katherine, als sie das Bahnhofsgebäude in Richtung Hafenbäckerei verließ.

Da ihr noch etwa eine Stunde blieb, bis sie die Bücherei öffnete, kaufte Katherine sich ein Brötchen und schlenderte – begleitend von den wachsamen Blicken hungriger Möwen – am Pier entlang. Sie war kaum ein paar Meter gegangen, als sie Ivy auf einer Bank entdeckte. Mit ihrer flamingofarbenen Jacke und der üblichen Menge Schmuck, die in der Herbstsonne funkelte, war sie kaum zu übersehen.

»Hi, Ivy. Ist hier noch frei?«

»Ah, Katherine! Aber klar.« Sie klopfte demonstrativ neben sich. Der auf ihrem Schoß liegenden Brötchentüte nach zu urteilen frühstückte auch sie gerade.

»Danke.« Katherine setzte sich und vertilgte den letzten Bissen ihres Brotes.

Sie seufzte. Der Blick auf das glitzernde Hafenbecken war hypnotisierend. Ob Fiona wohl auch manchmal hier gesessen und ihren Tag begonnen hatte?

»So früh schon unterwegs?«, fragte Ivy erstaunt.

»Ich habe Luca zum Bahnhof gebracht.«

»Ach ja, richtig, sie ist ja heute abgereist. Ein tolles Mädchen.«

Katherine nickte bekräftigend. »Ja, das ist sie.«

Ivy berührte sie leicht an der Schulter.

»Ist alles in Ordnung?«, fragte sie vorsichtig.

Katherine wandte ihr das Gesicht zu. Fasziniert beobachtete sie die braunen Sprenkel in Ivys linkem, sonst so blauem Auge.

»Ja. Klar. Wieso?«

»Weil du gestern, nachdem du kurz weg warst, ziemlich zerstreut gewirkt hast.«

Katherine erinnerte sich, dass Ivy ihr kurzes Verschwinden als Einzige der Schreibabend-Teilnehmer registriert zu haben schien.

»Ähm.« Eingehend betrachtete sie ihre Daumen. »Ja. Eigentlich ist schon alles in Ordnung. Es gibt da nur etwas, das mich beschäftigt.«

»Willst du darüber reden?«

Katherine zögerte. Dass sie wollte, stand außer Frage. Nur wusste sie nicht, wie viel sie preisgeben sollte.

»Ich … ich möchte Fiona kennenlernen«, fasste sie ihre Problematik daher so vage wie möglich zusammen.

Ivy sah nicht halb so verdutzt aus, wie Katherine es sich nach dieser Aussage vorgestellt hatte.

»Wie genau meinst du das?«, fragte sie sachlich.

»Ich kenne nur den Menschen, der sie damals war. Mit dreizehn habe ich aufgehört, sie zu kennen. Diese ganzen verlorenen Jahre … Ich muss so vieles nachholen. Oder, nein, das ist falsch formuliert. Ich *möchte* so vieles nachholen.«

»Hm«, machte Ivy und zerbröselte einen Brotkrumen in den Händen, dessen Bestandteile zu Boden rieselten und sogleich von einer Schar fröhlich tschilpender Vögel entdeckt wurde.

»Weißt du, was ich mache, wenn ich mehr über einen Menschen erfahren möchte?« Sie zwinkerte verschwörerisch. »Ich lese seine Lieblingsbücher.«

Kapitel 40

Katherine saß im Schneidersitz auf dem Boden der Rainbow-Hearts-Library und nestelte am Stoff ihres Jumpsuits herum.

Sie hatte die Jalousien vor den Schaufenstern nach Ladenschluss heruntergelassen und beschlossen, die Zeit bis zu ihrem Date in der Bücherei zu verbringen. Das warme Licht und die langen Schatten, die die hohen Regale in den Raum warfen, kreierten eine gemütlich-verwunschene Stimmung, doch Katherine war nicht hier, um sich zu entspannen. Nein, sie würde sich nun dem Stapel Bücher widmen, der sich vor ihr auf dem Teppich türmte.

Denn Ivy hatte recht: Die Vorlieben für bestimmte Geschichten sagten viel über einen Menschen aus – vor allem, wenn es sich bei diesen Geschichten um solche handelte, die sich im Bestand der Rainbow-Hearts-Library befanden. Jenem Ort, der so viele Wünsche und Geheimnisse beherbergte.

Zwar wusste Katherine durch Avas Brief nur, dass Fiona besonderen Gefallen an Stevensons *Schatzinsel* gefunden hatte, doch war ebenfalls die Rede davon gewesen, dass ihre Mutter das Buch geliebt hatte.

Soweit Katherine sich erinnern konnte, hatte sie außerdem gerne sämtliche Werke von Charles Dickens gelesen. Unter anderem hatten damals *Oliver Twist* und *Eine Weihnachtsgeschichte* in dem kleinen verstaubten Wohnzimmerregal in der Limburgstraße gestanden. Aber auch Jane Austen hatte Mary gemocht.

Vielleicht, so Katherines Hoffnung, hatte Fiona ja auch die Vorliebe Marys für Dickens und Austen geteilt. Ja, vielleicht war ihr gemeinsamer Büchergeschmack so etwas wie das letzte Bindeglied zwischen den Schwestern gewesen.

So oder so, Katherine würde sich durch alle vor ihr liegenden Werke arbeiten und nachsehen, ob sie etwas darin fand.

Seufzend nahm sie die *Schatzinsel*-Ausgabe ihrer Tante vom Stapel, strich sanft über den Buchdeckel und stellte sich vor, dass ihre Mutter zu Hause oft dasselbe tat.

Seit sie von Fionas und Avas vermeintlicher Beziehung erfahren hatte, empfand sie Mary gegenüber neben Mitleid und Traurigkeit auch eine leise Wut – eine Wut, die sich jedoch ebenfalls gegen sie selbst richtete.

Als ihre Familie zerbrochen war, war Katherine noch ein Kind gewesen, das die Worte seiner Mutter nicht infrage gestellt hatte. Das, was ihr unter Tränen über Fiona erzählt worden war, hatte sie geglaubt und den Anweisungen, den Kontakt abzubrechen, in ihrem eigenen Zorn bereitwillig Folge geleistet. Sicher, Katherine hätte auch Zweifel äußern und sich über das Verbot hinwegsetzen können. Doch letztlich war es vor allem an Mary gewesen, die Situation zu bewerten und sicherzustellen, dass sie ihrer Schwester kein Unrecht tat.

Nicht an einem dreizehnjährigen Mädchen.

Katherine versuchte sich frei von diesen negativen Emotionen zu machen und sich stattdessen auf die glücklichen Erinnerungen zu konzentrieren. Auf den Zauber, den sie beim Stöbern in diesen alten Geschichten wiedererwecken wollte. Als sie das Buch aufschlug und ihr der Duft nach altem Papier in die Nase stieg, stellte sie sich vor, wie ihre Mutter ihr gegenüber in ihrem Ohrensessel saß, die oft so ernsten Züge ganz weich und den Blick funkelnd auf all die bedruckten Zeilen gerichtet.

In Momenten wie diesen war alles so friedvoll, dachte Katherine und glaubte plötzlich zu verstehen, wie viel Macht Bücher tatsächlich über Menschen besaßen. Sie konnten heilen, die Realität in ein neues Gewand kleiden und gebrochene Herzen zumindest vorübergehend wieder zusammenfügen.

Selbstvergessen blätterte Katherine durch die vergilbten Seiten und war gerade dabei, sich in Stevensons Universum zu verlieren, als sie auf ein Foto stieß.

O mein Gott. Da hat tatsächlich jemand etwas versteckt.

Perplex blinzelte sie. Betrachtete die Personen, die darauf zu sehen waren: den Mann, die Frau und das Baby. Alle drei standen vor einem Fenster, ihre Gesichter waren beinahe bis zur Unkenntlichkeit überbelichtet.

Katherine blinzelte erneut – und erstarrte.

Der Mann hatte wilde, lockige Haare und grinste in die Kamera. Die Frau trug eine geblümte Strickjacke und hielt ein in ein Tuch eingewickeltes Neugeborenes. Auf den unteren Bildrand hatte jemand *1992* geschrieben.

Nein, nicht irgendjemand.

Ihre Eltern.

»Mein Gott«, flüsterte Katherine konsterniert und sog scharf die Luft ein.

Was in aller Welt war das für ein Zufall? So viele Bücher, so viele Seiten, und sie entdeckte tatsächlich genau dieses Foto?

Sie fühlte sich wie elektrisiert, wie von Adrenalin gepeitscht.

Das Blut rauschte in ihren Ohren.

Als sie das Polaroid aus dem Buch nehmen wollte, stieß Katherine auf einen Widerstand. Offenbar hatte jemand – ihr Vater? Fiona? – das Bild nicht nur in das Buch hineingelegt, sondern es auch anständig darin befestigt.

Etwa, um sicherzugehen, dass es nicht versehentlich herausrutschte? Um zu gewährleisten, dass es eines Tages gefunden wurde?

Umsichtig lockerte Katherine den Kleber, indem sie die Fingerspitzen zwischen Fotografie und Buchseite schob und sie dann langsam anhob.

Es ertönte ein Ratschen, als sich ein winziges Stück der Seite mitsamt des Polaroids aus Stevensons *Schatzinsel* löste. Eine Entschuldigung murmelnd, starrte sie das Foto, das nun in ihren Händen lag, weiter an.

Sie verspürte den irrwitzigen Wunsch, einfach hineinzuspringen, mit dieser bildgewordenen Erinnerung zu verschmelzen und noch einmal so sorglos und geborgen zu sein wie das Baby in den Armen seiner glücklichen Mutter.

Tränen stiegen ihr in die Augen und ließen verschwimmen, was anzusehen ihr plötzlich so fürchterlich wehtat. Bevor die Emotionen sie endgültig überwältigen konnten, legte Katherine das Polaroid mit der Rückseite nach oben zurück in das Buch – und erstarrte, als sie sah, dass diese in verschnörkelter Handschrift beschrieben worden war. Worte auf Deutsch, deren Verfasser Katherine auf Anhieb erkannte, hatte sie doch den letzten Einkaufszettel, den ihr Vater vor seinem Auszug geschrieben hatte, aufbewahrt, um ein winziges Stück Normalität zu behalten.

»Papa«, flüsterte sie. Ihr Herz machte einen Hüpfer, sprang über die sich anpirschende Furcht vor diesem Gruß aus der Vergangenheit hinweg.

Ungläubig zeichnete Katherine die Buchstaben nach. Dann nahm sie all ihren Mut zusammen und las:

Liebe Mary, liebe Katherine,
danke für unsere Zeit als Familie. Verzeiht mir, dass ich nicht bewahren konnte, was uns damals verbunden hat. Mein Herz war so stur – und mein Verstand so nachgiebig. Ich kam nach Howth, um wieder glücklich zu werden. So glücklich, wie ich es doch in München schon einmal gewesen war. Fiona erwidert nicht, was ich fühle. Seit wir getrennt sind, Mary, du und ich, spricht sie sogar kaum noch ein Wort mehr mit mir. Ich glaube, sie hasst mich für alles, was passiert ist. Das ist wohl meine gerechte Strafe für den Schmerz, den ich in euch zugefügt habe. Und trotzdem kann ich sie nicht loslassen. Mary, glaub mir, ich wünsche mir nichts mehr, als dass sie mir mein Herz zurückgibt. Aber wir suchen uns nicht aus, wen wir lieben. Leider. Mehr bleibt mir nicht zu sagen. Außer, dass ihr mir fehlt und es vermutlich für den Rest meines Lebens tun werdet. Katherine, mein Mädchen, dein Papa denkt jeden Tag an dich.
Ich hoffe, dass ich eines Tages wieder dein Held sein kann.
Gunnar

Katherine zitterte.

Jedes einzelne Wort riss an ihrem Herzen, doch der letzte Satz war es schließlich, der ihre Dämme mit einer tosenden Flutwelle brach. Sie weinte so sehr, wie sie es seit Jahren nicht mehr getan hatte, und konnte nicht mehr damit aufhören. Selbst nachdem ihre Tränen verebbt waren, bebten ihre Schultern unaufhörlich.

Dennoch empfand Katherine nun, da dieser unerwartet heftige Sturm der Gefühle über sie hinweggefegt war, vor allem eines: Erleichterung. Das Rätseln darum, wie die Beziehung zwischen ihrem Vater und Fiona neben der Sache mit Ava wohl ausgesehen haben mochte, hatte hiermit endgültig ein Ende. Trotz allem hatte Gunnar seine Frau und seine Tochter nie vergessen; hatte ihnen eine Botschaft hinterlassen, die selbst seinen Tod überdauerte. Er hatte Fiona nicht lieben wollen. Hatte sich gewünscht, anders zu empfinden. Und Fiona selbst ... war ihrer Schwester gegenüber loyal gewesen.

Katherine holte tief Luft, drückte das Foto an ihre Brust und schloss die Augen. Sie stellte sich vor, wie ihr Vater und Fiona durch die Zwischentür in die Rainbow-Hearts-Library traten, zu Katherine hinübergingen und sich neben sie stellten – ihr Vater zu ihrer Linken, Fiona zu ihrer Rechten. Malte sich aus, wie beide ihr eine Hand auf die Schulter legten und ihr durch die Berührung Kraft spendeten.

Die Bilder, die ihre Fantasie heraufbeschwor, waren so real, dass Katherine beinahe glaubte, tatsächlich einen sanften Druck auf ihrer Haut zu spüren.

Doch als sie die Augen aufschlug, war sie allein.

Wenn man in einer Bücherei voller flüsternder Geheimnisse überhaupt allein sein kann, dachte sie, während ihr ein wohliger Schauer über den Rücken lief.

Kapitel 41

Es war ruhig auf den Klippen.

Ruhig bis auf das leise Rascheln des Windes in den Büschen und die seichten Küsse, die das Meer im Sekundentakt auf die Felsen hauchte.

Katherine und Cadan saßen nebeneinander auf einem breiten, nackten Stein, der sich stolz über die ihn umringende Pflanzenvielfalt erhob. Neben ihnen, ausgebreitet auf einer blau-karierten Decke, standen zwei halb volle Gläser und Teller mit Resten von Brot, Käse und Obst.

Katherines Hand ruhte in Cadans, ihr Kopf an seinem Herzen.

Sie hatte ihm erzählt – und gezeigt –, worauf sie in Stevensons Werk gestoßen war. Ihm berichtet, was sie gestern erfahren hatte, und was diese neuen Erkenntnisse nun mit ihrem Seelenleben taten. Dass sie gleichzeitig eine heilende Wirkung entfalteten und ihr schlechtes Gewissen nährten.

Er streichelte ihr über den Rücken, während sie von der Wut sprach, die sie auf alle an diesem Drama Beteiligten, inklusive sich selbst, empfand.

Wischte ihr fürsorglich die Tränen aus den Augenwinkeln, als sie ihm anvertraute, dass sie gerade nichts lieber wollte, als in der Zeit zurückzureisen.

Und schwieg mit ihr, als sie es brauchte.

»Ich werde das Foto an Mum schicken«, sagte sie schließlich, als der Atem der Natur mit hereinbrechender Dämmerung und einem auffrischenden Wind allmählich lauter wurde. »In der Hoffnung, dass sie liest, was mein Vater auf die Rückseite geschrieben hat. Und ich packe ihr einen Zettel dazu, auf dem ich ihr von dem Brief erzähle, den ich gestern lesen durfte.« Katherine stockte. »Vielleicht hätte ich das von Anfang an machen sollen. Ihr schreiben. Dabei kann sie mich wenigstens nicht unterbrechen. Am Telefon ist es unmöglich, mit ihr über irgendwas zu reden, das mit Fiona zu tun hat.«

»Ja«, stimmte Cadan ihr zu, »vielleicht ist das wirklich eine gute Idee. Aber mach dich nicht verrückt, wenn sie nicht darauf reagiert.« Er zuckte die Achseln. »Vielleicht möchte sie die Wahrheit gar nicht mehr hören. Aber dann ist das allein ihre Entscheidung. Und nicht deine Schuld.«

Katherine nahm ihren Kopf von Cadans Schulter. Voller Zuneigung musterte sie sein markantes Profil. Er besaß die erstaunliche Fähigkeit, ihre Bedenken mit seiner bloßen Anwesenheit auf ein gesundes, erträgliches Maß herunterzuregeln und sie gleichzeitig auf eine herrlich aufputschende Art nervös zu machen, indem er mit seinem Lächeln und seinen Berührungen einen ganzen Schwarm Schmetterlinge durch ihren Bauch schwirren ließ.

»Danke«, sagte sie lächelnd.

»Nicht dafür.«

Sie wandte sich wieder dem Meer zu. »Hier hat alles angefangen«, sagte sie versonnen.

»Mit uns, meinst du?«, fragte Cadan neben ihr leise und strich ihr sanft über den Handrücken. Eine Gänsehaut kroch ihre Wirbelsäule hinauf.

»Mit allem«, entgegnete sie. »Als ich das erste Mal hier oben war, stand meine Welt Kopf, weißt du? Die Rainbow-Hearts-Library hat mich verändert. Schon nach einem einzigen Besuch. Das hat mir Angst gemacht. Aber gleichzeitig war es auch ein wunderschönes Gefühl. Ergibt das irgendeinen Sinn?«

Cadan gab einen zustimmenden Laut von sich. »Ja. Ich finde, schon.«

Katherine seufzte. Die Sonne stand nun so tief, dass sie golden und warm in ihr Gesicht schien. Sie schloss die Augen und genoss das Gefühl der kitzelnden Strahlen auf ihren Lidern.

Obwohl die Temperaturen deutlich gesunken waren, besaß die Sonne, wenn sie wie heute an einem wolkenlosen Himmel stand, noch eine ungeheure Kraft.

»Und dann bin ich dir einfach so vor deine Kamera gelaufen«, setzte Katherine grinsend hinzu.

»O ja, das bist du. Wenn das mal nicht der schönste Zufall meines Lebens war.«

Sie öffnete die Augen wieder. Vor lauter Rührung über seine Worte wurde ihre Kehle ganz eng.

»Wirklich?«, hauchte sie.

»Wirklich.«

Vielleicht, dachte Katherine erhitzt, war ja *jetzt* der optimale Moment gekommen, um darüber zu reden, was genau das zwischen ihnen war und wo es hinführen sollte.

»Cadan?«, fragte sie und versuche erfolglos, ihr wildes Herz zu zügeln.

»Ja, Kate?«

»Was genau ist das mit uns eigentlich?«

O Gott, hatte sie diese Frage gerade wirklich gestellt?

Dem Ausdruck auf Cadans Gesicht nach zu urteilen, ja.

Er legte die Stirn in Falten und fuhr sich mit der freien Hand durch das sonst so dunkle Haar, das in der Sonne vereinzelt wie dunkles Kupfer schimmerte.

Er überlegt zu lange, stellte Katherine alarmiert fest, ich habe ihn gerade in eine unangenehme Situation gebracht.

»Ich würde sagen, eine ganze Menge«, sagte Cadan und ließ ihre Befürchtungen damit zu Staub zerfallen. »Ein bisschen wie ein Märchen, nur schöner.«

Katherine lachte gelöst. »Was? Schöner als ein Märchen?«

»Ja. Die sind in ihrer Originalfassung oft ziemlich brutal.« Cadan lächelte verschmitzt. »Nein, aber mal im Ernst. Ich habe in letzter

Zeit auch oft darüber nachgedacht. Und irgendwie ... na ja ... bin ich zu dem Schluss gekommen, dass es mich schon stören würde, wenn du andere Männer datest.«

»Ist das so, ja?« Katherine rückte näher an ihn heran. Er neigte ihr sein Gesicht zu, bis nur noch wenige Zentimeter zwischen ihnen lagen.

»Ja«, raunte er, »das ist so.«

»Und das heißt?« Mit einem aufwallenden Verlangen, das ihr von der Brust bis in den Schoß zog, fixierte sie seine Lippen.

»Das heißt, ich hätte dich gern für mich allein. So ganz offiziell.«

Ihr Herz machte einen Satz; vermutlich den größten und weitesten, den es je gewagt hatte.

»Ganz offiziell«, flüsterte sie glücklich, »das klingt gut.«

Dann fanden ihre Lippen zueinander.

Kapitel 42

So sonnig der Samstag gewesen war, so durchwachsen brach der Sonntag an. Doch das graue Wetter konnte Katherines guter Stimmung keinen Abbruch tun. Nicht einmal ein klitzekleines bisschen.

Das gestrige Gespräch mit Cadan – vor allem der letzte Part, der in einem so unglaublichen Kuss gegipfelt hatte – spielte sich in Endlosschleife in ihrem Kopf ab.

Offiziell. Sie gehörten nun offiziell zusammen.

Noch nie war sie nach nur wenigen Monaten eine Beziehung eingegangen, aber, und das stand außer Frage, hatte sie ebenfalls noch nie eine so tiefe Verbindung zu einem anderen Menschen gespürt. Noch nie jemandem so tief vertraut.

Mit kitzelnder Euphorie in den Gliedern, von der sie sich im Augenblick nicht vorstellen konnte, dass sie je wieder verschwand, lief sie den Wanderweg oberhalb der Klippen entlang.

Heute wollte sie dem Red Rock Beach einen Besuch abstatten, den sie während ihrer Spaziergänge bisher nur von oben und ohne das Wissen um seinen Namen oder seine Beliebtheit bewundert hatte.

Cadan hatte auf ihre Frage, ob er sie dorthin begleiten wolle, ein wenig merkwürdig reagiert (kurz hatte er den Eindruck erweckt, als hätte sie ihm vorgeschlagen, mit ihr einen Ausflug in die Hölle zu unternehmen). Doch da er heute und morgen ohnehin als Fotograf zweier junger Fischer angeheuert worden war, vermutete sie, dass es ihm einfach zu viel geworden wäre.

Glücklich atmete Katherine die feuchte, salzige Luft ein.

In ihre regenabweisende Outdoor-Jacke gehüllt und das Gesicht bis zur Nasenspitze hinter ihrem Schal verborgen, folgte sie dem beschilderten Pfad, bis sie nach etwa einer halben Stunde den schmalen, hie und da mit ein paar vereinzelten Steintreppen versehenen Weg zum Red Rock Beach erreichte. Zu Katherines Erleichterung hielt sich heute offenbar niemand sonst in der kleinen, von Klippen flankierten und somit herrlich windgeschützten Bucht auf.

Vorsichtig einen Fuß vor den anderen setzend, begann sie den Abstieg, der sich auf teilweise nassem Gestein als gar nicht so einfach erwies. Nach wenigen Minuten jedoch erreichte Katherine das Ende der Treppe und drehte sich staunend um die eigene Achse.

Es kam ihr vor, als herrschte hier unten eine andere Zeit; als wäre sie plötzlich der einzige Mensch auf der Welt und vollkommen eins mit der sie umgebenen Natur.

Aus dieser neuen Perspektive wirkten die Felsen, die majestätisch hinter Katherine aufragten und ihre zerklüfteten Arme zu beiden Seiten gen Wasser streckten, imposanter denn je.

Der Wind pfiff geräuschvoll um das Gestein und peitschte gegen die schmutzig-gelbe Gischt, die an ihnen emporspritzte. Und obwohl die See an diesem Tag so düster war wie der Himmel über ihr, wohnte eben dieser Finsternis ein ganz eigener melancholischer Zauber inne.

Ein paar Meter vor Katherine, mitten in den Wellen, thronte ein großer gezackter Felsen, der sich in der Mitte V-förmig teilte. Sie stellte sich vor, wie die letzten Strahlen der untergehenden Sonne durch diese Lücke hindurchschienen, und Sehnsucht flutete ihr Herz.

Am nächsten wolkenlosen Tag werde ich wieder herkommen und genau das beobachten, dachte sie entschlossen. Vielleicht ja mit Cadan gemeinsam.

Von einer inneren Ruhe erfüllt, wie Katherine sie in ihrem Leben nur selten verspürt hatte, ließ sie sich auf einem der unzähligen Steine nieder, die das Ufer säumten.

Sie nahm sich fest vor, nicht nur einen Sonnenuntergang, sondern auch die Sommerwochenenden im kommenden Jahr an diesem geschützten Plätzchen zu verbringen, mit nichts als einem Buch, einem Handtuch und einem Bikini.

Beim Anblick der rauen Schönheit, die sich ihr bot, fragte Katherine sich, warum Cadan sie bisher nie an diesen Ort geführt hatte. Für einen Fotografen, davon war sie überzeugt, musste der idyllische Strand eine nie versiegende Inspirationsquelle darstellen.

»Spätestens jetzt kann ich wirklich verstehen, warum du dich für das Meer entschieden hast, Fiona«, murmelte Katherine in die Symphonie des frühen Abends hinein. »Im Leben wie im Tod.«

Die Erkenntnis traf sie wie ein Befreiungsschlag.

Ein Gewicht, dessen Existenz sie sich nicht einmal bewusst gewesen war, fiel zu Boden und zersprang, plötzlich zu Glas geworden, in seine Einzelteile.

Ein leises Hüsteln unterbrach diesen wunderbar friedlichen Moment. Ganz langsam, als wären ihre Muskeln und Gelenke von einem zähen Sirup benetzt, drehte Katherine sich nach dem Quell des Geräuschs um.

Katherine war nicht mehr allein am Strand. Sie teile sich die Magie des Ortes mit Ava, die sich einige Meter entfernt auf einem Felsen niedergelassen hatte. Im Schneidersitz saß sie da, die blonden Haare auf dem Kopf zu einem voluminösen Knoten gebunden und in den Händen etwas, das wie eine kleine Flasche aussah.

Kurz entschlossen stand Katherine auf, klopfte sich ein paar feuchte Sandkörner von Beinen und Po und ging geradewegs auf Ava zu.

»Hallo«, sagte sie unsicher, als sie vor dem Felsen zum Stehen kam. Avas Reaktion ließ einige Augenblicke auf sich warten.

»Hallo, Katherine«, antwortete sie, strich sich eine Haarsträhne aus der Stirn und schenkte ihr ein Lächeln, das deutlich offener war als jenes, das sie während ihrer letzten Begegnung auf den Lippen getragen hatte.

»Ich bin zum ersten Mal hier unten«, offenbarte Katherine in einem Versuch, Konversation zu machen. »Wirklich ein wunderschönes Fleckchen.

Ava gab einen zustimmenden Laut von sich, ehe sie ihre Aufmerksamkeit wieder dem Gegenstand widmete, der in ihrem Schoß lag.

»Eine Flaschenpost?«, fragte Katherine und nahm den Inhalt der durchscheinend türkisen Flasche genauer in Augenschein. Außer einer Menge Sand konnte sie darin jedoch nichts entdecken.

»Nein. Nicht im herkömmlichen Sinne.« Ava nagte auf ihrer Unterlippe und blinzelte ein paarmal – etwa, um aufsteigende Tränen in die Flucht zu schlagen? Katherine beschlich ein schlechtes Gewissen. Auf ihrer Suchen nach Antworten brachte sie Ava, deren Verlustschmerz noch längst nicht den heilenden Kuss der Zeit erhalten hatte, allem Anschein nach in emotional sehr belastende Situationen. Doch es half nichts.

Wenn sie der Vertrauten ihrer Tante schon an einem Ort begegnete, an dem sie derart ungestört miteinander sprechen konnten, musste sie die Gelegenheit beim Schopf packen.

»In welchem Sinne dann?«, fragte sie deswegen.

Ava öffnete den Mund, schloss ihn jedoch gleich darauf wieder und schüttelte den Kopf. Eine Träne fiel auf den hellen Stoff ihrer Jeans.

»Bitte reden Sie mit mir, Ava. Helfen Sie mir, dieses neue Bild von Fiona zu Ende zu zeichnen. Ich bin jetzt ein Teil von Howth. Die Nichte der Frau, die Sie geliebt haben. Inhaberin der Rainbow-Hearts-Library. Wem, wenn nicht mir, können Sie sich anvertrauen?«

Ava löste ihren Blick von der Flasche und sah Katherine nun direkt in die Augen. Ihr Blick war hell vor Schmerz.

»Wir haben Zeit gesammelt«, sagte sie brüchig.

Nicht sicher, ob sie richtig gehört hatte, runzelte Katherine die Stirn. »Zeit gesammelt?«, wiederholte sie verständnislos.

»Ja. Gemeinsame Zeit. Nachdem Fiona krank geworden war, sind wir oft hierhergekommen. Während einem dieser Besuche hat sie einmal im Scherz gesagt, dass der Sand, über den wir hier so selbstverständlich laufen, bestimmt aus den Stundengläsern von verstorbenen Personen stammt. Danach hat sie gelacht, wie um dieser Aussage ihr Gewicht zu nehmen. Aber ich habe gemerkt, wie traurig sie an diesem Tag war. Fiona konnte ihre Stimmungen nur schwer vor mir verstecken, auch wenn sie immer steif und fest das Gegenteil behauptete.« Ava wandte sich wieder von Katherine ab und strich in einer liebevollen Berührung über das trübe Glas der Flasche. »Ich habe Fiona gesagt«, fuhr sie fort, »dass das eine schöne Vorstellung sei und dass die Toten doch sicher nichts dagegen einzuwenden hätten, wenn wir etwas von ihrem Sand nehmen und ihn in Fionas Stundenglas streuen würden. Damit wir noch eine Weile länger Seite an Seite durchs Leben gehen konnten, verstehen Sie? Ich glaube, zuerst fand Fiona mein Gerede ziemlich albern. Aber ein paar Tage später fragte sie mich, ob wir zusammen zum Red Rock Beach gehen und gemeinsame Zeit sammeln wollten.«

Ein nostalgisches Lächeln erhellte die Schatten auf ihrem Gesicht. Katherine spürte, wie sich auf ihren Armen eine Gänsehaut bildete, die nichts mit dem auffrischenden Wind zu tun hatte. Sie ging in die Hocke und fuhr mit den Fingern durch den kühlen Sand. Griff hinein, hob die Hand und ließ Korn um Korn aus ihrer halb geöffneten Faust rieseln.

»Ich wünschte, es hätte funktioniert«, sagte sie leise, »ich wünschte, sie hätte mehr Zeit bekommen.«

»Ja. Das wünsche ich mir auch. Jeden Tag.«

»Hat sie je über meine Mum oder mich gesprochen?«, fragte Katherine nach einem kurzen Moment des einhelligen Schweigens.

»Kaum. Sie hat mir deutlich zu verstehen gegeben, dass ihre Familiengeschichte ein wenig kompliziert ist. Wenn sie doch einmal ein bisschen was erzählt hat, dann nur Positives. Davon, wie innig die Beziehung zwischen ihr und Ihnen war und wie sehr sie ihre Schwester trotz aller Differenzen geliebt und vermisst hat.«

Katherines Hals fühlte sich an wie mit Stacheldraht ausgekleidet. »Wir haben so vieles falsch gemacht«, hauchte sie kraftlos, »so vieles. Mein Vater ... Ich habe wirklich geglaubt, dass Fiona sich mit ihm eingelassen hat. Meine Mum und ich haben das alles nie infrage gestellt.«

Ava lachte freudlos. »Ich habe geahnt, dass dieser radikale Bruch mit München und ihren Wurzeln etwas mit diesem Mann zu tun hat, der immer wieder in der Bücherei aufgetaucht ist. Es war absolut offensichtlich, was er für sie empfunden hat, aber für Fiona war es immer nur ein freundschaftliches Verhältnis. Irgendwann hat sie mal zu ihm gesagt, er soll dahin zurückgehen, wo er hingehört. Das scheint ihn wirklich getroffen zu haben. Danach war er eine ganze Weile nicht mehr da.« Sie zuckte die Achseln. »Fiona ist meinen Fragen nach diesem Mann meistens ausgewichen. Bis auf einen Abend, an dem sie sagte, er wäre ein Teil der Familie gewesen, die sie jetzt endgültig verloren hatte. Ich glaube, das war der Punkt, an dem ich dann eins und eins zusammengezählt habe. Als ich sie konfrontiert und gefragt habe, warum sie ihrer Schwester nicht einfach von uns erzählt, hat sie zuerst nur gemeint, sie würde ihr sowieso nicht glauben. Aber irgendwann kam ich dahinter, dass sie hauptsächlich meinetwegen geschwiegen hat.«

Verdutzt runzelte Katherine die Stirn. »Ihretwegen? Warum?«

»Sie wollte mich schützen. Mein Leben, meine Ehe. Alles, was ich mir mit meinem Mann aufgebaut hatte. Sie hat immer gedacht, ich würde es bereuen, wenn wir das, was zwischen uns war, offiziell machten. Dass meine Kinder sich von mir abwenden und mein Mann mich fertigmacht, weil ich ihn hintergangen habe. Dabei war ich wirklich bereit, ihn zu verlassen. Aber sie hat mich so innig darum gebeten, dass das mit uns ein Geheimnis bleibt, dass ich nicht anders konnte, als ihr diesen Gefallen zu tun.« Ava unterbrach sich selbst. Was sie nun im Begriff war zu erzählen, schien ihr ganz besonders schwerzufallen. »Das furchtbar Ironische daran ist, dass ich es ihm nach ihrem Tod erzählt habe und es ihn nicht mal überrascht hat. Er meinte, er hätte sich über Monate und Jahre damit arrangiert und ständig damit gerechnet, dass es zwischen ihm und mir bald aus sein wird. Tja.« Sie seufzte. »Letztlich war dieses ganze Versteckspiel von Anfang an völlig umsonst. Fiona hätte mich gar nicht beschützen müssen, weil mein Mann und ich jetzt immer noch ein freundschaftliches Verhältnis haben. Ich meine, wir wohnen sogar noch zusammen … Ich hätte wissen sollen, wie er reagierte, und mich in diesem Fall einfach über Fiona hinwegsetzen sollen. Hätte, hätte, hätte. Damit kann man sich ziemlich verrückt machen.«

Katherine nickte mitfühlend. Sie wusste genau, was Ava meinte. »Das alles tut mir so leid«, sagte sie leise.

Dass Ava ebenfalls mit den Entscheidungen haderte, die sie in der Vergangenheit getroffen hatte, schuf eine unsichtbare Verbundenheit zwischen ihnen. Nach allem, was sie gerade erfahren hatte, war Katherines Bedürfnis nach Absolution übermächtig – immerhin wäre Avas und Fionas Weg ohne die Avancen ihres Vaters und das daraus resultierende Familiendrama sicher anders verlaufen. Wenn schon nicht ihre Tante selbst, vielleicht konnte zumindest Ava sie ja von einem Teil ihrer Schuld freisprechen. Einer Schuld, die darin bestand, sich immer und immer wieder dieselbe konstruierte Wahrheit angesehen zu haben, ohne den Blick nach links oder rechts gewendet zu haben.

»Ich weiß, wie es ist, etwas aus tiefstem Herzen zu bereuen«, gestand sie mit belegter Stimme. »Ich meine … ich bin unendlich froh darüber, dass Mum und ich unrecht hatten, was Fiona und Dad betrifft. Aber gleichzeitig macht es mich traurig, dass ich es jetzt erst herausfinde. So richtig, meine ich. Zweifel hatte ich eigentlich schon, seit ich im Sommer zur Hausbesichtigung da war.« Katherine schnipste sich ein Sandkorn vom Knie. »Ich würde ihr so gern sagen, dass es mir leidtut. Sie um Verzeihung bitten.«

»Okay«, sagte Ava nur. Sie entkorkte die Flasche, drehte sie auf den Kopf schüttelte den Sand in kreisenden Bewegungen ihres Handgelenks bis zur Hälfte aus.

»Was tun Sie da?«, fragte Katherine irritiert.

»Das hier ist Zeit, schon vergessen? Ich drehe sie für Sie zurück. Schließen Sie die Augen und stellen Sie sich den Tag vor, an dem Sie Fiona das letzte Mal gesehen haben.«

Katherine stockte. »Ähm. Wirklich?«

»Ja«, ermutigte Ava sie, »versuchen Sie's.«

Ähnlich wie damals auf den Klippen, als Cadan sie fotografiert hatte, kam Katherine sich auch jetzt ein wenig albern vor. Dennoch gab sie sich einen Ruck und tat, was Ava ihr vorgeschlagen hatte.

Und tatsächlich malte die Erinnerung sofort ein belebtes Bild auf ihre geschlossenen Lider: ein warmer Nachmittag, der Geruch eines blumigen Parfums, das schrille Lachen eines Kindes. Sie saßen im

Schatten eines Walnussbaums; Fiona eine Broschüre in der Hand und Katherine eine der in Streifen geschnittenen Karotten dabei, von der ihre Tante auf Ausflüge dieser Art mindestens zwei Brotdosen voll mitnahm.

»Gibt es etwas, das Sie Fiona sagen wollen, bevor Sie wieder zurück in die Gegenwart kommen?«, fragte Ava aus weiter Ferne.

»Ja«, hauchte Katherine. Dann umarmte sie Fiona, die eigentlich Ava war, und war überrascht, wie vertraut sich die Berührung anfühlte.

»Bitte vergib mir«, flüsterte sie in das dichte Haar jener Frau, die ihre Tante für einen magischen Augenblick wieder lebendig hatte werden lassen. Und wie von Zauberhand kehrte die Ruhe, die sie vor Avas Erscheinen am Red Rock Beach tief in sich gespürt hatte, zurück in ihr Herz – dieses Mal, um dort zu bleiben.

Kapitel 43

Der wunderbare Schwebezustand, den das Gespräch mit Ava nur noch verstärkt hatte, wollte sich auch am Folgetag nicht verflüchtigen. Als sie die Türen der Rainbow-Hearts-Library aufschloss, fühlte Katherine sich wie neu geboren.

Dass die Vergangenheit nun kein Dickicht aus Mutmaßungen und Irrtümern mehr darstellte, sondern klare Pfade beschrieb, empfand sie als ein großes Geschenk. Auch die Tatsache, dass sie Fionas Liebe zu Howth und der großen Freiheit nun mit vollem Herzen verstand, hatte ihr eine immense Last von den Schultern genommen.

Eine fröhliche Melodie pfeifend, streifte Katherine an diesem ruhigen Montagmorgen durch die Regale der Bücherei, nahm sich dann und wann ein Buch heraus und blätterte darin.

Das sollte ich lassen, dachte sie zynisch, nicht dass ich noch auf weitere Familiengeheimnisse stoße.

»Hallo?« Cadans unverwechselbar tiefe, anziehende Stimme ließ ihr Herz merklich vibrieren. Beinahe ließ Katherine das Buch fallen, das sie gerade in der Hand hielt. Hastig schob sie es zurück ins Regal und war mit wenigen schnellen Schritten wieder im Tresenbereich.

»Was machst du denn hier? Solltest du nicht längst bei deinem

Termin sein?« Überrascht, aber glücklich über sein Erscheinen, sah Katherine ihn an.

Cadan hatte sein Fotografie-Equipment bei sich. Er war in eine dicke Jacke eingepackt, die er auf dem Meer sicher brauchen würde, und deren Reisverschluss er bis zum Kinn zugezogen hatte. Seine Haare fielen ihm heute wild in die blitzenden Bernsteinaugen, und trotz der draußen herrschenden Kälte stand ihm der Schweiß auf der Stirn.

»Jap. Bin spät dran«, erklärte er sein zerzaustes Aussehen. »Ich wollte dir nur schnell noch zwei Sachen sagen. Erstens: Deine Kaffeemaschine wird gleich alle Hände voll zu tun haben, denn Terry und seine Gang sind auf dem Weg hierher. Sie lassen das Kartenspielen heute ausfallen. Zweitens würde ich dich heute Abend gern zu mir entführen, wenn du es gestattest. Circa eine Stunde nach Ladenschluss? Was meinst du?«

Seine Worte gingen ihr durch Mark und Bein, Hitze wallte in ihr auf. »Ich gestatte es«, sagte sie. Die Vorfreude färbte ihre Stimme ungewöhnlich hell.

»Sehr gut. Ein Grund mehr, nicht über Bord gehen zu dürfen. Ich werde Jake dran erinnern, wenn er die alte Aurelia wieder so zum Schaukeln bringt.« Zwinkernd wandte Cadan sich zum Gehen.

»Gute Fahrt«, rief Katherine ihm nach, »und bis heute Abend.«

Bereits halb aus der Tür, blieb Cadan noch einmal stehen. »Kate?«

»Ja?«

»Ich freue mich auf nachher.«

Sie lächelte. »Ich mich auch.«

Cadan grinste und verschwand mit klappernden Taschen auf die Straße.

Das Echo seiner Worte trieb Katherines Pulsschlag in schwindelerregende Höhen. Was würde heute Abend zwischen ihnen geschehen? Würden sie sich wieder küssen, bis sie vor lauter Lust und Leidenschaft keinen klaren Gedanken mehr fassen konnte? Oder bekäme sie heute möglicherweise sogar sein Schlafzimmer zu Gesicht? Immerhin war sie nun seine Freundin.

Wenn das kein Grund war, wild miteinander zu sein, wie er zu sagen pflegte, was dann ...?

Katherine biss sich auf die Unterlippe und sah zur Wanduhr herüber.

Noch acht Stunden, bis sie das Messingschild an den Eingangstüren der Bibliothek auf die *Geschlossen*-Seite drehen würde. Neun, bis Cadan sie abholte.

Was auch immer bei ihrem Treffen passieren würde, sie war bereit dafür.

Kapitel 44

»Hallo, schöne Frau.«

Der gehetzte, in windfeste Kleidung gehüllte Cadan vom Vormittag war verschwunden und hatte sich kurzerhand in ein Männermodel verwandelt.

Mit seinem schwarzen Mantel, den nun gebändigten dunklen Haaren und der eng anliegenden Hose sah er aus wie der Botschafter einer italienischen Modemarke. Vervollkommnet wurde dieser Eindruck von seinen ebenso edlen wie markanten Gesichtszügen.

Bei seinem Anblick entfuhr Katherine ein ungeniertes »Wow«.

Sie selbst trug Bluse und Chinohose und hatte die Haare zu einem lockeren Pferdeschwanz gebunden.

»Ich dachte, wir gehen zu dir und nicht in die Oper«, sagte sie amüsiert, während sie Cadan von oben bis unten musterte. Kurz musste sie daran denken, in welchem Aufzug Emilio vor seinem Date in der Bücherei aufgekreuzt war, und fragte sich unwillkürlich, ob dieser Cadan wohl für den heutigen Abend stilistisch beraten hatte.

»Machen wir ja auch«, sagte er arglos.

»Aha? Und gibt es etwas zu feiern?«

Als Katherine sich zur Tür umwandte, um sie zuzuziehen, schlang Cadan von hinten seine Arme um sie.

»Vielleicht«, raunte er in ihr Ohr und jagte ihr damit Millionen kleiner Feuer über den Rücken.

»Und vielleicht wäre es besser, du packst erst noch ein paar Sachen zusammen, bevor wir losgehen. Es könnte nämlich sein, dass ich dich heute Nacht nicht mehr nach Hause gehen lassen will.«

*

Nervös verstärkte Katherine den Griff um den Gurt ihrer Tasche. Obwohl sie sich nach Cadans Überraschungsbesuch in der Rainbow-Hearts-Library bereits in allen Farben ausgemalt hatte, wie sie seine Laken zerwühlten, fühlte sie sich in diesem Moment wie das nervöse sechzehnjährige Mädchen vor seinem allersten Mal.

Vermutlich, dachte Katherine, weil sie noch nie jemanden so begehrt hatte wie Cadan. Weil der Gedanke daran, ihm so nahe zu sein und seine nackte Haut an ihrer zu spüren, ihr beinahe den Verstand raubte. Verstohlen musterte sie sein unverschämt hübsches Profil.

Jetzt entspann dich aber mal, schalt sie sich, er hat dich sicherlich nicht nur deswegen eingeladen.

»Ich möchte dir gleich etwas zeigen«, sagte Cadan, der allem Anschein nach wieder durch ihren Kopf patrouilliert war und ihre Gedanken gelesen hatte.

»Ja? Was denn?«

Er grinste. »Du bist zu neugierig, Mädchen aus München. Wir sind doch gleich da.«

›Gleich‹ war in diesem Zusammenhang relativ, denn Katherines Nervosität dehnte die Sekunden zu kleinen Ewigkeiten aus.

Als sie endlich ankamen und den Hausflur betraten, nahm Cadan ihr sanft die Tasche von den Schultern und stellte sie neben der Garderobe ab. »Komm«, sagte er und bot ihr seine Hand dar, die sie ohne zu zögern ergriff.

Sie folgte ihm aus dem Flur heraus und in einen länglichen, schmal geschnittenen Raum, dessen Wände über und über mit Fotografien versehen waren. Die Fülle an Farben und Motiven machte es Katherine unmöglich, jedes Bild einzeln und ausführlich zu betrachten. Wieder und wieder ließ sie ihren Blick über Sonnenuntergänge, Boote, Pflanzen, Burgruinen, Tiere und Gesichter schweifen, ohne einen Fixpunkt finden zu können – bis eines der Bilder ein Netz nach ihr warf und sie gefangen nahm.

Katherine sah sich selbst auf einem großen, rötlich schimmernden Stein sitzen, vor sich das endlose Meer, aus dem eine vertraute Felsformation ragte.

Der Red Rock Beach.

»Moment mal«, sagte sie verdutzt, »Das ... das war doch gestern. Du bist mir gefolgt und hast mich fotografiert?!«

»Ja«, gab Cadan ohne Umschweife zu. Er stand so dicht hinter ihr, dass sein Becken ihren Rücken berührte.

Unschlüssig, ob sie sein Verhalten nun unheimlich oder süß finden sollte, gluckste sie.

»Du weißt hoffentlich, dass das verdammt gruselig ist, oder?«, entschied sie sich vorerst für die erste Variante.

»Vielleicht findest du es gleich nicht mehr so gruselig, wenn ich dir erkläre, warum ich nicht zu dir runterkommen konnte. Eigentlich bin ich nämlich losgegangen, um vor meinem Termin doch noch kurz mit dir spazieren zu gehen. Aber ... na ja. Da habe ich mir dann doch ein bisschen zu viel vorgenommen.«

Fasziniert strich Katherine über das Bild, strich mit dem Finger über die Grenze zwischen Himmel und Meer.

Wie immer, wenn Cadan fotografierte, hatte er auch dieses Mal wieder Magie bewirkt: Katherines Entdeckung der Leichtigkeit war nun ein für die Ewigkeit gefrorener Moment; ein eigener, emotionsgeladener Organismus.

Erst mit einiger Verzögerung drangen seine Worte zu ihr durch.

»Wie meinst du das?«, fragte sie ihn leise und war doch nicht fähig, den Blick von der bunten, wunderbaren Wand abzuwenden.

»Um dir das zu erklären, würde ich dir gern von dem Nachmittag erzählen, an dem ich das erste Mal in Howth gewesen bin«, sagte Cadan kaum vernehmlich. Sein warmer Atem kitzelte Katherines Nacken und bescherte ihr eine Gänsehaut.

»Sehr gern«, erwiderte sie heiser und drehte sich nun doch zu ihm um. Er sah ähnlich ernst aus wie an jenem Tag, an dem er in ihrem Beisein zurück in seine Kindheit gereist war. Sein Blick war verdunkelt, seine Kiefermuskulatur angespannt und sein Grübchen fort. Vielleicht, dachte sie, reiste er nun gedanklich ähnlich weit zurück.

»Ich war damals noch ein Kind«, bestätigte Cadan Katherines Vermutung. »Neun Jahre alt, jedenfalls auf dem Papier, aber rein vom Gefühl schon viel, viel älter. Raes Absturz war schon in vollem Gange. Es war die Zeit, kurz bevor Dads Verhalten mir gegenüber sich geändert hat ... Du weißt schon. Aber noch lief für mich jeder Tag gleich ab: aufstehen, sich anschreien lassen, zu spät zur Schule kommen, Ärger kriegen, zu Hause bestraft werden, sich wieder anschreien lassen, ins Bett gehen. Das klingt jetzt vielleicht ein bisschen dramatisch, aber ich hatte wirklich verlernt, glücklich zu sein. Ich wusste einfach nicht mehr, wie das funktionieren sollte. Und als ich hier war, ist es mir plötzlich wieder eingefallen. An einem einzigen Nachmittag.« Die Erinnerung ließ seine Mundwinkel zucken.

»Howth war für mich wie eine ganz andere, eigene kleine Welt. Es war so friedlich. Wie der Topf voll Gold am Ende eines Regenbogens.«

Katherine liebte es, Cadans poetischen Ausführungen zu lauschen. Wenn er ein Hörbuch aufnimmt, bin ich die Erste, die es kauft, dachte sie ergriffen.

»Das kann ich gut verstehen«, sagte sie wahrheitsgemäß, »Howth ist wirklich irgendwie verwunschen. Hier folgt alles seinen eigenen Gesetzen: Die Zeit, die Natur, das Wetter ... Es ist wie ein kleiner magischer Kosmos.«

»Ja. Genauso empfinde ich es auch. Ich bin damals nur durch einen Zufall hergekommen. Die Familie meines einzigen Schulfreundes hat mich eingeladen, mit ihnen auf einen Ausflug zu kommen. Für mich war das ein unvorstellbar großes Abenteuer, ich kannte so was ja nicht. Dad habe ich natürlich nichts davon erzählt, er hätte es nämlich niemals erlaubt. Offiziell, weil er nicht wollte, dass seine Kinder schmarotzten.« Er setzte das letzte Wort in hörbare Anführungszeichen. »Inoffiziell, weil er es einfach nicht ertragen konnte, mich glücklich zu sehen. Wie auch immer. Ich habe Dad also gesagt, ich würde draußen ein bisschen kicken, und bin mit Louis' Familie hergefahren. Seine Eltern hatten geplant, mit uns Essen zu gehen und vorher noch auf den Klippen zu wandern. Ich war so aufgeregt. Das Meer zu sehen, hat mich einfach nur überwältigt. Ich meine, ich kannte es ja bis dahin nur von Fotos, aber die Realität war so viel beeindruckender. Ich kam aus dem Staunen gar nicht mehr raus. Schon am Hafen sind mir fast die Augen aus dem Kopf gefallen, aber von hoch oben über dieses endlos weitere Blau zu blicken, hat dem ganzen einfach die Krone aufgesetzt.«

Während sie seiner Geschichte lauschte, drehte Katherine sich wieder zur Fotowand um. Registrierte, wie oft er im Vergleich zu anderen Motiven tatsächlich das Meer ausgewählt hatte.

Sturmgepeitscht, in der Sonne funkelnd, grau, ruhig, wild.

Seine Liebe zur See war nicht zu übersehen.

Cadan hielt kurz inne und legte Katherine seine Arme um den Oberkörper. Sie erschauerte unter seiner Berührung. Es fühlte sich herrlich an, ihm so nahe zu sein; seelisch wie körperlich. Wohlig seufzend ließ sie ihren Rücken an seine Brust sinken. Spürte das tiefe Vibrato seiner Stimme, als er fortfuhr.

»Irgendwann haben wir dann die Abzweigung zu einem kleinen Strand, dem Red Rock Beach, entdeckt. Louis ist sofort an den Strand hinuntergerannt, und seine Eltern ohne zu zögern hinterher. Es war total seltsam. Sie haben richtig gekreischt vor Freude und waren so losgelöst. Eine unbeschwerte, glückliche Familie … Dieser Anblick hat irgendwas mit mir gemacht. Obwohl ich ihnen so gern nachgerannt wäre, konnte ich einfach nicht. Die drei dort unten durch den Sand hüpfen und miteinander lachen zu sehen, hat mich zurückgehalten. Mich gehemmt.«

War eben noch das Lächeln aus Cadans Stimme herauszuhören gewesen, hatte sie nun einen traurigen Klang angenommen. Katherine griff nach seinen Händen, die auf ihrem Bauch lagen, und streichelte sie beruhigend.

»Natürlich haben sie mir zugerufen, dass ich zu ihnen kommen soll, aber ich wollte sie in diesem Moment nicht stören. Es ging einfach nicht. Einfach nur dazustehen und sie zu beobachten hat schon gereicht, um an ihrer Freude teilzuhaben, aber eben auch, um eine ganz eigenartige Sehnsucht in mir wach werden zu lassen. Tja … Tatsächlich habe ich den Red Rock Beach weder an diesem noch an irgendeinem anderen Tag je betreten. Fotografiert, ja, aber immer nur aus der Distanz. Ich weiß, dass es absurd ist, aber ich werde den Gedanken nicht los, dass ich für das Glück, das da unten wartet, nicht bereit bin. Oder, nein, das ist falsch formuliert – dass ich es nicht verdient habe. Das habe ich mir jedenfalls all die Jahre lang eingeredet. In Wahrheit möchte ich vielleicht einfach nicht enttäuscht werden – zum Beispiel, indem ich feststellen muss, dass der Red Rock Beach aus einem anderen Blickwinkel betrachtet einfach nur ein ganz gewöhnlicher Strand ist.«

Katherine kam es vor, als hätte Cadans Geschichte das Foto, das er gestern aufgenommen hatte, noch lebendiger gemacht. Langsam löste sie den Blick davon und drehte sich zu ihm um, die neu gewonnene Leichtigkeit rebellisch in ihrem Herzen aufwallend.

»Keine Sorge, Cay. Der Red Rock Beach ist kein gewöhnlicher Strand.«

Er nickte. »Ich glaube, als ich dich da so sitzen gesehen habe, ist mir das auch klar geworden.« Er hob eine Hand an ihr Gesicht, und sie schmiegte sich in seine Berührung. »Kate?«, fragte er so nahe, dass ihr in ihrer eigenen Haut zu warm wurde. Viel zu warm.

»Ja?«

Cadan strich ihr sanft über das Haar. Sandte Millionen kleiner Funken über ihre Kopfhaut.

»Würdest du bei Gelegenheit doch noch mal mit mir zum Red Rock Beach gehen? Ich glaube, ich bin jetzt bereit.«

Sie legte ihren Kopf an Cadans Brust, atmete den betörenden Duft seines Parfums ein und all seinen Schmerz von damals aus. Das zumindest stellte sie sich vor, während ihre Hände seinen Rücken liebkosten.

»Es gibt nichts, was ich lieber täte«, flüsterte sie direkt in sein Herz hinein.

*

In dieser Nacht schliefen sie miteinander.

Was sanft und zärtlich aus einer Umarmung erwuchs, wurde bald so wild und ungezügelt wie die Leidenschaft selbst.

Doch trotz aller Lust, die ihre nackten Körper zum Erzittern brachte, war es mehr als nur Begehren, das sie unter der Bettdecke zusammenführte. Denn neben der prickelnden Euphorie, die Cadans Bewegungen in ihr auslösten, spürte Katherine den verzweifelten Wunsch, bis in sein Innerstes, in seine Seele vorzudringen und seine brachliegenden Wunden zu küssen, bis sie verheilten.

Und die Art, wie er sie festhielt und so nahe an sich presste, dass ihre Herzen einander fast berührten, verriet ihr, dass er dasselbe fühlte.

Solange sie nur gemeinsam atmeten, dachte Katherine später, als sich jeder Muskel in ihrem Körper von den Nachwirkungen ihres Höhepunktes ganz schwach anfühlte, würde die Sonne nie wieder untergehen.

Kapitel 45

Etwas hatte sich verändert.

Katherine wusste nicht, ob es die Art war, wie der Himmel aussah oder wie die Luft schmeckte, die das Meer durch das geöffnete Fenster trug.

Vielleicht hatte sich die Welt auch einfach dazu entschieden, künftig auf dem Kopf zu stehen – und wenn dem so war, dann stand dieser Kopfstand ihr gut.

Der Herbst war inzwischen deutlich vorangeschritten. Seit ihrer gemeinsamen Nacht mit Cadan – der ersten von etlichen, die darauf folgten – waren knapp fünf Wochen vergangen.

Fünf Wochen, in denen ihre Seelen immer fester zusammengewachsen waren und sie einander so häufig wie möglich gesehen hatten. Ob zum gemeinsamen Filmeschauen, während Regen auf das Dachfenster trommelte, zum Kochen, abends im Pub mit Doran und den anderen Dorfbewohnern oder zu Wochenendausflügen nach Dublin, Katherine genoss jede Sekunde an Cadans Seite.

Auch den heutigen Samstag, der bereits in einen Sonntag übergegangen war, hatten sie zusammen verbracht.

Auf Katherines Nachttisch brannten zwei Kerzen, und über den Bildschirm ihres Laptops flimmerte eine Serie, die sie vor Kurzem zusammen angefangen hatten.

»Hey, Geburtstagskind.« Cadan strich ihr über den Kopf, mit dem sie sich eng an seine Brust kuschelte. »Schläfst du etwa schon?«

»Schon?« Katherine unterdrückte ein Gähnen. »Es ist gleich eins. Ich bin seit fast einer Stunde achtundzwanzig. In dem Alter darf man schon mal müde sein.«

Sie stützte sich auf einen Ellenbogen und sah Cadan durch einen Schleier unordentlich in ihr Gesicht fallender Haare an.

»Wow. Wenn das so ist, müsste ich ja schon am Stock gehen, weil ich letztes Jahr die dreißig geknackt habe.«

Katherine pustete sich eine Strähne aus dem Gesicht. »Tust du ja auch.«

Cadan grinste und zog sie an sich. »Du bist frech«, murmelte er gegen ihre Lippen.

»Weiß ich doch.«

Sie küsste ihn innig. Obwohl noch so frisch, war sich Katherine sicher, dass dies der mit Abstand schönste Geburtstag ihres Lebens war. Morgen Abend würde sie mit Cadan und Doran in der Rainbow-Hearts-Library feiern und am Montag nach Ladenschluss mit Ivy, Brianna, Sophie, Terry und Roxanne essen gehen, da diese übers Wochenende bereits in andere Feierlichkeiten involviert waren.

Zuerst hatte Katherine gezögert, Sophie einzuladen, dann aber beschlossen, dass sie gar nicht erst zulassen wollte, dass es zwischen ihnen komisch würde.

Zufrieden kuschelte sie sich erneut bei Cadan ein und tastete nach ihrem Handy. Nach und nach trudelten Glückwünsche von Bekannten und Freunden ein.

Luca, die natürlich längst über den veränderten Beziehungsstatus ihrer besten Freundin Bescheid wusste, hatte kurz nach Mitternacht sogar angerufen und Katherine von Herzen eine gehörige Portion ›Birthday-Sex‹ gewünscht. Dass es diesen schon vor Mitternacht in mehrfacher Ausführung gegeben hatte, war Katherine vermutlich an dem Grinsen in ihrer Stimme anzuhören gewesen.

Sie überflog die neuen Nachrichten rasch, wobei sie diese im Grunde nur nach einem Lebenszeichen ihrer Mutter absuchte, und schob es dann wieder beiseite.

»Hat sie sich immer noch nicht gemeldet?«, fragte Cadan, der auch ohne Worte ganz genau wusste, was in ihr vorging.

»Sie ist bestimmt nicht mehr so lange wach. Morgen wird sie von sich hören lassen.« Katherine klang überzeugter, als sie sich fühlte.

Mary war der einzige kleine Riss in ihrem sonst allumfassenden Glück. Doch heute wollte Katherine sich nicht damit auseinandersetzen. Nein, sie zog es vor, den Zauber des Augenblicks zu behüten. Und damit ihr Herz.

Katherines Träume waren wirr in dieser Nacht.

Cadan ritt auf einem überdimensionierten Löwen den Cliff Walk entlang, ihr Vater schwebte auf einer Wolke neben ihm her und Fiona entstieg, die Haare voller Seetang und Muscheln, einem sturmgepeitschten Meer.

Irgendwann wurde Katherines unruhiger Schlaf vom Vibrationsalarm ihres Handys unterbrochen.

Stöhnend rollte sie sich auf die Seite, kniff die Augen zusammen und starrte in das hell erleuchtete Display, das ihr von ihrem Nachttisch aus entgegenstrahlte.

Es war exakt 4.40 Uhr. Die Zeit, zu der sie vor achtundzwanzig Jahren geboren worden war.

»Mum«, hauchte Katherine ungläubig, als sie die empfangene Nachricht las:

Herzlichen Glückwunsch zum Geburtstag, Katy. Denk an dich.

Ungläubig las Katherine die Worte gleich dreimal hintereinander, um sich ihrer Existenz zu vergewissern.

Katy. Denk an dich.

Nach der Funkstille, die zwischen ihnen geherrscht hatte, seit Katherine ihrer Mutter das Foto und einen Brief nach München geschickt hatte, war sie fast schon nicht mehr davon ausgegangen, überhaupt einen Geburtstagsgruß zu erhalten – schon gar nicht in einer solchen, für Marys Verhältnisse geradezu sentimentalen Form.

Ob ihre Mutter sich einen Wecker gestellt hatte, um die SMS pünktlich herausschicken zu können? Oder war sie gar so lange wach geblieben, so wie sie es früher manchmal getan hatte, als Katherine noch klein gewesen war?

Nach minutenlangem Grübeln über Marys Vorgehen kam Katherine zu dem Schluss, dass es keine Rolle spielte.

Fest stand nur, dass ihre Mutter sich in diesem Moment an etwas erinnert hatte, das ihr einmal bewusst gewesen und dann in Vergessenheit geraten war: ihre weiche, gütige Seite.

Wenn ich einen Wunsch frei hätte, überlegte Katherine und sah durch das Dachfenster hinaus in den Sternenhimmel, würde ich ihn gern dafür einsetzen, dass Mum ihren Frieden findet.

Kaum hatte sie den Gedanken zu Ende geführt, begann Cadan neben ihr leise zu schnarchen. Liebevoll betrachtete sie seine in silbriges Mondlicht gehüllte Silhouette.

Nein, vermutlich hatte sie Zeit ihres Lebens keinen einzigen Wunsch mehr frei, wo ihr das Universum mit Cadan doch bereits das größte Geschenk gemacht hatte.

Seufzend sank sie zurück in ihr Kissen, drehte sich auf die Seite und schmiegte sich eng an seinen Körper.

Die Welt war gnädig. Das Leben war schön.

Kapitel 46

»Auf dich, Mädchen aus München«, eröffnete Cadan am frühen Sonntagabend die kleine Geburtstagsfeier.

Sie hatten es sich in der Schreibecke bequem gemacht und den Cafétisch kurzerhand zur Tapas- und Wein-Bar umfunktioniert. Es war ein ungewohnter Anblick: Briefpapier, Umschläge und Stifte waren einer Reihe spanischer Köstlichkeiten, einer Karaffe Weißwein und drei Gläsern gewichen.

»Auf eine wundervolle junge Frau und die beste Nachfolgerin, die Fiona sich hätte wünschen können«, stimmte Doran fröhlich ein.

»Danke«, hauchte Katherine verlegen in das Klirren der aneinanderstoßenden Gläser hinein.

Als sie alle einen Schluck genommen hatten und Katherine gerade dazu auffordern wollte, sich von den Speisen zu bedienen, klatschte Cadan unvermittelt in die Hände. »Dann werden wir unser Geburtstagskind mal beschenken. Oder was meinen Sie, Doran?«

»Nichts lieber als das, mein Junge. Wollen Sie anfangen?«

»Nein, nein. Ich lasse Ihnen den Vortritt.«

Katherine warf Cadan einen schmollenden »Aber ich hab doch gesagt, du sollst mir nichts schenken«-Blick zu, den er mit einem unschuldigen Achselzucken quittierte. Kurzerhand sandte sie ihn zu Doran weiter, der ihn jedoch gekonnt ignorierte.

Suchend sah er sich zu beiden Seiten des Sessels um. »Herrje, wo habe ich denn die Tüte gelassen?«

»Im Flur, glaube ich. Warten Sie, ich hole sie Ihnen.« Schon war Cadan von seinem Sessel aufgesprungen und durch die Zwischentür verschwunden.

Verwirrt sah Katherine ihm nach. »Doran, das wär doch nicht nötig gewesen«, protestierte sie. »Es ist doch nur ein ganz gewöhnlicher Geburtstag. Nicht mal ein runder!«

»Nur ein gewöhnlicher Geburtstag«, echote der alte Mann und schüttelte empört den Kopf, »du weißt offenbar nicht, wie viel du uns bedeutest, Katherine.«

Schnell war Cadan mit der bunt bedruckten Tüte zurückgekehrt, die Doran bei seinem Eintreffen neben der Garderobe abgestellt und allem Anschein nach dort vergessen hatte.

»Ich danke Ihnen«, ächzte er, als er sich nach vorn beugte, um sie entgegenzunehmen.

»Na also, da haben wir's ja«, freute der alte Mann sich und forderte ein in silbriges Geschenkpapier eingeschlagenes längliches Päckchen zutage, das er Katherine feierlich überreichte.

Sie schluckte jeden weiteren Protest hinunter, um Mr. Donnelly den offensichtlichen Spaß am Schenken nicht zu verderben. Vorsichtig entfernte sie das Papier und betrachtete die wunderbar harzig duftende Holzschatulle, die darunter zum Vorschein kam.

»Wow. Vielen Dank, Doran. Die ist wirklich schön. Ich werde meinen Schmuck darin aufbewahren.«

Der alte Mann runzelte die Stirn. »Aber nicht doch, Katherine. Das ist noch nicht alles. Du musst die Schachtel auch öffnen.«

Zögerlich tat Katherine, wie ihr geheißen, und hob den Deckel der Schatulle an. Auf den ersten Blick wirkte es, als stünden die Gegenstände, die darunter dicht an dicht aneinanderlagen, in keinerlei Zusammenhang miteinander.

Da waren ein mit kindlichen Lettern versehener Notizzettel und ein winzig kleines Einmachglas, das jemand – der Schrift nach zu urteilen Fiona – mit der Bezeichnung *Mutbonbons* versehen hatte.

»Hat das meiner Tante gehört?«, fragte Katherine leise, die sich keinen anderen Reim auf die Auswahl dieser Objekte machen konnte.

»Nicht alles, aber ziemlich genau die Hälfte davon. Das Bonbon-Glas stand damals, bei meinem ersten Besuch in der Rainbow-Hearts-Library, auf dem Tresen. Ich hatte gerade den ersten Brief an meine Frau versteckt, als Fiona mich angesprochen hat. ›Sie sehen aus, als könnten Sie eines hiervon vertragen‹, hat sie gesagt und mir dann dieses Glas hingehalten. Sie meinte außerdem, dass die Bonbons sich ganz besonders gut für Neuanfänge eignen und sie da aus Erfahrung sprechen würde.« Doran lachte glucksend. »Wie hätte ich dazu Nein sagen können? Ich habe zugegriffen, und Fiona auch. Als ich an diesem Nachmittag nach Hause gegangen bin, habe ich mich wirklich besser gefühlt, und deine Tante hat mir ein paar Tage später gesagt, dass es ihr genauso ergangen war. Natürlich bin ich mir bewusst, dass es nicht die Bonbons waren, denen wir das zu verdanken hatten. Trotzdem waren sie für uns von diesem Tag an so etwas wie die Versinnbildlichung unserer Gedankenkraft. Aber ich schweife wieder ab.« Mr. Donnelly machte eine wegwerfende Handbewegung, die jedoch nicht darüber hinwegtäuschen konnte, dass ihm dieser kleine Exkurs in die Vergangenheit sehr nahe ging. »Du siehst, Katherine, es sind noch zwei Bonbons übrig. Ein paar Tage vor ihrem Tod hat Fiona mir das Glas übergeben und mich schwören lasse, es mitsamt seines Restbestandes an dich weiterzureichen. Ich dachte mir, dein Geburtstag wäre da ein guter Anlass.« Er zwinkerte. »Oh, und keine Sorge: Allzu gennießbar dürfte der Inhalt zwar nicht mehr sein, aber ich bin mir sicher, dass du den Verzehr dennoch überleben wirst. Solltest du also je eine Portion Mut benötigen, stelle dir einfach vor, die Bonbons würden erfrischend schmecken – die Kraft der Gedanken eben, du weißt schon.«

Mut aus dem Einmachglas.

Katherine schluckte. Die Rührung brannte in ihrer Kehle wie Säure. So also hatten Doran und Fiona sich kennengelernt. Eine wunderbare Geschichte, die sie fortan sicher in ihrem Herzen bewahren würde.

»Das ist ein großartiges Geschenk«, sagte sie leise. »Danke, dass du mir das alles erzählt hast.«

Der alte Mann sah sie über den Café-Tisch hinweg aus feuchten Augen an. »Eines meiner liebsten Erlebnisse«, sagte er mit einem nostalgischen Lächeln.

Katherine strich mit den Fingerspitzen über das Bonbonglas. Kurz verschwamm ihr Blick auf den Inhalt der Schatulle. Fiona hatte so wunderbare Ideen gehabt, war ein so kreativer Mensch gewesen. Plötzlich fühlte Katherine sich ihr wieder nahe. Näher vielleicht als je zuvor.

»Erkennst du den Zettel wieder?«, fragte Mr. Donnelly nach einer heilsamen Ewigkeit, in der sie alle, auch Cadan, geschwiegen hatten.

»Diesen hier?« Stirnrunzelnd nahm Katherine das beschriebene Papier aus der Schatulle.

Hap dich lib stand dort in windschiefen Lettern geschrieben.

Irgendwo, tief in ihrem Gedächtnis vergraben, holte eine Erinnerung rasselnd Luft.

»Ist dieser Zettel etwa von mir?«, fragte Katherine ungläubig.

Der alte Mann nickte. »So hat Fiona es mir erzählt. Du warst kaum ein paar Wochen eingeschult und hast ihr diese kleine Botschaft in die Hand gedrückt, als sie dich von der Schule zum Eis essen abgeholt hat.«

»Und das hat Fiona über all die Jahre hinweg aufbewahrt?«

Katherines Blick trübte sich von Neuem, der Kloß in ihrem Hals machte ihr das Sprechen schwer. Doch die Tränen, die sich nun flink ihre Wangen hinabbahnten, waren nicht von Trauer gemacht.

»Es tut mir leid«, hörte sie Doran bestürzt sagen, »das alles ist vielleicht ein bisschen viel auf einmal. Ich wollte dich nicht traurig machen. Schon gar nicht an deinem Geburtstag.«

Katherine wischte sich mit dem Blusenärmel über die Augen und sah, wie der alte Mann den Kopf hängen ließ. »Nein, Doran. Ich bin nicht traurig. Ich bin nur so gerührt. Etwas Wertvolleres hättest du mir nicht schenken können.«

Sie stand aus ihrem Sessel auf, war in zwei Schritten bei Doran angelangt und umarmte ihn innig.

»Danke«, flüsterte sie in sein Tweet-Jackett und die buschigen

weißen Haare, die dem alten Mann ein wenig wirr vom Kopf ab-
standen. »Danke für alles.«

Kapitel 47

Ein paar Stunden später war Ruhe in der Rainbow-Hearts-Library eingekehrt.

Aus Rücksichtnahme auf Katherines Achterbahn der Gefühle, der sie nach dem Öffnen der Schatulle ausgesetzt gewesen war, hatte Cadan vorgeschlagen, die zweite Geschenkzeremonie noch ein wenig nach hinten zu verschieben. Also hatten sie in aller Ausführlichkeit gegessen, getrunken und gelacht – und zwar so lange, bis Doran schließlich eingedöst war.

Mit einem seligen Ausdruck auf dem Gesicht schnarchte er nun leise vor sich hin. Der Kopf war ihm auf die Brust gesunken und seine Arme baumelten zu den Seiten seines Sessels hinunter.

»Ob wir ihn wecken sollten?«, flüsterte Katherine, die sich inzwischen ebenfalls ganz schläfrig fühlte. Die warme Heizungsluft in Kombination mit zwei Gläsern Weißwein hatten ihre Lider angenehm schwer werden lassen.

»Lassen wir ihn noch kurz schlafen«, wisperte Cadan zurück. Er stand auf und machte Anstalten, die benutzten Teller in die Küche zu tragen.

»Warte«, sagte Katherine, »ich helfe dir.«

»Also dann: Bist du bereit für den zweiten Teil der Bescherung?«, fragte Cadan, nachdem sie das Geschirr in der Spülmaschine verstaut hatten.

»Das kommt ganz darauf an, was du dir da ausgedacht hast«, sagte sie und lehnte sich gegen die Arbeitsplatte. Sie hoffte inständig, dass Cadan sich bei der Geschenkeauswahl einfach mit einem Strauß Blumen oder einem Gutschein für einen Restaurantbesuch begnügt hatte. Für etwas anderes, davon war sie überzeugt, war sie an diesem Abend emotional nicht mehr gewappnet.

»Nur eine Kleinigkeit«, sagte Cadan beschwichtigend, als hätte er ihre Gedanken gelesen. »Warte einen Moment.«

Er verschwand in den Flur und kam kurz darauf mit einer winzigen Papiertüte zurück, die er Katherine mit einem eigenartigen, beinahe schüchternen Lächeln überreichte. Es schien, als wäre sein für gewöhnlich eigentlich durchaus ausreichend vorhandenes Selbstbewusstsein binnen weniger Sekunden auf die Größe einer Rosine zusammengeschrumpft.

Seine plötzliche Unsicherheit machte Katherine automatisch ebenfalls nervös.

Begleitet vom Knistern des Papiers und dem immer schneller werdenden Rhythmus ihres Herzschlags zog sie ein Wellhornschneckenhaus aus der Tüte heraus, das an einem dünnen Lederbändchen hing.

Das Gehäuse schien durch einen Lack verstärkt worden zu sein; vermutlich, um die Gefahr des Zerbrechens zu mindern. Entlang der Mündung des Schneckenhauses waren die Buchstaben C und K eingraviert.

Ein rasant anschwellendes, golden glitzerndes Glücksgefühl sandte elektrische Impulse durch ihren Körper und ließ ihrer Kehle ein überschwängliches Lachen entweichen.

»Die ist wunderschön«, sagte Katherine glücklich und schien Cadan damit von seiner Anspannung zu erlösen. Erleichtert atmete er aus.

»Ich habe das Schneckenhaus hier vor Jahren am Claremont Beach gefunden, als ich alt genug war, ohne Dads Erlaubnis Ausflüge zu unternehmen.« Cadan lächelte. Nostalgie verklärte seinen Blick. »Sie lag direkt vor meiner Nase. Ich weiß noch, dass ich mich gefühlt habe, als hätte ich einen Schatz gefunden. Ein Versprechen des Meeres, das irgendwann alles gut wird.« Er räusperte sich. »Und dieses Versprechen wurde eingelöst. Denn jetzt habe ich dich.«

Von Cadans Worten so ergriffen, dass ihr Atem stoßweise ging, strich Katherine über die Gravur des Schneckenhauses. Sie stellte sich vor, wie Cadan in all den Jahren der Dunkelheit, durch deren verzweigte Korridore er als Heranwachsender mit nichts als einer Taschenlampe gewandelt war, immer wieder Trost in seinem eigenen, ganz persönlichen Schatz gefunden hatte.

Sie stellte sich auf die Zehenspitzen und hauchte ihm einen Kuss auf die Lippen. »Ich glaube, die werde ich niemals wieder ablegen.«

Sie öffnete den Verschluss der Kette, legte sie sich um den Hals und wandte Cadan den Rücken zu, damit er sie in ihrem Nacken schließen konnte. Die Berührung seiner Hände verursachte einen Funkenflug auf ihrer Haut.

Mit sanftem Druck auf ihrer Schulter drehte er Katherine zurück in ihre Richtung.

»Sie sieht wundervoll an dir aus. Wie so ziemlich alles.«

Geschmeichelt fasste Katherine sich an den Hals.

»Weißt du was? Ich glaube, zur Halloweenparty gehe ich als Andersens kleine Meerjungfrau. Dann habe ich schon gleich einen Teil meines Kostüms.«

»Stimmt, die Halloweenfeier …« Cadan schüttelte lachend den Kopf. »Die hätte ich fast verdrängt, obwohl Mr. Donnelly und du ja die halbe Bücherei mit den Aushängen plakatiert habt. Das kommt davon, wenn ich nur Augen für dich habe.« Er nahm ihre Hände in seine und bedachte Katherine mit einem glühenden Blick. Sie schluckte. Das Verlangen danach, seinen Atem an ihren Lippen und seine warme, nackte Haut auf ihrer zu spüren, war plötzlich übermächtig.

»Apropos Mr. Donnelly … Vielleicht sollten wir ihn doch langsam wecken und ihm ein Taxi rufen«, sagte sie mit kehliger Stimme.

»Ach ja? Sollten wir das?«

Cadan ließ ihre Hände los und umfasste ihre Taille. Ließ seine Fingerspitzen immer weiter an ihrem Becken hinabwandern.

»Ja. Ja, das sollten wir.«

»Na schön«, raunte er. »Dann werden wir dem Geburtstagskind diesen Wunsch mal erfüllen.«

Kapitel 48

Ein letztes Mal prüfte Katherine ihr Spiegelbild.

Die aufwendig frisierte Lockenpracht mit der großen seestern-förmigen Spange darin hatte sie mit so viel Haarspray fixiert, dass nicht einmal ein Jahrhundertsturm sie würde zerstören können. Mithilfe schimmernder Grün- und Blautöne ihrer Lidschattenpalette hatte sie sich Schuppen auf Gesicht, Hals und Dekolleté gezaubert und sich nach stundenlanger Arbeit schließlich in ein anmutiges Fabelwesen verwandelt. Ihr pastellfarbenes, bodenlanges und zu den Knöcheln eng zulaufendes Meerjungfrauenkleid wirkte mit etwas Fantasie tatsächlich wie ein Fischschwanz und die Muschel-Kette um ihren Hals vervollkommnete ihre Erscheinung.

»Bist du so weit, Königin des Meeres?«

Cadan lehnte in der Tür, die karierte Schiebermütze tief ins Gesicht gezogen und an einer Pfeife saugend. Ein Tweet-Mantel machte sein Outfit, das ihn binnen weniger Minuten zu Sherlock Holmes hatte werden lassen, komplett. Eigentlich hatte er als der schiffbrüchige Prinz gehen wollen, in den die kleine Meerjungfrau sich verliebte, aber am Ende hatte dann doch seine Vorliebe für Arthur Conan Doyles geniale Schöpfung gesiegt.

Katherine hatte zunächst befürchtet, dass Cadan nach allem, was er erlebt hatte, inzwischen nur noch ungern in andere Rollen schlüpfte. Doch auf ihre Nachfrage hin hatte er ihr versichert, dass das hier etwas anderes sei. Etwas, das er selbst entscheiden konnte und das ihm Spaß machte, weil er es mit ihr, Katherine, teilte.

Sie warf sich die wallenden Locken über die Schulter.

»Tut mir leid, aber mein Kostüm ist ein wenig aufwendiger als deins, Mr. Meisterdetektiv.« Demonstrativ deutete Katherine auf ihr schillerndes Gesicht.

Cadan grinste. »Das sehe ich. Und es macht mir irgendwie Sorgen, dass ich dich trotzdem so attraktiv finde, obwohl du ja jetzt genau genommen ein Fisch bist.«

Katherine lachte. »Ein Fisch?! Frechheit.«

»Ja, so ist er, der gute Mr. Sherlock. Frech, unverschämt gut aussehend, beängstigend intelligent …«

»Klar, du selbstverliebter Wichtigtuer.« Sie warf den Wattebausch nach ihm, mit dem sie sich zum Abrunden des Gesamtbildes noch etwas Glitzer auf die Wangenknochen getupft hatte.

Cadan wich elegant aus. »Okay, bevor ich dich noch festnehmen muss, würde ich vorschlagen, wir gehen nach unten. Ich bin durch mit dem Aufbau – und ziemlich gespannt auf dein Urteil.«

Die Rainbow-Hearts-Library war nicht wiederzuerkennen.

Während Katherine sich hergerichtet hatte, war Cadan einem regelrechten Dekorations-Wahn verfallen. Die massiven Bücherregale hatte er mit künstlichen Spinnenweben und Lampions in Kürbisform umwickelt, von den Deckenlampen hingen Fledermaus-Girlanden und an die Wände hatte er Zeichnungen von grässlich verzerrten Fratzen bekannter Romanfiguren gepinnt.

Die Stehtische, die Katherine eigens für die Feier angemietet hatte, waren großzügig mit schwarzen Kerzen bestückt worden.

»Wow«, hauchte sie beeindruckt. »Okay, Sherlock, da hast du dich wirklich selbst übertroffen.«

»Vielen Dank. Es bleibt allerdings noch für Speis und Trank zu sorgen, wenn ich daran erinnern darf, Mylady.«

Katherine gluckste über seine geschwollene Ausdrucksweise, mit der er offenbar seine Rolle unterstrich.

»Hey!«, empörte sich Cadan mit erhobenem Zeigefinger, »ich

meine es ernst, das Buffet baut sich nicht von alleine auf.« Er fuchtelte theatralisch mit seiner Pfeife.

»Ruhig Blut, Sherlock. Ich wollte dein Werk nur gebührend bewundern.«

»Dafür ist nachher noch Zeit. Jetzt sind erst mal Kürbisgratin und Weingläser dran.«

»Hat da etwa jemand Hunger?«

»Hunger auf das, was die Nacht bringen mag? Ganz recht, Mylady.« Cadan rückte seine Mütze zurecht und bemühte sich um einen geheimnisvollen Gesichtsausdruck.

»Geht das jetzt etwa den ganzen Abend so?«, fragte Katherine und lachte.

»Nichts ist trügerischer als eine offenkundige Tatsache.« Er zwinkerte, nahm ihre Hand und küsste alle fünf Finger einzeln.

»Du bist verrückt«, stellte Katherine mit einem immer breiter werdenden Grinsen fest.

»Ja?«

»Ja. Und wage es bloß nicht, jemals normal zu werden.«

*

Aus den Lautsprechern drang leise Musik, über die sich das aufgeregte Stimmengewirr der Gäste erhob.

Katherine nippte an ihrem Rotwein und beobachtete das rege Treiben über den Rand ihres Glases hinweg.

Es war ein faszinierendes Bild, das sich ihr bot: Ein als Hannibal Lecter verkleideter Terry tanzte eng umschlungen mit Lady Macbeth alias Mrs. Seymour; der in einem Robin-Hood-Kostüm steckende Emilio und Ivy als die böse Hexe des Westens prosteten sich vergnügt zu, und eine fröhliche Mary Poppins (Roxanne) lachte mit Alice im Wunderland (Brianna) um die Wette. Cadan alias Sherlock Holmes war in ein Gespräch mit Mephisto und Dracula vertieft, deren Gesichter Katherine unter Schminke und Kapuze noch nicht identifiziert hatte.

Fehlt nur noch meine blonde Anna Karenina, dachte Katherine mit einem Hauch von Wehmut. Luca hatte in letzter Sekunde abgesagt – es gehe ihr nicht gut, sie feiere aber in Gedanken mit und melde sich, sobald es ihr besser gehe.

Da sie es bereits über Katherines Geburtstag nicht nach Howth geschafft hatte, empfand sie Lucas Fernbleiben als ganz besonders schmerzlich.

»Eine wirklich gelungene Veranstaltung, meine Liebe.« Doran war unbemerkt an Katherines Seite aufgetaucht.

In seiner zerschlissenen Kleidung und mit dem künstlichen buschigen Vollbart war der alte Mann kaum wiederzuerkennen.

Seine Wangen und Unterarme wirkten schmutzig, als hätte er sich tagelang nicht gewaschen – glücklicherweise gehörte diese Aufmachung unverkennbar zu seiner Verkleidung.

»Meine Güte, Doran! Sie sehen wirklich aus wie ein Schiffbrüchiger.«

»Vielen Dank, Katherine. Ganz schön viel Aufwand, um für einen einzigen Abend in die Rolle des Robinson Crusoe zu schlüpfen, aber das war es wert.«

»Das kann man wohl sagen.«

»Allerdings nichts im Vergleich zu dir! Donnerwetter, ein fabelhaftes Kostüm.«

»Ja, das Kleid kann sich sehen lassen, nicht wahr? Allmählich wird es aber ein bisschen eng darin. Vielleicht hätte ich es bei einem Teller Kürbisgratin belassen sollen, anstatt mir noch zweimal nachzufüllen.«

»Nicht doch«, gluckste Doran, »wenn das einer vertragen kann, dann ja wohl du.«

»Und du«, ergänzte Katherine nachdrücklich. »Soll ich dir einen Teller holen?«

Doran schüttelte den Kopf. Plötzlich trat ein Leuchten in seine Augen.

»Ich würde lieber mit dir tanzen, wenn ich darf.«

»Tanzen? Mit mir?«

»Ja. Wie Großvater und Enkeltochter.«

Er sah zu den wenigen Gästen herüber, die sich zum Takt der unter den Gesprächen kaum vernehmbaren Musik bewegten.

Wie Großvater und Enkeltochter.

Gerührt hakte Katherine sich bei Mr. Donnelly unter und schritt mit ihm in die Mitte des Raumes.

»Ich mache lauter«, hörte sie Cadan von irgendwoher rufen, und tatsächlich schwoll die Musik nur wenige Sekunden später an. *A Great Day for Freedom* von Pink Floyd dröhnte aus den Lautsprechern, und jeder einzelne Ton brachte Katherines Herz zum Erzittern. Mr. Donnellys Augen schimmerten feucht, als sie ihre Positionen einnahmen.

»Bereit?«, formte der alte Mann mit Lippen.

Katherine nickte.

Es war wie Magie. Sie umrundeten die Stehtische in einem langsamen Walzer, ihre Schritte flossen ineinander und die Zeit verlor ihre Konturen. Es fühlte sich an, als wären ihre Seelen plötzlich miteinander verwoben; Katherine konnte sich nicht entsinnen, einem Menschen auf eine nicht romantische Art und Weise jemals so nahegekommen zu sein.

Als der Song vorbei war und sie zum Stehen kamen, brandete Beifall auf. Katherine schmunzelte angesichts des Anblicks, der sich ihr bot: Rund zwei Dutzend Romanfiguren hatten einen Kreis um sie gebildet und klatschten nun begeistert in die Hände.

»Und ich dachte schon, ich wäre aus der Übung«, murmelte Doran verlegen. Cadan hatte die Lautstärke wieder heruntergeregelt und kam mit einem breiten Lächeln auf sie zu.

»Das war wirklich bewegend. So bewegend, dass mir gerade nicht mal ein schlauer Sherlock-Spruch einfällt.« Mit der linken Hand umfasste er Katherines Taille, mit der rechten tätschelte er Mr. Donnellys Arm.

»Danke für diesen Moment, Doran«, beeilte Katherine sich zu sagen, solange der Zauber des Augenblicks noch Luft durch die schillernden Lungen stieß.

»Ich habe zu danken, Liebes«, antwortete der alte Mann in einem Ton, der verriet, dass dieser Satz für ihn mehr bedeutete als eine bloße Floskel. Er räusperte sich vernehmlich. »So. Und nun werde ich meine Tränen der Ergriffenheit mit dem restlichen Kürbisgratin auffangen, bevor wir uns gleich noch alle weinend in den Armen liegen. Kann ich jemandem etwas mitbringen?«

»Entschuldigt, ich muss euch kurz unterbrechen.« Ivy tauchte neben ihnen auf. Ihr grün geschminktes Gesicht, unter einem riesigen schwarzen Hut liegendes Gesicht verriet Aufregung.

»Ist alles in Ordnung?«, fragte Katherine irritiert.

»Ja. Vor der Tür ist jemand, der dich sprechen will.«

»Oh.« Katherine runzelte die Stirn. »Okay. Wer denn?«

Ivy zuckte die Achseln. »Ich habe die Frau noch nie gesehen. Sie trägt keine Verkleidung und wollte auch partout nicht hereinkommen. Ich war kurz draußen, um eine Zigarette zu rauchen, da hat sie mich angesprochen.«

Katherine spürte, wie ihr die Luft eng wurde. »Sie hat nicht zufällig auch geraucht und zieht ein Bein nach, wenn sie läuft?«

»Nanu? Kannst du plötzlich durch Menschen hindurchsehen?«, fragte Ivy mit einem Kopfnicken in Richtung Fensterfront, die hinter einer Ansammlung fröhlich schwatzender Gäste verborgen lag.

Katherine spürte, wie ihr schwindelig wurde. Fahrig drehte sie sich zu Cadan um. »Du möchtest nicht zufällig meine Mum kennenlernen?«

Kapitel 49

Mary Madigan stand, die hagere Gestalt in einen dicken schwarzen Mantel gehüllt und auf einen Gehstock gestützt, ein paar Meter von den Türen der Bücherei entfernt auf dem Fußweg. Bei ihrem Anblick stolperte Katherines Herz, fiel der Länge nach hin und hatte Schwierigkeiten, sich wieder aufzurappeln. Ihre Mutter wirkte unheimlich gebrechlich und verloren.

Aber sie war hier. Hier, in Howth. Obwohl sie geschworen hatte, niemals einen Fuß in dieses Dorf zu setzen, das zuerst für ihre Schwester und dann für ihre Tochter ein Zuhause geworden war.

»Mum?«, fragte Katherine fassungslos und machte ein paar Schritte auf Mary zu. Cadan folgte ihr in diskretem Abstand.

»Katherine. Du siehst ... anders aus«, begrüßte ihre Mutter sie. In ihren Augen lag eine Traurigkeit, die ihre sonst so harten Gesichtszüge ein wenig weicher wirken ließ.

»Ja.« Katherine lachte erstickt. »Das macht die Seeluft.«

Wann hatte sie in Marys Gegenwart zuletzt einen Witz gemacht? Sie konnte sich nicht erinnern. »Was ... was machst du denn hier?«

Mary wich ihrem Blick aus. »Ich möchte nur etwas abgeben.«

»Was denn?«

»Einen Brief.«

»Und dafür kommst du extra her, anstatt ihn per Post zu schicken?«

»Deine Freundin Luca hat gesagt, ich soll kommen und die Einladung stellvertretend für sie annehmen. Flüge und Hotel hatte sie schon gebucht.«

Luca. Natürlich.

Katherine schüttelte den Kopf. Sie vermutete, dass ihre Freundin sich bester Gesundheit erfreute und ihre Krankheit inszeniert hatte, um Mary nach Howth zu schaffen. Natürlich mit dem Hintergedanken, ihr etwas Gutes zu tun und Mutter und Tochter wieder zueinander zu bringen.

Trotzdem konnte Katherine nicht leugnen, dass sie sich ein bisschen hintergangen fühlte.

Der Wind, der wie immer vom Hafen aus durch die Gassen zog, frischte auf. Fröstelnd schlang sie die Arme um ihren Oberkörper. Cadan registrierte ihr Frieren sofort, schlüpfte aus seinem Detektivmantel und legte ihn Katherine über die Schultern.

Erstmals schien Mary ihn zu bemerken.

»Hallo«, sagte sie und ließ es wie eine Frage klingen.

»Entschuldigung, ich habe euch gar nicht vorgestellt – Mum, Cadan. Cadan, meine Mum. Für dich Mary.«

Cadan bot Katherines Mutter eine Hand dar, die sie schnell ergriff und noch schneller wieder losließ.

»Und was genau wollen Sie von meiner Tochter?«, fragte sie schroff.

An ihrer Skepsis gegenüber Männern hat sich nichts geändert, dachte Katherine. Seit sie von ihrem Mann verlassen worden war, hatte Mary kein gutes Haar am anderen Geschlecht gelassen. Jeder Schulfreund ihrer Tochter war strengstens unter die Lupe genommen und einem regelrechten Verhör unterzogen worden, sobald er die Wohnung betreten hatte.

Ähnlich würde sie auch mit Cadan verfahren, wenn sie niemand bremste.

»Mein Gott, Mum«, stöhnte Katherine, »bitte.«

»Schon gut«, winkte Cadan ab, »diese Frage beantworte ich Ihnen gern, Miss Madigan. Ich möchte mit Katherine zusammen sein, und sie glücklicherweise auch mit mir.«

Eine warme Welle der Zuneigung für Cadan brandete über Katherines Herz hinweg. Dankbar sah sie ihn an und griff nach seiner Hand, die sich so wunderbar vertraut in ihrer anfühlte. Mary grummelte etwas Unverständliches, ließ Cadans Aussage ansonsten jedoch unkommentiert, was Katherine als gutes Zeichen wertete.

»Lass uns reingehen«, sagte sie versöhnlich, »drinnen ist es warm – und es gibt zu essen und zu trinken. Deinen Brief kannst du mir nach der Feier geben.«

Mary rang sichtlich mit sich. Es musste ihr einiges abverlangen, dachte Katherine, die Schwelle jenes Gebäudes zu übertreten, das sie in ihrer Vorstellung all die Jahre so dämonisiert hatte.

»Du kannst drüben im Haus warten, wenn es dir mit der Feierei zu viel wird«, räumte Katherine ein, »Hauptsache, wir bewegen uns jetzt von der Straße runter.«

»Oder ich gebe dir den Brief und gehe wieder zum Hotel«, sagte Mary, ohne dabei sonderlich überzeugt zu klingen. In ihrer Stimme lag eine Resignation, die Katherine nicht gewohnt war zu hören. Zaghaft berührte sie ihre Mutter an der dürren Schulter. »Komm mit, Mum. Sieh dir die Rainbow-Hearts-Library an. Nur ein Mal. Tu es für mich. Und vor allem für dich.«

Mary fühlte sich sichtlich unwohl in ihrer Haut. Die Lippen fest aufeinandergepresst und den neugierigen Blicken der tanzenden Partygäste ausweichend, ließ sie sich von Katherine durch die Bücherei führen.

Den Versuch, ihrer Mutter im Detail von der Rainbow-Hearts-Library und ihrem besonderen Konzept zu erzählen, gab sie schnell auf. Zu laut war die Musik inzwischen gedreht worden, zu ausgelassen die Stimmung.

»Wir gehen kurz rüber, okay?«, rief Katherine Cadan zu, der mit Doran und zwei Gläsern Wein an einem Tisch stand. Er reckte einen Daumen in die Höhe, während der alte Mann sich neben ihm den Hals verrenkte, um einen Blick auf Mary zu erhaschen.

Bestimmt sucht er in ihrem Gesicht nach Fionas Zügen, dachte Katherine bewegt, doch die wird er nicht finden.

Mit einer Handbewegung bedeutete sie ihrer Mutter, ihr zu folgen. Den Arm, den sie ihr darbot, um sie zu stützen, ignorierte Mary geflissentlich. Dafür schien es, als rammte sie ihren Gehstock unverhältnismäßig fest in den Boden.

»Hier lang, Mum.« Katherine dirigierte sie sanft aus der Menge hinaus in das Wohngebäude. Die Zwischentür fiel hinter ihnen ins Schloss und ließ Musik und Gelächter nur noch dumpf hindurchdringen. Die plötzliche Ruhe, verbunden mit dem Schweigen ihrer Mutter, brachte Katherine plötzlich in Verlegenheit.

»Soll ich dir deine Jacke abnehmen?«, fragte sie hölzern.

Mary schüttelte den Kopf.

»Okay. Ähm. Dann komm mit. In der Küche ist es gemütlich, ich koche uns einen Tee.«

Wortlos folgte Mary ihr den schmalen Flur entlang. Katherine schaltete den Herd an, füllte einen der drei geblümten Kessel mit Wasser und stellte ihn auf die Platte. Dann strich sie den engen Stoff ihres Kleides so zurecht, dass er nicht bei der geringsten Bewegung zu reißen drohte, und ließ sich umständlich auf den Stuhl sinken, der ihr am nächsten war.

»Du hast das Foto also bekommen, stimmt's?«, eröffnete sie das Gespräch behutsam.

Mary nickte. »Ja. Und ich habe auch den Text auf der Rückseite gelesen, falls es das ist, was du mich als Nächstes fragen möchtest. Und deinen Brief.«

Es war vollkommen surreal, ihre Mutter dort sitzen zu sehen, wo für gewöhnlich Mr. Donnelly oder Cadan saßen. Mary war der letzte Mensch, dessen Anwesenheit Katherine in Howth – und vor allem in Fionas Haus – erwartet hatte. Und doch war sie über ihren Schatten gesprungen; weiter, als Katherine es ihr je zugetraut hätte.

»Sie hat nicht getan, was wir ihr vorgeworfen haben«, fasste Katherine zusammen, was auch ihrer Mutter schmerzlich bewusst geworden sein musste.

»Nein. Das hat sie nicht.«

Auf einmal bekam Katherine eine Ahnung davon, wie schwer

die Schuld wirklich sein mochte, die auf Marys Schultern lastete. Vermutlich suchte sie in Howth nur eines: Vergebung. Katherine hoffte von ganzem Herzen, dass sie sie finden würde; wenn nicht hier, am Küchentisch ihrer Schwester, dann zwischen den Regalen der Rainbow-Hearts-Library.

Eine Packung Zigaretten fand ihren Weg auf den Tisch.

»Mum«, sagte Katherine, »nicht hier drinnen.«

Mary verdrehte die Augen, sagte aber nichts.

»Möchtest du darüber sprechen, wie du dich fühlst?«, fragte sie vorsichtig.

Mary schnaubte verächtlich. »Wie ich mich fühle, ist nicht wichtig. Ich muss nur daran denken, wie sie sich wohl all die Jahre gefühlt hat. Sie hat gewusst, dass sie keine Schuld trägt. Und trotzdem hat sie es nicht heftig genug abgestritten. Warum hat sie mich nicht angeschrien, Katherine? Uns mit Anrufen bombardiert, uns geschrieben, uns ohne Vorwarnung besucht? Ihr Kampf um die Wahrheit war so kurz. Das verstehe ich nicht.«

Katherine entging nicht, dass ihre Mutter es vermied, den Namen ihrer Schwester auszusprechen.

»Weil Fiona wusste, dass sie diesen Kampf verlieren würde. Deswegen, Mum. Wir hätten ihr keine Chance gelassen, sich zu erklären. Unsere Meinung stand fest. Schon allein deswegen, weil Papa nie bestritten hat, was wir vermutet haben. Und außerdem … außerdem wollte sie die Ehe der Frau schützen, in die sie sich verliebt hatte.«

»Du sagst ›wir‹«, stellte Mary fest. Ihre tief liegenden Augen schimmerten feucht. »Ich schätze das. Aber es ist falsch. Das war ich, Katherine. Du hast nur getan, was ich von dir verlangt habe. Ich bin allein verantwortlich für das, was passiert ist. Nicht du. Nicht meine Schwester. Und wahrscheinlich nicht einmal dein Vater, obwohl er am Ende leider zu stolz war zuzugeben, dass sie nicht dasselbe empfunden hat wie er.«

Katherine räusperte sich. Die Luft kratzte plötzlich wie frisches Heu in ihrer Kehle.

»Möchtest du ihn mir zeigen, Mum? Deinen Brief?«

Mary zögerte kurz. Dann schluckte sie und wühlte in ihrer Manteltasche. Knisternd förderte sie ein Blatt Papier zutage und schob es Katherine über den Tisch hinweg zu. »Es steht fast nichts drin«, sagte sie und klang dabei beinahe trotzig.

»Das ist okay. Das muss es auch nicht.«

Katherine faltete den Brief auseinander und las:

Vergib mir.

Sie konnte den Worten ansehen, wie viel Gewicht sie hatten. Wie schwer und bedeutungsvoll sie sich an das Papier schmiegten, auf dem sie geboren worden waren.

Katherine wollte etwas sagen, um zu würdigen, was ihre Mutter getan hatte, aber sie konnte nicht. Und auch Mary schwieg.

Irgendwann zerschnitt das Pfeifen der Teekanne die Stille. Beide, Mary und Katherine, zuckten zusammen und lächelten einander unter Tränen an.

»Hoppla«, gluckste Katherine, stand auf und nahm die Kanne vom Herd. »Ich weiß ja nicht, wie es dir geht, aber ich könnte jetzt irgendwie etwas Stärkeres gebrauchen als das hier.«

Ihre Mutter nickte ernst. »Hast du Sherry da?«

»Nein, aber ich kann dir einen exzellenten irischen Whisky anbieten.«

»Meinetwegen«, brummte Mary.

Katherine entkorkte die Flasche, die ihr Mr. Donnelly einmal zu einem gemeinsamen Abendessen mitgebracht hatte.

»Mum?«

»Ja?«

»Ich bin froh, dass du hier bist.«

Erstmals, seit Mary die Küche betreten hatte, hob sie den Blick und sah Katherine direkt in die Augen. »Ich auch, Kind. Ich auch.«

Kapitel 50

Während die Party nebenan in vollem Gange war, sprachen Katherine und ihre Mutter im warmen Lichtkegel der Küchenlampe über längst vergangene Zeiten und hauchten den verstaubten Erinnerungen wieder Leben ein.

Hin und wieder prosteten sie sich zu, nippten an ihren Gläsern und kehrten dann zurück an die Schauplätze jener Momente, in denen der Bruch ihrer kleinen Familie noch nicht zu erahnen gewesen war.

Das dumpfe, ferne Dröhnen der Musik rückte immer weiter in den Hintergrund. Bald schon saß Katherine nicht mehr in einem schillernden Meerjungfrauen-Kostüm auf einem alten Holzstuhl, sondern auf einer Bank im Englischen Garten, in der Hand ein Eis und Zufriedenheit im Herzen, während sich Fiona und Mary neben ihr angeregt unterhielten.

Katherine konnte sich nicht entsinnen, der Seele ihrer Mutter je näher gewesen zu sein als jetzt. Und auch Fiona schien bei ihnen zu sein – das jedenfalls stellte Katherine sich vor, so wie sie es bereits nach dem Entdecken des Fotos in der Rainbow-Hearts-Library getan hatte.

Ja, sie konnte ihre Tante bildhaft vor ihrem inneren Auge sehen, wie sie den Kopf in die Hände stützte und ihrem Gespräch gebannt folgte. Wie sie hin und wieder in ihr glockenhelles Lachen ausbrach oder Mary in kindlicher Manier die Zunge herausstreckte, so wie sie es früher immer getan hatte, wenn ihre Schwester ihr gesagt hatte, dass sie mal wieder viel zu tief mit dem Kopf in den Wolken steckte.

Als ihnen schließlich die Worte ausgingen, gedachten sie Fiona schweigend. Katherine konnte an den Augen ihrer Mutter ablesen, dass sie nicht mehr länger in fröhlichen, herzerwärmenden Erinnerungen schwelgte, sondern sich erneut im festen Griff der Schuld befand.

»Fiona ist hier nicht allein gewesen, Mum«, unternahm sie einen Versuch der Beschwichtigung, »sie hatte Freunde.« Katherine machte eine kurze Pause. »Und sie hatte Ava.«

Mary hob den Kopf.

»Ava? So heißt die Frau, von der du mir geschrieben hast?«

Katherine nickte. Sie hatte ihren Namen nicht nennen wollen, aber plötzlich wurde ihr klar, dass ihre Mutter ihn hören musste. Dass das Versteckspiel, das Fionas und Avas Liebe all die Jahre begleitet hatte, zumindest vor Mary ein Ende haben musste.

»Ja.«

Mary nickte langsam. »Sie lebt noch hier? In Howth?«

Katherine bejahte erneut. »Vielleicht wird sich ja irgendwann mal die Gelegenheit ergeben, dass ihr miteinander reden könnt.«

Sie erwartete, dass Mary in ihre Abwehrhaltung zurückfiel, doch zu Katherines Erstaunen neigte sie leicht den Kopf.

»Vielleicht.«

Katherine trank den letzten Schluck Whisky aus und verzog das Gesicht, als die goldene Flüssigkeit ihr brennend die Kehle hinunterrann.

»Was hältst du davon, wenn wir deinen Brief nachher, sobald alle Gäste gegangen sind, in der Bücherei verstecken?«, fragte sie ihre Mutter nun, da deren Schutzwall schon einmal so ungewohnt durchlässig war.

Mary überlegte.

Obwohl damals nach Fionas Umzug nur am Rande mitbekommen, konnte sie sich haargenau an das Konzept der Rainbow-Hearts-Library erinnern, wie sie Katherine vorhin erzählt hatte.

Zwar war der Kontakt zwischen den Schwestern schon damals brüchig geworden, jedoch erst ein paar Monate später endgültig auseinandergeklafft.

»Das ist doch albern«, entgegnete Mary sofort und klang dabei so hart und unnachgiebig wie gewohnt – jedenfalls, wenn man nicht genau hinhörte. Katherine aber hörte genau hin.

»Nein. Ist es nicht. Und ich glaube, das weißt du, Mum.«

Mary presste die Lippen aufeinander, sah Katherine mit zusammengekniffenen Augen an und warf schließlich kapitulierend die Hände in die Luft.

»Na gut, meinetwegen.« Auch sie stürzte den Rest ihres Whiskys herunter. »Aber danach gehe ich wirklich zurück ins Hotel. Wir müssen es ja nicht gleich übertreiben.«

*

Etwa zwei Stunden später stapften sie Seite an Seite über den mit Konfetti besprenkelten Boden hinweg zum Klassiker-Regal.

Es war seltsam, die gerade noch so belebte Rainbow-Hearts-Library nun leer und von den Spuren des Vergnügens gezeichnet vorzufinden.

Katherine war nach dem Gespräch mit ihrer Mutter kurz auf die Party zurückgekehrt – in erster Linie, um Cadan und Doran zu beruhigen, die sich sichtbar besorgt in Nähe der Zwischentür positioniert hatten. Beide Männer hatten nach einem knappen Lagebericht bereitwillig das Kommando über die Feier übernommen, damit Katherine wieder zu ihrer Mutter zurückkehren konnte. Gegen Ende der Veranstaltung hatte Mary sich dann sogar überreden lassen, mit rüber zu kommen – wenn auch nur an den Tisch, der am weitesten abseits stand – und prompt Gesellschaft von Doran erhalten. Katherine war der festen Überzeugung gewesen, dass ihre Mutter dem redseligen alten Mann am liebsten ihr Getränk über dem Kopf ausgeleert hätte, doch diese überraschte Katherine ein weiteres Mal, indem sie ab und an ein Nicken zustande brachte, das man beinahe für interessiert hatte halten können.

Cadan war ihr unterdessen dabei behilflich gewesen, die Feier diskret ausklingen zu lassen und die letzten verbliebenen Gäste zu verabschieden. Nachdem sie sich für den Aufräumdienst am nächsten Morgen angemeldet hatten, waren schließlich auch Cadan und Mr. Donnelly gegangen. Nicht aber, ohne Katherine innig zu umarmen und ihr zu versichern, dass sie jederzeit für sie erreichbar wären.

Cadan hatte ihr sogar einen Schlüssel für seine Wohnung in die Hand gedrückt (»Ich hätte gern einen romantischeren Anlass gewählt, aber du sollst ihn heute trotzdem haben«) und ihr zugeraunt, dass sie kommen solle, falls Mary nicht plane, über Nacht zu bleiben.

Beseelt von dem Gedanken an den Kuss, den er ihr danach auf die Lippen gehaucht hatte und der wie ein Versprechen nach mehr geschmeckt hatte, lächelte Katherine.

»Wo ist *Die Schatzinsel*?«, fragte Mary, die neben ihr stehen geblieben war. Katherine hatte schon vermutet, dass sie ihr gemeinsames Lieblingsbuch für ihren Brief wählen würde.

Katherines Finger flog über die vielen Buchrücken. »Hier«, sagte sie, als sie die gelbe Schrift auf dem dunkelblauen Umschlag in der unter S einsortierten Regalspalte ausmachte.

Umsichtig nahm Katherine die zerlesene Ausgabe an sich und schlug die Buchdeckel auseinander.

»Gibt es ein bestimmtes Kapitel, in das du den Brief hineinlegen möchtest?«, fragte sie mit gesenkter, beinahe andächtiger Stimme.

Es fühlt sich ein bisschen so an, als wären wir bei Fionas Beisetzung dabei, schoss es ihr durch den Kopf. Ob ihre Mutter ebenso empfand? Immerhin waren sie bei Fionas richtiger Bestattung nicht vor Ort gewesen. Marys Zeilen nun gemeinsam in die Ruhe zwischen den Seiten zu betten, besaß in Katherines Augen einen eindeutigen Symbolcharakter.

»Die Szene mit dem Apfelfass«, sagte Mary, die in einen ähnlich zeremoniellen Ton verfallen war, »die, in der die Hawkins die Piraten belauscht. Diese Textstelle mochte ich immer am liebsten.« Sie stockte. »Fiona wollte sie ständig nachspielen. Ich habe sie immer gefragt, wo in aller Welt wir denn ein Apfelfass und eine Piraten-Meute auftreiben sollten. Weißt du, was sie dann geantwortet hat?«

»Nein, Mum. Was?«

»Dass alles, was wir brauchen, doch in unseren Köpfen ist. Dass wir nur unsere Fantasie benutzen müssen, um glücklich zu sein.«

Kapitel 51

Katherine atmete die klare, winterlich kühle Luft ein und stieß sie in kleinen weißen Wölkchen wieder aus.

Zufrieden ließ sie ihren Blick über den Hafenparkplatz schweifen, auf dem sich eine Gruppe Möwen um die Reste eines Brötchens stritt. Von den Pubs entlang des Kais wehte ein köstlicher Duft herüber, und ein paar Meter entfernt spielte ein vor Freude quietschendes, in eine dicke Jacke eingehülltes Kind Fangen mit seinem Vater.

Während ihr der November in München stets irgendwie trostlos vorgekommen war – ein bisschen wie der dunkle, tote Winkel eines Kalenderjahres – störte sie sich in Howth nicht an den immer kürzer werdenden Tagen. Katherine versuchte sich den Lärm ihrer Geburtsstadt in Erinnerung zu rufen, doch Münchens Puls war nichts mehr als das Echo eines Traums, dessen Essenz nach dem Aufwachen verloren ging.

Es war unglaublich, dachte sie, dass die Halloween-Feier, und somit auch der Besuch ihrer Mutter, bereits drei Wochen zurücklagen. Seither hatte sie beinahe täglich mit Mary telefoniert. Mit der Entschuldigung an ihre Schwester war sie zu einem neuen Menschen geworden.

Katherine lächelte.

Prüfend tastete sie unter ihrem Schal nach der Schneckenhaus-

Kette und empfand das gewohnte Gefühl von Ruhe und Zuversicht, als ihre Finger das Gehäuse berührten.

Im selben Moment begann das Handy in ihrer Jackentasche zu vibrieren. Umständlich zog Katherine es heraus und hielt sich das kalte Display ans Ohr.

»Ja?«

»Die Popcorn-Maschine ist angekommen!« Dorans Stimme klang vor Begeisterung ganz schrill.

Katherine grinste.

»Prima, dann steht unserem Filmabend ja nichts mehr im Weg.«

Für den morgigen Sonntag hatten sie zu einer Stephen-King-Filmnacht in der Rainbow-Hearts-Library geladen.

»So ist es! Du wirst nicht glauben, wie viele Anmeldungen wir schon haben – das halbe Dorf wird da sein.«

»Das halbe Dorf? Ich glaube, da stößt unsere Popcorn-Maschine an ihre Grenzen.«

Der alte Mann kicherte fröhlich. »Das denke ich auch! Warte, Katherine, da möchte dich noch jemand sprechen.«

Es raschelte in der Leitung.

»Kate?«

Cadan klang ebenso gut gelaunt wie Doran.

Das Grinsen auf Katherines Gesicht wurde so breit, dass ihre Mundwinkel spannten.

»Ja, Mr. Flanagan?«

»Komm schnell nach Hause. Wir haben die Rainbow-Hearts-Library zum gemütlichsten Kinosaal in ganz Irland werden lassen. Das musst du dir ansehen.«

»Ich war doch nur eine halbe Stunde weg«, Katherine lachte.

Sie hatte es sich zur Gewohnheit gemacht, samstags vor dem Frühstück einen gemütlichen Spaziergang durch den Ort zu unternehmen. Gemeinsam mit Doran, der jedes Wochenende zum Frühstück vorbeikam, nutzte Cadan diese Zeit, um den Tisch zu decken und frischen Kaffee vorzubereiten, bis Katherine mit einer Ladung Brötchen zurückkam.

»In einer halben Stunde kann viel passieren. Also, wie sieht's aus? Hast du eine ordentliche Stärkung für deine fleißigen Arbeiter im Gepäck?«

»Noch nicht, aber das hole ich gleich nach. Ich kann doch meine zwei hungrigen Lieblingsmänner nicht warten lassen.«

»Das ist die richtige Einstellung. Bis gleich, Kate.«

»Bis gleich, Cay.«

Schmunzelnd ließ Katherine das Handy zurück in ihre Jackentasche gleiten.

Ein paar Sekunden verharrte sie noch in ihrer Sitzposition. Dann erhob sie sich von der Bank, streckte den Rücken durch und schlenderte in Richtung Main Street, um im Country Market ein Frühstück für Cadan, Doran und sich selbst zu besorgen.

Hier und da kreuzten Menschen ihren Weg, die sie im Vorbeigehen freundlich grüßten. Kaum ein Gesicht war ihr mehr unbekannt.

Eine fröhliche Melodie summend, verfiel Katherine bald in einen federnden Gang.

Die Novembersonne schien direkt in ihr Herz hinein.

Sie war zu Hause.

Epilog

Sechs Monate später

Liebe Fiona,
je öfter ich hierherkomme, desto sicherer bin ich mir:
An Orten wie diesen werden Sehnsüchte geboren, und ich glaube, sie gehen auch zum Sterben dorthin. Wer weiß, vielleicht schwimmen sie ja jetzt, in diesem Moment, mit dir um die Wette. Dort, wo der Silberstreif am Horizont sich auf der Wasseroberfläche spiegelt und seine Strahlen das Riff kitzeln, auf dem deine Seele eine Verschnaufpause einlegt.
Cadan und ich sitzen gerade am Red Rock Beach, diesem wunderschönen Fleckchen Erde, das er so viele Jahre gemieden hat. Und nun kommen wir so oft her, haben sogar schon einmal hier übernachtet, unter freiem Himmel. Ich habe noch nie so viele Sterne gesehen.
Fiona, es ist unheimlich viel passiert in letzter Zeit.
Ich habe mich noch einmal mit Ava getroffen, nachdem sie völlig unerwartet in der Rainbow-Hearts-Library aufgetaucht ist. Nicht zu einem Schreibabend diesmal, sondern um sich von mir einen neuen Mitgliedsausweis für die Bücherei erstellen zu lassen. Wir haben uns dann fürs Wochenende zum Kaffee verabredet und so viel geredet. Es fällt ihr allmählich leichter, über euch zu sprechen. Ich habe ihr ge-

beichtet, dass ich Mum ihren Namen verraten habe, und sie schien sich daran nicht zu stören. Wenn Mum das nächste Mal hier ist – sie wollte eigentlich Mitte Juni kommen –, wäre sie sogar bereit, sich mit ihr hinzusetzen und ihre Fragen zu beantworten. Ist das nicht großartig?

Auch sonst tut sich einiges. Doran benutzt jetzt endlich das Handy, das Cadan und ich ihm zum Geburtstag geschenkt haben (auch wenn es vermutlich noch ein paar Wochen dauern wird, bis er aufhört, uns Nachrichten ohne Inhalt zu schicken oder versehentlich anzurufen). Unsere Hoffnung, dass er so leichter Kontakt zu seinem Sohn halten kann, geben wir jedenfalls noch nicht auf.

Außerdem, und ich freue mich so wahnsinnig für ihn, hat Cadan nächste Woche eine große Ausstellung in Dublin. Er hat sich fest vorgenommen, spätestens nächstes Jahr nur noch von seinem Job als Fotograf zu leben, und ich werde ihn dabei unterstützen, wo ich kann. Es ist so schön zu sehen, wie er in seiner Leidenschaft aufgeht. Wie entrückt er ist, wenn er die Welt durch die Linse einer Kamera betrachtet.

Weißt du, es hat Tage (und Nächte) gegeben, da hätte ich nie für möglich gehalten, dass ich eines Tages so empfinden darf. Dass ich jemandem ganz und gar, mit Haut und Haaren, verfallen kann. Es ist schon verrückt, wenn ich so darüber nachdenke, dass du und ich hier unsere wahre Liebe gefunden haben. Dass Howth uns beiden auf so viele Arten das Herz gestohlen hat.

Ich weiß, Liebe ist ein großer und manchmal beängstigender Begriff, aber durch Cadan verliert er all seine Schrecken, und ich bin sicher, dir ging es mit Ava ähnlich.

Cadan und ich haben uns die drei berühmt-berüchtigten Worte im März zum ersten Mal gesagt. Am selben Tag, an dem später eine Hochzeitseinladung von Luca und Adrian eingetrudelt ist.

Das hat es gleich noch besonderer gemacht – vor allem, weil die beiden hier heiraten. Hier! Die Zeremonie findet in Howth statt. In zwei Monaten, am 20. Juli.

Emilio hat auch schon Wind davon bekommen und wirkt richtig geknickt. Ich glaube, Luca hat ihm wirklich den Kopf verdreht. Als sie im Februar noch mal hier war, war er ein richtiges Nervenbündel …

Cadan und ich scherzen schon darüber, dass er die Hochzeit stürmt, sich Luca über die Schulter wirft und abhaut.

Mal schauen, was uns erwartet. Aber erst mal steht die Planung ihres Junggesellinnenabschieds an. Ich freue mich riesig, sie bald wieder bei mir zu haben.

Ich wünschte, du und Dad könntet im Juli auch dabei sein. Könntet mit uns feiern und lachen und trinken und das Leben genießen.

Aber ich will mich gar nicht beklagen, denn es gibt ihn ja, diesen einen Ort auf der Welt, an dem ich euch nahe sein kann. Näher, als irgendwo sonst. Dieser Ort, der uns alle verbindet. Fiona, du atmest im Gebälk der Rainbow-Hearts-Library weiter.

Weil du deinen Traum wahrgemacht und so viele Menschen mit deiner Idee glücklich gemacht hast. Du bist das Gemäuer dieses unscheinbaren kleinen Ladens, der der Hoffnung ein Zuhause gegeben hat. Die Brücke zu den Lebenden und Toten.

Dank dir werde ich niemals aufhören, Briefe zu schreiben.

Danksagung

Die Geschichte um Katherine, Fiona und die Bücherei begleitet mich nun schon einige Jahre und existiert in vielen verschiedenen Versionen. Umso glücklicher bin ich, dass ich diese letzte – zweifellos die beste von allen, nicht zuletzt dank meiner lieben Agentin, dem absolut tollen Verlagsteam und einer großartigen Lektorin – nun mit meinen Leserinnen und Lesern teilen darf.

Nachdem meine Oma aus Bayern gestorben war (als Kind habe ich meinen Freunden immer von der »Oma aus Bayern« und der »Oma aus Lübeck« erzählt, anstatt ihre Namen zu benutzen), erhielt ich neben ihrem Schmuck, von dem sie immer wollte, dass ich ihn einmal bekomme, einen Stapel alter Briefe. Wobei »Stapel« eigentlich maßlos untertrieben ist, denn es waren, um ehrlich zu sein, mehrere Kartons. Auf einem davon stand: *Briefwechsel zwischen deiner Oma und Schorsch – eine späte Liebe. Könnte man einer interessierten Illustrierten anbieten.* Tut mir leid, Oma, einer Illustrierten habe ich die Briefe nicht angeboten – aber dafür die Briefthematik und all die Emotionen in mein Buch einfließen lassen. Und glaube mir, sie haben es zu dem gemacht, was es jetzt ist.

Viel mehr möchte ich gar nicht sagen, nur noch ein paar abschließende Worte:

Danke für dein Vertrauen, Oma.

Danke, dass du immer an diese Geschichte geglaubt hast, Mama. Ich weiß, du bist ihr größter Fan – und das nicht nur wegen unseres wunderschönen Trips nach Howth.

Danke, Papa, dass du mir in Sachen Ehrgeiz und Gründlichkeit immer ein so gutes Vorbild warst und bist.

Danke, Basti, dass du mir genügend Zeitfenster schaffst, damit ich meinen Traum verwirklichen kann – und dass du versuchst, meine Leidenschaft zu verstehen, auch wenn sie dir so fremd ist.

Danke, Laura, mein Schreibbuddy Nummer 1, dass du mich auf meinem Weg immer unterstützt. Dein Erfolg ist mein Erfolg, ich bin unendlich stolz auf dich.

Und natürlich danke an alle, die dieses Buch gelesen und meine Geschichte in ihr Herz gelassen haben. Ich hoffe, ihr habt in der Rainbow-Hearts-Library einen ebensolchen Seelenort gefunden wie ich.

Ein Roman voller Liebe und sommerlichem Blumenduft in einer kleinen Gärtnerei

Jana Schikorra
HIBISKUSTRÄUME
IN DER BRETAGNE
Ein Roman voller Liebe
und sommerlichem
Blumenduft in einer
kleinen Gärtnerei

ISBN 978-3-7413-0380-7

Während ihrer Reise durch die sommerliche Bretagne strandet Alicia im kleinen Rochefort-en-Terre. Sie ist sofort verzaubert von den Bewohnern und deren einzigartigen Geschichten. Dabei sticht vor allem Théo heraus, der Besitzer einer Gärtnerei mit einem besonderen Konzept: Blumensamen können im Hinterhof gepflanzt werden, und wer anderen eine Freude machen will, kann eine gediehene Pflanze verschenken. Alicia ist fasziniert von dem attraktiven Franzosen und seinem Laden. Doch der steht kurz vor dem finanziellen Ruin. Mit ihrer Aktion zur Rettung der Gärtnerei ruft Alicia allerdings Erinnerungen in Théo wach, die er lieber verdrängen wollte ...

An der Ostsee wartet dein Glück

Kerstin Garde
DER KLEINE
TRÖDELLADEN IM
LÖWENSTEG
Ostsee-Liebesroman

272 Seiten
ISBN 978-3-404-19257-1

Stellas Leben gerät aus den Fugen, als ihre Oma überraschend stirbt – und sie deren Trödelgeschäft im Löwensteg in Travemünde erbt: Ein Laden voll mit zauberhaftem Klimbim. Obwohl das Geschäft seit Jahren keinen Gewinn mehr macht, bringt Stella es nicht übers Herz, es zu verkaufen. Also beginnt sie, den Laden gemeinsam mit ihrer Schwester Emilie auf Vordermann zu bringen. Unterstützt werden die beiden dabei nicht nur von den Löwensteg-Bewohnern, sondern auch vom sympathischen Sam. Noch ahnt Stella nicht, welche Schwierigkeiten die Renovierung mit sich bringen wird. Und ihr Herz schlägt immer verdächtig laut, wenn Sam in ihrer Nähe ist.

Lübbe

Liebenswert und bezaubernd – einfach zum Wohlfühlen!

Barbara Erlenkamp
DIE KLEINE PENSION
IM WEINBERG

ISBN 978-3-404-19254-0

Katie ist zwar erst Mitte dreißig, aber schon viel herumgekommen auf der Welt. Vor ein paar Monaten hat sie einen alten Gutshof inmitten von Weinbergen an der Mosel erworben und in dem schönen Gebäude die kleine Pension »Gutshof Moselthal« eröffnet. Weder die eigenwilligen Pensionsgäste noch die skurrilen Dorfbewohner können Katie aus der Ruhe bringen. Zu ihrem Glück fehlt ihr eigentlich nur noch ein Garten – sie möchte ihre Schnittblumen fürs Haus selbst ziehen. Das Grundstück dafür ringt sie dem benachbarten Winzer Oliver ab. Doch der legt Katie nicht nur so manchen Stein in den Weg, sondern trifft sie auch mitten ins Herz ...

Lübbe

In dieser Straße schlagen Herzen höher

Kerstin Garde
DIE KLEINE
STRANDBOUTIQUE IM
SANDDORNWEG
Roman

336 Seiten
ISBN 978-3-404-18528-3

Um in der Schneiderei ihrer Oma auszuhelfen, reist Louisa von Berlin an die Ostsee. Doch dem Geschäft im Sanddornweg droht die Pleite. Das möchte Louisa um jeden Preis verhindern. Und sie hat auch schon bald eine rettende Idee: Aus der alten Schneiderei soll eine moderne kleine Strandboutique werden. Voller Begeisterung stürzen sich Louisa und ihre Oma in den Umbau – tatkräftig unterstützt von den Bewohnern des Sanddornwegs. Und als wäre das nicht Aufregung genug, bringt auch noch der sympathische Henrik Louisas Herz zum Hüpfen.

Ein warmherziger Küsten-Roman, der zum Träumen, Wohlfühlen und Verlieben einlädt.

Lübbe